KB025474

미국의 한국 의사가 들려주는

건강하고 즐거운 인생

미국의 한국 의사가 들려주는

건강하고 즐거운 인생

초판 1쇄 인쇄일 2020년 5월 25일 **초판 1쇄 발행일** 2020년 5월 29일

지은이 천종길

펴낸이 박재환 | **편집** 유은재 | **관리** 조영란

펴낸곳 에코리브르 | **주소** 서울시 마포구 동교로15길 34 3층(04003) | **전화** 702-2530 | **팩스** 702-2532

이메일 ecolivres@hanmail.net | **블로그** http://blog.naver.com/ecolivres

출판등록 2001년 5월 7일 제201-10-2147호

종이 세종페이퍼 | **인쇄·제본** 상지사 P&B

ⓒ 천종길 2020

ISBN 978-89-6263-209-5 03810

책값은 뒤표지에 있습니다. 잘못된 책은 구입한 곳에서 바꿔드립니다.

미국의 한국 의사가 들려주는

건강하고 즐거운 인생

천종길 지음

에코리브르

프롤로그

이 책은 건강하게 오래 살 수 있는 길을 보여주는 안내서입니다. 모두 건강하게 살다가 때가 되면 평온하게 그분 곁으로 돌아갈 수 있도록 도와주고 싶은 저의 작은 소망을 담았습니다.

건강과 수명은 하늘로부터 받고 태어난다는 말이 있습니다. 하지만 대기오염, 미세먼지, 스트레스 등에 시달리는 현대인에게는 어림없는 소리처럼 들립니다. 끊임없이 노력하지 않고는 성취하기 어려운 게 현실입니다.

그래서 건강하지 않은 사람에게는 건강하게 살아가도록 방향을 제시하고, 건강한 사람은 더욱 건강한 삶을 살 수 있도록 도와주려는 게 이 책의 핵심입니다. 더불어 세계 곳곳을 여행하며 마음에 새긴 경험과 미국 생활에서 겪은 체험도 곁들였습니다.

먼저 건강에 대한 제 나름의 생각을 정리하면 다음과 같습니다.

첫째, 나에게 적합한 운동을 찾는다.

둘째, 물을 현명하게 마신다.

셋째, 잠을 잘 잔다.

여기에 실천하기 아주 쉬운 세 가지를 추가합니다.

넷째, 아침에 어린이용 아스피린 하나를 먹는다.

다섯째, 저녁에 펩시드 하나를 복용한다.

여섯째, 치아를 건강하게 관리한다.

이상 여섯 가지 요소가 제가 만든 건강 공식의 기본이자 첫 번째 공식입니다. 간단히 표현하면 다음과 같습니다.

공식 1: 건강=운동+물+잠+어린이용 아스피린+펩시드+치아 건강

미국으로 이민해 40여 년 동안 환자를 맞아 병을 고친다며 바쁘게 살았습니다. 이제는 그 일을 후배에게 물려주고, 지금까지 배운 지식과 경험을 바탕으로 병을 고치는 의사가 아닌 사람의 마음을 어루만지는 어른으로서 남은 삶을 살고 싶습니다.

차례

1부

새로운 터전:
미국에서의 삶

01. 앤아버, 미시간주

아트 페어

앤아버 중심가는 아트 페어가 한창입니다. 미국에서 가장 규모가 크다고 소문이 나서인지 자기 작품을 전시하러 오는 작가나 그들의 작품을 구경하러 오는 사람이 한꺼번에 몰려오기 때문에 이곳에 사는 사람들은 볼일이 있어도 다음 날로 미루고 그 근처에는 아예 접근조차 하지 않습니다.

여름방학이 되면 이 거리는 학생들 대부분이 각자 고향으로 떠나버려 텅 비다시피 합니다. 여름 학기를 이수하는 학생들이 있긴 해도 평소의 정기 학기 때와 비교하면 그 수가 얼마 되지 않지요. 그런데 이 행사가 진행되는 매년 7월 둘째 주 목, 금, 토 사흘 동안은 전국에서 자기 작품을 차에 싣고 모여든 예술가들과 그들의 작품을 감상하기 위해, 그리고 마음

CONOR
IRISH PUB &
GREEK FOOD
GYROS
LAMB CHICKEN BEEF
GREEK FOOD
GRILLED
CHICKEN PITA

PLEASE
WALK
BIKE
THE
FUTURE
PROJECT
CUBE

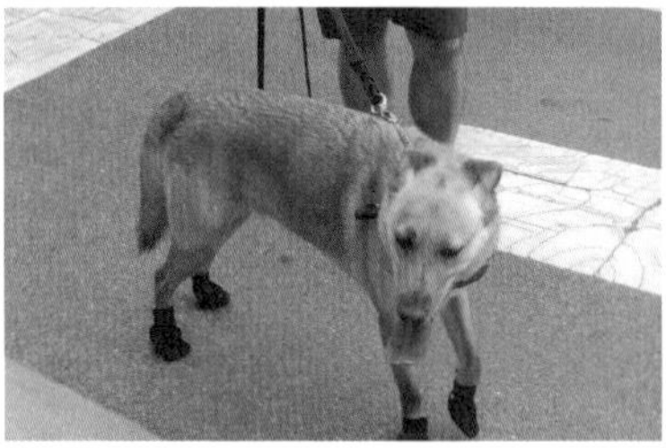

POTATO CHIPS
DEEP FRIED CANDY
WRAPS

앤아버 아트 페어에서

에 들면 작품을 구입하려는 생각으로 몰려온 구경꾼들로 하루 종일 북적댑니다. 이때 주요 시가지는 차량 통행금지 구역으로 변합니다. 길 양편으로 늘어선 작은 천막촌에서 작가들은 평소 땀 흘려 만든 작품을 전시해 놓고 사갈 사람을 기다립니다. 수채화, 유화, 목공예, 석공예, 금속공예, 유리공예, 도자기, 사진 등으로 무더운 한여름의 열기를 예술로 식히려는 의도인지 많은 사람들이 천막 사이를 오가며 심각한 표정으로 작품을 감상합니다.

아트 페어 마지막 날인 토요일에는 필자도 그 열기에 이끌려 반소매에 반바지, 맨발에 편한 샌들 차림으로 발 가는 대로 구경을 하다가 배가 고프면 포장마차에 들어가 좋아하는 음식을 사먹어 가며 무더운 여름 한나절을 재미있고 보내고 돌아옵니다.

좋은 작품이 눈에 들어오면 예술에 일가견이나 있는 사람처럼 작품에 도취한 얼굴을 하고서 둘러봅니다. 토요일 오후가 되면 파장이라 가격이 많이 떨어집니다. 가끔가다 남아 있는 작품 가운데 마음에 드는 것이 눈에 들어오면 구입할 때도 있습니다.

매년 7월 중순, 1년 중 가장 더운 시기에 행사가 진행되는 관계로 더위 먹을 각오를 단단히 하고서 집을 나서야 합니다.

대학 축구의 대명사 UM vs OSU

그러다 얼마 지나지 않아 여름방학이 끝나고 미시간대학교가 개학하면 대학 축구가 시작됩니다. 원정경기는 상대 팀이 있는 도시에 가서 하기 때문에 문제가 없지만, 홈경기가 있는 날은 아트 페어 때와 마찬가지로 이곳 주민들은 풋볼 경기장 근처로는 아예 접근할 생각조차 하지 않습니다.

보통 프로 축구는 일요일, 고등학교 축구는 금요일 오후, 대학 축구는

토요일에 합니다. 대학 축구도 토요일 오후가 되어야 경기를 시작하지만, 이른 아침부터 경기장으로 가는 길은 정신을 차릴 수 없을 만큼 붐비기 시작합니다. 경기가 끝나면 10만 명 이상이 한꺼번에 몰려나오는데, 차 한 대당 두세 명이 탔다고 가정하면 4만~5만 대가 동시에 빠져나오려 하니, 평소 20분이면 충분한 거리가 한 시간이 넘게 걸립니다.

그리고 10만 명이 넘는 성인이 한곳에 모여 있는 광경은 직접 보아야 실감이 나지 상상만으로는 도저히 짐작하기도 어렵습니다. 그렇게 많은 사람이 동시에 자기 팀을 응원하기 위해 목청껏 함성을 지를 때는 정말 볼만합니다. 그렇게 하면서 스트레스도 다 날려버리고 새로운 생각이나 지식이 들어갈 자리도 만드나 봅니다.

미식축구, 특히 대학 축구는 서로의 실력 차이가 크지 않기 때문에 마지막 몇 초를 남겨두고 막판 뒤집기로 승패가 뒤바뀌는 일이 빈번하기도 하지만, 자기 팀의 기를 살려주기 위해 경기 종료 호루라기가 울리는 순간까지 남아 응원하는 거지요.

특히 미시간대학교와 오하이오주립대학교가 맞붙을 때는 정말 굉장합니다. 하버드대학과 예일대학이 아무리 라이벌이라지만 소문난 잔치에 먹을 것 없다고 이 두 대학의 경기와는 비교가 되지 않습니다.

그런데 이 두 대학의 경기는 항상 BIG-10시즌의 마지막 경기에, 홈이나 원정 경기로 매년 서로 장소를 오가며 만나도록 일정을 잡아놓았으므로, 이 경기에서 이기는 팀이 BIG-10의 챔피언이 되는 경우가 많습니다. BIG-10의 챔피언이 되면 전미 챔피언을 결정하는 토너먼트에 나가게 되고, 더불어 학교의 명예도 올라가지만 그보다는 우리가 상상도 못할 어마어마한 TV 광고 수입이 학교에 들어오므로 정말로 이 두 팀의 선수들은 사활을 걸고 경기에 임합니다.

졸업을 앞둔 학생들은 그 경기가 자기 일생의 마지막 경기가 될 수도 있어 평생을 가슴에 간직하며 살아갈 의미 깊은 하루가 되기도 합니다. 사실 두 대학의 축구팀은 이 BIG-10의 마지막 경기를 위하여 존재한다고 하는 게 정확한 표현입니다.

조금 과장하면, 다른 경기를 다 이기고도 이 경기에서 지면 1년 내내 땀 흘려 다른 대학을 이겨놓은 경기가 아무런 의미가 없게 되고, 뒤집어 말하면 1년 내내 다른 팀에게 져놓고도 이 경기에서 이기면 그동안의 모든 경기에서 이긴 거나 마찬가지로 여길 만큼 이 마지막 경기에 열정을 쏟아붓습니다.

두 대학의 경쟁의식은 말투에서도 드러납니다. 자기들끼리 있을 때 오하이오주립대학의 선수나 코치는 미시간대학을 두고 절대로 정식 이름으로 부르지 않고 "team from north"라고 보통명사로 부릅니다. "북에서 굴러온 놈들"이라는 뜻인데, 물론 미시간대학도 마찬가지입니다. "team from south"는 남에서 굴러온 오하이오주립대학의 팀을 두고 하는 말입니다.

사실 미국의 남북전쟁은 진작 끝났지만 아직도 여러 가지 모습으로 진행 중이고 앞으로도 계속될 것입니다. 미국은 밖에서 보듯 그렇게 평화스러운 나라가 아닙니다. 모든 일이 시끄럽지 않고 점잖게 진행되어 평화스러워 보일 뿐이지요.

미국 대통령 선거만 해도 서로 총만 들지 않았다 뿐이지 옛날 남북으로 갈려 총질해 가며 죽고 죽이던 시절의 묵은 감정은 그대로 남아 있습니다. 민주당은 옛날 남군의 색채가, 공화당은 북군의 색깔이 짙어 보입니다. 보기에 따라 서로 위치가 달라질 수는 있지만 한쪽은 남군, 다른 한쪽은 북군입니다. 반반으로 갈려 상대방 머리 위에 올라서기 위해 최악의 경우에는 거짓말도 서슴지 않습니다.

서로의 의견 차이 때문에 둘로 갈라진 모습은 옛날이나 지금이나 하나도 달라지지 않았습니다. 우리 인간은 동서양을 막론하고 사회를 이끌어 나가는 가장 심각한 문제, 특히 고픈 배를 어떻게 채울 것인가를 해결하는 방법을 두고, 큰 이념이나 사상으로 늘 둘로 갈라져 싸워왔습니다.

사회주의 대 사본주의, 민주주의 대 공산주의, 신보 대 보수 등으로, 우리 인간 사회는 같은 문제를 두고 늘 해결 방법이 둘로 갈려서 갈등을 계속했고 앞으로도 그러리라 봅니다. 우리는 둘로 갈릴 수밖에 없는 존재인가 봅니다. 가족 안에서, 친구 사이에, 동창들 사이에, 우리는 남과 북으로, 미국은 공화당과 민주당으로, 한국은 보이는 선으로, 미국은 보이지 않는 선으로 갈라져 있지요.

그런데 이 둘의 뿌리를 자세히 분석해 보면 결국은 가진 자와 못 가진 자, 즉 뺏는 자와 뺏기는 자, 배가 터지게 부른 자와 배고픈 자의 싸움(the struggle between Have and Have not)입니다. 한마디로 약육강식이지요. 미국 인구의 1퍼센트도 안 되는 부자의 소유 재산이 나머지 99퍼센트보다 더 많다고 하지요.

그렇게 보면 문제의 뿌리는 하나이고 해결 방법도 결국은 하나라는 결론이 나옵니다. 가진 자는 더 가져야 하고, 이미 배부른 자는 배가 터지도록 더 먹어야 하며, 좋은 차를 타면 더 좋은 차가 눈에 아른거립니다. 하지만 이런 악순환의 고리를 끊어야 합니다. 즉 가진 자가 양보해야 합니다. 모든 문제의 해결 방법은 하나입니다. 가진 자의 결심과 행동에 따라 결과가 달라집니다. 없는 자는 양보를 하려 해도 할 건더기가 없고, 양보를 하고자 해도 손에 가진 것이 없습니다.

이 해결 방법을 몸으로 보여주기 위해 하느님의 아들이 이 세상에 왔다고 보면 어떨까요? "내가 너희를 사랑하는 것처럼 너희도 서로 사랑하라", 그리고 "부자가 천국에 들어가기란 낙타가 바늘구멍에 들어가기보다 어렵다", 또 "네가 나를 따르려면 네가 가진 모든 것을 가난한 이웃에게 나누어 주고 따라오라", 더 나아가서 "네 이웃을 네 몸같이 사랑하라" 하신 예수님은 전형적인 사회주의자가 아니던가요?

그건 그렇다 치고, 일단 경기가 끝나면, 이긴 쪽은 이겼으니 기분이 좋아서 한잔, 진 쪽은 졌으니 울화통이 터져 한잔하며 앤아버 시내는 물론이고 주변 레스토랑이나 술집까지도 응원하러 온 사람들로 터져나갑니다. 경기를 할 때는 공을 가운데 두고, 경기가 끝나면 술잔을 손에 들고서 또 다른 전쟁터가 되는 거지요.

하지만 여기서 배울 점 한 가지가 있지요.

심판의 오심으로 억울하게 졌건, 한 선수의 어처구니없는 실수로 다 잡아놓은 경기를 막판 뒤집기를 당하여 졌건, 아니면 실력 차이로 당연히 져야 할 경기를 졌건 간에 경기장 안으로는 맞으면 다칠 수 있는 물건이 선수나 심판을 향해 날아들지 않는다는 사실입니다. 상대 팀을 향해 야유나 욕설은 할지라도 몸을 건드리거나 다치게 하는 불상사는 일어나지 않습니다. 남미의 축구 경기처럼 선수들의 경기 태도가 난폭해지면, 관중들도 서로 난투극을 벌이는 일은 눈을 씻고 찾아보려 해도 볼 수가 없습니다. 내가 응원하는 팀이 이기면 잘해서 이긴 것이고, 지면 상대팀이 잘해서 진 것으로 여기고 그 결과에 집착하지 않는 모습이 어떤 면에서는 의아하게 보일 때가 있습니다.

또 그렇게 밤새도록 흥청망청 술을 마셨다 해도 다음 날 아침 해가 뜨면 언제 그런 일이 있었냐는 듯이 모두 원래의 모습으로 돌아갑니다. 어제(과거)는 더 나은 오늘(현재)과 내일(미래)을 가져다주기 위해 존재한다고 하면 될까요?

어제의 결과를 두고 어제에 머물러 있지 않습니다. 이긴 쪽은 승리감에 도취하지 않고, 즉시 다음 경기 다음 팀 분석에 들어가고, 이겼으니 내년에도 열심히 몸과 기량을 갈고닦아서 올해와 같은 좋은 결과를 얻기 위해 1년 내내 훈련에 열중할 것이고, 진 쪽도 다음 팀 다음 경기에 대해 연구,

미시간대학 도서관

분석하는 데 온 힘을 기울여, 올해의 결과를 거울삼아 내년에는 올해와는 다른 결과를 얻어야겠다는 다짐을 하며 절치부심합니다. 그리고 열심히 응원을 한 우리들은 각자의 일터로, 교실로, 연구실로 돌아갑니다.

언제 그렇게 흥분한 적이 있었냐는 듯이 자기의 위치로 돌아가 맡은 일에 열중합니다. 특히 학생은 책에다 얼굴을 파묻고 책과 열심히 씨름합니다. 학생들이 얼마나 열심히 공부하는지는 법대 도서관에 가보면 압니다. 근처에 볼일이 있어 호기심으로 무심코 그 안을 통과하다 보면 많은 학생들이 공부를 하고 있는데 숨소리가 들릴 정도로 조용합니다. 내 발자국

소리가 왜 그렇게 크게 들려오는지.

물론 바로 옆에 있는 또 다른 큰 도서실에서는 여러 명이 둘러앉아 떠들어가며 공부하기도 합니다. 먹고 마시고 할 짓을 다 하는데, 그렇다고 옆에서 책 읽는 사람이나 다른 사람들에게 폐를 끼칠 정도로 시끄럽지는 않습니다.

미국에 온 지도 어느덧 40여 년이 지나가고, 그동안 하던 일도 대충 정리가 되어가는 지금, 어릴 때 일기 쓰기를 그렇게도 싫어하던 사람인데, 본업에 열중하느라 본업과 관련이 없는 책은 쳐다보지도 않던 사람이 이렇게 글쓰기를 합니다.

처음에는 여행에 관한 글을 쓰고 싶은 충동으로 시작했으나 본업을 숨기지 못해 건강에 관한 것도 포함합니다. 주객이 전도가 되었는지, 객주가 전도되었는지 이 글을 쓰면서도 알 수가 없습니다. 건강에 관한 필자의 의견은 교과서나 다른 출판물을 통해 익히 알던 내용이 대부분이지만, 이따금 순전히 필자의 생각에다 필자가 만들어낸 새로운 공식을 가미했다는 점을 분명히 밝혀 둡니다.

세상을 살아가면서 의사로서, 또 평범한 한 인간으로 느낀 바를 적어 놓았고, 우리가 건강하게 살아가는 데 필수적인 요소 여섯 가지를 유효적절하게 배합해 놓은 것 외에는 눈에 띄게 잘한 것도 특별한 내용도 없습니다.

평소 건강에 관심이 많은 현대인이라면 이미 알고 있는 지식이나 정보가 대부분일 겁니다. 다른 일에서와 마찬가지로 우선 건강해야 모든 일이 잘 진행되듯이, 여행도 몸이 건강해야 하고, 나아가서 다리가 튼튼해야 힘든 여정을 잘 소화해 좋은 결과를 얻을 수 있으니 자연스럽게 이 두 가지가 혼합되었나 봅니다.

앤아버

이왕에 앤아버 이야기가 나왔으니 앤아버의 자랑, 아니 소개를 하고 다음으로 넘어갈까요? 3불출에 해당하지 않을까 염려가 되긴 해도 미국에 온 이후 지금까지 다른 곳에서는 살아본 적이 없고, 미시간에서만 줄곧 살았으니 아는 것이라고는 이곳밖에 없는 형편입니다.

앤아버가 속한 미시간주는 미 대륙의 중간에서 동쪽으로 약간 치우쳐 있고, 가장 북쪽이라 미시간의 최북단은 캐나다와 붙어 있습니다. 오대호에 둘러싸여 있고, 왼 손등을 펴서 보는 듯한 모양을 하고 있지요. 그중 앤아버는 맨 남쪽에서 약간 서쪽에 위치해 있지요. 물론 오대호를 건너가면 캐나다로 들어갑니다. 디트로이트에서 긴 다리를 건너가거나, 물밑으로 난 해저터널을 지나가면 바로 캐나다지요.

동으로 약 40분 거리에 한때 자동차 산업으로 온 세계를 주름잡던 디트로이트가 있습니다. 지금은 옛날의 부귀영화는 간 데 없고 1960년대의 민권운동(Civil Rights Movement)의 여파가 아직도 두 눈에 확연하게 들어오는 찌그러진 모습에서 새 모습을 찾으려 애쓰는 평범한 도시 중의 하나가 되어 있습니다. 민권운동으로 인종폭동이 일어났을 때 가장 큰 피해를 입었고, 아직도 그 후유증으로 시달리는 도시입니다. 옛날에는 뉴욕, LA, 시카고 다음으로 네 번째로 큰 도시였지만 애틀랜타, 휴스턴 등에 밀려 인구나 크기를 가지고 자랑하기에는 역부족인 도시로 전락했습니다.

디트로이트는 헨리 포드를 위시한 자동차 산업의 선구자들 덕에다, 양차 세계대전을 거치면서 방위 산업에 이르기까지 확산하여 당시 미국 젊은이들이라면 누구나 동경하는 도시가 되었고, 앤아버는 그 번창하는 도시에 새로운 지식과 두뇌를 제공하는 교육도시로서 큰 역할을 하였습니다.

지금도 전 세계의 유명한 자동차 회사의 연구소들이 다 앤아버 근처에 모여 있습니다. 지엠, 크라이슬러, 포드 같은 미국의 3대 자동차 회사를 비롯하여 토요타, 혼다, 닛산뿐만 아니라 유럽의 자동차 회사, 그리고 우리나라 현대 연구소도 이곳에서 멀지 않은 곳에 자리하고 있습니다. 그 앞을 지나칠 때마다 자랑스럽습니다.

특히 인종차별이 심하던 시기에 디트로이트는 남부 젊은이들에게는 꿈에도 그리는 동경의 도시였습니다. 말은 태어나면 제주도로, 사람은 서울로 보내라는 말이 있듯이 디트로이트를 향해 북으로 가는 것이 그들의 꿈이었습니다. 자고 나면 커져만 가는 자동차 산업 덕에 일할 사람이 모자

라서 허덕일 때였습니다. 헨리 포드의 아이디어로 태어난 어셈블리 라인에는 고등학교만 졸업해도 얼마든지 맡은 일을 할 수 있는 자리가 넘쳐났습니다. 사람이 일자리를 찾는 것이 아니라 일자리가 사람을 찾아다니던 세상이었습니다.

이곳 미시간대학은 전체를 두고 보면 지금은 전국에서 열 번째 정도 수준이지만, 석·박사를 길러내는 대학원의 수준은 항상 다섯 손가락 안에 드는 우수한 학교입니다. 어느 대학이나 그렇지만 학부보다는 엘리트, 즉 석·박사를 양성하는 대학원이 알아줘야 우수한 대학의 대열에 들 수가 있습니다. 우선 법대(Law School), 상대(Business School), 의대(Medical School), 치대(Dental School), 간호대(Nursing School), 거기다 빼놓을 수 없는 공대(Engineering School)가 있고, 음대와 미대도 알아줍니다.

앤아버시의 중심에 위치한 미시간대학은 다른 학교처럼 학교와 도시가 담으로 분리되어 있지 않습니다. 대다수의 대학들은 담으로 둘러싸여 있어 교문을 통과해야 출입할 수 있기 때문에 일반 시민이 특별한 용무 없이는 학교 안에 들어가기가 심리적으로 불편하지만, 미시간대학은 많은

◀ 대학의 본 캠퍼스가 있다는 표시인데 담이 없습니다.
▼ 법대 건물

미시간대학 총장 관저

학교 건물이 일반 건물들과 섞여 있거나 서로 분간하기가 어렵기 때문에 어떤 면으로 보면 학교가 도시이고 도시가 학교라 학생과 시민이 섞여서 생활합니다. 따라서 시민들의 학교에 대한 애교심, 자부심은 대단합니다. 타 지역에 가더라도 앤아버 출신임을 자랑스럽게 밝힙니다.

물론 다른 유명한 학교도 마찬가지지만 이곳의 대학원 과정, 그중에서도 박사 과정은 힘들기로 평판이 나 있고 실제로 박사 학위를 받는 것도 장난이 아닙니다. 그래서 미시간대학에서 박사 학위를 받았다고 하면 어디서나 실력을 인정해 줍니다. 박사 학위 과정이 얼마나 어려운지는 한국 유학생들의 얼굴을 보면 알 수 있지요. 가슴 아파할 부모가 있을 것 같아 자세한 설명은 생략합니다.

미시간대학을 다른 유명한 대학과 비교해 보면, 우선 교육적인 면에서 뉴욕이나 보스턴, 캘리포니아 등에도 우수한 학교들이 있긴 하지만 그 도시들에는 주변에 유흥도시들이 산재해 있어 자칫 잘못하면 공부를 소홀히 할 위험이 있지만, 이곳 앤아버는 동서남북을 아무리 둘러봐도 놀러 갈 만한 곳이 눈에 들어오지 않습니다. 놀기에는 별 볼 일이 없지만 자기 전공 공부에 열중하기에는 너무나도 편안하고 조용한 도시라는 표현이 적합한 곳입니다.

일례로, 개인경기에서 세계적으로 유명한 선수들이 이 앤아버 주위에서 조용히 연습에 열중해 누구의 눈에도 띄지 않고 자기가 원하는 목적을 달성하는 경우를 많이 봅니다. 앤아버 사람들은 그런 유명한 선수가 바로 옆에 있는지도 모르고 살다가 그 선수가 세계적으로 유명해지면 나중에 가서야 알게 됩니다.

수영 종목에서 금메달을 목에 다 걸 수 없을 만큼 많이 수상한 마이클 펠프스 같은 선수는 유명해지기 전에 미시간대학의 수영장에서 열심히 팔을 저었지만, 그가 이곳에 살고 있다는 사실을 아는 사람도 극히 드물 정도입니다. 마찬가지로 동계 올림픽을 준비하는 선수들도 이곳에 오고 싶어 합니다. 세계적으로 유명한 피겨스케이팅 선수들이 이곳에 와 살면서 근처 아이스링크에서 열심히 훈련에 몰두합니다. 조용히 눈에 띄지 않고 충실하게 연습에만 열중하거나, 공부에만 올인하는 학구파에게는 정말 좋은 교육도시입니다. 그만큼 이곳은 주위 환경에 이끌리지 않고 자기의 전공인 학업이나 연구, 또는 훈련에 완벽하게 몰두할 수 있는 별 볼 일 없는 도시라는 뜻입니다. 놀러 다닐 곳이 없으니 공부에 열중할 수밖에 없는 한심한 도시라고 해야겠지요.

학교에 대해서는 이 정도로 마치겠습니다.

미시간의 날씨라고 해야겠지요. 봄, 여름, 가을의 날씨는 어느 나라, 어느 지방이든 비슷해서 별로 이야기할 게 없습니다. 문제는 겨울입니다.

여기서 약 두 시간을 북으로 올라가면 북위 45도를 지나간다는 팻말이 나타납니다. 이곳 날씨는 서울과 가장 가까운 듯합니다. 서울과 평양 사이라고나 할까요? 우리나라의 38선보다 약간 북쪽에 위치해 있으니 봄, 여름, 가을은 짐작이 될 테고, 역시나 힘든 계절은 겨울이지요.

우리나라의 삼한사온같이 춥기는 해도 어느 정도 인정미가 보이는 겨울이 존재하지는 않으나, 이곳에는 그와 비슷한 현상으로 인디언 서머라는 말이 있습니다. 늦가을이 되어 쌀쌀한 날씨가 계속되다가 갑자기 봄날처럼 따듯한 날씨가 며칠씩 이어질 때 쓰는 표현입니다. 그런 날이 예상보다 자주 있으면 다행이지만 단 하루도 오지 않아도 누구를 원망할 수는 없는 일입니다. 1년에 그런 날이 며칠이나 될지는 아무도 예측할 수가 없으므로 나이 든 노인의 심술로 보면 됩니다.

하지만 운이 좋으면 한겨울에도 갑자기 봄 날씨같이 포근한 날이 며칠씩 계속되는 때가 가끔 있습니다. 그런 때도 인디언 서머라는 표현을 씁니다. 서울보다 겨울이 약간 깁니다. 그런데 그 약간이 사람을 미치게 합니다. 지금은 차를 타고 바깥에 나가면 된다고 하지만 그래도 추위 때문에 집 안에 갇혀 지내는 날이 길어지면 그로 인해 열을 받는다 하여 생겨난 밀실 공포증(Cabin Fever)이라는 열병(?)이 있습니다. 사실은 추위 때문에 열이 나는 병이 아니라, 긴 겨울 심한 추위로 인해 아주 약한 우울증이 오는 경우를 가리키는 말입니다. 어떤 사람이 사소한 일로 화를 내거나

대설이 내린 필자의 집 앞

짜증을 부리면 체온에 상관없이 "저 사람 열받았네"라고 표현하는 것이나 같습니다.

지구 온난화로 한국도 온대기후에서 아열대성기후에 가까워진다는 말이 있지만, 이곳도 같은 현상이 일어나고 있는 것을 피부로 느낍니다. 이곳의 겨울 날씨도 과거 20년, 30년 전과 비교해 보면 확실하게 따듯해졌습니다. 알래스카에 가보면 눈으로도 확인됩니다. 우선은 좋지만, 북극과 남극의 눈이 가까운 미래에 다 녹아버리면 우리 세대는 강 건너 불구경하듯이 "나 몰라라" 하고 지나갈 수 있을지 몰라도 나중에 하늘나라에서 자손들에게 욕먹지 않으려면 지금이라도 그에 대한 대비책을 실천에 옮겨야 하지 않을까 싶습니다.

몇백 년을 걸쳐 내려오는 이야기가 있습니다. 이곳과 캐나다 사이에 국경이 없던 시절 이곳보다 훨씬 더 북쪽에 살던 캐나다의 인디언들이 추운 겨울이 되면 혹독한 추위를 피해 한참 남쪽에 위치한 이곳으로 걸어서, 혹은 말을 타고 열흘 이상 고생해 가며 가족들을 데리고 내려왔다고 합니다. 그렇게 추위를 피해 지내다가 봄이 되면 다시 고향으로 돌아가곤 했다는 피한지였다고 하면 믿을 사람이 몇이나 될까요? 요즈음에는 교통수단이 발달하여 비행기를 타고 플로리다나 멕시코로 날아다니지만, 그 옛날에는 초겨울이 되면 멀고도 먼 북쪽에서 혹한을 피해 걸어서 내려와야 했습니다.

자기네들 고향에 있을 때는 서로 좋은 땅, 물 가까운 땅을 차지하기 위해 부족들 사이에 서로 죽고 죽이며 피 흘리는 싸움을 벌이다가도, 추운 겨울이 되어 이곳에 내려와 지낼 때는 추위에 기가 죽어서인지 충돌하지 않고 얌전히 사이좋게 이웃으로 지내다가 봄이 와서 고향에 돌아가면 다시 피를 보는 싸움을 계속했다고 합니다. 자연의 위력이 얼마나 위대한지를 알 수 있고, 또 이곳의 추위가 옛날부터 심하긴 했어도 참고 지낼 만한 정도였음을 보여주는 좋은 사례입니다.

겨울 스포츠를 즐기는 사람들에게는 오히려 겨울이 기다려지는 계절이라고 본다면, 약간 과장하면 눈 속에 파묻혀 사는 북미시간의 겨울이 나쁘기만 한 것은 아닙니다. 활강, 크로스컨트리, 스노모빌, 사냥(사슴과 곰) 등의 겨울 스포츠가 우리를 기다립니다. 미시간의 북쪽이 겨울 스포츠의 천국이라고 하면 미네소타나 위스콘신 등에서 자기네가 1등이라고 난리가 나겠지요. 일장이 있으면 일단이 있다는 진리를 보여주는 좋은 본보기입니다.

코스트코

코스트코는 시애틀에서 시작해 본사가 그곳에 있는지라, 미시간까지 오는 데 상당한 시간이 걸렸습니다. 그러나 생긴 지 얼마 되지 않은 이 늦둥이가 먼저 출발한 비슷한 계열의 여러 회사를 제치고 승승장구합니다.

생활필수품과 식품을 주로 다루는 이 회사가 경쟁사를 다 물리치고, 또는 망하게 만들고 그 위에 올라선 데는 그만한 이유가 있습니다. 우선, 이 사람들은 땅값이나 건축비가 많이 들고, 교통이 번잡하면서 사람들이 많이 들끓는 곳에 매장을 짓지 않습니다. 오히려 땅값이 싸고 교통도 한산한 변두리에 창고형으로 건물을 지어 다른 회사들보다 자본을 훨씬 적게 들이고 매장을 시작할 수 있습니다. 게다가 품질이 좋고 값싼 물건을 가득 채워놓다 보니 고객이 오지 않을 수 없습니다.

이 사람들은 자기들 눈에 들어오는 상품이 있으면, 다른 데보다 비교가 되지 않을 정도로 많은 물량을 주문하기 때문에 물건을 공급하는 쪽에서는 싼 가격에 줄 수밖에 없는 형편이 되어버립니다. 그래서 그것이 돌고 돌아 결국은 소비자들이 이득을 봅니다.

그러다가 고객들 반응이 좋은 물건이 있으면 아예 자기들이 공장에서 똑같이 만들어 자기들 상표를 붙여, 반의 반 가격으로 싸게 판매하여 고객이 눈을 돌리게 만듭니다. 특허가 난 상품이라도 10년이 지나면 누구나 만들 수 있다는 법을 이용하는 것이지요. 같은 이름만 사용하지 않으면 됩니다. 코스트코의 상품명은 커클랜드(Kirkland)입니다.

물건이 좋고 싸면 여우 같은 소비자들이 그곳에 가지 않고는 배길 수가 없지요. 하지만 이 싸고 좋은 두 이유를 포함하여 또 다른 이유가 몇 가지

더 있어 소비자 입장에서 간단히 설명을 추가합니다.

첫째, 코스트코에서 일하는 사람들의 표정이 다른 곳에서 일하는 사람들과는 조금 다릅니다. 이유는 임금을 다른 데보다 많이 주기 때문입니다. 얼마나 더 많이 주는지는 모르지만 항상 다른 데보다 많이 준다고 합니다. 다른 부가 혜택도 조건이 더 좋다고 합니다. 일하는 사람들을 마주치면 기분이 좋아질 정도입니다. 들어가면서부터 일을 마치고 나올 때까지 그 사람들의 표정을 보면 다른 데와는 확실히 다릅니다. 질문이 있어 붙들고 물어보면 항상 친절하게 대답합니다. 너무 친절해서 탈입니다. 다른 데와 비교하여 그렇다는 말입니다. 어떻게 훈련을 받았기에, 아니 어떻게 가르쳐놓았기에 그럴까 싶습니다. 들어가면서 반가운 인사를 받고 또 나올 때 나머지 하루를 잘 보내라는 인사를 받습니다.

둘째, 미국 사람들이 남녀노소를 가리지 않고 가장 좋아하는 패스트푸드를 이용하여 소비자를 끌어들이는 미끼로 사용합니다. 미국 사람이 가장 좋아하는 패스트푸드가 무엇일까요? 맥도날드? 버거킹? 웬디스? 아비스? 피자? 서브웨이? 모두 정답이 아닙니다. 정답은 핫도그입니다.

위에서 말한 패스트푸드 레스토랑에서 핫도그를 파는 곳은 한 군데도 없습니다. 만들기가 너무 쉬운 탓이라 할까요? 유일하게 핫도그를 파는 레스토랑으로 코니아일랜드가 있긴 합니다. 그리스인들이 미국에 이민 와서 개설한 가족용 레스토랑입니다. 엄밀하게 말하면 이곳은 패스트푸드 식당이 아니고 아침과 점심에 중점을 두어 손님들에게 좋은 음식을 제공하는 곳입니다. 길을 가면서 유심히 보면 맥도날드보다 더 많이 보일 정도입니다. 맥도날드보다 또는 그만큼 많다고 하면 얼마나 많은지 긴 설명이 필요 없겠지요.

코스트코에서는 핫도그와 소다를 합한 가격이 1달러 50센트로 매우 저렴합니다.

그건 그렇고, 코스트코에 볼일을 보러 온 많은 사람들이 안에서 쇼핑을 마친 뒤에 코스트코에서 직접 만들어 파는 핫도그를 사 먹고 돌아갑니다. 그런데 코스트코 안에서 파는 이 핫도그가 맛이며 가격이 장난이 아닙니다. 다른 곳에서 파는 핫도그와는 달리, 다른 고기는 하나도 섞지 않고 100퍼센트 쇠고기만 사용했다고 크게 써 붙여 놓았습니다. 법적으로는 핫도그에 쇠고기를 90퍼센트만 넣으면 됩니다. 10퍼센트는 다른 고기를 섞어도 법에 걸리지 않는데도, 자기들은 100퍼센트 쇠고기만 사용한다고 자랑 아닌 자랑을 합니다. 빵을 만드는 밀가루도 최고급을 사용합니다.

장난이 아니라고 한 핫도그 가격은 무제한 마실 수 있는 소다를 포함하여 단돈 1달러 50센트입니다. 처음에는 1달러로 시작한 모양입니다. 한 끼를 1달러로 해결한다고? 그것도 최상급 재료를 사용하여 만든 것을 말입니다.

우선 핫도그를 좋아하는 미국 사람의 입맛에다 초점을 맞춘 거지요. 게다가 뭐든 자기 손으로 직접 고치며 시간 보내기를 좋아하고, 주말에는 집 고치는 일로 바쁜 미국 사람들에게는 안성맞춤입니다. 또, '저 푸른 초원 위에서' 누적된 스트레스를 풀기 위해 열심히 곡괭이(?)를 휘두르며 땅을 파헤치느라 땀을 흘리는 현대인에게도 클럽하우스에 잠시 들러 허기진 배를 채우기에는 이보다 좋은 패스트푸드가 없습니다.

거기다 한술 더 떠서 핫도그 위에 김이 솔솔 올라오는 갈아 만든 쇠고기를 조심스럽게 올리고, 다시 그 위에 펄펄 끓는 아메리칸 치즈를 잔뜩 붓습니다(이런 핫도그를 칠리독이라 합니다). 그러고는 몸가짐을 한껏 경건하게 가다듬고 두 손으로 그놈을 떠받들어 입으로 가져갈 때 눈을 스르르 감으면서 기도하는 자세를 취하며 먹는 광경은 미국에서만 볼 수 있는 진풍경이라 할까요?

그러다가 미국 사람들이 피자를 많이 먹기 시작하자 피자를 메뉴에 추가했습니다. 그 피자의 맛도 다른 데보다 나았으면 나았지 못하지는 않습니다. 피자를 그냥 적당히 만들어내지 않고, 자기들이 판매하는 최고급 밀가루에다 제일 좋은 치즈 등을 사용하여 우수한 성능의 오븐에다 넣어

다른 데보다 더 맛있게 만들어놓고서 가격은 3분의 1 정도밖에 되지 않으니, 딴 볼일 보러 왔다가도 사 먹지 않을 수가 없지요.

셋째, 덤으로 주유까지 싸게 합니다. 코스트코는 시내의 번화가가 아니라 외곽에 위치해 주차장도 충분히 넓습니다. 주차장 공간이 부족하면 어쩔 수 없지만 공간이 허락하면 주차장 한쪽에 주유소를 추가합니다. 그렇게 해놓고서 가격이 다른 데보다 갤런당 30센트까지 쌉니다.

코스트코에 갔을 때 가스탱크가 비어 있으면 일석이조가 됩니다. 반 정도만 비어 있어도 간 김에 기름을 넣고 갑니다. 15갤런 가스탱크이면 약 3달러가 절약. 그러면 필자의 경우처럼 차가 두 대이고, 일주일에 한 번 휘발유를 넣으면 1년에 절약되는 돈이 얼마인가요? 거기다 앞으로 10년, 20년 등등을 계산해 보면 숫자가 장난이 아닙니다.

그래서 코스트코에 가면 일단 볼일을 보면서 시식을 합니다. 있으면 먹어주고 없으면 그만이고. 이것을 '코스트코 뷔페'라 하지요. 볼일을 마치고 나서는 피자를 사 먹고 음료수는 마시고 또 마시고 재충전(refill)에 또 재충전. 집에 가기 바로 전에 한 번 더 충전.

골프

사실 골프에 대한 편견이 완전히 해소된 상태가 아니어서 글로 쓰기가 약간 거북한 마음이 들긴 해도, 워낙 이곳에 골프장이 많고 골프가 대중 스포츠가 되어 있어 그냥 넘어가면 후회가 될 것 같아, 어느 정도 기본적인 면만을 언급할까 합니다.

여기서 서너 시간만 북으로 운전해 가면 좋은 스키장이 나오기 시작합니다. 여름에는 골프장이었다가, 겨울에는 스키장으로 변하는 곳이 많습니다. 또 골프장 시설이 좋으면서 가격이 싼 곳으로는 미국에서 미시간을 따라올 곳이 없습니다. 플로리다나 캘리포니아 사람들은 자기네가 최고라고 아우성을 치겠지만 아는 곳이라고는 미시간밖에 없어서인지 필자에게는 누가 뭐라 해도 미시간이 최고입니다. 미국에서 캘리포니아와 플로리다를 제외하고 골프장이 가장 많은 곳이 미시간주입니다. 미국에서 세 번째로 골프장이 많은 곳. 이 사실만으로도 더 이상 설명이 필요 없을 것 같습니다.

물건 값이 싸고 질이 좋으니 같은 물건이면 코스트코에 가서 사지 않을 수 없듯이 골프장 시설이 좋고 그린피가 싸기 때문에 이곳에 살면서 골프를 치지 않는다는 것은 상식 밖의 일이자, 참새가 방앗간을 들르지 않고 그냥 지나치는 것과 같은 불상사입니다. 하지만 이곳 한인 사회도 얼마 전까지만 해도 골프에 대한 편견이 심해 골프의 '골' 자만 들어도 과민반응을 보이는 사람들이 많았지요. 특히 한인들이 많이 모이는 교회나 성당에서 그렇습니다. 물론 한국에서도 골프에 대한 인식이 과거와 비교하여 긍정적으로 변했으리라 믿습니다. 박세리, 최경주 선수 덕이지요.

이곳도 세월의 흐름에 병행하여 편견이 많이 바뀌어서 시간적·경제적 여유가 있는 사람들이나 하던 사치성 운동이라는 인식에서 벗어나, 이제는 아무라도 자신의 건강을 위하여 마음만 먹으면 할 수 있는 운동으로 탈바꿈하였습니다. 이곳 교회나 성당의 변한 모습이 좋은 예지요. 20년, 30년 전만 해도 일요일에 골프를 치는 행위는 무조건 사탄의 유혹을 받은 것으로 간주하여 목사님이나 신부님이 골프를 금지된 활동 중 하나로 가르쳤습니다. 술, 담배 같은 금지 품목에 골프가 들어가 있던 시절입니다. 당연히 있어야 할 하느님의 집에 와 있지 않고 엉뚱한 곳에 가서 '죽어라' 땅을 파고 있으니 사탄의 유혹에 넘어간 것이지요.

그토록 지탄의 대상이 되어 무조건 금지하던 종목에서 최근에는 얼마든지 해도 천당에 가는 데는 아무런 지장이 없는 장려 종목으로 탈바꿈하였습니다. 이제 골프는 했다 하면 천당을 못 가는 빨간 딱지, 금지 종목이 아니라 아무리 해도 천당 가는 데는 전혀 지장이 없는 장려 종목의 대열에 들어가게 되었습니다.

옛날에는 교회에서 미사나 예배 시간을 의도적으로 티타임의 황금대인 11시나 12시로 배정을 하였습니다. 사탄의 유혹에 못 이겨 풀밭을 향해 달려가야 하는 사람들의 마음을 우선 불편하게 만들고, 교회에 와서 예배나 미사를 본 뒤에 점심을 먹고 나가게 되면, 라운딩을 한 번 끝낸 뒤에 다시 9홀이나 하다못해 서너 홀이라도 더 칠 수 있는 가능성을 아예 원천 봉쇄하려는 의도에서였습니다.

이곳에서는 18홀 이후에 몇 홀이나 9홀, 나아가 18홀을 한 번 더 치겠다고 요청하면 아주 싼 가격에, 몇 홀이면 그냥 나가서 치라고 합니다. 경우에 따라 골프를 치다가 뒤에 따라오는 골퍼들이 없으면 서너 홀을 다시 돌아가서 치고 나오는 정도는 우리가 적당히 알아서 합니다.

최근에는 골프장에서 고객을 한 사람이라도 더 끌어 모으기 위해 시즌 초에 여러 가지 회원권을 만들어 판매하기 시작합니다. 그러다 보니 이곳 한인 사회에서는 각자의 형편에 맞는 회원권을 구입하여 골프를 치는 사람들이 늘어나기 시작하였습니다. 그래서 구태여 몇 홀 때문에 눈치를 볼 필요가 없어졌습니다. 쉬운 예로, 일요일 하루만 종일 칠 수 있는 회원권, 일요일 하루에다 평일 중 하루를 추가하여 온종일 칠 수 있는 회원권, 마지막으로 1년 내내 하루 종일 칠 수 있는 회원권 등을 시즌 초에 각자 형편껏 구입합니다. 물론 가격은 회원권의 종류에 따라, 골프장에 따라 다릅니다. 직장생활을 하거나, 사업을 하는 사람은 일요일 회원권을, 은퇴를 하여 시간이 넉넉한 사람은 1년 내내 하루 종일 칠 수 있는 회원권을 구입하는 식입니다.

필자를 포함하여 많은 동포들이 1970년대 후반~1980년대 초반에 미국에 이민을 왔습니다. 요즈음과는 비교가 되지 않을 정도였습니다. 아니, 1978년도에 이민을 온 필자가 막차를 탔다는 게 정확한 표현일 듯합니다. 그런 우리가 강산이 변하는 10년, 아니 두 번 변하는 20년, 나아가서 30년이 지나면서 어렵던 새 출발 단계를 벗어나 경제적으로나 시간적으로 숨통이 트이기 시작합니다. 그런 와중에 자녀들은 성장하여 떠나갑니다.

미국 부모들은 막내가 대학에 가면, 자기들의 제2의 인생이 시작된다고 말합니다. 기숙사에 짐을 내려주고, 표정 관리를 하여 심각한 얼굴로 진한 이별을 나눈 후에, 서로가 보이지 않는 곳에 이르면 부부가 하이파이브를 한다고 합니다. 물론 엄마 아빠의 잔소리에서 해방된 자녀도 마찬가지입니다.

나를 위하여 무언가를 할 수 있는, 아니 해야 하는 시기가 오기 시작합니다. 거기다 바깥에 나가기가 어려운 추운 겨울을 의미 있게 보내기 위해 나만의 취미를 한두 가지 만들어놓아야 합니다. 특히 건강을 위하여 무언가 해놓지 않으면 나중에 후회할 것 같은 위기감도 들기 시작합니다. 그래서 이곳에 사는 많은 사람들은 40대 후반에, 혹은 50이 지나 골프를 시작합니다.

우리 세대는 경제 사정이 좋지 않아 어릴 때 골프채를 잡아본 사람이 없다 해도 과언이 아닙니다. 누구나 잘 아는 우리 세대의 과거입니다. 필자의 경우, 철이 들면서부터 당시에 유행하던 정구(Tennis)가 눈에 들어와 하고 싶은 목록 1순위에 올려놓고 있었습니다. 다른 사람이 치는 것을 보기만 해도 속이 후련하였습니다. 그렇게 꿈에도 가지고 싶던 테니스 라켓을 대학교에 들어가고 나서야 손에 쥘 수 있었습니다. 처음으로 그놈을 손에 들고 집 근처 고등학교 운동장 테니스 코트에 가서 시멘트 벽에 대고 해가 지고 공이 보이지 않을 때까지 없는 실력이지만 얼마나 오래 공을 쳐댔는지.

그건 그렇고, 레슨 한 번 받지 않은 채 싸구려 골프채를 구입해 바로 필드로 나가 실수를 통해 배우던 필자는 초보 수준을 거의 벗어나면서 이제는 외려 제 실력에 맞지도 않는 고급 채를 들고 다닌답니다. 그러다 보니 스윙하는 모습이 제멋대로입니다.

그러한 가운데 세월은 강물같이 흘러 이제는 우리 세대가 은퇴할 나이가 눈앞에 다가오기 시작합니다. 시간의 여유가 생깁니다. 일흔 살이 넘은 지금, 할일이 없어 매일 골프를 칠 수 있는 '우리들'이 생기기 시작합니다.

하지만 매일 칠 수 있는 여건이 된다 하여 프로들도 하지 못하는 '매일 골프'를 무식하게 할 수는 없지요. 더구나 자녀들이 40이 넘은 어른이 되었다 해도 자나 깨나 자녀 걱정을 해야 하고, 하지 않으려 해도 무의식중에 하게 되는 손자 손녀들의 걱정 등이 항상 따라다닙니다. 게다가 한국의 정치 및 사회 걱정에다 그곳에 살고 있는 가족, 친척, 친구 생각에 필자가 지금 살고 있는 미국 걱정 등을 동시에 하자면 걱정거리가 한두 가지가 아닙니다.

점점 꼬여가는 북한과의 관계, 그러한 남북한 사이에 비집고 들어가 미국의 이익이 아니라 자신의 이익을 위해, 거짓말을 밥 먹듯 하는 뉴욕 출신의 장사치(?)를 또 조심해야 합니다. 백인우월주의자, 인종차별주의자,

병역기피자, 공상허언증 등 이 사람은 부모가 지어준 이름 외에도 남이 붙여준 이름이 한두 가지가 아닙니다. 이 사람이 가진 별명 가운데 많은 것이 미국에서 유명한 정신과의사, 심리학자에게서 부여받은 불명예스러운 이름입니다. 한번 생각해 볼 문제입니다. 미국의 앞날이 걱정되고 나아가서 한국의 미래도 염려됩니다. 간단히 말해, 미국은 좋은 나라이지만 사람을 무턱대고 좋아하다가는 큰코다칩니다.

필자의 경우 어느 날 갑자기 평소 거리가 멀었던 글쓰기의 고소한 재미에 중독되어 시간만 나면 랩톱을 들고 집을 나서 조용한 맥도날드에서 디카페인 한 잔을 시켜놓고 복잡한 머리를 차분히 정리해 가며 글을 쓰고 있노라면, 골프를 포함하여 다른 잡생각, 또 위에서 늘어놓은 쓸데없는 걱정을 돌볼 시간적 여유가 없어집니다. 글을 쓰고 있는 동안에는 다른 잡념이 들지 않습니다. 바로 골프가 우리 삶의 전부가 될 수 없다는 살아 있는 증거입니다.

그런데 앞에서 언급한 바와 같이, 골프장 수는 캘리포니아가 1등(인구도 약 4000만으로 1등), 플로리다가 2등(인구도 약 2000만으로 2등), 미시간은 3등인데, 미시간에 거주하는 주민들의 수는 몇 등일까요? 8등입니다. 숫자로는 약 1000만 명이 살고 있지요. 미시간 사람이 골프를 칠 수 있는 여건이 얼마나 좋은지 대충 짐작이 갈 것입니다. 골프장의 수는 3등인데, 인구는 1등과 2등의 반이나 반의 반밖에 되지 않으니 이곳 사람들이 캘리포니아나 플로리다 사람들보다 확실히 좋은 여건에서 골프를 친다는 결론이 나옵니다. 한 가지 결정적 단점은 이곳은 추운 겨울이 있고, 그곳은 거의 겨울이 없어 1년 내내 필드에 나갈 수 있다는 사실입니다. 그쪽에서 날씨 이야기를 꺼내면 이쪽은 입을 다물어야겠지요.

누가 아무리 골프를 못 치게 안간힘을 써도, 주위를 돌아보면 눈에 보이는 것이 골프장인데, 차라리 참새를 보고 방앗간에 들르지 말라고 하는 것이 쉽지, 그곳으로 가는 우리의 발걸음을 누가 막을 수 있겠습니까? 하느님도 막을 도리가 없습니다. 특히 일요일 오후에는 내가 우선 땅을 파야 하니 자주 볼 수는 없지만, 어쩌다가 LPGA 경기를 보면 TV 화면 속에 예쁜 한국 아가씨들이 가득 차 있는데, 같은 유전자를 공유한 우리가 들판에 나가지 않고서 배길 수가 있겠습니까?

그러다 보니, 이러한 갈림길에서 골프에 미친 신자들 가운데는 따분하고 골치 아픈 교회를 아예 접어버리고, 아니면 집안의 대표만 교회에 보내놓고 본인은 아침 일찍부터 푸른 잔디로 땅을 파러 나가버리는 부조리가 일어나기 시작합니다. 당연한 결과지요. 역시 우리 한민족의 통뼈 기질이 엿보입니다. 천당보다는 골프가 더 맛이 짜릿해서일까요? 필자의 눈에는 그런 사람이 많아 보입니다. 천당에 갔다가 골프장이 없으면 천당 문을 열고 다른 곳을 찾아 나갈 사람들이 적지 않아 보이고, 더욱이 엄마 배 속에서 나올 때 이 세상에 골프장이 없다고 하면 다시 엄마 배 속으로 들어가겠다고 할 인물들이 필자의 눈에 꽤 많이 들어옵니다. 혹시 필자도 다른 사람의 눈에는 그런 사람으로 비치지 않을까요.

하지만 최근에는 그런 부작용을 긍정적으로 예방하기 위해 일요일 아침 일찍 예배 시간이나 미사 시간을 마련하여 교회에 가서 신자로서 할 바를 완수한 후에, 편한 마음으로 푸른 들판으로 달려갈 수 있게 배려해 놓았습니다. 물론 그렇게 하려면 부지런해야겠지요.

그래서 일요일 아침이 되면 믿음이 싫은 신자건 나일론 신자건 간에 천당이냐 지옥이냐를 놓고서 유혹에 시달려야 하는 부담감에서 화끈하게 벗어나 목사님이나 신부님의 눈총을 받지 않고 가벼운 마음으로 '저 푸른 초원'을 향하여 달려갑니다.

요즈음에는 교회나 성당에서 기금을 마련하기 위해 골프 아웃팅을 할 정도가 되었습니다. 기금 마련의 차원을 초월하여 신자들 간 친교 수단의 단계로 올라가 있는 것이 현실입니다. 요즈음에는 오히려 가서 열심히 치라고 합니다. 누가요? 짐작해 보세요.

못 가도록 화난 얼굴로 어린 양떼를 실눈을 하고서 째려보기보다는 사랑이 가득한 미소 띤 얼굴로 양떼를 바라보는 것이 하느님의 뜻임을 믿음의 지도자들이 겸손하게 받아들인 결과입니다. 하느님이 우리와 같은 어린 양떼를 위하여 그분들의 마음을 돌려놓은 것이지요. 얼마나 좋으신 하느님인지요! 물론 그분들의 겉과 속이 같은지 다른지는 오로지 그분들과 하느님만이 아는 사실입니다.

옛날에는 천국(교회)을 떠나 지옥(골프장)으로 가던 양떼들이 이제는 천국(교회)에서 '더 높은 곳을 향하여 날마다 나아'가면서, 편한 마음으로 푸른 벌판을 향하여 마음 놓고 갈 수 있게 된 것입니다. 세상이 바뀌었고, 변할 것 같지 않던 진리가 변했기 때문입니다.

옛날이나 지금이나 마찬가지일 테지만, LA 근처에 사는 아내들은 남편들이 골프를 치도록 두 손을 모아 기도한다는 말이 있습니다. 남편들이 골프에 미쳐야 카지노와 멀어지기 때문입니다.

옛날에는 미국 전역을 통틀어 두 군데, 라스베이거스와 애틀랜틱시티에만 카지노가 있었습니다. 그런데 지금은 큰 도시는 물론이고 중소도시에도 카지노를 허가해 주어 우후죽순으로 생겨났고 지금도 생기고 있는 중입니다. GPS에 카지노라고 찍어 넣기만 하면 그곳으로 안내가 되는 편리한 세상이 되기도 했고, 또 옛날에는 아예 보이지 않던 카지노가 바로 눈앞에서 왔다 갔다 합니다. 옛날에는 멀어서 갈 수가 없던 카지노가 이제는 엎어지면 코 닿을 거리에 다가와 있고, 1년 365일, 24시간 주말은 물론이고 공휴일에도 불을 대낮같이 밝히고 우리를 기다립니다.

미국의 앞날을 우려해야 할 약물중독, 알코올중독 등에 이제는 도박중독(Gambling Addiction)이 추가되어 심각한 사회문제가 되어갑니다. 아니, 이미 되었습니다. 그러한 사회문제들 가운데 가장 심각한 것 중 하나가 또 있습니다. 총기 문제입니다. 미국의 어두운 면입니다.

우리가 사춘기 때는 의견이 안 맞는 친구가 있으면, 골목이나 방과 후 아무도 없는 학교 운동장 구석진 곳에서 둘이 만나 주먹으로 해결하였습니다. 주먹다짐 뒤에는 대화가 따라옵니다. 물론 이러한 행위는 우리의 형들의 행동을 본뜬 것이지요. 그리고 둘은 언제 그런 일이 있었냐는 듯 친한 친구 사이가 됩니다. 누가 지고 이겼는지는 문제가 되지 않습니다. 결과는 둘만이 아는 사내대장부의 비밀이며 티끌 하나 보이지 않는 사나이 사이의 신사협정입니다. 영광스럽게 증인 및 심판관으로 채택되어 현장에서 '격투'를 목격한 두세 명의 심판들도 철저하게 비밀을 지켜주고, 절대로 아무에게도 입을 열지 않습니다.

그런데 이곳의 해결 방법은 긴 설명이 필요 없습니다. 간단하게 총으로 해결합니다. 아이든 어른이든 가리지 않습니다. 진솔한 대화를 나눌 기회가 전혀 없습니다. 친구나 가족 간에, 정치적 이념 차이로, 술자리에서 성질이 나면, 서로 간의 신앙의 차이를 두고, 사소한 의견 차이를 두고서 깜깜한 밤이건 환한 대낮이건 가리지 않고, 주위에 보는 사람이 있건 말건 물어보지 않고 총질부터 합니다.

이 사람들은 옛날부터 나라가 무지하게 크다 보니 법이 아주 멀리 있어 이웃이나 친구 간에 아니면 생면부지의 사람끼리도 문제가 생기면 사나이답게 주먹으로 해결하지 않고 비겁한 방법, 즉 총으로 결말을 보았습니다. 차라리 서부영화에서 보는 것처럼 서로 총을 가지고 대낮에 큰길 위에 마주 보고 서서 만인들이 보는 가운데 누구 하나가 쓰러질 때까지 끝장을 보는 것은 신사들이나 하는 고상한 행위이고, 오히려 권장할 일입니다.

한창 학구열에 불타 열심히 교수의 강의에 귀를 기울이고 있는 강의실에 들어가, 재미있는 영화를 보고 있는 극장에 들어가, 많은 사람들이 오가는 쇼핑몰에 들어가, 하느님을 느끼기 위해 눈을 감고 열심히 기도하는 교회에 들어가 그 짓을 합니다. 묻지 마 총질이 잊을 만하면 또 일어납니다. 전쟁터에서도 볼까 말까 한 대량살상용 현대식 신무기를 가지고 나와, 멋도 모르고 길 가는 사람들, 남녀노소를 가리지 않고 강제로 황천행 급행열차를 태워 보냅니다. 앞으로 미국이라는 나라가 어떻게 해서라도 해결해야 할 문제가 이 마약과 총기입니다.

총기회사로부터 더러운 돈을 받고서 마음 놓고 총기를 구입하여 사용할 수 있게 만들어준 정치인들은 지옥에 가면, 지옥의 두목조차도 '나보다 더 더러운 놈'이라고 혀를 찰 것입니다. 이라크 전쟁이 한창일 때 전쟁터에서 죽은 미국 젊은이의 수와, 바로 옆에 있는 디트로이트에서 총기사고로 죽은 사람의 수를 1년간 통계를 내보면 어디서 더 많이 죽은 것으로 나올까요? 지금은 대도시에서 중도시로 전락한 디트로이트와 전쟁터를 비교한다는 것 자체가 어불성설 같지만 현실은 현실대로 보아야지요.

그건 그렇고, 우리 한인은 카지노 중독에서 멀어지는 가장 좋은 방법으로 골프에 중독되는 길을 선택해야 할 것입니다. 옛날에 우리 조상들이 보여준 현명한 행동 중에 '이열치열'이 있습니다. 열로 열을 다스린다는 뜻입니다. 깊이 생각해 보면, 같은 열이긴 해도 나쁜 열을 좋은 열로, 또는 서로 질이 다른 열로 다스릴 수 있다는 의미가 숨어 있는 우리 조상의 현명한 이론입니다. 같은 지혜를 여기에다 적용하여 나쁜 중독을 그보다 약한 중독으로, 악질의 중독을 선량한 중독으로 다스리는 것이지요.

부작용이 심한 약물중독도 부작용이 경미하고 약효도 강하지 않은 같은 계통의 약물을 사용하여 치료하듯이 카지노의 중독도 같은 중독이지만 생산적인 중독, 돈이 훨씬 적게 드는 중독, 몸에 도움을 주는 중독, 영혼을 더 깨끗해지도록 도와주는 중독, 즉 골프에 중독되는 것이 가장 현명한 방법이 아닌가 생각합니다.

약물중독이나 도박중독은 인간을 영적으로나 경제적으로 파멸의 길로 이끌지만 골프중독은 영적으로나 건강·경제적인 면으로 볼 때 다른 중독과는 반대의 성향을 가졌고, 특히 경제적인 면에서 우리를 파산으로 몰아갈 정도로 가혹하지는 않습니다. 그러니 한국 사람들 가운데 도박에 중독된 사람이 있으면 지금이라도 늦지 않았으니 골프를 시작하십시오. 골프에 중독되십시오.

카지노에 가서 귀한 영혼과 재산을 탕진하지 말고, 골프장에 가서 열심히 땅을 파며 한 번 내려치기 전, 아니면 내려친 후에라도 "Thank You, God!" 하느님을 찬양하며 몸과 마음을 건전하게 유지, 발전해 나가다 보면, 나중에 긴 여행(?)을 시작할 때 분명히 좋은 곳으로 가리라 믿습니다.

다른 이야기지만 이곳 골프장들이 그린피를 제대로 받지 못하는 데는 타이거 우즈의 책임이 크다고 봅니다.

타이거 우즈가 전성기일 때는 이곳도 골프 붐이 대단하였습니다. 자기 아이도 혹시 미래의 타이거 우즈가 되지 않을까 하여 서너 살밖에 되지 않은 아이를 데리고 연습장에 나타나는 부모가 많이 보일 정도였으니까요. 지금도 그런 사람들을 많이 봅니다.

그렇게 골프장에 골프 인구가 늘어나기 시작하자 이미 있는 골프장도 남아도는 형편임에도 새로운 골프장이 늘어나기 시작했습니다. 다른 주나 도시는 어땠지는 모르지만 이곳은 좀 심했나 봅니다. 그 결과로 전에도 그랬지만 골프장이 많아도 지나치게 많은 실정이 되어버렸습니다. 하지만 소비자인 우리에게는 좋은 현상이라 해야겠지요. 자기들끼리 소비자를 끌기 위해서 경쟁을 하다 보니 가격은 떨어지고 서비스는 좋아지고, 말 그대로 소비자의 천국이고 소비자가 왕입니다. 이 모든 것을 고려해 볼 때, 미시간의 골프장은 미국의 어느 골프장과 비교해도 뒤지지 않는다는 결론이 나옵니다. 한 가지 옥에 티라면 겨울 날씨입니다.

이곳 기준으로 볼 때 플로리다, 애리조나, 캘리포니아에는 추운 겨울이 없지만 이곳은 겨울이 엄연히 존재합니다. 하지만 골프를 치기 어려운 추운 겨울 약 석 달을 제외하고는 이곳은 골퍼들의 천국입니다. 30분 거리에 동서남북으로 골프장이 눈에 띄고, 집 근처에도 좋은 골프장이 많습니다. 개 눈에는 뭐밖에 보이지 않는다고 골프에 미친 사람들 눈에는 그것만 보입니다.

어디나 마찬가지겠지만, 골프를 칠 때는 실력이 비슷한 친구가 몇 명이 함께해 주면 서로 경쟁이 되어 재미가 풍선처럼 늘어나 좋기도 하지만 내기에서도 부수입을 챙기면 금상첨화지요. 물론 기분 좋게 저녁 값으로 죄다 쓰지요.

극소수지만 골프에 살짝 미친 골프광들은 한겨울에도, 갑자기 기온이 올라가는 이상기후(인디언 서머?)를 만나 해가 나고 바람만 없으면, 옛날에 고구마장수들이 쓰던 것과 같은 방한모를 쓰고 스키복장 같은 가볍고 따듯한 옷으로 완전무장을 한 뒤에 골프장에 나가 한동안 쉬었던 골프와 회포를 풉니다. 그런 때는 바닥에 눈이 쌓여 있지 않고 바람이 심하게 불지만 않으면 아무 불편함이 없습니다. 이토록 추운 겨울에도 1년 내내 열어놓는 골프장이 이 근처에 몇 군데 있습니다.

이곳의 골프 시즌은 부활절 전후인 3월 중순이나 말에 시작하여 추수감사절인 11월 말 아니면 크리스마스를 맞이하면 대충 끝이 납니다. 그러나 골프광은 2월 중순부터 이미 골프채를 꺼내놓고 나갈 준비를 하고 있다가 날씨가 풀리면 언제라도 시작하고, 시즌 마감인 12월 말이 되면 골프가방을 지하실에 옮겨놓긴 하지만 혹시라도 삼한사온, 아니 인디언 서머와 같은 이상기온의 행운이 찾아올 경우 언제라도 골프장에 나갈 마음의 준비를 하고서 겨울을 지납니다. 시즌 이후에라도 골프에 대한 미련이 있으면 남쪽으로 한두 번 내려갔다 오면 됩니다.

그래서 이곳에서는 친구들끼리 모이면 골프 이야기가 주종을 이룹니다. 오랜만에 만나면 그동안 어떻게 지냈는지, 어디를 갔다 왔는지, 아니면 한국이나 유럽을 다녀왔는지 서로의 근황을 상호 교환, 점검한 후에는 골프 이야기로 시작하여 골프 이야기로 끝을 냅니다. 특히 정치나 종교 이야기는 하지 않는 것을 원칙으로 합니다. 무관심하고 아는 것이 없어서가 아니라 너무 많이 알고 관심이 지나쳐서 누구나 자기 나름대로 관점이 있고 너 나 할 것 없이 애국자라서 그런가 봅니다. 친구 간의 대화에서 정치나 종교 이야기는 빠진 지가 오랩니다. 특히 정치 이야기를 꺼내면 왕따를 당합니다. 정치나 종교 이야기를 하다 보면 결국은 말다툼으로 끝나서 서로 불쾌한 마음으로 헤어지니까요.

그러다 보니, 친구들 가운데서 골프를 잘 쳐야 대접을 받는 시대가 되었습니다. 교회에 가면 기도 잘하는 신자가, 술판에서는 술고래가, 춤추는 장소에서는 물 찬 제비가 대접을 받듯이 골프장에서는 싱글핸디가 가장 말을 많이 하는 시대가 되었습니다.

골프 이야기는 이 정도에서 끝내고, 다른 곳의 기후를 잠시 살펴보겠습니다.

플로리다

추운 겨울 플로리다는 천국이나 다름없습니다. 지금도 추운 겨울이면 북쪽, 특히 뉴욕, 보스턴, 필라델피아 등지에서 나름 산다 하는 부류들이 자기들의 별장, 콘도 등으로 내려갑니다.

옛날에 돈 많은 동부의 부자들은 배를 타고 쿠바의 아바나로 많이 내려갔지요. 하지만 돈도 돈이지만 유흥지에서 벌이는 방탕한 미국 졸부들의 부도덕한 행위의 후유증을 더 염려한 공산주의자이면서 독실한 천주교신자였던 카스트로가 쿠바로 가는 길을 막아버렸습니다. 지금도 막혀 있습니다. 그렇지만 정식 국교가 없으니 미국에서 바로 갈 수는 없지만, 멕시코 같은 제3국을 경유해서 들어가면 여권을 보자는 소리도 하지 않는다고 하는군요.

그 뒤로는 많은 사람들이 플로리다로 갑니다. 일부는 멕시코의 리조트로 가기도 하지요. 북쪽에서 내려온 미국 사람에다, 특히 캐나다에서 내려온 사람들을 포함하여, 영국이나 독일 같은 유럽의 부자들이 자기 나라의 추운 겨울을 피해 부지기수로 몰려와 조용히 플로리다 해변에서 일광욕을 즐기다 휴가가 끝나면 자기 나라, 자기 고향으로 돌아갑니다.

플로리다반도의 중서부, 멕시코만 쪽에 템파라는 도시가 있습니다. 그곳에서 약간 더 남쪽으로 내려가면 네이플이라는 템파보다 작고 조용한 도시가 나옵니다. 겨울이면 뉴욕의 알부자들은 다 그곳에 몰려와 있다 해도 과언이 아닙니다. 아니, 그 도시에서 오가는 사람들이 거의 다 뉴욕에서 추위를 피해 더운 곳을 찾아 내려온 사람들이라고 하는 게 정확한 표현입니다. 하지만 그렇게도 좋은 겨울 천국이 여름이 되면 사람이 살기 힘든 지옥으로 변합니다. 사람이 살 곳이 아닙니다. 에어컨과 냉장고가 보급되기 전에는 사람들의 관심을 별로 끌지 못한 버려진 땅이었지요.

아침에 일찍 일어나 해가 둥실 떠오르기 전에 밖에 나가 볼일이나 운동을 끝내놓아야 합니다.

해가 떠서 푹푹 찌기 시작하면 에어컨을 틀고 문을 꽁꽁 닫아걸고는 집 안에 갇혀 감옥 생활을 하거나, 아니면 해변에 나가 뜨거운 바닷바람을 즐기면서 피부를 태우며 한나절을 보냅니다. 차 뚜껑에다 달걀프라이를 할 정도로 무자비한 태양이 내리쬡니다. 늦봄이나 여름철에 심심하면 불어대는 허리케인은 또 어떻고요. 큰 태풍이 불어닥칠 때는 안전 지역으로 도망을 가야 하고, 설마 하다가 시간을 놓치면 다치거나 사망하기조차 합니다. 냉방 시설이 없던 시절에는 사람이라고는 찾아보기 힘든, 악어나 독사가 우글거리는 위험한 늪지대였지요. 여름에는 살기가 힘든 지옥으로 변해버리니까요.

라스베이거스의 경우와 마찬가지로, 여름철에 굳이 그런 곳에 가본 적이 없고, 그곳에 사는 사람들에게 그곳의 기후가 '지옥'같이 덥냐고 무턱대고 물어볼 수도 없어, 이것은 순전히 필자의 사견임을 밝혀둡니다.

캘리포니아

기후가 무척 좋습니다. 그래서인지 기후가 너무 좋아서 탈이 난 지역입니다. 특히 겨울은 있으나 마나. 1년 사시사철 기후가 좋습니다. 그 때문에 사람들이 너무 많이 몰려옵니다. 지금도 몰려가고 있는 중입니다. 그래서 미국에서 가장 인구가 많은 주입니다. 크기로는 알래스카, 텍사스 다음으로 세 번째인데 인구는 가장 많습니다. 태평양 연안에 위치한 도시들은 1년 내내 날씨가 너무나 좋습니다.

그런데 태평양 연안이라는 표현에 신경을 써야 할 것 같습니다. 샌디에이고, LA, 샌프란시스코, 더 북으로 올라가 시애틀과 같이 태평양, 즉 바다와 인접한 도시는 사람이 살기에 너무나 기후가 좋습니다.

멕시코에서 한 시간 남짓 떨어진 샌디에이고는 미국 사람이라면 누구나 가서 살고 싶어 하는 도시입니다. 시애틀은 겨울에 비가 많이 와서 특히 관절염이 있는 노인들에게는 좀 힘들기는 합니다. 그렇지만 시애틀과 인접한 밴쿠버는 캐나다 사람들이 은퇴 후 가장 살고 싶어 하는 도시입니다. 이처럼 좋은 캘리포니아의 기후도 태평양 연안에 가까이 위치한 도시에 해당하는 이야기일 뿐, 내륙으로 조금만 들어가면 사막성 기후로 돌변

합니다.

짐승도 살기 어려운 사막 한가운데에 지어놓은 라스베이거스 같은 도시는 LA에서 네 시간 정도만 차를 타고 가면 나오지만 절반도 가지 않아서 사막이 시작되고, 여름이면 바깥에 나가 걸어 다니기가 거북할 정도로 뜨거운 사막성 날씨가 계속됩니다. 미국에서 가장 날씨가 더운 곳, 데스밸리가 라스베이거스에서 얼마 떨어지지 않은 곳에 있습니다. 두 시간 정도 차를 타고 캘리포니아 쪽으로 가면 데스밸리로 들어간다는 안내판이 나옵니다.

그러다가 잊을 만하면 찾아오는 지진이 사람을 불안하게 만듭니다. 자연재해 가운데서 가장 사람을 불쾌하게 만드는 것이 지진이랍니다. 자주 당해본 사람들의 말에 의하면 그렇게 기분이 불쾌할 수가 없다고 합니다. 그러다가 면역이 되면 아무리 땅이 흔들려도 끄떡없다고는 하지만. 또 기후가 건조해지면 자연스럽게 발생하는 산불이 사람을 미치게 하고, 산불이 난 뒤에 풀이나 잔디가 다 타버리고 벌거숭이가 되면 뒤따라오는 장맛비에 진흙 사태, 산사태가 나서 심한 경우에는 작은 동네를 뒤덮어 버립니다. 하지만 이러한 자연재해에도 불구하고 좋은 날씨 때문에 사람들이 몰려갑니다. 1년 내내 지진이 발생하는 것도 아니고, 산불도 산사태도 1년 내내 계속되는 것은 아니니까요.

그래서 옛날 이솝우화에 나오듯이 여우가 높이 달려 있는 먹음직한 포도를 바라보며 침을 줄줄 흘리면서도 그 포도가 신 포도라서 맛이 없다고 스스로를 달래며 돌아서듯이, 갈 수가 없는 형편인 사람들은 날씨가 좋기는 해도 자연재해 때문에 살 곳이 못 된다며 자신을 위로합니다. 이미 그곳에 살고 있는 사람들은 지진이나 산불 같은 자연재해가 잠시 왔다가 불안감만 주고 사라지는 불청객이므로 1년의 대부분을 좋은 기후 속에서 지내다 보면 잠시의 불안은 크게 생각하지 않고 행복하게 사는 것으로 보입니다.

그런데 혼잡 시간대에 고속도로로 나가보면 얼마나 많은 사람이 그곳에 살고 있는지 잘 알 수 있습니다. 캘리포니아는 동서로는 좁고 남북으로 긴 지역이라 남북으로 난 고속도로에서 교통 체증에 걸리면 혈압이 높은 사람은 조심해야 합니다. 운전은 또 얼마나 난폭하게 하는지. 특히 멋도 모르고 출퇴근 시간대에 비행기를 타러 LA 국제공항에 나가보면 차들이 얼마나 많은지, 얼마나 밀리는지, 얼마나 혼잡한지를 실감하게 됩니다. 충분한 시간을 두고 출발하지 않으면 좀처럼 일어나지 않는 사건인 비행기를 놓치는 일이 다반사로 일어납니다. 이것은 어쩌다가 들르는 방문객에 불과한 필자의 사견입니다.

멕시칸, 필리피노, 베트남 사람, 그리고 최근에 와서 부쩍 늘어난 중동 사람들과 중국 사람들까지 너무 많이 몰려옵니다. 어느 나라, 어느 민족이든 공통된 현상이지만 이민을 오면 대도시에 몰려가 사는 경우가 대부분입니다. 일자리를 구하는 문제에 있어서나, 소규모 회사를 하는 경우에도 아무래도 대도시에서 시작하는 것이 성공 가능성이 높기 때문인가 봅니다.

가보지 않아서 모르긴 해도, 더운 기후에다 바다가 가까운 섬나라에서 온 필리핀 사람들은 먹고살아야 하는 문제 때문에 추운 이곳에 붙잡혀 살기는 하지만 오매불망 고향을 그리워하듯 캘리포니아로 가게 될 날을 고대하고 또 고대합니다. 캘리포니아에 필리핀 사람이 얼마나 많이 사는지 그곳 성당을 가보면 쉽게 알 수 있습니다. 성당에서 필리핀 말로 하는 미사를 따로 볼 정도입니다. 한인타운 옆에 리틀 사이공이 생겨났을 정도이고, 베트남 마피아까지 있다고 하니 베트남 사람들은 말할 필요도 없습니다.

만약 젊은 나이에 이민을 온 필자에게 선택할 수 있는 권한이 있다면, 그리고 미국에서 가장 살고 싶은 곳을 꼽아보라면 캘리포니아의 가장 남쪽에 있는 깨끗하고 조용하면서 인심이 좋은, 바다에 인접한 도시 샌디에이고를 첫손에 꼽겠습니다. 만약 필자가 방금 이민을 온 상태라면 정착할 곳으로 샌디에이고를 선택하겠다는 말입니다.

하여간 조용한 미시간에서 40년 가까이 살다 보니 인구가 많은 도시에 가면 금방 미시간이 그리워집니다. 사람들이 북적이고 차가 많은 도시에 가면 금방 몸이 뒤틀리기 시작합니다. 필자와 같은 미시간 '촌놈'에게는 어쩌다 볼일이 생겨 바로 옆에 있는 시카고에만 가도 혼잡 시간대에 걸려 차가 밀리기 시작하면 나도 모르게 몸이 뒤틀리고 혈압이 올라갑니다. 맥박은 가만히 있나요?

추운 겨울 동안에 3주나 4주, 아니 2주만이라도 따뜻한 곳에 내려갔다 올라오면 미시간에 사는 것도 괜찮다는 결론이 나옵니다. 사실 겨울철의 시작이 12월 중순이나 하순이라 해도 피부로 느끼는 추위는 1월 중순이나 말이 되어야 옵니다. 하지만 2월 말이나 3월 초가 되어도 봄이 올 기미가 보이지 않으면 '열'을 받지만 말입니다.

과거에는 이곳에서 살다 은퇴하면 그동안 땀 흘려 모은 재산을 정리해 플로리다에 조그만 집이나 콘도를 구입하여 여생을 따뜻한 곳에서 보냈지요. 그러고는 남아 있는 사람들에게 "이렇게 추운 곳에서 어떻게 살지?" 하며 살짝 약을 올리고, 또 남아 있는 사람들도 그렇게 할 수 있는 그들을 부러운 눈으로 보던 시절이 있었습니다.

최근의 소식에 의하면 이곳에서 살다가 플로리다로 제2의 이민을 감행한 많은 사람들이 이제는 애틀랜타로 몰려가는 중이랍니다. 은퇴 후 여생을 보낼 곳이 갖추어야 할 세 가지 구비 조건 가운데 플로리다가 한 가지도 충족시키지 못하기 때문입니다. 그 세 가지 조건입니다.

첫째, 좋은 친구가 주위에 있어야 합니다. 많으면 많을수록 좋지요. 친구 따라 강남 간다는 옛말도 있지만, 친구가 근처에 있으면 강남에 갈 필요가 없습니다. 친구는 있어도 그만 없어도 그만이 아닙니다. 필수입니다. 자녀들이 들으면 섭섭해할지도 모르지만 할 수 없습니다.

둘째, 좋은 한국 식당이 주위에 있어야 합니다. 그러자면 한국 사람이 많이 사는 대도시 부근에 살아야겠지요.

뉴욕, LA, 시카고, 특히 최근에 한인들이 폭발하듯이 몰려간 애틀랜타에 어쩌다 한 번 들르면, 저 같은 촌놈은 맛집을 찾아다니다 보면 볼 장 다 봅니다. 나이가 들수록 입에 맞는 한국 음식이 저를 기쁘게 합니다. 어린 시절, 어머니가 눈 깜짝할 사이에 만들어 밥상에 올려준 맛있는 국이나 반찬들이 이 나이가 되어도 내 혀는 아직도 생생하게 기억하고 있으니 말입니다. 이러한 면은 필자만이 아니라 우리 모두가 공통으로 가진 문제인가 봅니다.

셋째, 미국에서도 알아주는 우수한 병원이 근처에 있어야 합니다. 미국에 있는 병원이면 다 우수한 병원이 아니냐고 필자에게 묻는다면 제 대답은 "천만에요!"입니다.

미제(made in USA)라고 하면 무조건 좋아하던 시절은 지나간 지 오래입니다. 미국 사람들은 두 다리 쭉 뻗고 마음 편하게 잠자고 싶으면 자기 동네에 정직한 사람이 꼭 두 명 있어야 한다고 말합니다. 자동차 정비사와 의사입니다. 두 사람 다 우리의 생명과 연관이 있기 때문이지요.

이제는 미시간의 날씨도 지구 온난화 현상으로 겨울이 전처럼 춥고 길지 않아서 겨울만 잘 보내면 나머지 계절은 미국의 어떤 지역과 비교해도 뒤지지 않고 오히려 더 낫습니다. 미시간, 미네소타, 위스콘신 등 미국의 북부 지역의 봄, 여름, 가을 날씨는 다른 어느 지역과도 비교가 되지 않을 만큼 좋은 것은 모두가 동의하는 바이지만 추운 겨울이 문제입니다.

하지만 겨울 스포츠를 좋아하는 사람에게는 추운 겨울이 문제라기보다 오히려 환영할 점이지요. 야외 스포츠를 즐기는 사람이라면, 특히 겨울 스포츠를 좋아하는 사람이라면 미국에서 미시간보다 더 살기 좋은 곳이 있을까요?

02。진정한 이민자

핀란드에서 이민 온 노부부 이야기

수련의 과정을 마치고, 잠시 개업을 한 적이 있습니다. 그때 환자 가운데 폴란드에서 이민 온 노부부가 있었습니다. 필자를 만나러 올 때는 혼자만 온 적이 없고 반드시 두 사람이 다정하게 손을 잡고 찾아왔습니다. 지금은 벌써 두 분 다 천국에 가 있겠지요. 아직도 살아 있다면 100세를 훌쩍 넘겼을 테고요.

그들은 필자를 보러 올 때마다 조금씩 자기 이야기를 들려주었습니다. 자기들처럼 잘살아 보겠다고 사랑하는 가족, 친구, 조국을 떠나 이 낯선 곳에 와서 열심히 일하는 한국의 젊은이를 보며, 아마도 자기들 젊은 시절을 떠올렸나 봅니다.

겨울이 춥고 긴 이 미시간은 좀 이상한 곳입니다. 이왕이면 날씨가 따뜻한 곳에 가서 정착할 일이지 이상하게도 폴란드 본토를 제외하고 폴란드인들이 가장 많이 사는 곳이 미시간입니다. 그중에서도 중동 사람을 제외하고 아랍인이 가장 많이 사는 곳이 디트로이트 주변입니다. 아랍인은 대부분 레바논 사람들입니다. 레바논 사람들은 우리나라 사람과 비슷합니다. 우리처럼 머리가 좋고 근면하며, 또 자녀 교육에 남다른 투자를 하는 민족입니다.

한때 그들의 수도 베이루트는 중동의 파리라고 불렸을 정도입니다. 옛날의 베이루트는 이집트의 알렉산드리아와 맞먹을 정도로 교육의 도시로 유명했습니다. 그토록 유능한 민족이 수백 년 동안 둘로 갈라져 서로 죽이고 죽는 내전을 계속하다 보니 나라는 거덜 나고, 많은 사람들이 조국을 떠나 유럽을 떠돌아다니다 미국에 건너와 미시간에 정착한 것이지요.

디트로이트 서쪽에 붙어 있는 디어본시는 시장은 물론이고 경찰서장, 그리고 그 아래 모든 요직이란 요직은 아랍인이 다 차지하고 있습니다. 선거로 뽑는 요직도 마찬가지입니다. 그 외 면접이나 시험으로 뽑는 다른 직책도 결정권이 아랍인에게 있으니 물어볼 것도 없습니다. 디어본에 있는 중·고등학교에서는 아랍인이 아니면 왕따를 당합니다. 흑인 아이들이 아랍 아이들에게 집단 구타를 당합니다.

선거철이 되면 대통령 후보는 몰라도 이곳 주지사나 상원의원이 되고 싶으면 본인이 디어본에 와서 이 사람들 앞에서 직접 선거운동을 해야 합니다. 한 번 정도는 얼굴을 보여야지요. 자기가 당선되면 여러분이 원하는 바를 꼭 실천하겠노라고 약속합니다.

이 무슬림에 대해서는 아는 바가 없어 할 말이 없지만 딱 한 가지 이 사람들이 사는 집에 가보면 놀랄 일이 두 가지가 있습니다. 물론, 중동에 수년간 파견 근무를 한 경험이 있는 분들이라면 필자보다 훨씬 더 많이, 그리고 자세히 알고 있겠지요. 다음은 필자가 이곳에서 경험한 내용입니다.

첫째, 집 안에 발을 들여놓는 순간, "아! 이 집이 왜 이렇게 깨끗하지?"라는 말이 자신도 모르게 흘러나옵니다. 글자 그대로, 먼지 한 톨 보이지 않습니다. 마룻바닥이 유리알처럼 깨끗합니다. 이 의문에 대한 답은 둘째를 읽어보면 자연스럽게 설명됩니다.

둘째, 집 안에서 사람이 가장 많이 오가는 곳에 그들의 경전, 코란을 아주 소중하게 모셔놓았습니다. 덮어놓지 않고 펼쳐놓았습니다. 집 안에서 누군가가 그 책을 읽고 있다는 것을 과시하기 위해서일까요? 만약 코란이 보이지 않으면 벽을 보면 됩니다. 역시 사람들이 가장 많이 오가는 곳의 벽에다 고개를 들고 쳐다보아야 할 높이에 메카에 있는 검은 돌로 된 모하메드의 묘지 사진이 걸려 있습니다. 이 사람들의 집이 깨끗할 수 밖에 없는 이유라고 하면 말이 되나요?

한편 디트로이트의 북쪽에 붙어 있는 햄트래믹(Hamtramck)시는 폴란드인이 아니면 시장이 될 수가 없고, 경찰서장이나 다른 요직도 폴란드인이 꽉 잡고 있습니다. 디어본의 경우와 똑같은 현실입니다. 햄트래믹에 있는 중·고등학교에서는 또 폴란드인이 아니면 왕따를 당합니다.

폴란드에서 이민 온 할머니와 할아버지도 햄트래믹시에서 살고 있었지요. 두 사람 다 폴란드의 어느 촌구석, 산골마을에서 태어났다고 했습니다. 제2차 세계대전이 끝나고 참으로 어렵던 시절의 유럽, 그중에서도 가장 가난한 나라이면서 가톨릭 국가이다 보니 산아제한을 하지 않아 인구는 엄청나게 많은, 째지게 못살던 나라지요.

학교 수업을 마치고 집에 오면 할 일이 전혀 없습니다. 라디오라는 소리 나는 상자도 본 적이 없는 사람입니다. 바깥에 나가 빈둥거립니다. 그런데 담 넘어 옆집을 보니 자기보다 나이 어린 여자애가 엄마를 도와 빨래를 널고 있습니다. 촌동네의 철없는 아이치고 장난기 없는 아이가 드문 것은 어느 나라나 마찬가지인가 봅니다.

엄마가 한눈을 파는 사이, 살며시 뒤로 돌아가 바람에 펄럭이는 여자애의 치마를 확 뒤집어 머리에다 씌우고 잽싸게 도망합니다. 여자애가 울면서 따라오지만 날쌔게 도망해 버립니다. 어쩌다가 재수가 없는 날에는 여자애의 엄마에게 붙잡혀 거꾸로 잡은 빗자루에 등허리를 눈물이 나도록 두들겨 맞습니다.

그런데 고등학교에 들어간 뒤로 학교에 가보면 분위기가 달라지기 시작합니다. 전쟁이 일어나지도 않았는데 반 친구들이 하나둘씩 사라지고 빈자리가 보이기 시작합니다. 하루가 다르게 빈자리가 늘어갑니다. 옆 친구에게 물어보면 모두 미국으로 갔다고 대답합니다. 미국이라는 나라는 폴란드에서 보면 멀고도 먼 나라입니다.

"미국에는 왜?"

돈 벌러 간다는 말에 귀가 솔깃해집니다. 자기도 미국이라는 곳에 가고 싶은 마음이 들더랍니다.

어느 날 엄마에게 미국에 갈 결심을 이야기합니다. 엄마의 허락을 받고 주머니에 여비만 넣은 채 미국이라는 나라를 향하여 친구와 함께 고향을 떠나옵니다. 배를 타고 여러 항구를 거쳐 천신만고 끝에 뉴욕에 도착합니다. 그가 배를 타고 오면서 얼마나 고생하였는지 자세히 말하지 않았지만, 나중에 나온 〈타이타닉〉이라는 영화를 보면 잘 묘사되어 있습니다. 그 영화를 볼 때마다 할아버지의 얼굴이 떠올랐지요.

뉴욕에 도착하니 가져온 돈은 다 떨어져가는데, 사람들이 디트로이트에 가야 한다고 기차역으로 몰려가더랍니다. 또 친구 따라 디트로이트로 갑니다. 폴란드인들이 모여 사는 햄트래믹이라는 작은 도시에 거처를 정하고 거리를 방황하던 중, 친구와 함께 자동차공장(GM)에 취직이 됩니다.

조립 라인에서 하루 여덟 시간 똑같은 일을 반복하니 사실 일 자체는 쉽더랍니다. 그의 나이 열일곱, 그때 가장 힘들었던 것은 자기가 하는 일보다도 집 생각, 고향 생각, 그리고 두고 온 친구 생각이었답니다. 당시의 교통편으로는 오기는 했어도 돌아가는 것은 거의 불가능했기 때문에 돌아가야겠다는 생각은 하지 않았답니다. 아니 해본 적이 없답니다. 어린 나이에 열심히 일하니 상사도 잘 보았는지 시간 외 일을 많이 주더랍니다.

그때 그가 받은 급료는 시간당 25센트였습니다. 2주일에 한 번 나오는 첫 급여를 손에 쥐고 사람이 없는 곳에서 펑펑 울었답니다. 태어나서 그렇게 큰돈을 손에 쥐어본 적이 없었던 거지요. 이 세상에 태어난 보람을 그때만큼 느껴본 적이 없었답니다.

일가친척 하나 없고 친구도 없으니 일터에서 번 돈을 모으기만 할 뿐 쓸 곳이 없더랍니다. 조그만 방을 빌려 거기서 자고 때로는 먹기도 하면서, 놀러 가지도 않고, 술 담배도 하지 않으니 돈이 그렇게도 잘 모이더랍니다.

그렇게 5, 6년 세월이 흐른 어느 추운 겨울날, 성탄절 무렵에 일을 마치고 집으로 돌아가는데 함박눈이 펑펑 내렸습니다. 저녁을 먹지 않아 배가 고픈 상태에서 고향 생각이 너무나 간절하여 눈물이 나더랍니다. 눈에서 흘러내리는 눈물과 눈이 녹아 내린 물이 범벅이 되어 크리스마스트리에 장식된 깜박이는 전구조차도 제대로 보이지 않았지요. 그런데 어디선가 들려오는 귀에 익은 크리스마스 캐럴을 듣고 자연히 발길이 그곳으로 향했지요. 근처 성당에서 성탄절에 부를 노래를 연습하는 중이었습니다. 자기도 모르는 사이에 발이 이끄는 대로 성당 안으로 들어가 맨 뒤에 앉아, 고향 생각으로 눈물을 흘려가며 합창을 듣고 있었습니다.

그런데 그 성가대 안에서 지난날 보았던 얼굴이 갑자기 눈에 들어오더랍니다. 그리 멀지도 않은 옛날, 뒤에서 치마를 들어 올려 머리에 덮어씌우고 달아나면, 잡으러 오다 힘이 달리면 울며 돌아가던 그 여자애가 성가대에서 열심히 노래를 부르고 있었습니다. 나중에, 자기의 등을 눈물이 나도록 패주던 옆집 아줌마도 거기서 만납니다. 자기보다 2, 3년 뒤에 온 가족이 고향을 떠나 햄트래믹에 이주한 것입니다.

몇 달이 지나 그 무서운 아줌마가 직장이 있는지, 월급은 얼마나 받는지 묻더랍니다. 그러고 나서 며칠 뒤에 "우리 딸과 결혼하라"고 하더랍니다. 늘 손을 잡고 함께 오는 할머니가 바로 그 '여자애'이고, 이제는 딸 하나, 아들 하나가 둘 다 결혼을 하여 손자, 손녀를 보아 행복한 노부부로 살아가노라 하였습니다. 물론 GM에서도 은퇴를 하였습니다.

기회의 땅 미국으로

말로만 듣던 기회의 땅 미국에 빈손으로 의지, 깡다구만 가지고 앞만 보고 중단 없는 전진을 강행한 이 할아버지. 엄마에게 작별인사를 하고 돌아설 때부터 눈앞이 캄캄했다는 이 할아버지. 배를 타고 미국을 향해 망망대해를 건너올 때나, 디트로이트로 가는 기차를 타고 대륙을 가로지를 때, GM에서 면접을 볼 때도 믿을 건 본인의 의지뿐이었지요. 면접을 볼 때는 자기의 가슴이 뛰고 있는지 멈추어 있는지 느낌이 없으리만치 눈앞이 깜깜했다고 했습니다. 그래서 이 할아버지를 두고 나름대로 "진정한 이민자(True Immigrant)"라고 불러봅니다.

이 할아버지는 필자를 만날 때마다 자기의 젊은 시절이 생각난 모양이고, 필자 역시 이제 와 이 할아버지와 비슷한 시절을 보낸 젊은 시절이 생각납니다.

미국에 가기로 결정하고 모든 것을 정리하기 시작하는 순간부터 눈앞이 캄캄했지요. 이제 속을 보여줄 친구 하나 없는, 태평양 건너 남의 나라에 간다는 생각을 할 때마다 다가오는 불안감, 그 불안감이 마음을 사로잡을 때마다 가장 위로가 된 것은 이 할아버지와 같은 젊음과 그 젊음을 바탕으로 한 깡다구였습니다.

고향을 떠나올 때, 왜 내가 이런 결정을 하였나 후회를 하였지요. 눈앞이 보이지 않았습니다.

요즈음에는 직항이 생겨 서울에서 디트로이트까지 반나절이면 갑니다. 이 할아버지와 마찬가지로 다시 돌아온다는 생각은 한 번도 해본 적이 없습니다. 가서 한번 살아보고 마음에 안 들면 다시 돌아오면 된다는 생각은 처음부터 하지 않았지요.

1978년 10월 말, 인천공항이 생기기 전 서울 김포공항에서 출발, 도쿄에서 더 큰 비행기로 갈아타고 하와이 도착, 호놀룰루에서 입국 수속을 끝내고 다시 다른 비행기를 타고 LA 도착, 거기서 국내선을 타고 디트로이트로. 공항에서 기다린 시간을 포함하면 이틀도 더 걸린 것 같은 그 긴 시간.

"지금도 기억하고 있어요. 시월의 마지막 밤을……."

1978년 시월의 마지막 밤. 이상한 옷을 입고 모자를 쓴 아이들이 돌아다녀 물어보니 핼러윈의 밤이라고 했습니다. 10월 말인데도 땅 위에는 눈이 보이고 마음이 추워서인지 날씨는 왜 그리 추운지. 요즈음 핼러윈에는 좀처럼 볼 수 없는 눈이 길 위를 덮고 있었습니다.

비행기를 세 번이나 갈아타면서 그렇게 먼 길을 날아오는데도 내내 눈이 캄캄하였던 것은 할아버지와 다름이 없었습니다. 다른 것이 있다면, 그는 배, 나는 비행기. 서울서 김포공항을 떠날 때부터 디트로이트 공항에 발을 디딜 때까지도 솔직히 말해 눈앞이 캄캄했습니다. 옆 사람이 눈치챌까 봐 억지로 표정 관리를 해야 했지요. 지금도 공항 근처를 지나칠 때면 그때가 마음에 떠올라 코끝이 시려옵니다.

이제 필자도 그 할아버지처럼 한국에서 한 살짜리 하나, 그리고 여기 와서 둘, 그렇게 아이 셋 낳고, 그 아이들이 장성하여 손자, 손녀가 모두 넷이 됩니다. 그 할아버지처럼 은퇴한 뒤 좋은 할아버지가 되어 여생을 건강하고 의미 있게 보내다가 저세상으로 가겠지요.

그 할아버지와 필자를 비교해 보면 닮은 점이 세 가지가 있습니다.

1. 지금은 가고 없지만 한때는 둘 다 젊었다는 사실.
2. 젊음을 바탕으로 앞만 보고 달려드는 깡다구가 있었다는 사실.
3. 둘 다 고향을 떠나오며 앞이 깜깜했다는 사실.

필자도 그 할아버지도 둘 다 "진정한 이민자"입니다.

이 이야기를 마치기 전에 소개할 인물이 있어 잠깐 옆길로 빠져봅니다. 디어본시 이야기가 나오면 이 사람 이야기를 하지 않을 수가 없지요.

다름 아닌 헨리 포드입니다. 하지만 이름만 듣고도 이미 많은 사람이 이 사람의 일생에 대해 필자보다 더 많이 알고 있기 때문에 필자가 아무리 이야기를 한다 해도 쓸데없는 시간낭비임을 이미 익히 알고 있습니다. 사실 필자가 하려는 이야기는 그 사람에 대해서가 아니라, 그가 죽을 때까지 살았던 집, 그의 저택에 대한 이야기입니다. 이름하여, 헨리 포드 이스테이트입니다.

디어본시에 그린필드 빌리지라는 야외 박물관이 있고, 그 안에 헨리 포드 박물관이 있습니다. 그 안에 교통수단, 즉 자동차, 비행기, 기차 등의 과거, 현재, 미래를 한눈에 볼 수 있는 전시품들이 진열되어 있는데, 이 방면에 관심이 있는 사람이라면 반나절을 투자해도 모자랄 정도로 볼 것이 많습니다. 디트로이트를 방문하는 관광객들이 반드시 들르는 곳입니다.

이곳에서 볼 만한 것 중 하나가 링컨이 연극 관람 중 총에 맞아 암살당했을 때 앉았던 의자입니다. 그것을 보면 마음이 약간 착잡합니다. 그의 피가 아직도 시커멓게 묻어 있기 때문입니다. 그렇긴 해도, 박물관이라면 뉴욕, 시카고, 보스턴 정도에 가야 볼만한 것이 있지, 솔직히 디트로이트에 와서 박물관에 갈 때는 큰 기대를 하지 말아야 실망을 하지 않는 법입니다.

그런데 안타까운 것은 사람들이 디트로이트에 와서 헨리 포드 박물관에는 반드시 들르면서, 얼마 떨어지지 않은 곳에 있는 헨리 포드 이스테이트에는 전혀 관심을 두지 않는다는 사실입니다. 사실 이곳에 사는 사람들조차 그런 곳이 있는지도 모른다는 게 안타까운 현실이지요.

그래서 여기서는 헨리 포드가 죽을 때까지 살던 그의 저택에 대해 간단히 설명하고자 합니다. 사실 당시 사람들 눈에는 상상을 초월할 만큼 엄청난 집을 지었지만, 그 저택은 자기가 살기 위해 지은 집이 아니라 자기의 외동아들 에드셀 포드를 위해 지은 집입니다.

우리가 잘 알다시피, 헨리 포드는 자동차를 만들어 돈방석에 앉은 사람이 아닙니다. 당시만 해도 자동차는 소수의 부자들이나 타던 사치품의 범주에 머물렀습니다. 그것을 자기만의 독창적인 아이디어인 조립 라인을 통한 대량생산으로 대당 가격을 대폭 내림으로써 중산층이 주력 소비자가 되도록 만들어 대박을 터뜨린 것이지요. 그 결과, 이 사람은 다른 부자들이 목 근육이 피곤할 정도로 우러러볼 만큼 큰 부자가 됩니다.

헨리 포드는 오하이오의 촌구석에서 태어나 째지게 가난한 집안의 수많은 형제자매들 틈에서 힘들게 성장했습니다. 그러나 위대한 어머니의 눈에 띄어 큰 도시로 가서 성장하라는 엄명을 받고 어린 나이에 디트로이트로 강제 추방(?)된 사람입니다. 바로 이 부분은 이슬람교의 창시자 무함마드와 동일합니다. 무함마드도 어린 나이에 집에서 쫓겨나 메카에 가서 대박을 터트립니다. 둘 다 많은 형제들 가운데 어머니의 눈에 발탁되어 집에서 쫓겨난(?) 불쌍한 사람입니다.

하여간 그가 엄청난 부자가 되니 그의 주위에 부자들이 모여들기 시작합니다. 자연스럽게 그의 외동아들 에드셀 포드의 주위에도 돈 많은 집안의 버르장머리 없는 자녀들이 친구가 되려고 들끓기 시작합니다. 자기는 상류층의 졸부들과 늘 어울리면서, 자기 아들이 버르장머리 없고 부도덕한 졸부의 아이들과 어울려 다니는 것은 마음에 들지 않기 시작합니다. 사랑하는 아들이 그런 아이들과 한 물에서 논다는 사실이 항상 불만이었지요.

그래서 부잣집 자녀들과 사랑하는 아들의 사이를 떼어놓기 위해, 그가 살던 부자 동네에서 멀리 떨어진 곳에다 유명한 건축가들을 총동원하여 대저택을 건설하기 시작합니다. 바로 그곳이 이름하여 '헨리 포드 이스테이트'입니다. 물론 이 이름은 나중에 붙여졌고, 현재 박물관이 된 대저택의 명칭입니다. 이와 동일한 일이 그의 증손자대에 와서도 일어납니다.

이곳은 이미 박물관이 되어 있고, 바로 옆에 있는 미시간대학교, 디어본 분교에 기증이 되어 대학교에서 관리를 하고 있지요. 다른 박물관과는 달리 입장객이 10~15명이 되면 여행 가이드 한 사람이 따라붙어 안내와 설명을 해줍니다. 모두 포드 회사에서 일하다 은퇴한 후에 일정한 교육과정을 거쳐 고용된 자원봉사자들입니다.

박물관에서 기억나는 것 세 가지.

첫째, 들어가자마자 만나게 되는 Model T. 이 사람을 돈방석에 앉게 해준 모델입니다. 그러나 필자와 같은 보통 사람이 보고 놀라는 것은 그 다음의 것들입니다. Model T를 보고 돌아가면 나오는 이것. 당시는 전기가 발명된 지 얼마 되지 않은 시절입니다. 그런데 그곳에 발전소(?)가 옛날 모습 그대로 같은 장소에 전시되어 있는데, 웬만한 공장에서나 볼 수 있는 발전기가 세 대나 있습니다. 아니, 사람이 사는 저택이 아무리 크다 해도, 수력발전소가 두 개에다 그것도 모자라 화력발전소가 하나 더 있다니 필자와 같은 보통 사람의 머리는 복잡해질 수밖에 없습니다. 가정집에 발전소가 있다는 자체만으로 보통 사람의 머리는 삐걱거리기 시작하는데, 그 저택이 아무리 크다 해도, 발전기 세 대를 동시에 돌려야 할 정도는 결코 아닐 테고. 이 사람은 수력발전기 하나만 가지고는 밤에 잠이 오지 않는 특이한 인물이라 보아야겠지요. 이 사람의 두뇌가 보통이 아님이 드러납니다.

투어가이드의 설명입니다.

그 대저택의 정원 앞으로 루지강이라는 강의 지류가 흐릅니다. 그 물의 흐름을 이용하여 수력발전기를 돌립니다. 그런데 발전기가 잘 돌아가다가 갑자기 멈추어버리면 그 발전기를 수리하는 동안 집 안에서 일어나는 모든 일이 정지해 버립니다. 그런 사태를 대비하여 두 번째 수력발전기를 설치해 놓았습니다. 첫 번째가 고장 나서 두 번째 발전기를 돌리고 있는데, 첫 번째를 고치기 전에 두 번째가 고장이 나, 수력발전기 두 개가 다 돌아가지 않는 수도 생깁니다. 또 가뭄이 들어 강물이 고갈되어 수력발전기를 돌리기 어려운 상황이 되었을 때는 화력발전기를 돌립니다.

보통 사람의 머리가 아닙니다. 우리 같은 보통 사람은 만약을 대비하여 플랜 B가 있으면 충분합니다. 하지만 그는 플랜 B만으로는 마음이 놓이지 않는 인간이었나 봅니다.

둘째, 복도를 지나다 보면 벽과 복도가 만나는 곳에 동그란 구멍이 몇 개 보입니다. 물론 사용하지 않을 때는 구멍을 막아놓습니다. 사실은 그 저택 안에 정확하게 진공청소기 구멍이 몇 개가 있는지 모릅니다. 아니 진공청소기라니?

이 사람이 살던 당시에는 진공청소기라는 개념 자체가 없었을 터인데 어떻게 진공청소기를 가지고 살았지? 어떻게 만들었든 간에 청소하는 사람이 호스를 가지고 다니다 그 구멍의 뚜껑을 열고 호스를 연결하고 스위치를 켜면 기계가 작동하면서 그 부근 바닥의 먼지가 흡입되어 일정한 장소에 모이도록 장치를 해놓았습니다.

셋째, 그토록 큰 저택을 사랑하는 외동아들을 위해 지어놓긴 했는데, 그때 이미 성인이 된 아들은 그곳에서 얼마 살지 않고 자기 나름대로 독립된 생활을 하기 위해 집을 나가버립니다. 그러고는 얼마 지나지 않아 위암에 걸려 나이 든 부모보다 먼저 세상을 떠납니다(1893~1943).

이 두 노부부는 노년을 그곳에서 보냅니다. 하루의 일과 중 점심때가 되면 늘 두 사람이 정원 앞에 있는 강물을 건너 언덕 너머로 산책을 나갑니다. 둘이서 먹을 샌드위치와 마실 것으로 포도주나 물을 피크닉 바구니에다 넣고, 다정히 손잡고 거닐다가 그림자가 좋은 나무 그늘에 자리를 펴고 앉아 점심을 먹고, 시간을 보내다 집으로 돌아옵니다.

그러면 여기서 질문. 정원 앞에 강이 흐르고 그 강을 두 노인이 건너갔다고 했는데, 배를 타고 건너갔다는 말이 없습니다. 두 노인이 허리까지 오는 깊은 강물을 늘 걸어서 오갔다는 말도 없습니다. 그렇다고 해서 가까운 곳에 다리가 있었다는 말도 없습니다. 그러면 어떻게 강을 건너 다녔을까요?

바로 흘러가는 강물의 상류에다 댐을 만들어놓았던 것입니다. 두 사람이 산책할 준비를 끝냈다 싶으면 하인이 댐 쪽에다 전화를 겁니다. 그러면 거기서 일하는 사람이 기계의 힘으로 댐을 작동시켜 강물을 막아버립니다. 완전히 막지는 않고 반 정도만 막으면 흐르는 물이 줄어들면서 정원 앞의 물 위에 돌로 된 징검다리가 나타납니다.

그 돌다리 위로 두 사람이 지나가면 다시 수위를 원래의 높이로 돌려놓았다가, 산책을 마치고 돌아올 때 다시 전화를 하면 물이 줄어들어 건너옵니다.

세대 차이

1978년 10월, 40여 년이 지난 지금도 생생하게 기억하는 '시월의 마지막 밤' 핼러윈 밤에 기회의 땅 미국에 도착하여 지금까지 한 번도 미시간을 떠난 적이 없습니다. 이제는 딴 곳으로 갈 마음도 계획도 없습니다. 더구나 아이들이 미시간에서 살고 있으니 다른 곳으로 가야 할 이유도 없지요.

아이들 셋 중에 둘은 이 근처에서 결혼해 직장 생활을 하고, 하나는 시카고에서 살고 있으니 손자 손녀가 보고 싶으면 언제든 볼 수 있습니다. 시카고는 여기서 차로 네 시간 정도면 갈 수 있으니 부부가 둘이서 소풍 삼아 맛있는 것 사가지고 군것질해 가면서 이런저런 세상 이야기를 하면서 가면 됩니다. 세월이 흘러 운전하기가 부담스러운 나이가 되면 기차나 그레이하운드를 타고 가면 될 겁니다. 하지만 그런 나이가 되려면 아직도 한참(?)은 더 있어야 합니다.

명절이 되면 시카고에 사는 애만 오면 됩니다. 명절이나 생일이면 온 가족이 모여 함께 즐거운 시간을 보냅니다. 크리스마스, 특히 추수감사절에는 온 가족이 모입니다.

특히, 손자와 손녀들이 오면 정말 반갑습니다. 내 자녀와는 달리, 무진장 그리고 무조건 좋아해 주기만 하면 되고, 나쁜 버르장머리에 대한 책임과 훈육은 내가 아닌 그들의 젊은 부모에게 있으니까요.

하지만 나이가 들면 들수록 이제는 둘이 있는 시간이 더 좋고, 때에 따라서는 혼자서 하고 싶은 일을 할 때가 더 마음 편합니다. 이렇게 조용히 혼자서 글을 쓰노라면, 내용에 따라 가끔 좋았던 옛날로 되돌아가게 되니 마음이 차분해져서 정서적으로 안정이 되는 것 같아 기분이 좋습니다. 아이들이 손자 손녀를 데리고 오면 참 반갑습니다. 하지만 나중에 시간이 되어 자기 집으로 돌아갈 때도 반갑습니다. 와서 반갑고, 가서 반갑습니다. 아니, 갈 때 더 반갑다고 하면 좀 지나친 표현이 되나요? 설명이 필요 없을 것 같은데!

같은 연배끼리 모여 하는 이야기가 자녀들과 너무 멀리 떨어져 살아도

가족 사진. 손주들과 함께하는 시간은 참으로 소중합니다.

문제지만, 너무 가까이 살아도 문제라고 말합니다. 예를 들어 부모는 뉴욕에 살고 자녀는 LA에 산다고 하면, 같은 미국이긴 하지만 1년에 한두 번 보기도 힘듭니다. 그래서 가장 적합한 거리가 차로 두 시간이면 닿는 정도라고 합니다. 필자의 경우는 바로 옆에 있어서 보고 싶을 때마다 볼 수 있어 배가 불러서 하는 말일까요?

옛날 우리 부모들은 성장한 자녀들이 부모의 슬하를 떠나 먼 지방으로 가면, 오매불망 자녀를 생각하여 시도 때도 없이 눈물을 흘리며 그리워했지만 요즈음 우리 세대는 부모 세대와는 많이 다른가 봅니다.

옛날에는 자녀가 일단 부모 곁을 떠나가면 얼굴은 물론이고 목소리조차 듣기가 힘들었지만, 요사이는 교통수단이 그 당시와는 판이하게 달라져 만나보고 싶으면 간단하게 차를 몰고 가거나 자녀가 오면 되고, 통신수단도 엄청나게 발달하여 목소리는 물론이고 스마트폰이나 아이패드, 랩톱을 통하여 화상 채팅을 나누는 세상이라 그런지도 모릅니다. 완행열차를 타고 대구에서 밤차로 출발하여 서울에 도착하면 아침이 되던 시절도 있었습니다. 직접 타본 적은 없어도 과장은 아닙니다. 스마트폰을 통해 손자 손녀의 사진이나 동영상이 하루에도 수없이 날아옵니다.

03. 500표 차 선거

미국 역사를 바꾼 작은 사건

2000년도 대통령 선거를 1년쯤 남겨둔 1999년 11월. 세상 사람들의 눈에 전혀 띄지 않은 해상 사고가 일어납니다. 쿠바와 마이애미 사이의 바다에서 작은 배 한 척이 침몰한 것입니다. 마이애미시의 가로등 불이 육안으로 보이는 거리에서 일어난 이 사소한 사건이 나중에 큰 파장을 불러옵니다.

일곱 살 난 어린 아들을 데리고 쿠바에서 미국으로 밀입국하려던 젊은 여성이 배가 좌초하는 바람에 다른 밀입국자들과 함께 바닷물에 빠져 익사하고 그녀의 어린 아들을 포함한 몇 사람만이 해양 경비대에 의해 구조되어 목숨을 구합니다. 구명조끼가 모자라 엄마는 자기에게 주어진 구명조끼 하나를 아들에게 입혀주고 자신은 기진맥진한 가운데 해안을 바로 눈앞에 두고 어두운 바다에서 생명을 잃습니다.

이 사건으로 미국 역사가 달라지고, 세계 역사가 전혀 예기치 않은 방향으로 바뀌어버립니다. 보는 사람의 각도에 따라 작고 큰 차이는 있겠지만 미국 역사, 세계 역사가 전혀 예상치 못한 방향으로 바뀐 것은 분명한 사실이고 자타가 인정하는 바입니다. 여러분도 이 글을 읽고 나서 어느 쪽에 속하는지 한번 생각해 보면 재미있는, 아니 짧지만 흥미로운 시간이 될 수 있을 것입니다.

똑같은 행위지만 정반대의 결과를 가져오는 일이 이 세상에 적지 않음을 우리는 잘 알고 있습니다. 길 가는 사람을 죽이면 살인죄로 벌을 받지만, 전쟁터에서는 내가 살기 위해 사람을 죽여야 하고, 많이 죽일수록 영웅으로 환영하고 대통령은 가슴에 훈장을 달아줍니다.

동일하지는 않아도 비슷한 예로, 멕시코나 남미의 여러 나라에서 법적인 서류 없이 국경을 건너 미국에 오면 불법 입국, 밀입국자가 되어 감옥에 들어갔다가 때가 되면 본국으로 강제 송환되지만, 쿠바라는 나라에서 똑같은 형식으로 국경을 건너오면 아무런 서류를 지참하지 않아도 정치 망명이라는 이름으로 미국 시민권을 줍니다. 바다 위에서 잡히면 추방되지만, 한 발이라도 미국 해안의 모래사장에 내디디면 정치 망명입니다. 똑같은 행위가 전혀 다른 결과를 가져다줍니다.

수년 전 중국에서 톈안먼 사태가 발생했을 때 짧은 기간 동안이나마 중국 사람들이 정치 망명을 할 수 있는 기회가 있었습니다. 유학생, 관광객 할 것 없이 중국 국적이라는 증명서로 신청만 하면 시민권을 주었습니다. 얼마나 많은 중국 사람이 미국 시민권을 부여받았는지는 아무도 모릅니다. 쿠바와 똑같은 이유입니다. 그 사람들이 떼를 지어 워싱턴DC의 국회의사당이나 백악관 앞에 가서 데모 같은 퍼포먼스를 하며 사진을 찍고 그것을 첨부하여 정치 망명 신청을 합니다. 그 가운데는 화가 난 얼굴보다는 앞으로 나올 시민권을 생각하면서 웃는 얼굴도 많이 포함되어 있지 않았나 추측됩니다. 모국에 돌아가면 사형을 당하거나 감옥에 강제로 투옥될 거라고 비슷한 진술을 신청서에 적어놓고.

멕시코와 미국은 정말 이웃사촌같이 가까운 사이지만, 많은 멕시코인에게 미국은 꿈에서나 갈 수 있는 멀고 먼 나라입니다. 합법적인 절차를 거쳐 올 때는 가깝지만, 불법으로 건너올 때는 너무나도 먼 꿈입니다. 가난 때문에 미국에 오려는 멕시코인이나 다른 남미인에게는 합법 절차라는 말 자체가 사치입니다. 그래서 국경 수비대의 눈을 피해 사막을 넘다, 물살이 센 깊은 강물을 건너다 생명을 잃어가면서까지 건너오려 안간힘을 씁니다.

미국과 쿠바도 물리적으로는 아주 가까운 나라입니다. 플로리다의 끝 키웨스트에서 날씨가 좋은 날에는 눈으로도 보이고, 물론 망원경으로는 쉽게 볼 수 있으며, 성능이 좋은 배를 타면 한 시간 이내의 거리에 쿠바가 있습니다. 그렇게 가까운 나라지만 법적 절차 없이 넘어오려면 가깝고도 먼 마이애미 해변에 한 발이라도 내디디고자 생명을 건 정치 망명을 시도해야 합니다. 그러다 배 위, 바닷물 위에서 잡히면 강제 송환, 도로아미타불입니다. 쿠바를 떠날 때는 그쪽 해군의 해안 경비정을 피해야 하고, 마이애미가 가까워오면 미국의 해안 경비정을 피해야 합니다. 그래서 밤을 이용합니다.

1999년 11월, 이혼을 하고서 남편의 도움 없이 일곱 살 난 아들을 힘겹게 키우던 엘리자베스 로드리게스는 어려운 쿠바 생활을 청산하고 이미 미국에 건너가 자리를 잡은 형제들의 도움으로 미국으로 건너갈 결심을 합니다. 한밤중에 통통배를 타고 다른 사람들과 함께 아들을 데리고 쿠바를 탈출합니다. 그런데 사람들이 너무 많아서인지, 아니면 배가 작고 엔진이 낡아서인지 마이애미 해변을 눈앞에 두고 배가 침몰하기 시작합니다. 요행히 양쪽의 경비정을 다 피해놓고서 말입니다. 자기에게 배당된 구명조끼 하나를 아들에게 입혀주고, 평소에 수영에는 자신이 있었던 이 젊은 엄마는 바다를 헤엄쳐 오다 기진맥진하여 결국 세상을 떠납니다.

어머니를 잃은 아들은 마이애미에 사는 삼촌들의 도움으로 미국 생활을 시작합니다. 같은 또래의 사촌들과 형제같이 지내며 어머니의 소원대로 미국의 시민이 되어가는 중이었습니다.

그런데 그 당연한 일에 금이 가기 시작합니다. 평소에 보이지도 않던 쿠바에 있던 아버지가 자기 아들을 돌려달라고 요구합니다. 미국의 친척들은 터무니없는 억지라며 한마디로 거절합니다. 그런데 시간이 흐르면서 한 아이를 두고 아버지와 친척 사이의 가족 간 분쟁이 연방법원으로까지 올라가는 법적인 문제가 되어버립니다. 처음에는 한 가족의 문제였는데 점점 커져 국가 간 문제가 되어버립니다. 저쪽에서는 카스트로 대통령까지 등장하여 미국 정부에 항의합니다. 국제사법재판소에 제소하겠노라고, 미국을 도마 위에 올려놓겠다고 선언합니다. 어린아이에게 불리한 결정을 내리지 말고 아이가 미국에 남아 있게 해달라고 마이애미의 쿠바인들이 벌떼같이 일어나 매일 연방법원 앞에서 데모를 합니다.

이런 와중에 시간은 가고 대통령 선거일이 다가옵니다. 각 당의 예비선거(보통 '프라이머리'라고 합니다)에서 민주당은 현직 부통령 앨 고어가, 공화당에서는 텍사스 주지사인 조지 부시가 각 당의 후보자로 올라옵니다. 대통령 선거가 있는 해에는 그전부터 후보들이 선거에 나설 의사가 있음을 떠들고 다니지만, 1년 전 2월이나 3월에 공식 발표를 하고 선거 분위기를 고조해 갑니다. 거의 1년 반, 2년 가까이 떠들고 난 뒤에 선거가 있는 해 6월이 되면 예비 선거에서 각 당의 후보자를 결정하고, 7월에 전당대회를 통해 세력 과시를 한 후에 본격적으로 두 후보 사이에 불꽃 튀는 선거운동과 세 차례 토론을 한 후에 11월 첫째 주 화요일에 투표를 합니다.

사실 조지 W. 부시는 아버지가 대통령이었다는 것 외에는 별로 알려진 것이 없는 아버지처럼 평범한 인물입니다. 이제 와 알고 보니, 남편을 대통령으로 만드는 데 숨은 공이 우리가 생각한 것보다 더 막대한 어머니 바버라 부시가 아들의 대통령 출마를 가족회의에서 말렸다는 이야기가 있습니다. 어머니가 아들의 대통령 출마를 말렸다면, 자신과 타인, 즉 국민과 세상의 모든 사람을 위하여 어머니의 말을 가슴에 새기고 아들이 참았어야 했다는 말입니다. 포드와 무함마드의 이야기에서 잠시 언급한 바와 같이 한 남자, 한 사나이 대장부의 인간 됨됨이를 가장 정확하게 알고서, 방향 제시만 해주고 입을 굳게 다물고 사는 사람은 바로 그의 어머니라고 하면 틀림이 없습니다. 성모님의 경우에도 자기가 임신한 아이가, 자기가 키우고 있는 아들이, 그리고 자기의 성장한 키 큰 아들이 누구의 아들이라는 사실을 그 누구에게도 떠벌리지 않고 끝까지 침묵을 지킵니다.

사실 모든 사람은 인품으로 보아 당시 플로리다 주지사인 동생 제브가 더 대통령감에 어울린다고 평가하고 있었습니다. 어머니의 말을 들어, 동생이 가는 길에 걸림돌이 되지 말았어야 했던, 그리고 텍사스의 주지사로 만족해야 했던, 다시 말해 동생보다 확실히 모자란 형이 나중에 타인(?)의 도움으로 미국의 대통령이 됩니다.

어느 단체나 사회, 국가든 간에 되지 말았어야 할 인물이 지도자가 되면 결국은 비극으로 끝납니다. 왜냐하면 자기 스스로의 능력이 아닌 남의 도움으로 그 자리에 올라간 사실을 누구보다도 잘 아는 당사자가 자기를 그 자리에 올려준 타인들을 잊지 않고 반드시 신세를 갚기 때문입니다.

여기서 타인들이란 소수의 네오콘과 공화당 내의 티파티(Tea Party)를 두고 하는 말입니다. 한 나라의 지도자가 국민을 우선으로 하지 않고 자신과 소수의 앞날만을 챙기는 오류를 범하기 시작하면 그 나라의 앞날은 손바닥 보듯 환합니다. 그렇게 되면 그 지도자의 속마음을 누구보다도 일찍 알아차리고 알아서 행동하는 집단은 불행하게도 대형 기업체의 맨 꼭대기에 있는 소수의 기득권자들입니다. 그들이 지도자와 같이 국민을 등 뒤로 하고 안 그래도 불러 터지려 하는 자기의 배를 채우는 데 온 힘을 기울이면, 아무것도 모르는 국민들은 나중에 가서 그 후유증을 감당해 내지 못해 그런 지도자를 뽑은 자신을 탓하지 않고, 아무 죄 없는 하느님을 원망하는 일을 거듭하게 됩니다. 이것이 바로 미국판 자본주의를 바탕으로 하는 민주주의의 현주소입니다. 좋은 대통령을 만나든, 모자란 대통령을 만나든, 이 소수에게 결과는 언제나 마찬가지입니다. 배가 불러 터지는 자들은 배가 더 불러오고, 배고픈 중산층은 이러나저러나 배가 고픈 것은 늘 마찬가지지요.

그런데 형은 주지사를 하는 동안에 다른 일도 아니고 사형수를 한 명도 사면해 주지 않아서 유명해진 사람입니다. 교황청이나 종교계 등에서 아무리 간청을 해도 한 번도 사면을 해주지 않았습니다. 의지가 대쪽 같다는 이미지로 보수파의 지지를 확보해 갔습니다.

죄를 지은 사람이 기나긴 항소심을 거쳐 주정부의 대법원에까지 올라가 사형 선고를 받으면, 주지사가 종신형으로 사면해 주지 않고 당일이나 그전 날까지 사면 동의서에 서명하지 않으면 사형이 집행됩니다. 이들 사형수가 사면을 받는다 하여 그 자리에서 자유인이 되어 감옥 문을 나서는 것이 아니고, 사형에서 무기징역으로 한 단계 내려가는 것이니 목숨만 건졌다 뿐 살아생전에 바깥세상을 구경할 가능성은 전혀 없다고 보아야 합니다. 죽이는 것으로 유명세를 탄 인간이 결국 미국의 대통령이 되어 국가 안보라는 미명 아래 자신과 소수의 배를 채우기 위해 수많은 무고한 생명들을 희생시킵니다. 역사상 어떤 지도자(?)와 마찬가지로 사람을 죽이면서 자신의 공생활을 시작하여 나중에는 더 많은 사람을 죽이는 인물이 되었습니다.

앨 고어는 현직 부통령이라 예비 선거에서 무난히 이기고 자기 당의 후보가 됩니다. 지난 8년 동안 같은 민주당에서 성공적으로 대통령을 했기 때문에 사람들이 공화당의 후보에 더 호기심을 가질까 봐 쓸데없는 걱정이 들기는 해도 조용한 가운데 최후의 승리를 다지고 있는 참이었습니다.

그런데 미국의 대통령 선거는, 다른 선거와는 달리 간접선거입니다. 나라가 생길 때부터 그랬습니다. 상·하의원, 주지사, 시장 등은 직접선거로 뽑지만, 유독 대통령은 간접선거로 선출합니다.

주별로 다수의 표를 얻은 후보에게 그 주에 할당된 선거인단의 표를 몰아주기 때문에 그 선거인단 수의 반을 넘긴 후보가 대통령이 됩니다. 각 후보의 득표수에 비례하여 나눠주는 것이 아니라 한 표라도 많이 받으면 그 주에 배당된 선거인단의 수 전체를 그 후보에게 몽땅 다 주어버리는 식입니다.

각 주의 선거인단의 수는 그 주에 거주하는 투표권을 가진 인구에 비례하여 결정합니다. 인구에 비례하여 할당하는 하원의원 수에다 상원의원

수, 즉 주마다 두 명을 보탠 것이 그 주의 선거인단 수입니다.

인구가 가장 많아 하원의원 수도 가장 많은 캘리포니아주가 55명(표), 그다음 텍사스가 38명이고, 뉴욕과 플로리다가 각각 29명입니다. 이 수는 인구조사 결과에 따라 선거 때마다 조금씩 달라지지만 큰 차이는 없습니다. 하지만 이렇게 엉성한 선거방식 때문에, 득표는 상대방보다 적게 하고도 대통령에 당선되는 나라가 미국입니다. 뒤집어 말하면, 선거에서 이긴 후보가, 즉 득표를 많이 한 후보가 대통령에서 떨어지는 웃기는 나라가 미국입니다.

선거를 좌우하는 두 가지 요인

간접이든 직접이든 어느 나라나 선거의 결과는 돈이 좌우합니다. 미국도 선거 결과는 첫째는 돈이 좌우하고, 둘째는 흑인의 태도에 달렸습니다. 겉으로 보면 중산층과 가난한 사람들을 지지 세력으로 가지고 있는 민주당 후보가 그 수로 보아서는 선거 때마다 대통령을 선출해 내는 것이 당연한 결과지요. 어느 사회든 부자는 극히 일부지만, 그에 반해서 중산층과 가난한 사람은 수가 압도적으로 많으니까요. 하지만 수적으로 열세인 공화당에서 자꾸 대통령을 내는 것은, 그리고 상·하원의 다수당이 쉽게 되는 것은 투표하는 유권자의 수보다 돈의 양에 의해 선거 결과가 좌우되기 때문입니다.

누가 돈을 얼마나, 그리고 더 많이 가지고 선거에 임하느냐에 따라 이미 결과는 정해졌다고 봐야지요. 가난한 사람들을 위한 정책에 힘을 기울이는 민주당보다는, 부자들에게 유리한 정책을 만들어내는 공화당에 부자들이 어마어마한 액수의 정치 자금을 희사하기 때문에 그렇습니다. 공화당은 부자들에게 유리한 정책을 만드는 데 온 힘을 기울이므로 부자들이 공화당에 천문학적 정치 헌금을 합니다. 그와는 반대로 민주당은 가난한 사람이나 중산층에게 유리한 정책에 힘을 기울이다 보니, 지지하는 수는 많아도 정치 헌금이 모자라 항상 고전을 면치 못합니다.

그런 면에서 보면 미국 선거는 항상 선거 자금이 풍부한 공화당에 유리합니다. 돈이 많으니 그 결과로 선거를 했다 하면 항상 이겨야 하는 것이 공화당입니다. 선거는 돈이라는 말은 우리나라에서 나왔지만, 미국이라는 나라도 그 원칙에서 벗어나지 않습니다. 하지만 클린턴 같은 정치 신동을 만나 전직 부통령이자 현직 대통령이 선거에서 날아가면 공화당은 머리에서 발끝까지 열등의식에 사로잡혀 버립니다. 단체 우울증에 빠집니다. 이러한 것이 미국의 정치 현실입니다.

돈이 있으면 우선 좋은 참모를 확보할 수 있습니다. 좋은 인재들이 찾아옵니다. 가족을 먹여 살려야 하니까요. TV나 라디오의 황금시간대에 많은 돈을 치르고 좋은 광고를 내보낼 수가 있습니다. 좋은 인재에 많은 돈, 선거의 결과가 환하게 보입니다. 공화당이 선거에 패배할 때는 그 이유가 확실하게 보입니다. 세기에 한 번 나올까 말까 하는 정치 신동이 민주당 후보로 나왔거나, 바보를 자기당 후보로 내놓았기 때문입니다.

미국 선거는 돈도 돈이지만, 흑인이 좌우한다고 보면 됩니다. 쉽게 말해 흑인의 투표율에 따라 선거 결과가 달라집니다. 흑인이 선거에 대거 참여하여 민주당 후보에게 몰표를 안겨주면 민주당 후보가 당선되고, 아니면 무슨 이유에서든 흑인이 민주당 후보에게 관심이 없어 선거일에 투표하러 나오지 않으면 민주당 후보는 낙선할 수밖에 없는 것이 미국의 정치 현실입니다.

오바마를 보면 알 수 있습니다. 무엇보다 그 자신이 흑인입니다. 90퍼센트가 몰표입니다. 그런데 여기서 잠깐. 90퍼센트이면 거의 100퍼센트이지만 10퍼센트는 어디로 갔을까요? 10퍼센트는 흑인이 흑인을 찍지 않고, 공화당 그러니까 백인을 찍었다는 결론입니다. 어찌하여 이런 일이 일어날 수 있을까요?

결론은, 아무리 흑인이라 해도 아무리 백인들에게서 인종차별을 받아도 흑인들 가운데 일부 잘나가는 흑인, 즉 백인들보다 키 크고 인물 좋고, 여자의 경우에는 백인 여자들보다 예쁘고 한 걸음 더 나아가 백인들보다 더 돈이 많으면 자기가 백인이라고 착각을 하거나 백인들보다 더 잘났다고 착각에 착각을 하는 인간들이 있다는 말입니다.

이러한 착각은 흑인들만 하는 게 아니고, 다른 민족도 마찬가지입니다. 멕시코나 다른 남미에서 오래전에 불법으로 입국하고서 사면받아 미국 시민권을 얻은 사람들이 나중에 공화당 당원이 되면, 한술 더 떠서 남미에서 넘어오는 불법 체류자를 모두 추방하고, 더 이상 국경을 건너오지 못하게 해야 한다고 주장하는 사람들이 있습니다. 자기 부모가 자기를 품에 안고 죽을 고비를 몇 차례나 넘겨가며 국경을 넘어왔다는 사실을 까맣게 또는 의도적으로 망각한 인간들이 적지 않다는 말입니다.

클린턴은 흑인이 선거를 판가름한다는 원리를 최대한 이용하여 흑인들이 자신을 흑인으로, 아니 자기들의 형제라고 착각하도록 만드는 데 성공한 사람입니다. 다른 백인은 흑인을 만나면 악수를 하는 것이 고작입니다. 민주당, 공화당을 포함하여 모두 말입니다. 이 사람은 흑인을 만나면 몸으로 인사합니다. 남자와 여자를 가리지 않고 몸을 던집니다. 남부 출신이라 흑인들이 주로 하는 남부 발음을 합니다. 게다가 정치에는 신동입니다. 잘 알려지지도 않은 정치 유치원생이 부통령으로 8년, 대통령으로 4년, 합하여 12년을 백악관에서 먹고 잔 노련한 현직 대통령 조지 H. W. 부시를 제치고 당선되었고 두 번째는 힘 안 들이고 쉽게 재선에 성공합니다.

동서양을 막론하고 국민이 가장 좋아하고, 세월이 유수같이 흐른 뒤에도 그리워하는 지도자는 국민의 배를 부르게 만들고, 주머니에 돈이 터져 나게 만들어준 지도자입니다. 레이건의 덕이라고는 하지만 그의 임기 동안에는 경제가 순풍에 돛을 달고 아래를 볼 생각은 전혀 하지 않고 높은 곳만을 향해 걷지도 않고 달리지도 않고 새처럼 날아다녔습니다.

클린턴의 8년 동안에는 주식이나 뮤추얼 펀드에 투자하지 않으면 '쪼다'라고 할 정도였습니다. 미국 사람들 모임에 가도 투자 이야기, 한국 사람들 모임에 가도 투자 이야기뿐이었습니다. 아마추어들이 끼리끼리 모여 투자 그룹을 만들어 단체로 주식을 사고팔았습니다. 어디를 가나 어떤 주식을 샀더니 두 배 세 배가 올랐다는 이야기가 오갑니다. 그 시절에는 바보도 주식을 사면 오릅니다. 오로지 누가 더 많이 올랐는지를 두고 왈가왈부합니다. 이 사람이 '모니카 르윈스키와 스캔들만 없었더라면' 하는 아쉬움이 항상 필자의 머릿속에 따라다닙니다.

이렇게 좋은 세월 뒤에, 아들 부시가 대통령이 된 날로부터 주식이 곤두박질치기 시작합니다. 이 사람이 대통령이 될 수 있었던 것은 자신의 능력 덕이 아닙니다. 더구나 성공한 대통령의 현직 부통령, 앨 고어를 이길 수 있었던 것은 여우보다도 간사하고 노련한 딕 체니에다, 도널드 럼즈펠드, 그리고 하얀 콧수염을 기른 존 볼턴을 위시한 자칭 공화당 엘리트인 소수 네오콘들의 등에 업혀 대통령에 출마했기 때문입니다.

사실은 고어에게 패배한 선거에서 동생 덕으로 대통령에 간신히 턱걸이하면서부터 국민을 위한 정치는 뒷전이고 소수, 즉 네오콘을 위한 정치를 하기 시작합니다. 대통령이 대다수 국민을 돌보지 않고, 국민의 배를 채울 생각은 하지 않고 백악관에 들어앉아 소수를 위한 정치를 하기 시작하니 나라 분위기가 금방 달라지기 시작합니다.

게다가 9·11로 자존심이 상한 국민들의 여론을 등에 업고, 하지 말았어야 할 전쟁을 이스라엘을 위해, 아니 네오콘을 위해 시작하여 미국의 경제뿐만 아니라 전 세계의 경제를 말아먹습니다.

눈 깜짝할 사이 대화에서 주식 이야기가 완전히 사라집니다. 투자 그룹도 자취를 감춥니다. 빌 클린턴 시절을 기준에 두고 은퇴했거나 은퇴를 계획한 사람들이 모두 오동나무에 걸려버립니다. 무이자로 무한정 대출을 받아 좋은 집을 샀던 사람들이 경제가 어려워지자 매달 내는 모기지를 감당하지 못해 야반도주를 합니다. 직장이 없어지면서 돈 나올 구멍이 말라버리기 시작합니다.

8년이 지나, 그가 임기를 마칠 때쯤에는 미국의 3대 자동차 생산 회사가 도산 위기에 빠지고, 그중에 포드를 제외하고 지엠, 크라이슬러가 부도가 납니다. 지엠, 크라이슬러의 주식을 가지고 교만에 차 있던 사람들이 하루아침에 빈털터리가 됩니다. 40달러 하던 주식이 2달러까지 내려갔다 결국은 휴지조각이 됩니다. 미국에서 자동차 회사가 도산했다는 것은 다른 분야는 볼 필요가 없다는 뜻입니다. 주식 시장 거품, 금융 거품, 부동산 거품 등 있는 거품이란 거품은 다 터져버립니다. 그 지진의 여파가 한국에서도 대단하였으리라 짐작합니다.

그렇게 꼴아박은 경제를 제자리에 올려놓은 사람이 혜성같이 나타난 오바마입니다. 저는 그가 한 번도 그렇게 미국 경제 아니 세계 경제를 말아먹은 부시에게 책임을 전가하는 말을 들어본 적이 없습니다. 그래서 그를 좋아합니다. 그리고 금상첨화로 키가 큰 퍼스트레이디 미셸도 좋아합니다. 필자를 포함하여 누구도 그가 미국, 아니 세계 경제를 그토록 빨리 원상 복구시켜 놓을 줄 예측한 사람은 없었습니다.

하지만 민주당 상원의원이 되자마자 첫 번째 상원의원 임기를 절반도 마치지 않고 민주당 후보로 대통령에 출마하여 거뜬하게 당선된 것이 그가 머리가 좋아서일까요? 천만에요! 이 사람이 대통령이 되도록 만들어 준 사람이 누구일까요? 사실 오바마는 그 사람에게 큰절을 수백, 수천 번을 해도 모자랄 정도로 신세를 졌다고 봐야 합니다. 마음씨 좋은 아저씨 같이 생긴 오바마는 물론 본인의 능력도 능력이지만 때를 잘 만나, 순전히 운이 좋아 대통령이 된 사람입니다. 그렇다면 오바마를 대통령으로 만들어준 사람은 누구일까요?

바로 조지 W. 부시입니다. 쉽게 말해 아들 부시의 두 번째 임기가 끝날 때는 경제, 외교 등이 너무나 바닥을 치고 있는 상태라 공화당 후보가 아무리 좋은 사람이라 해도, 그리고 민주당 후보가 아무리 얼간이라 해도 그해의 대통령은 민주당에서 나올 수밖에 없는 상황이었던 것입니다. 그런 면에서 보면 오바마는 운이 좋은 사람입니다. 물론 본인이 흑인이라 예선에서도 흑인들이 대폭 지지하여 힐러리를 제치고 후보가 되었고 본신에서도 흑인들의 지지로 당선되긴 했지만, 운이 좋았던 것은 틀림없는 사실입니다.

하지만 오바마도 두 번째 선거에서는 제대로 된 경쟁자를 만나 고전했습니다. 정치인으로는 나무랄 데 없는 인물 좋고 말주변 좋은 밋 롬니를 만나 그에게 대통령 자리를 고스란히 헌납할 뻔했지요. 현직 대통령이라 무승부만 하면 이긴 거나 다름없고, 도전자로서는 반드시 이겨야만 하는 첫 번째 토론에서 롬니의 언변술에 끌려 다니느라 입도 뻥긋 못하는 현직 대통령을 보고, 앞으로 토론이 두 차례나 더 남았음에도 불구하고 다음 토론에서는 게임이 더 기울어질 것이라는 예상으로 공화당 측에서는 자축 파티를 할 정도였습니다. 그것을 막아준 사람이 조 바이든이고 몰표를 몰아준 흑인들입니다. 몸에 기러기 돌기(Goose Bumps)가 돋아날 뻔한 위태로운 순간이었지요(소름이 끼친다고 할 때 영어에서는 '닭살'이 돋는다고 하지 않고 '기러기 돌기'라는 표현을 씁니다).

우리가 아는 공화당은 훌륭한 대통령을 많이 배출했습니다. 특히 링컨이 공화당 출신이라, 공화당은 스스로를 "the Party of Lincoln"이라 부르며 자존심이 대단합니다. 손바닥에 양면이 있듯이 우리의 마음도 밝은 면과 어두운 면이 있고 사람이 여럿 모인 단체에도 양면성이 있습니다. 에이브러햄 링컨, 드와이트 아이젠하워, 로널드 레이건에 이르도록 훌륭한 대통령이 있는가 하면, 닉슨같이 삐뚤어진(그의 코처럼) 성격을 가진 사람도 있습니다.

그러한 양면성을 기준으로 어두운 면 가운데 몇 가지를 돋보기로 확대해 들여다봅시다.

첫째, 공화당의 현직 대통령이 탄핵을 당하기도 전에 스스로 물러나(겉으로는 사임했지만) 탄핵보다 더 더러운 꼴을 보입니다. 사실 미국에는 탄핵당한 대통령이 여러 명 있지만 탄핵 자체로 대통령직에서 물러난 대통령은 없습니다. 클린턴이 탄핵을 이겨내고 대통령직을 끝낸 반면, 닉슨은 탄핵의 방망이가 머리에 떨어지기도 전에 손을 털고 내려왔던 것입니다. 이러한 과거 때문에 열등의식이 골수에 사무쳐 자면서도 이를 가는 당이 공화당입니다. 그래서 절호의 기회가 드디어 왔노라며 클린턴을 잡고 늘어졌는데, 그 꾀돌이를 무너뜨리는 데 실패합니다.

둘째, 민주당보다 더 많은 돈을 쏟아붓고도, 선거는 뚜껑을 열어봐야 안다는 말처럼 알다가도 모를 귀신이 곡할 결과가 자주 나옵니다. 공화당도 이 진리의 희생물이 되지 말라는 법이 없습니다. 그런 일이 생기면 그들의 열등의식은 더욱 깊어만 갑니다.

셋째, 그 과정에서 조지 W. 부시가 대통령이 되어 8년 동안 이라크 전쟁을 위시하여 경제정책 등 모든 분야에서 실책을 거듭하다 많은 사람들이 이래서는 안 되겠다는 마음이 팽배하여 해결책을 찾을 때 운 좋게도 예선에서 흑인을 등에 업고 키 큰 흑인이 등장합니다. 백악관을 민주당에게 빼앗긴 것만으로도 이가 갈리는데 흑인이 대통령 일가가 되어 백악관의 주인이 됩니다. 하지만 오바마를 대통령에 당선시켜 준 사람은 너도 나도 우리도 아닌 더군다나 민주당도 아닌 실제로는 공화당의 조지 W. 부시입니다. 이 점은 필자만 알고 있는 사실입니다. 왜냐하면 오바마를 누가 대통령으로 만들어주었냐고 물어보면 미국 사람, 한국 사람 통틀어서 지금까지 정답을 맞힌 사람이 하나도 없기 때문입니다.

화가 난 공화당의 열성당원들이 자리를 뛰쳐나가 물리적 힘을 행사하기 시작합니다. 정치인과 시민이 직접 만나 허심탄회하게 대화를 나누는 타운홀 미팅이나 민주당의 모임 등에 나타나 힘으로 약한 부녀자들을 공갈 협박하고 더 나아가 폭력을 휘두릅니다. 힘없는 아줌마를 아스팔트에 넘어뜨리고 구둣발로 차는 모습이 TV 뉴스에 방영됩니다. 양심 있는 시민들이 항의하기 시작하고 여론이 등을 돌립니다.

물리적 힘을 과시하고 나면 우선 속은 후련하지만 다음 선거의 결과가 두려워집니다. 차차 표면에서 사라져 자기들끼리 똘똘 뭉쳐 공화당 내에 정치 집단을 형성합니다. 이름하여 티파티입니다. 이들은 목표를 다른 곳, 바깥에 두지 않고 자기들의 당 안에 둡니다. 예비 선거에다 초점을 맞추고 당의 후보를 선출하는 예비 선거를 악용합니다. 각 당의 후보가 일대일로 맞붙는 본 선거보다 자기 당 안에서 여러 명이 경쟁하는 예비 선거의 투표 참여율이 훨씬 떨어진다는 현실을 백분 자기들에게 유리한 방향으로 이용합니다.

그래서 이 티파티라는 소수의 집단이 자기 당, 즉 공화당 후보를 결정하는 과정을 좌지우지하는 집단이 되어버립니다. 처음부터 자기들에게 고분고분한 정치 지망생은 손을 볼 필요도 없이 자기들의 '꼬붕'으로 삼고, 자기들에게 고자세인 후보자는 예선에서 낙방시킵니다.

정치에서 빛을 보기 위해서는 자기 당에서 후보자가 되는 작업이 우선입니다. 전 미국에 잘 알려진 공화당의 원로 정치인도 이 소수들에게 밉보이면 아무도 모르게 일선에서 사라집니다. 정치인의 가장 약한 곳, 아픈 곳을 쥐고 자기들의 말을 들어야 살아남는 분위기를 조성합니다. 싹이 나지 못하게 만드는 원천봉쇄라고 할까요? 이러한 분위기를 타고 본 선거를 거쳐 하원이나 상원의원이 된 인간들이 똘똘 뭉쳐서 만든 원내 조직을 프리덤 코커스(Freedom Caucus)라고 이름 붙이고는 의회에서는 자기들이 원하지 않는 안건은 통과시켜 주지 않을 뿐 아니라, 나아가 사사건건 민주당 안건이 본 회의에서 통과하지 못하게 제동을 겁니다. 심지어 자기들의 당에서 발의한 안건조차 마음에 들지 않으면 자기 당 밖으로 나가지 못하게 방해합니다.

비정상의 소수 극우파들, 전 국민을 위하여 일하는 일꾼이 아니라 소수의 이익만을 추구하는 열등의식에 가득 찬 소수(한국에서는 "또라이"라고 부르지요)가 당 전체를 쥐고 흔드는 상황이 공화당이 처한 현주소입니다.

이런 사람들의 도움으로 하원, 상원, 주지사, 시장, 나아가 대통령의 자리에 오른 사람들이 하는 짓이란 대낮에 내 얼굴 쳐다보듯 환합니다. 국민의 이익을 위해 일하지 않고, 이 사람들의 눈치를 보는 데 촉각을 세우며 그들이 원하는 바를 알아내기에 급급한 병적인 지도자가 되어버립니다.

정치에 큰 뜻을 품은 젊은이들이 시작부터 이런 인간 쓰레기들의 눈치를 보아야 하는 슬픈 현실이 된 것이 공화당의 현주소입니다. 한국에서는 정치인으로 성공하려면 어떻게 해야 하나요?

이런 분위기에서 네오콘이라는 소수의, 스스로를 보수의 새로운 엘리트라고 부르는 독버섯과 같은 집단이 자연스럽게 자라납니다. 새로운 희망을 주는 참신한 지도자임을 자처하는 딕 체니, 도널드 럼즈펠드, 칼 로브, 존 볼턴 같은 이들입니다. 모두 귀에 익은 이름들입니다. 그들이 부시의 주위에 모여 '부시 대통령 만들기'에 힘을 모읍니다.

투표가 임박한 10월 하순, 미국 이슬람 지도자 루이스 파라칸에게 기자들이 질문합니다. "이번 선거에 누가 당선될 것 같습니까? 아니, 당신은 누구에게 표를 줄 건가요?"

"부시가 이미 백악관의 주인이 되어 있습니다. 네오콘이 그를 이미 대통령으로 만들어놓았지요. 그런데 문제는 그 이후입니다. 네오콘이 중동에서 이스라엘을 위해 틀림없이 전쟁을 일으킬 것입니다. 그렇게 되면 많은 무고한 생명이 목숨을 잃을 것입니다."

그런데 이 말이 토씨 하나 틀리지 않고 현실이 되어버립니다. 필자도 네오콘이라는 말을 그때 처음 들어봤습니다.

아프가니스탄에서 돌아섰어야 하는 전쟁에서 이라크로 들어갑니다. 자기 아버지는 쿠웨이트에 들어갔다 목적 달성(?)을 하고 돌아 나왔는데, 아들은 정반대 짓을 합니다. CIA, FBI에서 대량살상무기가 없다고 아무리 보고를 해도, 딕 체니, 도널드 럼즈펠드, 존 볼턴 등에게 등 떠밀려 마음 좋은 장군 출신 남미 계통의 흑인 콜린 파월을 유엔에 보내 연설시킨 뒤에 이라크로 들어갑니다. 하늘에서 이미 끝난 싸움을 이라크 전쟁이라고 부르면서.

그러나 이라크 전쟁은 '이스라엘을 위한 전쟁'이기도 하지만 미국에 있는 소수를 위한 전쟁이라는 데 근본적인 잘못이 있습니다. 이스라엘을 위해 전쟁을 하다 보니 자기의 고픈 배가 생각난 모양입니다. 미국에 있는 그 소수, 즉 부시, 체니를 정점으로 한 이 인간들은 가슴에다 손을 얹고 피눈물을 흘리며 하늘을 보고 용서를 구해야 하지만 그런 기미가 조금도 보이지 않습니다.

전쟁의 현대사를 경제적인 측면에서 보면, 한국전쟁으로 일본이 제2차 세계대전의 잿더미에서 경제대국으로 탈바꿈했고, 베트남 전쟁으로 우리가 한강의 기적을 이뤘습니다. 이라크 전쟁으로는 어느 나라가 배를 불렸나요? 2조 달러라는 막대한 돈을 부어넣고서 말입니다. 그 막대한 돈이 지금 어디에 있습니까? 또 인명 손실은 어떻습니까? 앞날이 창창한 젊은이들이 5000명이나 목숨을 잃었습니다. 누구를 위한 희생입니까? 부상당한 사람은? 이라크 전쟁에서 돌아온 상이군인들은 다른 전쟁의 상이군인들과는 모습이 다릅니다. 이라크의 젊은이들은 어떻고요? 무고한 시민이나 아무것도 모르는 아이들은 어떻고요? 죽었으면 포기를 할 수밖에 없는 노릇이지만 불구자가 된 군인이나 시민은요?

투표를 합시다

플로리다에 사는 많은 쿠바인들이 대표를 뽑아 앨 고어를 찾아갑니다. 그리고 필요하면 임시법을 만들어서라도 그 아이를 미국에 남아 있게 해달라고 탄원합니다.

그러나 앨 고어는 시원한 대답을 해주지 못합니다. 그도 법을 따라야 하는 한 시민에 불과합니다. 자기들의 청을 들어주면 플로리다를 거저 주겠노라고 미끼를 던지며 회유해도 원하는 대답을 하지 못합니다. 한밤중에 군인, FBI 요원들이 아이가 사는 집에 잠입, 아이를 배에 태워 쿠바에서 기다리는 아버지에게 인도해 줍니다. 설마가 현실이 된 것입니다.

해는 동쪽에서 떠서 서쪽으로 지듯이 미국의 선거 결과도 동쪽에서 서쪽으로입니다. 보통 동부와 서부의 해안에 위치한 주가 민주당의 표밭이고 내륙 지방은 공화당이 우세합니다. 그래서 동부의 주와 내륙에 위치한 주의 결과가 나오면 서부 지방의 결과는 계산에 넣지 않아도 승자가 판가름 납니다. 캘리포니아, 포틀랜드, 워싱턴은 개표를 하나 마나입니다.

동부와 중부에서 민주당 후보가 앞서거나 앞의 세 주에서 빈주당 후보가 앞서면, 그쪽 표를 열어보는 일은 이미 아는 결과를 재확인하는 행위나 마찬가지입니다. 그래서 동부인 대서양에 인접한 주와 미시간, 오하이오, 위스콘신, 미네소타 정도만 알면 밤잠을 설쳐가며 TV 앞에 앉아 있을 필요가 없습니다. 그래서 여기 미시간 시간으로 밤 10시쯤 '승리 유력'을 발표하면 자러 가도 됩니다. 아침에 일어나면, 그 승리 유력이 '공식 승리'로 바뀌어 공식 승자가 되는 겁니다.

1999년 11월의 선거도 다른 때와 마찬가지로, 개표 결과가 위와 똑같은 양상으로 진행됩니다. 밤 10시가 되니 앨 고어가 승리 유력이라고 뉴스에서 발표합니다. 그것도 가장 정확하다는 NBC에서 말입니다. 그런데 아침에 일어나 TV를 틀어보니 하는 이야기가 좀 이상합니다. 내용인즉 플로리다의 승자가 결정 나지 않았고, 아무도 반수를 넘지 못해 최종 승자의 발표를 선언할 수가 없다는 것이지요. 양당에서 난리가 납니다. 그런데 민주당은 초상집이고 공화당은 잔칫집입니다. 공화당에서 무슨 잔치? 플로리다의 주지사가 누구의 동생이라고 했던가요? 그래서 그 주의 선거관리위원장이 공화당원입니다. 표차가 너무 근소해서 재검표를 해야 하지만 부시가 근소한 차이로 앞서 있다는 겁니다.

약 500표가 앞서 있다는데, 민주당에서 그것을 뒤집어 엎어치기란 하늘의 별 따기지요. 만약 민주당에서 주지사와 선거관리위원장을 차지하고 있다면, 재검표에서 공화당의 500표를 무효화하거나, 무효표로 판정 난 민주당의 표를 유효표로 돌려놓는 일은 누워서 떡 먹기입니다. 몇백만 명의 표에서 500표는 0.01퍼센트 정도로 없는 것이나 마찬가지로 미미한 수입니다. 민주당의 무효표 중 250표를 유효표로, 공화당의 유효표 중 250표를 무효표로 만들기란 손바닥 뒤집는 것만큼 쉽다고 할까요.

그런데 현실에서는 그런 일이 결코 일어나지 않습니다. 공화당에서 잔치를 할 만도 합니다. 결과는 대법원 법관 아홉 명이 다수결로 확인 절차를 거쳐 공표하는데 민주당 성향의 대법관이 네 명이라 대법원에서 결과를 뒤집기는 해가 서쪽에서 뜬다 해도 불가능합니다. 대법원 판사 가운데 네 명이 민주당, 네 명이 공화당인 상황에서 투표 결과는 어떻게 날까요? 과반수를 만드는 데 결정적 한 표를 쥔 대법원장이 누구일까요? 레이건이 대통령일 때 뽑아놓은 사람입니다.

결국은 한 달 뒤 최종 승자가 공식 발표됩니다. 민주당 열성당원들이 끝까지 법정 투쟁을 하자고 난리를 칩니다. 개표 과정에 부정이 있었다는 주장이지요. 사실 몇백만 표 가운데 500표는 선거관리위원장이 마음먹기에 따라 달라진다는 주장입니다. 맞는 말입니다. 진실을 밝혀야 한다고 고어에게 결심을 촉구합니다. 결사투쟁을 선포하도록 압박합니다.

그들 앞에 선 앨 고어는 정치인이자 한 인간으로서 모두에게 존경받을 한마디를 남기고 무대에서 조용히 사라집니다. "이제 떠날 때다(It's time for me to go)." 자신보다는 국민을 생각한 것이지요. 자기 개인의 이익보다 국민이 겪어야 할 고통을 먼저 생각한 현명한 결단입니다.

그 500표로 대통령이 되지 말았어야 할 인물이 대통령이 되면서 미국의 역사가 바뀌고 세계의 역사가 달라집니다.

선거운동을 할 때는 지지 기반의 단결과 표의 분산을 막기 위해, 또 후보를 지지하러 현장에 나온 사람들의 기호에 따라, 민주당은 진보적 의제, 공화당은 보수적 의제에 초점을 맞춰 연설 내용이 극단적 색채를 띨 수 있습니다. 하지만 일단 대통령이 되면 어느 정도 중간으로 돌아서야, 하다못해 돌아서는 시늉이라도 해야 합니다. 대통령이란 민주당이나 공화당을 위한 존재가 아니라 당선되는 그날부터 국민 모두를 생각해야 하는 존재이기 때문입니다.

국민 모두를 염두에 두고 일을 처리하는 대통령은 두 번째 선거에서 자기들을 돌보지 않았다며 등지고 떠나는 당원이 혹여 있더라도 극소수에 불과하고, 무당파(중도파)의 지지를 더 얻어내므로 절대 낙선하지 않습니다. 그런데 시작부터 네오콘에게 신세를 진 이 못난이가 딕 체니를 정점으로 한 소수의 무리를 위한 정치를 하기 시작합니다. 나라가 흔들리고 경제가 추락합니다. 사면초가에 빠집니다.

그렇게 곤궁에 빠져 핑곗거리를 찾던 모자란 지도자에게 위기를 쉽사리 탈출하게 만들어줄 더 모자란 은인이 등장합니다. 위기에서 시원하게 탈출하도록, 그러잖아도 울고 싶은 아이에게 어떤 모자라는 인간이 눈물까지 쏙 빠지게 뺨을 때려줍니다. 오사마 빈 라덴입니다.

땅바닥에서 헤매던 지지도가 하루아침에 하늘로 치솟습니다. 미국은 나라의 안보가 흔들리거나 국가의 체면이 걸려 있으면 지도자를 중심으로 일치단결합니다. 나중에 그의 결정이 잘못된 것으로 드러나더라도 지도자에게 전폭적인 지지를 보내줍니다. 그런 상황에서 반대 의견, 반대표를 던지는 정치인은 나중에 가서 머리가 똑똑하다는 평가를 받을지언정 애국자라는 소리는 절대 듣지 못합니다.

그런데 아프가니스탄에서 끝내지 않고 이라크로 들어갑니다. 쿠웨이트에서 이라크군을 몰아내고 돌아서 나온 자기 아버지를 본받지 않고 말입니다. 아버지는 이라크를 바로 눈앞에 두고 차를 타고 전속력으로 달리기만 하면 내 것이 되는 쉬운 전쟁임에도 그렇게 하지 않고 목적 달성을 선언하고 발걸음을 돌렸지요. 틀림없이 그 결정은 대통령이 하지 않았을 텐데, 그 밑에 있는 존 볼턴이 밀어붙였을까요, 아니면 딕 체니일까요?

결론은 "투표를 합시다"입니다.

뉴욕, LA, 시카고, 애틀랜타 등에 사는 우리 한인들은 줄잡아 10만 명이 넘습니다. 디트로이트, 휴스턴, 신시내티까지 합하면 100만 명 이상이 살고 있습니다. 어떤 사람은 200만 명이 넘는다고 합니다.

선거 날이 오면 열일 제쳐놓고 투표합시다.

먹고살기가 바빠서 아니면 들판에 나가 땅을 파야 하는 분들은 평소에 부재자투표를 신청해 놓았다가 투표용지가 집에 날아오면 저녁을 먹은 뒤에 테이블에 앉아 커피나 와인을 마셔가며 여유롭게 용지를 기입하여 보내면 됩니다. 바쁘다는 핑계는 먹혀들 여지가 없습니다.

미국 대통령은 우리 한국 사람들이 마음먹기에 달렸다고 해도 틀린 말이 아닙니다. 그러니 우리 다 같이 투표합시다.

2부

건강한 삶

04。건강: 삶에서 가장 중요한 것

노화, 죽음의 문제

우리는 건강해야 합니다.

이 말은 나이가 들수록 더 참된 진리로 다가옵니다. 젊었을 때는 당연하게 느껴지는 것이 나이가 들면서 우리 인생에서 그 무엇보다도 가장 중요한 요소가 되어버립니다. 물론 명예보다도 귀하고 돈보다도 귀한 것이 우리의 건강입니다. 아무리 돈이 많아도 건강을 돈으로 살 수는 없습니다. 이 세상에서 돈은 넘치게 벌어놓았는데 건강이 여의치 않아, 많은 돈을 주어서라도 건강을 사고 싶지만 돈과 건강을 맞바꾸지 못한다는 진리에 가로막혀 그 많은 돈을 바라보기만 하다가 고통스럽게 여생을 마치는 사람이 어디 한둘인가요?

그래서 이 책에서는 건강하게 사는 방법을 나름대로 정확하게 제시하면서 나의 것이 여러분의 것이 되고 나아가서 결국은 우리 모두의 것이 되어 이왕이면 다 함께 건강하게 이 세상을 마음껏 즐기며 살다가, 더 긴 여행(?)을 건강한 모습으로 나설 수 있게 도와주려고 합니다.

평생 해오던 일을 대충 마무리하면서 부와 명예에 대한 욕심도 어느 정도 정리가 되어가는 시점에서, 의사가 되어 병을 고친다고 정신없이 뛰어다니며 지내온 세월을 조용히 뒤돌아보며 이제는 "어떻게 하면 건강하게 살 수 있는가?"라는 질문에 정답을 찾아볼까 합니다.

물론 여기서 다루는 것은 마음의 건강이 아니고 몸의 건강입니다. 정신의 건강, 마음의 건강은 정신과의사와 성직자에게 맡깁니다. 그런데 "건강한 신체에 건강한 정신"이라는 말이 있지요. 이 두 가지가 함께 건강해야 한다는 점에서는 이론의 여지가 없습니다.

우리가 건강에 대해서 이야기할 때는 많은 사람들이 신비한 약이나 약수 같은 것, 그리고 희귀한 음식을 염두에 둡니다. 그리고 실제로 거기에 많은 돈과 시간을 투자합니다. 그런 면에서 대표적인 인물로 존재하지도 않는 불로초로 유명해진 진시황을 들 수 있지만 우리는 그 사람을 통해 그러한 노력이 헛되고 헛됨을 어릴 때부터 배워서 잘 알고 있습니다. 물론 이 방면의 노력을 절대 해서는 안 된다는 의미가 아니고 그러한 노력에 한계가 있음을 알고 하자는 의미입니다.

최근에 나온 연구에 의하면 안타깝게도 우리 몸의 노화는 26세부터 시작한다고 합니다. 사람은 태어나서 26세가 될 때까지는 젊음을 향하여 나아가다가, 26년을 기점으로 젊어지는 과정을 계속하지 않고 젊음의 반대 방향인 퇴행성 변화(degenerative change)를 향하여 뒷걸음질을 치기 시작한다는 말입니다. 쉽게 말해 노화 현상입니다. 이 퇴행성 변화는 젊어지는 과정에서는 눈에 띄지 않고 조용히 진행되다가 40~50세가 지나면서 서서히 그 모습을 드러냅니다. 겉으로는 얼굴이나 다른 피부에 주름이 생기고 자신도 모르는 사이에 키가 줄어들고 그것도 모자라 허리는 구부러집니다. 나이가 들면 자연스럽게 겸손해져야 한다는 하늘의 섭리일까요? 노화 과정에 들어선 그때부터는 내 안에서 내가 원하지 않는 나를 향하여 나아가는 모순이 시작됩니다.

필자의 경우처럼 다른 곳은 멀쩡한데 유독 머리에 있는 카락이라는 놈이 주인의 허락도 없이 떠나버려, 머리가 크지도 않은데 큰 머리를 가진 분이라고 불리는가 하면, 그와는 반대로 조상으로부터 좋은 유전자를 받고 태어나 운 좋게 큰 머리가 되지는 않았어도 그렇게도 새까맣던 것이 한여름에 서리를 만난 것처럼 허옇게 또는 회색으로 변하여 얼굴을 보기도 전에, 뒷모습만 보아도 연세가 지긋한 분임을 미리 알게 하는 인식표 노릇을 합니다.

그것만 해도 억울한데 이 퇴행성 변화는 우리 몸 어느 곳에서나 동시에 일어납니다. 혈관이 가는 곳에는 어디서나 다 일어난다는 말입니다. 우리의 눈에 보이지 않는 곳에서도 착실하게 이 변화가 진행된다는 서운한 말입니다. 여기에는 예외가 없습니다. 그렇게 되면 젊은 시절에는 나를 괴롭히지 않던 감기나 몸살 같은 사소한 문제가 힘들게 만들고, 퇴행성 변화에다 삶의 어려움으로 누적된 스트레스로 인해 현대병, 또는 부자병이라고 부르는 고혈압에 당뇨, 고지혈증, 관절염 등등 과거에는 남들이나 걱정할 문제라고 거들떠보지도 않던 놈들이 이미 내 안에 들어와 한 자리를 차지하고 있음을 알게 됩니다.

21세기의 현대과학으로도 이 노화라는 자연현상을 반대방향으로 돌리는 방법은 요원한 실정입니다. 아마도 산천이 변하고 또 변하여도 해결의 실마리가 보이지 않는 영원한 수수께끼인지도 모릅니다. 적어도 우리 세대에는 해답이 나오지 않는다고 보면 됩니다. 아니 앞으로 50년, 100년이 지나도 이 문제의 해답은 나오지 않으리라 봅니다. 하지만 노화의 문제를 해결하는 방법이 나온다 하여도, 모든 사람이 전혀 늙지 않고 살아간다면 이 세상은 어떤 모습을 하고 있을까요? 이것 또한 우리에게 생각지도 못한 심각한 문제를 가져다줍니다. 불로의 비밀을 나 혼자만 알고 있으면 좋지만 모두가 알고 있으면 우리 모두에게 큰 문제가 됩니다.

스티븐 스필버그의 〈백 투 더 퓨처〉라는 영화에서처럼 자동차와 같이 생긴 타임머신을 타고 현재에서 과거 그리고 미래를 마음대로 오가는 세상이 되면 어떻게 될까요? 나의 조상이 나보다도 더 젊은 모습을 하고 내 앞에 나타났다고 상상해 보면 그런 비극이 또 어디에 있을까요? 할아버지나 증조할아버지가 나보다도 너 젊은, 더 어린 모습으로 내 앞을 왔다 갔다 하면 이놈의 콩가루 집안을 어떻게 다스려야 하지요? 그와는 반대로, 내가 손자나 증손자 앞에 더 어린 모습으로 나타나면 이놈의 집안은 누가 어른이고, 누가 손아래가 됩니까?

건강하게 산다는 소망이 엉뚱한 길로 접어들어 브래드 피트가 주연한 〈벤자민 버튼의 시간은 거꾸로 간다〉라는 영화에서처럼 나이가 들어 쭈글쭈글한 영감의 모습으로 살다가 어느 날 갑자기 퇴행성 변화가 180도 반전되어 차츰 젊어지다 결국은 젖먹이가 되어버리는 웃지 못할 현실을 만들어내도 큰일입니다.

노화란 퇴행성 변화라고 이름한 우리 모두가 싫어하는 나쁜 친구와 더불어 살아가면서 그놈이 말썽을 일으키지 않도록 달래고 때에 따라서는 친구로 만들며 살아가는 현명한 나를 형성해 가는 과정 가운데 하나라고 보면 됩니다.

그런 면에서 맥아더 장군의 말이 정말 의미가 있어 보입니다. 그는 국회에서 상·하원의원들을 앞에 두고 은퇴를 겸한 국회연설에서 우리의 마음에, 특히 필자의 마음에 너무나 와닿는 말을 남기고 사라집니다.

"노병은 결코 죽지 않는다. 다만 사라질 뿐이다(Old soldiers never die; they just fade away)." 노병들만이 아니라 우리 모두는 결코 허무하게 죽지 않습니다. 우리 모두가 인생의 노병이라 때가 오면 '다만' 사라지는 존재일 뿐입니다.

'노병'이라는 말을 '우리'로 바꾸어봅니다. 우리는 나이 들어 죽음을 맞이하는 순간 고해의 험한 파도와 평생을 싸워오면서 승리와 패배, 패배와 승리의 7전 8기를 성취하다 무대의 조명이 점점 어두워지는 날 관객들을 뒤로하고 조용히 무대 뒤로 '다만' 사라지는 원로배우 같은 존재입니다. 우리는 선택의 여지 없이 죽을 수밖에 없는 불쌍한 존재가 아니라 무대가 점점 어두워지면서 인생의 커튼이 내려오면 때가 왔음을 받아들이고 조용히 무대에서 내려오면 됩니다. 그냥 사라지면 됩니다. 우리는 결코 죽는 존재가 아니라 다만 조용히 사라지는 존재입니다.

사실 노화, 나아가서 죽음의 문제는 우리 인간으로 하여금 죽지 않을 수 없도록 틀에 박아 이러지도 저러지도 빼지도 박지도 못하게 만들어놓은 심술 많은 창조주의 횡포가 아니라 우리로 하여금 다만 사라지게, 그것도 조용히 사라질 수 있도록 배려해 놓은 신의 은총입니다. 이 사실을 제대로 받아들이면 노화 현상이나 죽음을 대하는 우리의 마음 자세가 훨씬 부드러워지지 않을까 생각합니다. 그래서 우리는 사라져야 하는 그때가 오는 순간, 우리의 영혼과 육체가 어떤 모습으로 죽음의 경지를 초월하여 '사라지는가'를 항상 생각하면서 살아야겠지요. 지금의 나이보다 더 젊게 보이려고 귀한 시간과 돈을 헛되이 낭비하지 말고, 현명하게 나이 드는 멋진 우리가 되었으면 합니다.

그러기에, 여기서 퇴행성 변화, 노화 현상을 잘 소화시켜 보기 좋고 건강한 늙은이로 살아가는 방법 여섯 가지를 소개합니다.

건강 공식 1

첫째, 나의 몸에 적합한 운동을 하는 것이고

둘째, 물을 현명하게 마셔야 하며

셋째, 잠을 잘 자는 것입니다.

이 세 가지에다 실천하기가 너무나 쉬운 데다가 효과 또한 크기 때문에 두 가지를 추가하고, 필자의 전공과는 조금 거리가 있는 한 가지를 더 추가합니다.

넷째, 이른 아침에 잠에서 깨어 어린이용 아스피린 하나를 먹고,

다섯째, 밤이 되어 잠자리에 들기 전에 펩시드를 하나 먹는 것입니다.

여섯째는, 다름 아닌 입 안을 깨끗하게, 그리고 치아를 건강하게 유지하는 것입니다.

치아 건강은 우리 몸 건강에 위에서 언급한 세 가지만큼, 아니 그보다 더 중요한지도 모릅니다.

전공이 아니라 선뜻 마음이 내키지 않지만 너무 중요하기에 추가하지 않을 수 없는 필자의 입장과, 그래서 사실과는 거리가 있는 언급을 할 수 있음을 넓은 마음으로 양해하시길 바랍니다.

첫째, 운동에 대해 이야기를 나눌 때는 왜 운동을 해야 하며, 어떤 운동이 좋은 운동이고 나에게 최대한의 효과를 가져다주는가에 대하여,

둘째, 물에 대해 이야기를 나눌 때는 우리 몸에 좋은 물이 어떤 물인가에 대하여, 그리고 어떻게 마셔야 현명한지에 대하여,

셋째, 잠에 대하여는 사람의 체질이나 성격에 따라 너무나 각양각색이라 설명하기가 어렵지만, 나이가 들면서 특히 우리를 힘들게 하는 불면증의 해결에 중점을 두어 나름대로의 완벽한 치유방법을 찾아볼까 합니다.

넷째와 다섯째, 아스피린과 펩시드는 나이가 들어 우리 몸에 퇴행성 변화가 시작됨으로 인하여 아무리 건강한 사람이라도 먹어야만 하는 약들이 몇 가지 있지만 이 두 가지는 도저히 빼놓을 수가 없어 부득이하게, 그러나 그중에서도 엄청난 혜택을 누릴 우리 민족의 불쌍한 '위'를 생각하며 힘들지만 기쁜 마음으로 추가합니다.

이 두 가지 약을 먹으면 자기 수명에서 5년은 더 건강하게 살 수 있다고 말하고 싶지만, 옛날 장터에서 밀가루로 만든 가짜 약을 만병통치약이라고 팔아먹던 약장수가 생각나서 넘어갑니다. 분명히 그 말은 하지 않았

습니다.

마지막으로 여섯 번째, 필자의 전공은 아니지만 우리가 장수하는 데 치아의 건강이 너무나 중요하므로 추가합니다. 치주질환과 구취에 대해 설명하면서 건강한 치아가 얼마나 중요한가를 재조명해 봅니다.

자! 이상 이야기한 여섯 가지를 '공식 1'이라는 이름으로 다음과 같이 만들어 봅니다.

오래 건강하게 사는 방법

공식 1=운동+물+잠+어린이용 아스피린+펩시드+치아 건강

거기에다 제 능력을 총동원하여 살 빼는 가장 현명한, 가장 완벽한 진리를 제시해 봅니다.

05. 운동: 건강의 모든 것

이 세상에 수없이 많은 운동이 있지만, 그 가운데서 나, 그리고 우리에게 가장 적합한 운동이 무엇인지 찾아보렵니다. 사실 나에게 가장 좋은 운동은 스스로 찾아야 하지만 그것을 찾도록 도와주는 것이 이 책의 목적입니다.

그보다 운동이 우리 몸에 어떤 변화를 가져올까요? 여기서 말하는 운동이란 전문성을 떠나 평범한 가운데 우리의 기초체력을 유지해 주거나 향상시켜 주는 운동을 말합니다. 우선 우리가 운동을 한다고 하면, 근육의 탄력성이나 부피의 증가를 생각합니다. 당연히 그렇게 생각하면서, 동시에 제대로 된 운동을 할 때마다 우리의 몸 안에서 눈에 보이지 않는 두 가지 중요한 변화에도 깊은 관심을 가져야 합니다.

같은 운동이라 하더라도 신체 조건에 따라 운동이 될 수도 있고 운동이 아닌 시간낭비가 되기도 하고, 같은 근육을 사용한다 해도 목적에 따라 운동과는 전혀 다른 결과를 가져다주는 노동이 되기도 합니다. 태어난 지 겨우 1년밖에 안 된 어린아이에게는 걷는 것 자체가 격심한 운동이지만 건상한 어른에게는 걷는 것만으로 충분한 운동이 되지 않습니다. 건강한 어른이 밖에 나가 한 시간 정도 걷기를 하고 돌아와 "오늘 운동 잘했다"라고 하면 문제가 있다는 말입니다. 운동의 목적을 얼마나 성취하였는지 염려가 되어 하는 말입니다.

아무리 젊은 사람이라도 심장이나 폐가 좋지 않아 조금만 걸어도 숨이 차는 사람에게는 걷는 것 자체만으로 좋은 운동이 될 수 있지만 건강한 사람에게는 좋은 운동이라고 말할 수 없습니다. 또 나이가 든 사람에게는 걷는 것도 좋은 운동이지만 젊은 사람은 좀 더 힘들고 땀이 흐르는 운동을 해야 소기의 목적을 달성하게 됩니다.

호흡성 알칼리증: 운동에 의한 첫 번째 내적 변화

진정한 운동이란 우리 몸의 근육이 피로에 지칠 만큼 극한 상황에 도달하여 "아이고, 주인님. 숨이 차서 더 이상 못하겠어요. 이제 좀 그만" 하며 두 손 들 때까지, 나아가서 온몸에 땀이 줄줄 흐를 때까지 하는 것이지요. 그래서 운동은 숨이 차도록 해야 하고, 땀이 비 오듯 흐르도록 하면 더 좋은 결과를 가져올 수 있고, 적어도 30분 이상은 해야 합니다. 너무 쉬운 운동을 해도 시간낭비이고, 너무 격한 운동은 다칠 위험이 높아 문제입니다.

운동을 하고 나면 겉으로 보이는 변화도 물론 중요하지만 동시에 눈에 보이지는 않지만 몸 안에서 세포나 혈중에서 일어나는 변화도 정말로 중요합니다. 외적 변화도 중요하지만 내적 변화도 중요하다는 말입니다. 그래서 운동의 정의는 다음과 같습니다. 운동으로 오는 내적 변화 두 가지 중 첫 번째입니다. "우리 몸의 근육들이 피로를 느낄 때까지 운동을 하는 과정에서 몸의 근육세포가 평소보다 훨씬 더 많은 산소와 칼로리를 필요로 하게 되고, 그 생리적인 필요를 충족시키기 위해 폐가 기능을 극대화하여 세포가 요구하는 더 많은 산소를 폐를 통해 혈액 속으로 최대한 받아들이게 만듭니다. 동시에 극도로 빨라진 신진대사의 결과물(endproduct)인 우리 몸에 필요 없는 이산화탄소를 다시 폐를 통하여 몸 밖으로 내보내 혈관 속 산소 농도는 올라가고, 이산화탄소 농도는 줄어든 상태, 즉 호흡성 알칼리증에 도달하는 것입니다".

다시 말하면, 우리 몸의 혈액이 산성이나 중성의 상태에서 호흡성 알칼리증 상태로 진행하도록 만들어주는 것이 바로 운동의 목적입니다. 우리 몸을 알칼리가 되게 만들어주는 것은 호흡성 알칼리증밖에 없음을 항상 기억하고 살아야 합니다.

사실 우리 몸이 알칼리혈이 되는 데는 두 가지 기전이 있습니다. 하나는 방금 설명한 것처럼 호흡, 즉 폐를 통하여 이루어지는 알칼리혈이고, 다른 하나는 대사성 알칼리증(Metabolis Alkalosis)입니다. 소화기 계통의 대사로 오는 알칼리혈은 비정상적 상황에서 일어나는 경우이므로 지면 관계상 설명을 생략합니다. 먹는 음식에 의해 우리 몸이 알칼리로 변하는 것은 아직 구체적인 연구 결과가 없습니다. 건강에 좋은 음식이라 해도 우리 몸에 들어가 어떤 결과를 초래할지는 알 수가 없기 때문입니다. 쉽게 말해 이 부분에 대한 지식은 의사나 의대생도 깊이 몰라도 되는 지식이며, 보통 사람에게는 머리만 어수선하게 만드는 쓸모없는 지식입니다. 그래서 상세한 설명을 생략합니다.

엔도르핀: 운동에 의한 두 번째 내적 변화

그런데 여기서 중요한 것이 하나 더 있습니다. 나도 모르게 운동에 몰입하다 보면 숨도 차지 않고 힘도 들지 않는 이상한 상태를 경험하는 때가 있지요.

"오늘은 참 이상한데? 평소에는 힘이 들었는데 참 쉽게 끝난 것 같아" 하는 날이 있습니다. 운동에 한창 몰입하다 보면 갈수록 힘이 들어야 하지만 오히려 더 쉽게 끝나는 앞뒤가 맞지 않는 모순이 일어납니다. 바로 이때 우리 뇌 속 깊숙이 자리한 뇌하수체에서 엔도르핀이라는 물질이 분비되고 있는 것입니다. 이 신비의 물질은 운동선수들만 만들어내는 것이 아니고 보통 사람들도 얼마든지 만들어냅니다. 운동을 하다 살짝 다쳐도 별로 아프지 않지요. 바로 이 엔도르핀의 진통효과 때문이지요.

이것은 우리 몸을 제대로 운동시켜 주기만 하면 누구라도 분비할 수 있는 신의 선물입니다. 우리 가운데 누구에게나 일어나는 보편현상이므로 많은 사람들이 알게 모르게 이러한 현상을 경험해 보았으리라 믿습니다.

신은 운동선수에게만 이렇게 좋은 선물을 주는 속 좁은 분이 아닙니다. 진짜 운동을 하고 있노라면 우리의 몸이 산성에서 알칼리로 변해가면서, 이 신비의 물질 엔도르핀이 몸속에 나타나기 시작합니다. 바로 이 두 가지 현상이 운동의 결과이고 운동의 근본 목적입니다.

운동을 하면 우리 몸이 알칼리가 되는 것은 상식입니다. 그리고 뇌하수체가 엔도르핀을 만들어낸다는 것도 상식입니다. 그런데 알칼리혈을 엔도르핀에다 접목한 것은 필자가 처음이라고 봅니다. 교과서에서는 본 적이 없는데, 혹시 다른 서적에서 같은 내용을 본 분은 저에게 알려주세요.

엔도르핀(endorphine)은 모르핀과 비슷한 분자구조를 가지고 있는 데다가 이름조차 우리 몸 안에서 만들어진다(endogenous)는 의미로 endo를 앞에, 그리고 뒤에는 morphine의 rphin을 붙여놓았습니다.

실제로 그 작용도 서로 유사하여 이 좋은 놈이 분비가 되면 강한 진통작용에다 숨도 차지 않고 힘도 들지 않으며 마음도 차분해질뿐더러 맥박도 떨어지고 혈압도 내려가며 분당 숨 쉬는 횟수도 떨어집니다.

응급실에서 오피오이드(Opioid: 마약성 진통제) 종류의 약물에 중독되어 앰뷸런스에 실려온 환자를 보면 멀리서 숨 쉬는 패턴만 보고도 진단이 나옵니다. 일단 해독제인 나르칸(Narcan)을 주사해 주고 나서 검사를 하지요. 바로 치료해 주지 않고 망설이거나 시간을 끌다 보면 호흡이 정지되는 수가 있습니다. 한 번도 모르핀을 사용해 본 적이 없는 사람이 감히 모르핀 중독자들께 한마디만 합니다. 우리 몸 안에 바깥에서 집어넣는 비싼 모르핀보다 더 좋은 놈을 자체 생산으로 돌아다니게 할 수 있는데 이놈은 돈도 들지 않습니다. 공짜입니다.

우리 몸에서 엔도르핀이 만들어지기 시작하면, 모르핀을 맞은 사람처럼 마음이 차분해지고 편안해지며 혈압도 떨어지고 맥박도 내려가 서맥(Bradycardia)으로 되어, 숨도 빨리 쉬어야 할 필요가 없어집니다. 운동선수의 경우 산소 공급을 위해 숨을 가쁘게 쉬지 않아도 되는 데다가, 본인은 천천히 움직이는 것 같지만 실제로는 평소보다 더 빨리 그리고 가볍게 움직입니다. 그러므로 자기를 따라잡으려 애쓰는 다른 선수가 천천히 움직이는 것처럼 보이고 본인은 기진맥진해야 함에도 불구하고 힘이 더 솟아나는 반면 자기를 방어하는 선수가 나가떨어지는 흥미로운 현상을 보게 됩니다. 바로 엔도르핀 덕이지요.

공식을 만들어보면, 좋은 운동의 결과는 폐(Respiratory)를 통한 알칼리증(Alkalosis)에다 엔도르핀이 추가된 것이지요. 이것이 공식 2입니다.

좋은 운동

공식 2=호흡성 알칼리증+엔도르핀

이 둘로 인해 열네 가지의 작은 기적이 우리 몸에 따라옵니다.

마이클 조던

운동선수 가운데서 마이클 조던과 같은 사람은 바로 엔도르핀 때문에 무지무지하게 덕을 본 사람입니다. 조던이 경기 중에 뛰어다니는 모습을 보면 바로 엔도르핀을 눈으로 보는 듯합니다.

별 중의 별들이 맞부딪치는 NBA 파이널, 3 대 3인 상황에서 일곱 번째이자 마지막 경기 종료 2~3초를 남겨두고 2점 차로 뒤진 상황입니다. 3점 슛이 들어가면 챔피언이고, 안 들어가면 2등 패로 또 1년이라는 긴 세월을 기다려야 하는 숨 막히는 순간이지요. 수비로 이름난 선수가 밀착 방어를 하고 좌우의 선수까지 합세해 세 명이 달라붙어 죽기 살기로 수비를 하고 있습니다. 체육관을 가득 메운 관중이 모두 일어나 자기 팀을 응원하는 가운데, 눈썹 하나 까딱하지 않고 표정 하나 변하지 않은 채 침착하게 3점 슛을 성공하는 순간, 이 사람의 몸 안에 엔도르핀이라는 놈이 조용히 그러나 힘차게 돌아다니고 있는 것이 보입니다.

조던은 경기가 있는 날에는 항상 가장 먼저 경기장에 나와 연습을 하고, 경기가 끝나면 다른 선수들은 라커룸에 가서 빨리 샤워를 하고 집에

가 쉬려고 서두르는 동안에, 다시 경기장으로 나가 불을 켜놓고 두 시간 넘게 혼자서 연습을 한 뒤에 집에 간다고 합니다. 사람이 아닙니다.

시카고 불스는 이 사람 덕에 평생 한 번 하기도 힘든 NBA 챔피언을 여섯 번이나 했지요. 세 번 하고 1년 쉬고 세 번을 더. 중간에 한 번 쉰 것은 갑자기 프로 야구 선수가 되겠다고 1년을 야구 선수로 뛰었기 때문입니다. 앞으로 시카고 불스의 역사에 한 사람으로 인해 여섯 번이나 챔피언을 하는 특이한 일은 일어나지 않을 것이고, NBA가 존재하는 한 다른 팀에서도 그런 불상사(?)는 일어나지 않을 것입니다.

황영조 선수

올림픽의 꽃이라 하는 마라톤의 역사를 보면 비킬라 아베베라는 에티오피아 출신의 금메달리스트가 떠오릅니다. 그는 올림픽에서 두 번이나 연달아 금메달을 땄는데, 첫 번째 금메달을 딸 때는 운동화를 살 형편이 되지 않아 맨발로 뛰었습니다.

그는 1등으로 경기장에 들어와 결승 테이프를 통과한 이후에도 힘이 남아돌아 경기장을 뛰어다녔습니다. 결승점을 지난 다른 선수들이 여기저기 쓰러져 정신을 못 차리는 와중에 그 사이로 펄펄 뛰어다녔습니다. 그 사람의 몸에 엔도르핀이 얼마나 힘차게 돌고 있었을까요?

에스파냐의 바르셀로나에 가보면, 올림픽 경기장이 있는 언덕 위에 황영조 선수의 마라톤 우승을 기념하는 기념비가 있습니다. 그가 결승점을 통과한 이후에 늠름하게 걸어 다니던 모습이 아직도 기억납니다. 그의 늠름한 모습에 비추어 다른 선수의 모습이 훨씬 더 피곤해 보이는 것은 그렇게 보여서가 아니고 실제로 몸속의 상태가 서로 현저하게 다르기 때문

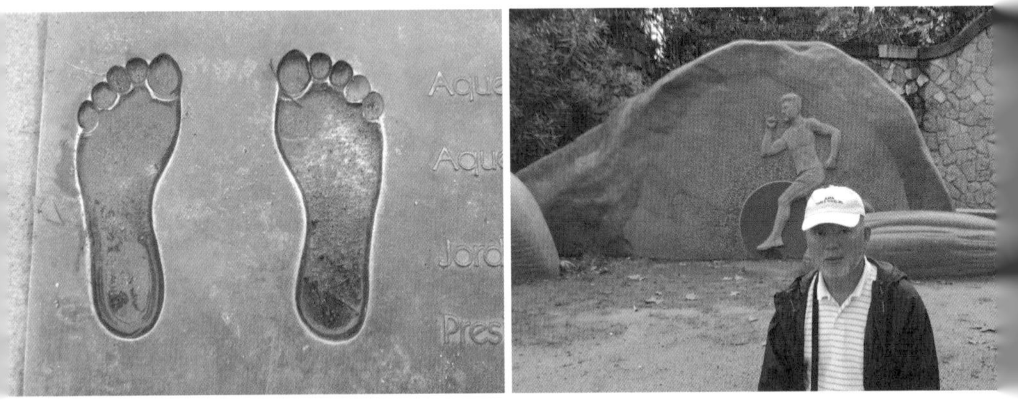

에스파냐 바르셀로나 올림픽 경기장 언덕에 있는 황영조 선수의 마라톤 우승 기념비

입니다.

다른 선수의 몸에는 엔도르핀이 있을까 말까 한 반면, 황영조 선수는 잠시 후에 금메달을 목에 걸고 애국가가 울려 퍼지고 전 세계가 주목하는 가운데 시상대 중앙에 우뚝 서 있을 순간을 생각하며 엄청난 양의 엔도르핀이 그의 몸 안에서 돌아다니고 있기 때문입니다.

그런데 좋은 운동을 하기만 하면 우리 몸에서도 당연히 이와 같은 엔도르핀이 분비됩니다. 제가 추천하는 운동이 그런 좋은 운동 가운데 하나입니다.

아드레날린

많은 사람들이 운동과 노동을 혼동합니다. 같은 근육을 움직인다고 해서 같은 결과가 나온다고 생각하면 큰 오산입니다. 건강을 위해서가 아니라 생계를 위하여 아니면 더 많은 돈을 벌기 위한 욕심으로 어쩔 수 없이 수동적으로 끌려가는 상황에서는 우리의 몸에 호흡성 알칼리증의 변화가 일어나지 않을 뿐 아니라 특히 엔도르핀의 분비도 제대로 일어나지 않습니다.

하고 싶지 않은데도 불구하고 부모가 시켜서 하는 운동은 엔도르핀의 분비가 일어나지 않을 뿐 아니라 오히려 그 반대의 물질인 아드레날린이 분비됩니다. 이런 경우는 운동이라는 표현보다 노동한다는 표현을 쓰는 것이 더 정확합니다. 물론 겉으로 보기에는 노동의 경우에도 운동할 때와 마찬가지로 근육이 커지고 강해지는 현상이 일어납니다. 하지만 우리 몸 내부에서 일어나는 정말 중요한 두 변화, 즉 호흡성 알칼리증과 엔도르핀의 생산과 진정한 운동의 결과로 몸 안에서 일어나는 열네 가지의 혜택, 즉 작은 기적들은 일어나지 않는다는 말입니다.

아드레날린이 분비되면 엔도르핀이 분비될 때와는 정반대 현상이 우리 몸에서 일어납니다. 맥박이 빨라지고 혈압이 올라가며 숨 쉬는 횟수는 쓸데없이 빨라지고 혈당이나 콜레스테롤은 내려가지 않고 올라가며 마음은 불안하다 못해 초조해집니다.

물론 아침부터 저녁까지 하루 종일 사무실 안에서 컴퓨터와 씨름하는 사람과 돌을 깨는 작업장에서 무거운 장비를 다루는 사람과는 근육의 양에는 차이가 있을지 몰라도 건강을 위해 긍정적인 마음의 자세로 좋은 운동을 꾸준히 하는 사람과 비교해 보면, 우리 몸에서 나타나는 반응에 현저한 차이가 있습니다. 근육을 많이 쓰는 일을 하는 사람이 아침에 출근하면서 “운동하고 올게”라고 하며 집을 나서지는 않습니다. 물론 노동하러 간다는 말도 하지 않지만 그 사람이 집을 나서는 목적이며 마음자세가 판이하게 다르다는 의미입니다. 또 운동하러 골프장에 가는 사람이 티타임에 겨우 맞춰 준비운동도 제대로 하지 않고, 공을 때리고 난 뒤에 아주 편안한 카트를 타고 언덕을 오르내리다가 공을 찾으면 바로 옆에다 세우고 또 공을 치고서 다시 공의 낙하 지점을 찾아가는 행동을 반복하면서 걷는 것조차도 제대로 하지 않고 18홀을 끝내고 나서 "오늘 운동 잘했다"라고 말한다면 문제가 있는 거지요.

이것은 미국 골프장에서 흔히 보는 광경입니다. 한국 골프장은 경험이 없으므로 할 말이 없습니다. 돈과 시간을 낭비하고서 근육운동도 제대로 하지 않고서 "잘했다"고 하는 것은 문제가 있지요. 오히려 스트레스 잘 풀었다고 하는 것이 더 적절한 표현이 아닐까요?

그런데 운동을 겸하여 스트레스를 풀기 위해 골프장에 온 사람이 오히려 더 스트레스를 받고 돌아가는 경우도 있습니다. 푸른 풀밭, 맑은 공기, 구름 한 점 없이 파란 하늘 아래에서 짧은 거리, 아니 공포(?)의 거리에서 퍼팅을 놓치고서 줄담배를 피우는 모습이나 돈내기에 져 찌푸린 얼굴로 친구와 언짢은 소리를 하며 시간을 보내는 행위는 어떻게 설명하면 좋을까요? 물론 골프가 좋은 운동이 아니라는 말은 결코 아닙니다. 사람에 따라 어떻게 하는가에 따라 아주 훌륭한 운동이 될 수 있기 때문에 골프 자체가 나쁘다는 말은 아닙니다. 스트레스 해소 차원에서 보면 테니스를 포함하여 이보다 더 좋은 운동은 찾을 수가 없습니다.

좋은 운동을 통해 우리 몸이 산성에서 알칼리로 향하여 나아갈 때, 우리가 싫어하는 고혈압, 당뇨병, 고지혈증 같은 현대병, 나아가서 암과 같은 악질조차도 엔도르핀과 손을 잡은 알칼리의 환경을 배겨내지 못하고 우리의 몸을 떠나 어디론가 멀리 가버립니다.

이렇게 좋은 뉴스를 필자 혼자만 알고 있다가 '사라지기'에는 너무나 아까운 마음이 들어 타고난 재주도 없는 주제에 이렇게 글을 쓰고 있나 봅니다. 하여간 위에서 말한 내용을 간단히 공식을 만들면 다음과 같습니다.

현대병=산성혈+스트레스

건강=운동=알칼리혈+엔도르핀

좋은 운동을 통해 우리 몸이 알칼리로 변하고, 나아가 엔도르핀을 분비하도록 만들어 산성과 스트레스로 말미암아 나도 모르게 몸 안에 침투한 현대병이 몸 안에 편히 있지 못하게 해 건강한 몸으로 수명대로 오래 살다가 때가 되면 편하게 이 세상에서 다만 사라지게 하자는 것이 이 글의 요지입니다. 다른 현대병과 마찬가지로 암도 산성의 환경을 좋아하고, 알칼리의 환경을 싫어합니다.

이것은 필자가 제멋대로 만들어낸 말이 아니고 또 이 책을 읽는 사람들을 겁주기 위해 만들어낸 공갈 협박도 아닙니다. 깊은 산길을 가다가 산신령을 만나 혼자만 전수받은 헛된 지식도 아닙니다. 이것은 암에 대한 최고 권위자들이 서로의 연구 결과를 교환하는 학회에서 최근에 나온 연구 결과를 쉽게 설명한 것입니다.

그런데 우리가 그토록 싫어하는 현대병이나 암보다도 우리 몸이 산성으로 기울어지는 것을 더 좋아하는, 아니 학수고대하는 악질 중의 악질이 또 하나 있습니다. 바로 죽음이지요. 우리가 어떤 이유에서든지 죽음을 향해 사망의 어두운 골짜기로 내려갈 때에는 누구를 막론하고 산성이 된 뒤에 이 세상을 하직합니다. 우리 모두는 반드시 산독증(Acidosis)을 거쳐 저세상으로 갑니다. 사람을 포함하여 모든 동물이 그렇게 최후를 맞이합니다. 여기에는 예외가 없습니다.

우리 몸이 알칼리 상태에 있고 엔도르핀이 힘차게 돌아가는 상태에 있을 때는 죽음이나, 죽음의 단계로 나아가는 산성혈이라는 이상한 놈은 우리 주위에서 배겨나지 못하고 멀리서 혼자 배회하는 별 볼 일 없는 한심한 존재가 되어버립니다. 우리 몸이 산성이 되도록 방치하는 것은 우리 몸에 현대병이 들어오게 만드는 가장 무책임한 행위이고 결국은 죽음에 이르게 하는 자해 행위입니다.

산성은 죽음의 길로, 알칼리는 생명의 길로 우리를 인도합니다. 어느 길로 가기를 원하십니까?

붉은 고기 vs 흰 고기

얼마 전 WHO에서 과학자, 의사 들이 오랫동안 연구한 결과를 발표하여 사람들의 마음을 서늘하게 만들었지요.

닭고기, 칠면조 고기, 생선 등 흰 고기를 주로 먹는 사람들과 쇠고기, 돼지고기, 말고기, 염소고기, 양고기 등 붉은 고기에다 소시지나 베이컨 같은 가공육을 주로 먹는 사람들을 장기간 비교했습니다. 그 결과, 붉은 고기를 먹는 사람들이 심장계통 질환, 즉 고혈압, 고지혈증 특히 심장마비 등이 더 많이 발생하였으며 당뇨병, 고혈압, 심장병에다 나아가 암까지도 흰 고기를 먹는 사람들보다 훨씬 많이 발생하고 있었습니다. 간단히 말해 붉은 고기는 우리 몸에 소화, 흡수되면 우리 몸을 산성이 되게 합니다. 그 결과로 현대병뿐 아니라 암의 발생률도 흰 고기를 먹는 사람보다도 훨씬 높아진다는 말입니다.

과거에도 이와 비슷한 연구 결과가 여러 차례 발표되어 사람들에게 붉은 고기에 대한 경각심을 불러일으켰지요. 그러나 돈 많은 텍사스나 캘리포니아의 목장주들, 그리고 쇠고기, 돼지고기 장사로 돈방석에 오른 사람들이 고용한 로비스트들이 돈에 목마른 과학자들에게 정반대 연구 결과를 의뢰 미디어에 가지고 나가 떠들게 하여 물타기를 해서 흐지부지되어 버리곤 했습니다.

커피도 마찬가지입니다. 커피에 대한 부정적인 연구 결과가 발표되면 반드시 커피가 우리 몸에 좋다는 연구 결과가 며칠 뒤에 따라 나옵니다. 반드시 물타기를 합니다. 자기들 산업의 사활이 걸려 있으니 믿거나 말거나 반드시 물타기를 합니다. 침묵을 지키고 있다가 소비자들이 커피 마시기를 줄이거나 중단해 버리는 사태가 오면 산업의 생존 자체가 위험해지므로 나중에 후회하기보다는 미연에 방지하겠다는 강한 의지의 표현인지도 모릅니다.

담배의 경우를 보면 잘 알 수 있습니다. 담배는 그 독성의 결과가 너무나 잘 알려져 있어 물타기를 못합니다. 인식만 더 나빠지고 돈만 낭비되기 때문입니다. 담배산업은 사양길을 가고 있고 이제는 거의 바닥에 떨어진 모습입니다. 이제는 이곳도 여러 사람이 모이는 공공장소, 특히 실내에서는 무조건 금연입니다. 법으로 금지되어 있습니다. 딱 한 군데 카지노만 예외입니다. 카지노에 대해서는 라스베이거스를 이야기할 때에 더 자세히 다룹니다.

몇 년 전 유명한 토크쇼 진행자 오프라 윈프리가 자기 프로그램에서 붉은 고기의 위험성을 강조하는 말을 하였다가 쇠고기업자들의 로비스트들이 벌떼같이 들고일어난 일이 있습니다. 과학적인 뚜렷한 증거도 없이 근거 없는 낭설을 퍼뜨리고 있다며 연방법원에 고소하겠다고 공갈 협박하는 바람에 결국은 그들이 참석한 면전에서 공식 사과하는 수모를 당하였지요.

그러나 이번에는 오랜 세월에 걸친 연구와 정확한 통계 자료를 바탕으로 모든 사람이 수긍하는 결과에다 그것을 발표한 기관이 유엔에다 WHO이다 보니 그들이 이제는 전 세계를 상대로 공갈 협박을 해야 합니다. 그전에는 똑같은 문제를 두고 미국 안에서 잠시 시끌시끌하다가 사람들의 관심에서 서서히 멀어지곤 했지만 이번에는 전 세계를 붙들고 국제사법재판소에 가서 떠들어야겠지요? 그렇게 하다가는 온 세상 사람들 앞에서 웃음거리라 될 것입니다. 웃음거리가 되는 것도 참을 수 없는데 밑 빠진 독에다 돈은 또 얼마나 쏟아부어야 합니까?

그런데 붉은 고기에 대해 부정적 견해를 가졌다 하여 쇠고기나 맛있는 돼지고기를 전혀 먹지 말라는 말은 아닙니다. 너무 많이 먹거나 또 자주 먹는 사람은 포식을 줄이라는 뜻이고 양보다는 질에 중점을 두라는 의미입니다.

원래 사람은 채식동물이 아닌 육식동물이라 근본적으로 고기를 먹어야 합니다. 그래서 고기를 먹지 않고 채소나 과일만 먹는 것은 자연의 순리에, 우리의 생리에 역행하는 일입니다. 자연에 역행하다 보면 언젠가는 탈이 납니다. 먹기는 하되 현명하게 먹읍시다.

무슨 이유인지는 모르지만 채식만 하는 나라가 있습니다. 인구 면에서 중국과 1등을 놓고 경쟁하며 얼마 지나지 않아 중국을 앞서갈 이 나라가 실제로 올림픽에서는 금메달을 몇 개나 따고 있는지 아시나요? 아니 색깔에 관계없이 어떤 메달이라도 말입니다. 불쌍한 마음이 들지요. 이것은 우리 문제가 아니니 남의 문제라고 옆으로 제쳐둔다 쳐도, 양념된 불고기나 갈비 등 생각만 해도 입에 군침이 도는 고기나 곱창전골이나 삼겹살 같은 기름기 많은 종류는 어쩌다가 한 번은 모르지만 너무 자주 먹어서는 곤란하다는 말입니다.

미국의 한국판 삼겹살, 이름하여 베이컨! 요 고소한 것이 얼마나 맛이 있는지 좋아하는 사람들이 이것을 먹는 모습을 유심히 보면 중독이라고 해도 될 정도이지만, 만드는 과정에서 소금을 얼마나 쏟아부었는지 모릅니다. 어쩌다가 한번 먹어보면 그 고소한 맛 때문에 먹는 사람들의 심정이 이해가 가지만 그 삼겹살에 포함된 콜레스테롤의 양이나 소금의 양을 고려하면 자주 먹을 음식은 못 되지요.

하여간 암세포와 현대병은 우리 몸이 산성일 때를 가장 좋아하고, 알칼리가 되면 견디지를 못합니다. 그래서 우리가 운동을 통해 우리 몸이 알칼리로 변화하게 꾸준히 노력하면 나쁜 놈들이 싫어하는 환경이 되어, 우선 그것들이 우리 몸에 들어오기가 어렵고, 행여 우리 몸에 이미 들어와 있더라도 붙어 있지 못하고 떠나갑니다.

음식의 경우도 마찬가지입니다. 먹어서 우리 몸이 산성이 되게 하는 음식은 가능하면 절제해야 합니다. 절제라는 말은 전혀 하지 말라는 말이 아니라 알아서 하라는 뜻이지요. 솔직히 말해 "알아서 하라"는 말은 멋대로 하라는 말같이 들리지만 그 안에는 일을 더 철두철미하게 처리하라는 의미가 오히려 더 많이 포함되어 있는 우리의 훈민정음만이 만들어낼 수 있는 뜻깊은 말입니다. 이 모든 것은 필자가 만들어낸 말이 아니고 가장 최근에 나온 연구 결과를 인용하는 것이니 믿고 따라 해도 결코 손해 보지 않을 것입니다.

우리 몸의 세포는 정상세포에서 암세포로, 암세포에서 정상세포로 끊임없이 오가고 있다고 합니다. 그러다가 무슨 이유에서인지 암세포에서 정상세포로 돌아가지 않고 암세포로 남아 있으면 우리 몸에 암이 생기는 거지요. 그렇기 때문에 정상세포가 좋아하고 암세포가 싫어하는 알칼리의 환경을 끊임없이 반복하여 만들어주면 암세포가 암세포로 남아 있지 않고 정상세포의 상태로 돌아와 머물게 됩니다.

우리 모두는 자신에게 적합한 운동을 찾아내어 내 몸을 꾸준히 알칼리 쪽으로 돌려놓고 또 돌려놓아야 합니다.

좋은 운동이란

이제부터는 나에게 좋은 운동을 찾아나서 볼까요?

우선, 결론부터! 기초체력을 키워주고 유지해 주는 운동으로 가장 좋은 운동은 다리운동입니다. 물론 팔, 가슴, 배, 허리운동도 중요하지만 다리운동, 즉 허벅지운동이 중요합니다. 우리의 허벅지는 바깥에 나와 있는 눈에 보이는 심장이라고 합니다. 내 허벅지가 튼튼해지면 심장도 따라서 튼튼해지는 이보다도 더 좋은 일석이조가 어디 있습니까? 그런데 일석이조로 끝나지 않는 것이 이 다리운동의 효과입니다.

돌 하나로 새 열네 마리를 잡는다면 믿을 사람이 있을까요? 믿을 사람이 없어도 무방합니다. 다음의 일석 14조는 사실이고 진실입니다. 이름하여 운동의 작은 기적 열네 가지입니다. 이것은 운동의 일석 14조이며 운동으로 인하여 우리 몸에 오는 변화입니다(14 Small Miracles of True Exercise).

공식 2: 진정한 운동=호흡성 알칼리증+엔도르핀=운동의 작은 기적 열네 가지

1, 2. 다리운동을 하면 다리 자체뿐 아니라 심장도 강해집니다. 허벅지는 바깥에 드러난 눈에 보이는 심장이라 하였습니다. 나의 강한 다리를 보며 나의 심장도 저렇게 강심장이구나 생각하면 됩니다.

3. 폐도 건강해집니다. 운동을 하면 자연히 숨을 깊게 그리고 힘차게 쉬게 되어 폐활량이 늘어나지요. 또 운동을 하면서 숨이 차는 것은 나의 폐가 약해서가 아니라 앞서 말한 알칼리증으로 나아가는 증거이자 첩경입니다. 우리 몸이 운동을 하면 폐도 따라서 운동을 하니, 아니 해야 하니 폐의 기능이 좋아질 수밖에 없습니다.

4. 운동을 하면 혈관이 최대한으로 늘어나면서 수축과 팽창을 반복하여 혈관의 융통성(flexibility)이 늘어나 혈압이 내려갑니다. 고혈압인 경우에는 혈압이 떨어지고 정상인 경우에는 고혈압으로 진행하지 않습니다. 경계성 고혈압은 좋은 운동만으로도 조절됩니다.

5. 탄수화물의 대사(Carbohydrate metabolism)를 활성화시켜 혈당을 내려줍니다. 당뇨병의 치료에 가장 좋은 방법입니다. 식이요법이나 약물치료와 병행하면 혈당 조절이 너무나 쉽게 그리고 잘됩니다. 잘 알려진 사실이라 긴 설명이 필요 없습니다. 경계성당뇨라면 운동만으로도 혈당 조절이 가

능해집니다. 물론 식이요법도 병행하면 금상첨화지요.

6. 혈관의 수축이 제대로 되고 혈액순환이 원활하게 되어 심장마비나 뇌졸중이 오지 않는 환경이 됩니다. 이 역시 긴 설명이 필요 없는 우리가 잘 아는 상식입니다. 이 부분에 대한 설명은 이미 여러 곳에서 찾아볼 수가 있고, 앞으로도 계속하여 나올 것입니다.
7. 암이 알칼리를 싫어한다고 이미 설명하였습니다. 알칼리가 암도 몰아낸다고 하고 싶지만 참고 넘어갑니다. 그러나 이미 많은 과학자들이 그렇게 이야기하고 있습니다.
8. 하체가 강해지면 허리도 함께 튼튼해집니다. 허리의 통증이 나도 모르는 사이에 떠나가 버리고 옛날의 튼튼한 허리로 돌아옵니다.
9. 운동을 하면 혈액 속의 나쁜 콜레스테롤(LDL-cholesterol)은 적어지고 좋은 콜레스테롤(HDL-cholesterol)은 많아집니다. 이런 기막힌 일을 어디에서 찾아볼 수 있을지요?
10. 다리운동을 하면 근육운동만 되는 것이 아니라 하체의 중요한 관절인 고관절, 무릎·발목의 관절도 강해집니다. 우리의 관절은 어느 정도 이상으로 움직여주어야 말썽을 부리지 않습니다. 너무 많이 해도 탈 너무 하지 않아도 탈입니다. 중용의 기관입니다.
11. 운동을 하면 잠이 잘 오고 불면증이 사라집니다. 잠에 대해서, 그리고 불면증에 대해서는 뒤에서 자세히 설명합니다.
12. 운동을 하면 군살이 빠집니다. 운동과 지방세포, 근육세포의 삼각관계는 '살 빼는 법'에서 자세히 설명합니다.
13. 좋은 운동을 많이 하는 사람은 비위가 좋아져 소화불량이라는 말이 없어집니다. 운동을 열심히 한 뒤에는 밥맛도 좋고 소화도 잘됩니다.

14. 운동과 변비는 반비례 관계입니다. 변비가 전혀 없던 사람도 나이가 들면 변비가 옵니다. 젊은 시절보다 운동량이 현저하게 줄어들었기 때문입니다. 변비의 가장 좋은 치료제는 운동입니다.

치매에도 운동이 긍정적인 효과를 가져다준다는 최근 연구 결과가 있지만 아직 더 많은 연구 결과가 나와야만 활자화하는 데에 이견이 없을 것이고, 또 이 책의 다른 부분에서 치매에 대해 어느 정도 언급하므로 여기서는 일단 넘어가기로 합니다.

다시 원점으로 돌아가서, 이것은 과학자들의 충고입니다. 필자가 멋대로 만들어낸 말이 아닙니다.

결론은 운동입니다. 운동을 합시다. 하고 또 합시다. 땀이 나도록 운동을 하고 숨이 차도록 합시다.

땀 흘려 일하지 않으면 밥을 입에 넣을 자격이 없다 하였습니다. 그런데 요즈음에는 땀 흘려 운동하지 않고는 먹을 자격조차 없다고 해야 합니다. 말을 바꾸어, 운동을 열심히 하고 맛있게 밥을 먹으라고 하면 듣기도 좋고 하기도 좋은 완벽한 말이 됩니다.

그런데 운동을 한다 하여 아무 운동이나 할 것이 아니라 좋은 운동을 해야 합니다. 좋은 운동이란? 다음 세 가지 조건을 갖춰야 합니다. 이 중 한 가지라도 미달이면 탈락입니다.

첫째, 경비가 들지 않거나 거의 들지 않아야 합니다. 경비가 많이 드는 운동은 일단 탈락입니다. 시간과 돈은 밀접한 관계라 시간이 많이 들어도 탈락입니다. 아무리 좋은 운동이라도 돈과 시간이 많이 들면 의미가 없습니다.

둘째, 운동의 효과가 그 어느 것보다도 좋아야 합니다. 운동의 효과는 알칼리, 엔도르핀 등 이미 설명하였습니다.

셋째, 하기 편해야 합니다. 그리고 안전해야 합니다. 비가 오나 눈이 오나 바람이 부나 천둥 번개가 치나 언제라도 할 수 있어야 합니다. 시간만 허락하면 당장이라도 할 수 있어야 합니다. 장소가 멀리 떨어져 있다거나, 수영의 경우처럼 집에서 출발하여 수영장에 도착하기까지 그리고 실제로 물속에 들어가기까지 시간이 많이 걸려도 곤란합니다. 본인이 생각하기에, 내 능력으로 목적 달성이 어려우면 하지 말아야 합니다. 나에게 위험한 운동은 하고 싶더라도 참고 안전한 쪽을 선택해야 합니다.

우선 하체운동을 추천했으니 그 가운데서 네 가지를 생각해 봅니다. 자전거 타기, 줄넘기, 앉았다 일어섰다 하기, 계단 오르기입니다. 이 외에도 좋은 하체운동으로 테니스, 배드민턴, 달리기, 걷기, 등산 등이 있습니다.

테니스와 배드민턴

순발력, 지구력, 유연성을 키우거나 유지하는 데 이보다 더 좋은 운동도 드뭅니다.

경비가 조금 들기는 해도 다른 비싼 운동에 비하면 큰 문제가 되지 않습니다. 물론 경제적으로 어려운 분에게는 부담이 되지요. 그리고 코트가 있는 곳까지 가야 하는 번거로움이 있습니다.

그러나 시간과 경비가 해결이 된다 하더라도 좋은 파트너가 있어야 합니다. 그 좋은 파트너라고 하는 사람은 나와 같은 인간입니다. 바빠서, 몸이 아파서 등등 필요로 할 때에 함께 있어주지 못하고 원하는 시간에 나타나주지 못하는 단점을 서로 가지고 있습니다. 그리고 서로 실력 차이가 너무 나도 문제입니다. 잘하는 사람에게는 운동이 별로 되지 않고 못하는 사람에게는 운동은 많이 되어도 하고 나면 수고한 상대에게 미안합니다.

테니스의 경우에는 빠르게 날아오는 공을 따라잡으려 하다 보면, 나이가 들어 반사신경이 옛날보다 느리다는 사실을 깜박 잊어버리고 무리를 합니다. 그러다 보면 재수 없는 날은 무릎이나 발목이 나가버리고, 그런 불상사가 두어 번 일어나면 아무리 계속하고 싶어도 눈물을 머금고 좋아하는 운동과 이별을 고해야 하는 사례를 자주 봅니다. 하지만 칠순 팔순이 되어서도 젊은이들 못지않게 테니스 코트를 누비는 예외들도 많이 봅니다. 그런 사람들은 물론 할 수 있는 날까지 해야지요.

걷기와 달리기

이 운동은 제대로 하기만 하면 좋은 운동이지만, 역시 바깥에서 해야 하는 경우에는 기후와 장소의 제약을 많이 받는다는 단점을 극복할 수가 없습니다. 마땅한 장소가 집 근처에 있어야 하고 비바람이 불거나 눈이 오는 날에는 하기가 어렵고 추운 겨울에는 더 하기가 힘듭니다. 또 어두운 밤에는 앞을 제대로 보지 못하기 때문에 발목을 다치기 쉽고 자칫 잘못하면 자동차와 접촉 사고가 나기도 합니다.

이런 단점 때문에 실내에서 하는 헬스클럽에 가입하기도 하지만 할 때마다 그곳에 가야 하는 불편함이 있습니다.

자전거 타기

정말 좋은 운동입니다. 생각만 해도 기분이 날아갈 듯합니다. 하지만 장비와 장소가 문제입니다. 집 근처에 자전거 타기 좋은 장소가 있으면 상관없지만 밖에 나가서 해야 하니 춥고 바람 불고 비 오고 눈 오는 날씨와 주변 환경의 제약을 받습니다.

또 비용이 장난이 아닙니다. 좋은 자전거일수록 가격이 부담스러워집니다. 자전거를 사러 가면 좋은 것 비싼 것에만 눈이 쏠리는 것은 저만의 문제인가요? 액세서리는 왜 또 그렇게 비싼지?

사고의 위험도 당연히 고려해야 합니다. 자전거를 타다가 자칫 잘못하면 자동차의 경우처럼 나뿐만 아니라 남도 다치게 합니다. 물론 내 부주의도 문제지만 남의 부주의로 내가 다칠 수도 있습니다.

또 고장이 나면 고쳐 사용할 줄 아는 기술도 익혀야 합니다. 필자는 고쳐 사용하는 데는 선천성 결함이 있어 그토록 타고 싶던 자전거를 큰마음 먹고 시작했다가 고장 난 자전거를 차고에 그대로 방치한 채 일찌감치 포기했습니다.

좋아하는 자전거를 타고 가다 불운을 당한 가족을 위해 하늘에서 잘 볼 수 있게 흰 페인트를 칠해 사고 난 지점에 세워두고 그 사람을 추모합니다.

실내자전거를 선택하면 지금까지 설명한 많은 번거로움을 줄일 수가 있습니다. 마음에 드는 것을 구입하면 됩니다. 집에다 놓고 하면 집 안의 귀중한 공간을 희생해야 하는 작은 단점이 있긴 합니다.

앉았다 일어섰다 하기

경비도 들지 않고 장소의 제약도 받지 않습니다. 물론 날씨의 제약도 전혀 없습니다. 보는 사람만 없으면 아무 데서나 아무 때나 할 수 있는 장점이 있습니다. 단조로움이 단점이지만 해본 사람은 이 보잘것없는 운동이 얼마나 우수한 운동인가를 잘 알고 있습니다.

고등학교 미식축구 선수들이 운동장에서 체력훈련을 할 때 운동장 구석에서 이 운동을 열심히 하는 모습을 자주 봅니다. 하지만 우리 같은 사람에게는 보조수단으로는 좋아도 주무기로는 부족합니다.

줄넘기

정말 좋은 운동입니다. 가능하면 많은 사람들이 이 운동을 다른 운동과 겸해서 하기를 바랍니다. 그만큼 쉽고 간단한 운동이지만 효과는 말로 표현할 수가 없을 정도입니다. 좁은 장소 넓은 장소 가릴 것 없이 어디서나 할 수 있습니다.

비바람이 몰아쳐도 처마 밑에서 하면 됩니다. 밤중에 조명이 없는 곳에서도 얼마든지 가능합니다. 눈을 감고도 할 수 있으니까요. 어떤 사람은 방 안에서도 줄넘기를 손에 쥐지 않고 줄넘기와 똑같은 동작을 하여 줄넘기를 한다고 합니다.

영화에서 많이 보는 것처럼 권투선수들이 연습할 때 반드시 하는 운동이 줄넘기입니다. 순발력을 기르고 긴장된 근육, 하체의 근육을 푸는 데는 이보다 좋은 운동이 없습니다. 하지만 보조운동으로는 완벽한 운동이어도 기본 체력을 키우는 데는 아무래도 부족한 면이 있습니다. 보조운동으로 줄넘기를 적극 추천합니다.

그런데 한 가지만 경고합니다. 하체 관절에 문제가 있거나 특히 허리에 문제가 있는 사람은 이 운동을 하지 말아야 합니다. 발바닥이 아래로 쿵쿵 내려올 때마다 바닥에서 위로 올라가는 충격이 장난이 아니기 때문입니다.

우리의 허리는 옆에서 보면 완만한 S자 모양을 하고 있습니다. 그것은 바닥에서 머리로 몰아치는 충격을 완화시켜 주려는 창조주의 배려입니다. 걸어 다닐 때나 뛰어다닐 때, 특히 줄넘기와 같이 바로 아래위로 뛸 때는 머리에 가는 충격이 너무나 크기 때문에 그러한 특별한 배려를 해놓았습니다. 그러나 머리, 특히 목을 보호하기 위해 완만한 S자 모양을 하고 있는 우리의 귀한 허리는 누가 보호해 줍니까? 그래서 문제가 없는 사람은 해도 되지만 허리에 문제가 있는 사람은 아주 조심해서 하거나 하지 않기를 바랍니다. 경험에서 우러나온 말입니다.

계단 오르기

우선 단점부터 미리 말씀드린 뒤에 장점으로 넘어갑니다.

이것은 계단이 있는 건물이 가까이 있어야 한다는 전제조건이 있지만, 이 단점은 근처에 높은 건물이 있거나 높은 아파트에 살고 있는 사람들에게는 생각할 것도 없이 이미 해결되는 문제입니다. 또는 높은 건물 안에 직장이 있는 사람은 일터에서 휴식시간을 활용할 수가 있어 일석이조입니다. 특히 높은 건물이 많고 아파트에 사는 사람이 많은 우리나라의 경우에는 많은 사람들에게 문제가 되지 않는 사소한 단점이지요. 너무나 좋은 여건에서 이미 살고 있으니 다른 운동과 비교하면 오히려 장점이 되어버린 문제입니다.

비바람이 불어와도 눈보라가 몰아쳐도 춥거나 덥거나 낮이나 밤이나 언제나 마음만 먹으면 할 수 있고, 문을 열고 나가는 순간부터 이미 알칼리와 엔도르핀을 향하여 힘찬 첫걸음을 시작할 수가 있습니다.

필자의 의견으로는 지금까지 열거한 다른 하체운동과 비교해 보면, 시간적·경제적인 면으로 보나 편리함의 측면으로 보나 효과로 보나 모든 면에서 이 계단 오르기보다 더 나은 운동을 찾을 수가 없습니다.

이 운동은 누구라도 할 수 있는 운동이지만 두 가지는 마음에 새겨두어야 할 것입니다.

첫째, 천천히 할 것

빨리 한다 하여 효과가 더 있지도 않습니다. 오히려 천천히 하는 것이 효과가 더 큽니다. 천천히 올라가고 천천히 내려오면 사고의 위험이 거의 없습니다. 급하게 올라갔다 급하게 내려올 필요도 없습니다. 사고의 위험만 올라갈 뿐입니다. 무거운 배낭을 등에 메고 가파른 언덕을 올라가듯 천천히 해야 하고, 그래야 결과도 좋고 사고의 위험도 없습니다.

서둘러 하다가 계단을 헛디뎌 넘어지면 크게 다칠 수 있다는 사실을 항상 염두에 두어야 합니다. 목욕탕이나 수영장의 미끄러운 바닥에 넘어져 다쳐본 사람은 그게 얼마나 위험한지 설명하지 않아도 알 것입니다.

관절에 문제가 있는 사람은 그 문제가 허용하는 한도 안에서 걸음마부터 시작해야 합니다. 그러고 난 뒤에 조금씩 늘려가면 됩니다. 만약 하체 관절이 계단을 오르고 내리는 일 자체를 감당하지 못하는 수준이라면 관절에 무리가 되지 않는 다른 운동을 찾아봐야겠지요.

그런데 오르고 내리는 스트레스를 감당할 정도의 관절이라면 약해졌던 관절도 튼튼해집니다. 관절은 제대로 쓰지 않으면 문제가 생기지만 제대로 쓰고 있을 때는 문제가 생기지 않습니다. 사람의 몸은 제대로 사용할 때는 문제가 생기지 않지만 쓰지 않으면 문제가 생기는 신기한 존재입니다. 너무 하지 않아도 탈 너무 해도 탈이지요.

"중용을 지킨다"라는 말이 있지요. 정말 실천에 옮기기 어려운 일을 두고 하는 말이긴 해도, 우리 각자가 자신의 중용을 스스로에게 맞게 만들어나가야 합니다.

장차 과학이 발달하여 장기간 우주여행을 하는 시대가 오면 가장 먼저 해결해야 할 문제가 바로 이 관절과 근육입니다. 관절과 근육을 제대로 사용하지 않아서 생기는 조기 퇴행성 변화를 어떻게 해결할 것인가가 관건이지요.

둘째, 운동 자체와는 상관이 없어 안 해도 되지만 하면 좋은 것

가능하면 스마트폰을 손에 쥐고 하십시오. 만약의 사고에 대비하여 나를 도와줄 사람과 즉시 연락이 닿을 수 있어야 합니다. 급한 경우에 119(미국은 911)를 부를 수 있어야 하니까요. 높은 건물은 계단을 사용하는 사람이 거의 없습니다. 승강기를 이용하는 사람이 대부분이라 사람이 없는 곳에서 사고가 나면 도움을 청할 방법이 손안에 있어야 합니다. 계단 운동을 하다가 발에 쥐가 난다든가 아니면 전혀 예상하지 못한 일이 생기면 바로 연락할 수 있는 스마트폰이 있어야 합니다. 또 스마트폰 안에는 스톱워치 기능이 있어서 운동 시작부터 끝까지 정확한 시간을 알 수 있습니다.

응급을 알리는 전화에 대한 웃지 못할 실화를 소개합니다.

바로 이웃 동네에서 일어난 일이지요. 한국 사람이 이곳으로 이민 온 지 얼마 되지 않았을 때 일어난 일입니다. 연말이 다가오는 추운 겨울날, 밤늦게 가족들과 볼일을 보고 집에 돌아와 차고의 문을 내리고 나서 잠이 든 아이들을 침대에 눕히고는 쇼핑한 물건을 내린 뒤 다른 볼일을 보던 중 가족들이 하나둘 쓰러지기 시작했습니다. 마침내 본인까지도.

이유는? 일산화탄소 중독입니다.

급한 마음에 깜박하고 엔진의 시동을 끄는 걸 잊어버린 겁니다. 마침내 일산화탄소 중독이라는 생각이 떠올라 정신이 가물가물한 가운데 간신히 전화기 있는 데까지 가서 119를 돌리기 시작했지요. 당시는 스마트폰이 없던 시절이라 한참 전화기를 돌리다 번호를 거꾸로 돌리고 있다는 생각을 하고 911을 돌린 뒤에 본인도 실신했습니다.

재빨리 출동한 경찰에 의해 다행히 불상사는 생기지 않았는데 가장은 잠시나마 경찰로부터 한 사람도 아닌 다중 일급살인미수(Multiple First Degree Attempted Murder)의 용의자로 의심을 받았다고 합니다.

왜 부인과 자녀를 죽이려 했을까? 왜 응급번호를 거꾸로 돌리면서 시간을 끌었을까? 계획적인 사고가 아닐까? 미국의 경찰이 한국의 응급번호가 119라는 사실을 알 리가 없지요. 다행히 그 오해가 풀려 해피엔딩으로 끝난 웃지 못할 이야기입니다.

구체적인 방법

한국에서 어떤 건강 전문가가 계단 운동의 장점을 강조하며 실천 방법으로 일주일에 두 번 10층을 두 번 오르내리면 건강하게 오래 살 수 있다고 신문에 기고를 했습니다.

그분의 말에 동의하여 실제로 그렇게 해보았습니다. 그런데 그 결과는 실패입니다. 보기 좋게 실패했습니다. 이유는 너무나 간단합니다. 이미 다리운동을 제대로 하고 있던 상황이라면 모를까 초보자가 10층을 오르내리는 것이 무리였나 봅니다. 너무 힘이 들었습니다. 그리고 따라온 큰 실망.

아마 그분도 처음부터 당장 그렇게 하라는 의도는 아니었나 봅니다. 우선 자신의 능력이 어느 정도인가를 알아야 하고 그 능력에 맞추어 쉽게 소화할 수 있는 범위 안에서 서서히 시작하여 점점 강도를 높여가야 한다는 설명을 덧붙였더라면 좋았을 것입니다.

일단 계단으로 가서 약간의 준비운동을 한 후에 등산할 때처럼 천천히 올라갑니다. 내려올 때도 마찬가지. 남자는 3층을 두 번, 여자는 2층을 두 번 오르내리기를 일주일에 두 번 합니다. 뛰어 올라가고 뛰어 내려오지 않아야 하고 그렇게 할 이유도 없다고 앞서 말씀드렸습니다. 올라가서 또 내려와서 10초나 20초 동안 몸풀기를 합니다.

어느 정도 하다 자신이 생기면 남자는 4층으로, 여자는 3층으로 자신의 능력에 맞게 조금씩 올려나갑니다. 그러다가 일주일에 세 번으로 올립니다. 일주일에 세 번은 월수금이나 화목토입니다. 월화수나 목금토가 아닙니다.

설명한 대로 시작하여 내 능력에 맞추어 조금씩 올라가기 시작. 얼마 지나지 않아 세 차례에서 네 차례로, 그리고 다섯 차례 여섯 차례로 올려갔지요. 물론 월수금 세 차례로 시작했습니다. 걸음마부터 시작한 거나 마찬가지지요. 내 능력의 한계를 알아보기 위해 10층까지도 해보았고 매일 하기도 하였지요. 어떤 때는 시간이 나면 하루에 두 번, 심지어는 세 번도 했습니다. 다른 좋은 일도 마찬가지지만 많이 한다고 좋은 것은 없습니다. 그래서 지금의 저의 현주소는 583번지입니다. 5층을 8번 왕복, 일주일에 3번입니다.

그런데 한 가지 이상한 현상이 있습니다.

계단에 가서 시작을 하면 물론 처음이 힘들긴 해도 가장 힘이 드는 때는 다섯 번, 여섯 번째입니다. 그런데 일단 일곱 번째에 가면 쉬워집니다. 여덟 번째부터 마지막까지는 하나도 힘들지 않습니다.

왜 그럴까요? 엔도르핀? 정답은 여러분께 맡깁니다.

운동을 하여 운동의 목적인 알칼리와 엔도르핀의 효과를 달성하려면 적어도 30분 이상은 땀을 흘려야 합니다. 5층을 열 번 왕복하면 40분이 걸립니다. 딱 적당한 시간입니다. 맛있는 밥도 필요 이상 많이 먹으면 배탈이 나지요.

운동에 대해 마무리하기 전에 한 가지만 간단히 말씀드립니다.

기초체력의 단련으로 계단 운동이 불가능한 사람, 특히 하체 관절에 문제가 있는 사람은 시간이 들고 비용이 들더라도 수영을 추천합니다. 가는데 시간이 걸리고 회원권을 사야 하더라도 수영장으로 가십시오. 이 세상에서 가장 이상적인 운동입니다. 사실 우리는 물에서 왔으니 물로 가야 하는 존재지요.

엄밀하게 말하면 3분의 2는 물, 3분의 1은 흙입니다. "사람아, 너는 흙(먼지)에서 왔으니 흙(먼지)으로 돌아가라"는 말은 3분의 1은 맞는 말이지만 3분의 2는 사실과 일치하지 않습니다. 3분의 2가 넘는 부분을 빼먹었기 때문이지요.

그리고 우리는 태어나기 전 9개월, 10개월을 물(양수) 속에서 수영을 하다가 나의 결정이 아니라 엄마가 밀어내는 바람에 세상에 떨어진 존재입니다. 그래서인지 우리는 바다나 강으로 가기를 좋아하고, 특히 바다를 보면 우리의 마음도 바다같이 넓어지고 평화스러워짐을 느낍니다. 하다못해 목욕탕에 가서 첨벙하고 물속에 뛰어들면 우리 모두의 표정이 고향에 돌아온 것 같은 착각에 빠져 평화와 만족을 느낍니다.

물속 운동이 가장 효과적이고 안전하고 이상적입니다. 우리에게 수영보다도 좋은 운동은 없습니다. 가장 좋은 물리치료는 물속에서 하는 것이고 물의 저항을 이용하는 것입니다. 사람은 물에서 왔고 물속에 있다 왔으니 물이 있는 수영장으로 가십시오.

우리는 이 세상에서 볼일이 다 끝나면 3분의 1은 흙이 되고, 3분의 2는 물로 돌아갑니다. 그래서 언젠가는 너와 나의 물이 만나 우리의 물이 되고 우리의 물이 만나고 또 만나 개울물이 강물이 되어 결국은 바다에서 만납니다. 그래서 우리는 언젠가는 저 넓고 푸른 태평양의 한가운데서 결국은 물로 다시 만나게 될 것입니다.

결론적으로 말씀드리자면, 필자가 계단 운동을 추천한다 하여 반드시 계단 운동을 해야겠다는 강박관념에 빠질 필요는 없습니다. 시도를 해보고 적성에 맞지 않으면 자신에게 맞는 운동을 찾으면 됩니다. 부산에서 서울을 가는 방법은 한두 가지가 아닐 것입니다. 운동도 목적에 도착하는 것이 중요하지 어떤 운동을 하는가는 중요하지 않습니다.

나에게 좋은 운동을 찾아내어 내 몸을 산성에서 알칼리로 계속 변화시키는 것, 바로 이것이 무엇보다 중요합니다. 자나 깨나 알칼리를 찾아야 합니다.

06。물

물은 타이밍

결론부터 말해봅니다.

이 세상에서 우리 몸에 가장 좋은 물은 우리 몸의 세포가 물을 필요로 할 때 마셔주는 물입니다. 평범한 물을 제일 좋은 물로 변화시키는 필자만이 가진 요술입니다. 갈증이 우리의 혀나 입술에 물을 마셔야 할 때라고 신호를 보낼 때는 이미 타이밍을 놓쳤다고 하면 정확한 표현입니다. 그것도 우리의 체온과 비슷한 온도의 차갑지도 뜨겁지도 않은 물을 마시는 것이 이상적입니다.

우리는 옛날부터 약수를 좋아하는 문화를 가지고 있습니다. 하지만 인생의 모든 일이 그러하듯이 물도 타이밍입니다. 그런데 우리 몸 안의 세포가 언제 물을 필요로 하는지를 확인하기 위해 우리 몸속에다 현미경을 집어넣고 늘 들여다보고 있을 수도 없고, 세포와 우리 사이에 직통 통화선을 깔 수도 없으니 어떻게 할 방도가 없습니다. 그래서 결론은 "조금씩 자주 마시자"입니다.

너무 안 마셔도 탈, 너무 많이 마셔도 탈입니다. 너무 뜨거워도 탈 너무 차가워도 탈입니다. 조금씩 자주 마시는 수밖에 없습니다. 이 세상에서 가장 어려운 것이 유교에서 말하는 중용이 아닐까요? 너무 많아도 탈 너무 적어도 탈, 너무 없어도 탈 너무 있어도 탈, 해도 탈 안 해도 탈, 가도 탈 와도 탈, 너무 잘나도 탈 너무 못나도 탈, 너무 커도 탈 너무 작아도 탈 등등 중용과 탈의 상관관계입니다.

앞에서도 얘기했듯이 우리 몸의 3분의 2, 즉 70퍼센트가 물입니다. 우리는 물론 흙으로 돌아가야 하는 존재이지만 물로도 돌아가야 하는데, 정확하게 표현하면 물로 돌아가는 부분이 흙으로 돌아가는 부분보다 두 배가 많습니다.

좋은 물과 함께 살아야 좋은 것은 누구나 다 아는 바이지만, 약수터 근처에 살며 매일 약수를 마시는 운 좋은 사람이 있는가 하면 아프리카에서 사는 가난한 원주민처럼 흙탕물조차 없어서 못 마시는 불쌍한 사람들도 많지요. 그러니 멀리 떨어진 곳에 나와는 거리가 먼 물에 너무 신경을 쓰지 말고 내 옆에 있는 물, 내가 지금 마시는 물이 이 세상에서 가장 좋은 물이라 생각하며 살아야겠지요. 지금은 기름전쟁이고 식량전쟁이지만 나중에는 물전쟁을 한다지요? 아니 이미 시작된 전쟁이 아닌가요?

이곳 미국에서도 물이 귀한 캘리포니아주, 애리조나주, 텍사스주 등에서 물이 풍부한 오대호를 끼고 있는 미시간주, 위스콘신주, 미네소타주, 뉴욕주 등에 물을 나누어 쓰자고 제안하지만 전혀 먹혀들지 않고 있는 실정입니다. 당신들에게 나눠주고 나면 우리가 모자란다는 것이 이유입니다. 미국에서도 물을 가운데 두고 신경전 아니 전쟁을 벌이고 있는 현실입니다. 총칼만 안 들었다 뿐입니다. 미국의 대통령도 주지사더러 이래라 저래라 하지 못합니다.

일단 최고의 맹물 둘을 이야기해 봅시다.

첫 번째는 가볼 수가 없어서 상상의 날개를 펴봅니다. 상상력이 부족하여 설명이 짧습니다. 가보지 않아서 아니 갈 수가 없기에 마셔본 적은 없지만 심심산천 금강산 일만이천봉 바위틈 사이로 졸졸졸 흘러내리는, 한여름의 무더위를 식혀주는 그 맑고 시원한 맹물이야말로 최고의 맹물이겠지요.

두 번째는 직접 마셔봐서 좀더 자세히 설명할 수 있습니다. 캐나다 밴프 국립공원 내 록키산맥의 높은 산과 산, 높은 봉우리와 봉우리는 수천 수만 년에 걸쳐 쌓이고 쌓여 다져지고 또 다져지면서 차돌보다 더 단단하게 얼어붙어 만년설(Glacier)을 이루었습니다. 희다 못해 새파란 그 높은 산꼭대기의 만년설은 여름날이면 훈훈한 공기를 이기지 못하고 녹아 자그마한 개울을 이루며 졸졸 흘러내리지요. 마침내 제 손아귀에 들어온 빙하의 물, 잠깐 손을 담그는 것만으로도 손가락의 감각을 잃을 만큼 차가운 그 물을 한 모금 들이켜 봅니다. 목구멍을 타고 흘러 마음속까지 시원

캐나다 밤프 국립공원 내 록키산맥의 만년설에서 마시는 물 한 모금

하게 씻어준 이 물이 제가 경험한 최고의 맹물입니다.

안타깝게도 금강산은 가보지 않아 한두 줄로 끝이 나고, 캐나디안 록키는 가본 곳이라 설명이 길어졌습니다. 강원도 동쪽 맨 끝까지 올라가 멀리서 망원경으로 해금강을 바라본 적이 있습니다. 그 아름다운 모습에 돌아서는 발길이 천근만근 무거웠음을 아직도 기억합니다. 살아생전에 금강산에 올라보고 느낌을 적는 날이 오기를 기대합니다.

하지만 금강산의 물이든 만년설의 물이든 아무리 좋은 물이라 해도 우리 몸의 세포가 필요로 할 때 마셔주지 않으면 아무런 소용이 없습니다. 이 세상에서 가장 좋은 물은 필요할 때 내 옆에 있는 물입니다. 물은 질 자체도 좋아야 하지만 타이밍 또한 중요합니다.

좋은 물과 해로운 물을 구대여 구분하자면, 좋은 물은 정수가 잘된 수돗물, 너무 뜨겁지도 차갑지도 않으면서 내 체온과 비슷한 온도의 맹물이나 이왕이면 팔팔 끓였다가 식힌 숭늉이나, 보리차, 둥굴레차, 나아가서 산화방지제를 많이 함유한 것으로 증명된 녹차 같은 물이면 금상첨화입니다. 해로운 물은 가장 좋은 예가 알코올이 들어간 물, 조금 마시면 몸에 좋으나 마시기 시작하면 절제하기가 어려워 결국은 우리 몸과 마음을 망하게 만드는 소주, 맥주, 양주 등이고, 그다음은 카페인이 들어간 커피나 콜라 같은 물이며, 최근에 정말 좋은 물같이 선전하며 등장한 에너지 드링크는 위험하기까지 한 물입니다.

최근 연구 결과에 의하면 뜨겁게 마시는 물이나 뜨겁게 만들어 먹는 음식의, 뜨겁다는 그 자체가 우리 몸에 부정적인 영향을 주는 것으로 나왔습니다. 이 부분에 대해 단정적으로 말하기 위해서는 더 많은 연구와 자료가 필요합니다. 그런 의미에서 보면 차가운 콜라에다 얼음을 넣어 더 차갑게 만들어 마시는 것도 별로 추천할 일이 되지 않으며, 입 안에 물집이 잡힐 정도로 팔팔 끓는 뜨거운 국, 그리고 차나 커피를 마시는 것도 좋은 일이라 할 수 없는 세상이 되어갑니다.

광고에 나오듯이 삼복더위에 운동으로 땀을 흠뻑 흘리고 나서 차가운 맥주를 단숨에 들이켜고는, "아! 시원해" 하는 것도 바람직한 장면이 아니라는 말입니다. 물론 그렇게 하면 기분은 시원할지 몰라도 우리의 속, 우리의 위는 분명 속에서 주인에게 불평을 하고 있다는 사실을 뒤에서 밝혀드리겠습니다.

물을 현명하게 마시는 방법은 혀가 물을 달라고 호소하기 전에 마셔주는 것입니다. 갈증이 오기 전에 갈증이 오지 않도록 마셔주는 것이 원칙입니다. 갈증이 난 뒤에 갈증을 해소하기 위해 한꺼번에 지나치게 많이 마시는 것은 오히려 역효과를 가져옵니다. 위라는 장기는 머리가 없는 존재이기 때문에, 무엇이라도 위 안에 들어와 위벽이 늘어나면 반사적으로 위산과 소화효소를 뿜어냅니다. 그렇게 프로그램이 되어 있는 존재입니다. 물이라 해도 위벽이 늘어날 정도로 많이 마시면 음식이 들어온 것과 똑같은 반응을 합니다.

사실 물을 한꺼번에 많이 마신 뒤에 위산이 분비되면 음식을 먹고 나서 위산이 분비되는 것보다 더 위험할 수 있습니다. 음식을 먹고 난 뒤에 위산이 나오면 그 음식 자체가 위산을 어느 정도 중화시키는 완충제 즉 제산제 역할을 해주지만, 물을 많이 마셔서 위산이 분비되면 물은 음식과 같이 산을 중화시켜 주는 역할을 전혀 하지 않기 때문에 위벽이 강한 산에 직접 노출되어 더 나쁜 결과를 가져옵니다.

그래서 맥주 애호가는 위가 탈이 나고, 소주나 양주 애호가는 간이 일찍 망가집니다. 물론 우리 몸의 췌장도 술로 인해 거덜이 나고 술을 마시고 난 뒤에 우리의 판단력도 거덜이 납니다. 평소에는 얌전한 사람이 술만 들어가면 쓸데없이 용감해지는 것은 어떻게 설명할 수 있을까요? "처음에는 사람이 술을 마시다가 그것이 지나치면 술이 술을 마시다 마지막에는 술이 사람을 마신다"는 말이 있습니다. 이 의미심장한 말은 무엇으로 설명을 해야 하나요?

이렇게 말한다 하여 담배처럼 술을 전혀 입에 대지 말라는 의미는 아닙니다. 술은 우리가 중용을 지킬 때는 우리 몸에, 나아가서 정신건강에 좋은 결과를 가져다주는 존재이므로 담배와는 달리 '무조건 해서는 안되는' 리스트에서 제외합니다. 마시되 자신의 한계를 알고 마시자는 말입니다.

자신의 한계는 누구보다도 자신이 잘 알지요. 중용을 지키기가 아무리 힘들다 해도 내가 나 자신의 한계를 너무나 잘 알기 때문에 사실은 힘들지 않습니다. 이 세상에 술을 마시는 사람이 하늘의 별처럼 많아도 그 사람들이 다 알코올중독자는 아닙니다. 그중에 극히 일부입니다. 대부분의 사람은 중용을 지킬 줄 알기 때문에 나아가 중용을 잘 지키기 때문에 술을 즐기는 차원을 넘어 우리 몸에 이로운 존재로 만들어 함께 살아갑니다.

만약 우리 가운데 술을 절제하지 못하는 사람이 있다면 그 사람은 자신이 '극히' 일부에 속하는 존재임을 알고, 인정하는 마음자세를 갖고 문제를 고쳐나가야 합니다. 그래서 술을 절제하는 능력이 결여된 사람들이 대화를 나누는 '익명의 알코올중독자들(Alcoholics Anonymous)' 모임에 가면 우선 "나는 ○○○입니다. 알코올중독자입니다"라고 자기소개를 합니다.

내가 나를 모른다는 것은 말이 되지 않는, 순전한 핑계이기 때문에 필자는 받아들이지 않습니다.

우리의 혀가 갈증으로 타들어 가는 단계가 되면, 이미 우리의 세포는 탈수현상으로 물이 고갈되어 사망의 첫 계단에 발을 내딛는 중임을 알아야 합니다. 갈증이 나로 하여금 물을 찾게 만들기 전에 물을 마셔주어야 합니다. 특히 여행을 할 때에는 물을 항상 지니고 다녀야 합니다. 요즈음 나오는 백팩에는 바깥에다 물병을 넣을 수 있도록 만들어놓은 것이 많이 보입니다. 현명한 제품입니다.

갈증은 혓바닥만이 아니라 우리 몸 안의 모든 세포가 물이 모자라는 극한 상황이라 이대로 가면 사망의 어두운 골짜기로 들어가게 되고 시기를 놓치면 되돌아올 수가 없으니 빨리 물을 마셔달라고 목청이 터져라 주인에게 외치는 함성이 가까스로 뇌에 전달되어, 점잖은 뇌가 주인에게 죽고 싶지 않으면 아니 더 살고 싶으면 "물을 마셔라"라고 명령하는 생명의 고단수 방어기제입니다.

만약 이 방어기제가 존재하지 않으면 우리 인류는 이 세상에 존재하지 않을 것입니다. 하지만 우리는 창조주가 만들어놓은 이 방어기제에만 의존할 것이 아니라 그보다 한발 앞서 나가야 합니다.

실제로 옛날에는 탈수로도 태어난 지 얼마 되지 않은 아이들이 많이 죽었습니다. 심한 경우에는 어른도 설사가 멈추지 않으면 생명을 잃었고 갓 태어난 아이들은 쉽게 젊은 부모의 곁을 떠나갔습니다. 요즈음 같으면 상상도 못할 일들이지만 호랑이가 담배 피우던 시절에는 응급실과 입원실에서 비일비재하게 보던 모습입니다. 사막 한가운데서 길을 잃었다고 생각해 보면 긴 설명이 필요 없을 것입니다. 물은 우리의 생명과 직결되어 있습니다. 있으면 살고 없으면 죽습니다. 아주 간단합니다.

조금씩, 자주 마시기

여기서 잠시 우리의 물 문화, 술 문화에 대하여 이야기해 봅시다.

지금은 모르겠으나 우리가 어릴 때는 물을 적게 마시는 것이 미덕이라는 문화가 있었습니다. 물을 마시러 자주 자리를 뜬다거나 소변 때문에 화장실을 자주 왔다 갔다 하면 남자는 인내가 부족한 인간 아니면 방광이 작은 사내답지 못한 인간으로, 여자는 태도가 방정하지 못한 인간으로 분류가 됩니다. 그래서 갈증이 나도 참아야 하고, 화장실에 가서 문제를 해결하고 싶어도 참아야 하는 것이 미덕이었습니다.

입술이 타들어 가더라도 참고 견디며 물을 마시기 위해 쓸데없이 하던 공부를 중단하지 않고 열심히 하다가 더 이상 참을 수 없는 단계에 이르면 벌떡 일어나 화장실에 가서 길게 볼일을 보고 난 뒤에, 부엌에 들러 시원한 물을 큰 컵으로 벌컥벌컥 마신 뒤에 다시 제자리로 돌아가 몇 시간이고 책상을 붙들고 씨름하는 것이 그 당시 우등생의 모습이었습니다. 한번 책상에 앉았다 하면 몇 시간이고 꼼짝하지 않고 책상과 씨름하는 우리를 보고 겉으로는 걱정하는 체해도 속으로는 흡족해하는 것이 당시 우리들 부모였습니다. 현명하지 못한 물 문화의 단면입니다.

우리가 국민학교(지금의 초등학교) 시절, 선생님을 너무 무서워한 나머지 볼일이 급한데도 불구하고 수업 중에 일어나 볼일 보러 가게 해달라고 말하지 못하고 참고 참다가 큰 사고를 저지르는 친구가 가끔 있었지요. 실패자가 된 것만으로도 창피한 일인데 참을성이 없는 인간으로 낙인이 찍히면서 말입니다.

잘못된 음주문화는 또 어떻습니까. 맥주잔에 맥주를 가득 채우고 거기다 독한 양주를 섞어 손에 들자마자 단숨에 털어 넣고 얼굴색 하나 변하지 않고 자세도 흐트러짐이 없으면, 나아가서 그것을 반복해 다른 동료들이 다 정신을 잃고 나가떨어진 뒤까지도 눈 하나 깜짝하지 않고 생존해 있으면 사나이 대장부라고 불러주는 이 술문화, 심각한 문제입니다.

하지만 잘못된 음주문화는 우리나라만의 현상이 아니라 세계 어느 나라에도 존재하는 서로 통하는 사회 문제입니다. 술잔을 입에 대고서 마지막 한 방울이 떨어질 때까지 마시는 형태를 이곳에서도 점잖게 표현하여 원샷이라고 하지만 현장에서는 "카미카제샷"이라 하는 것 같습니다. 왜 술을 마시는데 "카미카제"가 나옵니까? 너 죽고, 나 죽자?

물은 우리 몸의 모든 세포가 나름대로의 신진대사를 하고 난 뒤에 부산물로 생겨난 우리 몸에 해로운 독소를 세포 밖으로 내보내는 데 결정적인 역할을 하며, 나아가서 소변과 대변, 또 땀을 통해 우리 몸 밖으로 내보내는 중요한 역할을 합니다.

물을 현명하게 마시면 세포의 신진대사가 원활하게 진행되어 그 결과로 우리가 싫어하는 현대병을 방지함은 물론이고, 나아가 치료할 수도 있다고 주장하는 의사나 과학자가 많습니다. 필자도 그런 의사 중 하나입니다.

우리가 현명하게 물을 마시면 물은 갈증만 해소해 주는 것이 아니라 신진대사의 최종 부산물도 세포 밖으로, 우리 몸 밖으로 친절하게 데리고 나갑니다. 우리 스스로가 만들어낸 독소를 몸 안에 방치하지 않고 몸 밖으로 내보내는 중요한 일을 물이 맡아서 해줍니다.

그래서 물에 대한 결론은 현명하게 마시는 것, 바로 타이밍입니다. 필자와 같이 타이밍을 맞추기가 귀찮은 사람은 '조금씩, 자주' 마시면 됩니다.

07. 잠

불면증이란

잠에 대해서는 긴 설명이 필요 없습니다. 해봐야 소용이 없습니다. 우리 모두가 이 분야의 전문가이기 때문입니다. 그러므로 이미 잠을 잘 자고 있는 사람은 이 부분을 읽을 필요가 없지만 잠을 잘 자지 못해 애쓰는 사람은 힘들어도 꼭 읽고 넘어가야 합니다.

이 장은 간단히 말해, 불면증을 어떻게 치료할 것인가에 초점을 맞추었습니다. 사람에 따라 잠을 자는 양상이 너무나 다르기 때문에 쉽게 설명할 수는 없지만 최선을 다해볼 작정입니다.

우선 잠을 잘 자는 사람은 이 문제에 대해 염려할 필요가 없는 상황이므로 설명이 필요하지 않습니다. 하지만 젊은 시절에는 머리가 땅에 닿았다 하면 코를 골던 사람도 나이가 들면서 불면증에 시달리는 경우가 많습니다. 그 원인이나 시발점을 막론하고, 현재 잠을 제대로 자지 못하는 사람은 다시 말해 불면증에 시달리는 사람은 반드시 이 장을 읽고 넘어가야 합니다. 읽다 보면 불면증에 대한 최상의 치료법이 나오기 때문입니다.

어쨌든 우리 모두는 잠을 자야 합니다. 우리는 하루 평균 3분의 1을 꿈에서 헤매는 존재입니다. 최근 연구 결과로는 하루에 일곱 시간을 자야 한다고 합니다. 필자가 잠 전문의는 아니지만 하루에 여섯 시간이면 충분합니다. 여섯 시간만 깊은 잠을 자면 되는데도 우리 가운데 생각보다 많은 사람이 이 여섯 시간을 제대로 채우지 못해 불면증에 시달립니다. 지금은 필자도 그중 하나입니다. 필자의 젊은 시절을 돌이켜보면 전혀 이해가 되지 않는 일입니다.

밤중에 도둑이 들어와 집안을 다 싹쓸이해 가도 간밤에 천둥 번개가 몰아쳐 바깥세상이 난리가 나도 아침에 일어나 어젯밤에 무슨 일이 있었나 하며 아직도 잠에 취해 어리둥절한 표정으로 현실 파악에 시간이 걸리는 사람이 있는가 하면, 조그마한 소리나 인기척에도 두 눈이 번쩍 떠져 다시 잠들기가 힘들어 진땀을 흘리는 사람에 이르기까지 잠의 양상은 너무나도 천차만별입니다. 환자들 가운데도 소위 불면증으로 고통받는 사람들을 많이 봅니다. 이 세상에서 가장 불행한 사람은 좋은 잠을 제대로 이루지 못하는 사람입니다.

이 세상에서 가장 불행한 사람 한 분을 소개합니다. 필자가 만들어낸 인물이 아니니 믿어도 됩니다.

우선 매일 밤을 뜬눈으로 새운답니다. 이 세상에 이보다 더 불행한 사람이 어디 있습니까? 눈을 감으면 눈앞이 환히 밝아져 눈을 떠야만 하고, 억지로 눈을 감아보아도 잠이 오지 않으니 얼마 지나지 않으면 허리가 아파온답니다. 너무나 허리가 아파오니 의자에 앉아 있어야 하고, 앉았다

누웠다가 누웠다가 앉았다 그러다 보면 날이 샌답니다.

이것은 최악의 불면증을 설명하기 위해 지어낸 이야기가 아닙니다. 이 세상에는 이와 비슷한 사람이 수도 없이 많습니다. 나를 두고 하는 이야기라고 말하는 사람이 틀림없이 있을 것입니다. 온 세상이 고요히 잠든 밤에 혼자 뜬눈으로 밤을 새우는 사람이 의외로 많습니다. 그런데 방금 소개한 사람보다 더 심한 사람은 없다 해도 비슷한 사람은 슬프게도 하늘의 별보다도 많습니다.

그래서 불면증에 대해 심각성이나 원인, 그리고 해결 방법을 설명하기 전에 불면증의 반대편에 서 있는 사람들을 잠시 생각해 보고 난 뒤에 불면증으로 넘어가 볼까 합니다. 왜냐하면 이 글을 쓰고 있는 본인도 지금은 불면증의 편에 서 있긴 하지만 옛날에는 누웠다 하면 통나무가 되는 그런 사람이었기 때문입니다.

그런데 그런 꿀잠을 떨쳐버려야 하는 사람들 가운데서 가장 먼저 떠오르는 얼굴들은 우리나라의 대학 입시를 앞둔 수험생들의 모습입니다. 몇 시간을 자면 합격, 몇 시간을 자면 불합격이라는 말도 있지요. 밤샘에 밤샘을 거듭해 가며, 독한 커피를 마셔가며, 수마와의 전쟁을 치르며 세상 모든 이가 잠든 고요한 밤에 홀로 깨어 책과 씨름하던 그 고독의 나날들. 이러한 고독의 날들은 대한민국에서 태어나지 않은 사람은 도저히 알 수 없는 우리 한민족만의 경험입니다.

다음으로, 대한민국의 남자로 태어나 국방의 의무를 충실히 하며, 아직도 공식적으로 전시상태인 한반도를 지키는 우리의 젊은이들. 한밤중에도 깨어 있으며 나라를 지키는 육·해·공군, 치안과 생명을 지키는 경찰관, 소방관. 갑자기 발생하는 사고나 질병으로부터 우리를 치료해 주는 응급실의 당직의와 당직 간호사, 그리고 수위에 이르기까지.

고국에서도 했고, 미국에 와서도 했던 야간 당직. 지금 생각해도 눈 감고 편히 잘 수 없었던 그 밤일. 사흘에 한 번 하던 그 일. 당직을 하고 하루가 지나면 또다시 닥쳐오는 그놈.

잠을 자고 싶어도 잠을 쫓아버려야만 하는 우리를 이야기하였고, 이제부터는 잠이 모자라는 사람들, 병적으로 모자라는 불쌍한 사람들의 이야기로 넘어갑니다. 불면증(Insomnia), 한문으로는 수마(睡魔)와 싸운다고 표현합니다. 잠이 오는데 잘 수가 없는 상황에서 잠과 싸우며 고통을 당할 때 수마라는 표현을 쓰지만 자고 싶어 안달을 해도 잠이 오지 않을 때도 그놈은 마귀보다도 더 미운 생각이 들 때가 있습니다.

지금부터는 잠을 제대로 자기 위해 마약까지도 먹기를 마다하지 않는 절박한 사람들에 관한 이야기로, 그 해결 방법에 대한 저의 의견이자 희소식도 전합니다.

불면증의 원인에 대해 이야기할 때는 이 방면의 전문가가 아니더라도 너 나 할 것 없이 할 말이 많습니다. 모두가 전문가이기 때문입니다. 그러나 해결 방법에 이르면 전문가들을 포함하여 모두가 입을 다뭅니다. 그 이유는 잠 전문가를 자처하는 사람들조차도 솔직히 말해 해결 방법을 모르기 때문이고, 실제로는 해결 방법을 찾아내기가 불가능에 가까울 정도로 어렵기 때문입니다. 아니면 진리 뒤에 따라오는 힘든 현실을 있는 그대로 파악하고, 정면 돌파하여 해결해 나가기보다는 시작부터 한눈을 아예 감아버리고 쉬운 길을 찾아나서는 것이 인간의 본성이라 그런지도 모릅니다.

하지만 이 불가능에 가까운 해결 방법을 저와 함께 찾아나서 볼까요?

어렵다 해서 노력도 해보지 않고 끝낼 일이 아니니 이왕이면 가벼운 마음으로 저를 따라오십시오. 일단 마주쳐 보면 그렇게 어려운 일도 아니니까요. 저를 믿으십시오. '밑져봐야 본전'이라는 좋은 말을 마음에 두고 저를 따라오세요.

얼마 전 세계에서 잠에 대한 최고 전문가들이 서울에 모여 잠을 주제로 심포지엄을 개최하였습니다. 그렇지만 아무리 최고의 잠 전문가들이 모였다 해도 잠 문제, 불면증 문제를 해결하지 못하고 끝이 났다는 사실은 그 자리에 가보지 않은 필자도 너무나 잘 압니다. 왜냐고요? 만약에 그 회의에서 불면증 해결 방법이 나왔다면 노벨상이든 그보다 더 나은 상이든 불면증 치료법을 제시한 과학자가 다 휩쓸었을 테니까요.

수면제와의 전쟁

그렇다면 불면증은 왜 생길까요? 그 원인은 어디에 있을까요? 나아가서 불면증은 어디서 왔을까요? 사실 잠을 제대로 자지 못하는 이유를 찾기는 쉽습니다. 가만히 생각해 보면 내 불면증의 원인이 어디서 왔는지 알 것 같기도 합니다. 하지만 그렇게 나를 돌아보는 힘든 과정을 거쳐 원인을 찾아낸다 해도 그 문제를 제대로 교정하는 근본 치료는 외면해 버리는 통에 불면증 치료가 어렵고 불가능에 가까워집니다. 불면증의 원인을 있는 그대로 보아야 해결 방법도 뚜렷하게 떠오릅니다.

우리 모두는 불면증의 원인이 자기 자신에게 있음을 너무나 잘 알고 있습니다. 그럼에도 원인을 자신에게서 찾으려 하지 않고 다른 데서 찾거나 자기 안에서 찾더라도 해결 방법을 다른 곳에서 찾기 때문에 항상 실패합니다. 대부분의 사람이 후자에 속한다고 봐야겠지요. 전혀 엉뚱한 곳에 가서 해결 방법을 찾기 때문에 파멸의 길로 갑니다.

예를 들어, 너무나 간단하고 효과가 보장된 수면제에 기대려고 합니다. 수면제만 먹으면 간단히 해결될 일을 왜 이렇게 긴 설명을 하고 계실까? 하고 반문하는 분들께는 간단하게 대답합니다.

저는 의사가 된 이후로 불면증을 치료하기 위해 수면제를 처방해 본 적이 없습니다. 왜냐고요? 수면제는 불면증의 해결 방법이 아니기 때문입니다. 사실 수면제는 불면증, 즉 잠과는 거리가 먼 약입니다. 정확하게 말하면 우리가 아는 수면제는 신경안정제이지 잠과는 상관이 없는 약입니다. 약의 부작용으로 잠을 오게 할 수는 있지만 일단 우리 몸이 내성을 가지게 되면 아무리 먹어도 잠이 오지 않고 오히려 정신만 말똥말똥해집니다. 해결은 고사하고 수면제로 인하여 더 깊은 수렁에 빠지는 불쌍한 사람을 너무나 많이 보아왔습니다. 불면증은 불면증대로 점점 악화되면서, 거기다 약물중독이라는 악질이 하나 더 추가된 불쌍한 사람들을 너무나 많이 봅니다.

수많은 환자 대기실에서 어떻게 표정 관리를 하여 의사에게 마약성 수면제를 처방받아 낼까 연구하느라 깊은 수심에 잠겨 있는 불쌍한 환자를 많이 봅니다. 이곳 이야기입니다. 한국은 그렇지 않기를 바라고 또 바랍니다.

수면제가 불면증 치료약이라면 이 세상에 불면증이라는 말이 없어진 지 오래일 것입니다. 사실 수면제는 우리의 뇌 속으로 들어가 뇌를 마비시켜 일단은 잠이 오게 만들지만 그다음이 문제입니다. 일단 이놈을 넣어

주기 시작하면 처음에는 소량으로도 쉽게 해결되던 불면증이 우리 몸에, 우리의 뇌에 면역성, 저항성이 생기면 그 전의 양으로는 같은 효과가 나타나지 않아 더 많은 양을 요구합니다.

처음에는 내가 왜 진작 이 좋은 약을 먹지 않았나 하며 자신을 채찍질하다가 곧 의사를 원망하는 쪽으로 방향을 돌립니다. 이 좋은 약이 있는 줄 알면서 왜 처방해 주지 않았을까 하고 말입니다. 한걸음 나아가, 의사의 실력조차도 쉽게 의심하려 듭니다. 우리는 마음이 약하여 아니 이놈이 고집이 세서 이놈의 요구를 들어주지 않고는 견뎌내지 못합니다. 그래서 더 많이, 그래도 되지 않으면 더 힘 센 놈으로, 더 힘 센 놈을 더 많이 요구합니다. 처음에는 알약으로 시작했다가 잘 듣지 않으니 근육주사로, 근육주사로 잘되지 않으니 마지막에는 정맥주사로 이어집니다.

마이클 잭슨이라는 불쌍한 사람을 우리는 잘 알고 있습니다. 그가 사망했을 당시 이 사람 때문에 프로포폴이라는 마취의사들이 즐겨 사용하는 약이 유명해졌습니다. 그는 이 약을 쉽게 주입하려고 팔 정맥에 주사기를 꽂고 이미 사망한 상태로 응급실로 실려 왔습니다. 대수술을 앞두고 전신마취제를 주입하기 전에 마취유도를 하기 위해, 수술실의 살벌한 주위환경을 기억하지 않고 잠이 들도록, 아니 더 정확하게 말하면 의식을 잃도록 만들어주는 약을 수면제로 써먹다니!

이 사람만큼 좋은 발성을 가지고 태어난 사람은 이 세상에 없습니다. 당시에 발성에 관해서만은 자신이 있다고 자타가 공인하는 발성의 고수 20~30명이 모여서 부른 노래, 〈We are the world〉라는 노래를 들어보세요. 이 노래를 들어보면 제 말에 공감할 것입니다. 열 살 이전부터 무대에서 춤을 추었으니 가수 가운데 이 사람만큼 무대에서 춤을 잘 추는 가

수도 없습니다. 이 사람의 전매특허 문워크를 기억하십니까? 그렇게 좋은 신의 축복을 받아놓고서 그의 나이 50대, 한창 인생을 즐길 나이에 수면제를 몸속에 가득 지닌 채 하늘나라로 갔습니다.

그는 미시간주 바로 옆 인디애나주에서 태어났지요. 여기서 시카고를 가다 보면 인디애나주를 잠시 거치게 되는데 그곳에 게리라는 그의 출생지가 있습니다. 캘리포니아주의 할리우드라는 깨끗한 동네를 돌아다니며 구경시키면서 설명해 주는 버스투어가 있습니다. 가끔가다 큰 집 앞에서 잠시 멈추고는 그 집의 과거의 주인, 현재의 주인에 대해 설명해 줍니다.

이 집은 유명한 아무개 영화배우, 가수, 프로 운동선수, 코미디언이 살았던, 아니면 살고 있는 집이라고 운전수 겸 투어가이드가 설명해 주면 사람들은 놀랍다는 표정을 지으며 서로를 쳐다보고 눈을 크게 뜨고 이구동성으로 "아!"를 연발합니다.

그중에 마이클 잭슨이 살다가 세상을 떠난 저택 앞에서도 멈춥니다. 대문을 가리키며 바로 저 문을 통해 그가 앰뷸런스에 실려 응급실로 갔다고 설명해 주면 또다시 "아!"라고 합창을 합니다. 마이클 잭슨이 죽은 뒤에 하도 TV에 자주 나와서 제 눈에도 생소하지 않은, 너무나 인상 깊은 문입니다.

우리는 그 사람을 통해 수면제의 탈을 쓴 신경안정제가 우리에게 얼마나 악한 짓을 할 수 있는지를 잘 배웠습니다. 선한 양의 탈을 쓴 늑대는 수면제에 대면 신사입니다. 그럼에도 불구하고 지금 이 순간에도 수면제를 구세주처럼 모시고 사는 불쌍한 사람들이 부지기수로 많습니다. 이 세상에 태어나서 자기의 의지대로 살지 못하고 약에 의지하여, 약이 시키는 대로, 약의 요구에 무릎을 꿇고 살아가는 정말로 안타까운 사람들입니다.

그러면 여기서 불면증의 원인과 치료 방법에 대해 나중에 다룰 체중 감소에서와 같이 두 가지를 동시에 설명해 볼까 합니다. 이것은 건강에 관한 다른 이야기에서도 마찬가지지만, 제가 독창적으로 만들어낸 기발한 아이디어가 결코 아닙니다. 학교에서 배웠거나 다른 사람들에게서 들은 지식입니다. 하지만 들어보면 많은 사람들이 수긍하리라 믿습니다. 여러분에게 제가 지금까지 들어온 불면증의 원인과 치료를 가장 정확하게 그리고 간단하게 설명드리려 합니다.

우리는 피곤해야 잠이 옵니다. 몸과 마음이 둘 다 피곤해야 좋은 잠을 잘 수 있습니다. 둘 중 하나라도 피곤하지 않으면 잠이 오지 않습니다. 너무나 간단한 불면증의 원인에 그 해결 방법이 동시에 나옵니다.

우리가 잘 아는 코카인이라는 마약은 우리를 피곤하지 않게 만듭니다. 사실은 우리의 몸이 아니라 뇌를 피곤하지 않게 만듭니다. 그래서 이것에 중독된 사람은 밤새도록 떠들고 춤추고 술을 마셔도 전혀 피곤하지 않습니다. 슈퍼맨은 저리 가라입니다. 불면증에 대하여 치료가 먼저 나오고 원인은 나중에 나온 것 같은 감이 있지만, 이보다 더 정확한 설명은 있을 수 없습니다. 불면증의 원인은 피곤하지 않아서이고, 불면증의 치료는 피곤해지도록 만들면 됩니다.

나중에 자세하게 설명하겠지만 우리를 피곤하게 만드는 것은 운동이지 수면제가 아닙니다. 불면증의 원인은 피곤하지가 않아서이고, 그 치료로 잠을 잘 자기 위해서는 피곤해야 하는 것과 같이 원인과 치료가 둘 다 피곤에 초점이 맞춰져 있습니다.

그래서 다음은 불면증의 원인과 치료에 대한 동시 설명입니다.

우리가 잠을 잘 자기 위해서는 몸과 마음이 동시에 피곤해야 합니다. 해가 지고 밤이 왔는데도 몸과 마음이 피곤하지 않으면 당연히 잠이 오지 않습니다. 이 둘이 동시에 피곤하지 않으면 결코 좋은 잠을 잘 수 없습니다. 이것은 변하지 않는 진리입니다. 거기다 해가 사라지면 뇌하수체에서 멜라토닌이 때맞추어 분비해 주면 금상첨화입니다.

등식을 만들면 다음과 같습니다.

좋은 잠=몸의 피로+마음의 피로

사실 멜라토닌은 젊은 사람은 잘 분비되니 먹을 필요가 없고, 나이 들어도 어느 정도 분비가 되므로 구태여 먹지 않아도 되지만 먹어서 나쁠 것은 없습니다. 이 약은 의사의 처방 없이도 살 수가 있습니다. 캡슐이라 먹기도 쉽습니다.

몸을 피곤하게 만드는 법은 앞에서 자세히 설명했으니 이만 줄이고 정신의 피로에 대해서 잠시 설명해 보겠습니다.

하루 종일 칸막이 안에서 컴퓨터와 씨름하다 밤늦게 퇴근한 회사원은 불면증에 걸리기 쉽습니다. 머리는 피곤해도 몸이 피곤하지 않기 때문입니다. 운동이 부족하기 때문입니다. 하루 종일 작업 현장에서 육체노동을 하고 집에 온 사람도 놀랍게도 불면증에 시달립니다. 근육은 피곤해도 정신이 피곤하지 않아서입니다.

여기서 한 가지 중요한 팁은 정신질환자들 가운데 불면증을 가진 사람이 엄청나게 많다는 사실입니다. 대부분의 정신질환 증상에 불면증이 들어가 있습니다. 예를 들어 정신분열증(Schizophrenia), 조울증(Bipolar Disorder), 심한 우울증(Major Depression), 신경증(Neurosis) 등에서 맨 처음 보이는 증상이 불면증인 경우가 많습니다.

이런 경우가 아니더라도 스트레스가 많은 생활에 힘들게 적응하다 보면 자신도 모르게 불면증이 오는 경우도 있습니다. 그럴 때는 나 자신을 조용히 돌아보는 시간을 가져야 합니다. "내가 요즈음 왜 잠을 제대로 자지 못할까?" 나에게 질문을 던져보아야 하고, 나 자신 안에서 해답을 찾으려 노력해야 합니다. 이 질문에 대한 정답은 자신밖에 모릅니다. 내 안에서 원인을 찾아야 하고 내 안에서 해결 방법을 찾아야 합니다. 정답을 제대로 보고서 제대로 된 해결 방법을 찾아야 합니다. 그렇지 않고 다른 곳에서 해결책을 찾으려 눈을 돌리거나 한쪽 눈을 감으면 마이클 잭슨과 같은 길을 가게 됩니다.

불면증으로 고생하는 사람은 내가 얼마나 운동을 열심히 하고 있는가를 면밀하게 검토해야 하고, 내 마음 상태가, 내 정신 상태가 어떤 상태인가를 곰곰이 생각해 보아야 합니다. 전문가의 도움이 필요하면 정신과의사나 심리학자, 성직자를 찾아야 합니다.

다음의 세 가지 경우를 보고 공통점을 찾아보십시오.

논산훈련소에서 신병훈련을 받고 있는 젊은이에게는 불면증이라는 말이 달나라보다도 더 먼 나라의 이야기로 들립니다. 혹독한 신병훈련소에서 어려운 상황에 적응하다 보니 고향, 부모, 두고 온 친구는 누워서 눈을 감기 전에만 잠시 생각납니다. 왜냐하면 바로 그 순간에 이미 꿈나라로 떠났기 때문입니다.

생각만 해도 가슴 설레는 해외여행을 떠났을 때, 바쁜 하루 여정을 마무리하고 저녁을 함께 나눈 후 포도주 한 잔으로 하루의 피로를 씻어 내리고 잠자리에 들었을 때, 불면증이라는 말은 생각나지 않습니다. 그날 있었던 일 생각, 내일에 대한 호기심 등으로 집 생각도 나지 않습니다.

4박 5일 일정으로 가을 설악산 등반을 떠났을 때, 하루 종일 가파른 언덕을 오르내리며 강행군을 하다가 해가 저물어 저녁을 먹은 뒤 하늘을 총총하게 수놓은 별들을 바라보다 친한 친구 옆에서 꿀 같은 단잠에 빠질 때, 더 이상은 잡념이 떠오르지 않습니다. 건강한 몸의 피로와 건전한 마음의 피로가 환히 드러나 보입니다.

우리는 불면증을 해결하는 데 건강하고 건전한 방법을 찾아야 합니다. 수면제에 의존하는 사람을 불쌍하다 하였습니다. 그 사람이 다른 방법을 찾지 못하였다고 너그럽게 보아줄 수도 있습니다. 하지만 건강하고 건전한 방법을 찾으려 얼마나 노력을 하였는가를 스스로에게 물어보아야 합니다. 자기 자신 안에서 불면증의 원인을 찾기 위하여 얼마나 마음의 문을 열고 찾아보았나를 스스로에게 물어보아야 합니다.

수면제는 잠을 잘 잘 수 있도록 도와주는 약이 아니라, 우리의 뇌를 마비시켜 잠시 저세상에 보냈다 약효가 떨어지면 이 세상으로 돌아오게 만드는 약입니다. 그러다가 나중에 가서는 우리를 통째로 잡아먹는 괴물입니다.

수면제는 마약입니다. 일시적인 해결사 노릇을 해주다가 나도 모르는 사이에 내 안에서 나보다 더 큰, 나보다 더 중요한 존재가 되어버립니다. 아니 내 안에 나보다 더 중요한 존재가 있다니 그런 불행이 어디 있을까요? 내 앞날을 내가 결정하지 못하고 마약이 결정합니다. 이런 비극이 어디 있을까요?

그런 사람의 눈에는 오로지 마약밖에 보이지 않습니다. 쉽게 말해서 중독이 된 거지요. 그래서 마약을 구하기 위해 가족을 속이고 친구를 속입니다. 남의 돈을 훔치기 시작하고 결국은 남의 생명도 훔쳐갑니다.

마이클 잭슨은 보통 사람과는 달리 어릴 때부터 벌어놓은 돈이 많았기 때문에 그 돈이 바닥나기 전에 몸이 거덜 난 사람입니다. 하지만 우리 같은 보통 사람은 그런 사람을 통해 배워야 합니다. 그 사람은 불면증과 통증을 해결하려다 그렇게도 좋은 달란트를 받아 가지고 태어났어도 보통 사람보다 더 비참한 사람이 되었습니다. 선택은 우리가 합니다. 우리는 이 세상에 태어날 때 신으로부터 자유의지를 받고 태어납니다. 그래서 이 세상의 모든 선택은 우리가 합니다. 하지만 그 결과는 우리가 책임져야 합니다.

그런데 그 결정을 내가 해놓고서 잘되면 내가 잘나서이고, 잘못되면 왜 나를 이 지경에 빠뜨렸냐고, 왜 수수방관 팔짱만 끼고 있었냐고 신을 원망합니다.

또 많은 의사들은 왜 불면증에 대해, 수면제에 대해 환자들에게 올바른 설명을 해주지 않고 신경안정제, 마약의 노예가 되도록 도와주고 있지는 않은지 가슴에 손을 얹고서 깊이 반성해야 합니다. 잠에 대해 수면제에 대해 잘 몰라서 그렇게 한다고요? 제가 여기서 이야기하는 내용은 의과대학 2학년 때 약리학 강의실에서 배운 내용입니다.

의사는 의사대로 환자는 환자대로 지금 하고 있는 생각과 행위에 대해 깊이 반성해야 합니다. 특히 불면증이 있다고 생각하는 보통 사람은 자신을 꼼꼼히 돌아보며 얼마나 좋은 운동을 하고 있는지를 깊이 분석해 보고, 내 마음의 상태가 어떤지 돌이켜 보아야 합니다.

이것이 불면증 해결의 지름길이자 유일한 방법입니다. 불면증으로 고통받는 사람에게 다른 더 쉬운 방법을 제시해 주지 못해 미안합니다. 그러나 이것은 저의 잘못이 아닙니다. 신의 잘못입니다. 미안하다고 우리에게 사과를 해야 할 사람은 필자가 아니고 신입니다. 혹시 불면증으로 고통받다가 그분 앞에 간 사람은 그분에게서 사과를 받아내십시오. 우리를 그렇게 만들어놓은 창조주에게 사과를 받으십시오. 쉽고 간단한 해결 방법을 왜 만들어놓지 않았느냐고 항의하십시오.

신의 사과, 아니 변명 가운데 왜 운동을 하지 않았는가란 질문이 틀림없이 나올 겁니다. 좋은 운동만이 좋은 잠을 가져다줍니다. 운동만이 좋은 잠을 가져다주는 유일한 방법입니다.

낮잠은 15분 내로

이제는 잠을 자는 일반적인 방법에 대하여 이야기하겠습니다. 이미 다 알고 있는 이야기입니다.

이 방법 가운데서 가장 중요한 것은 잠은 12시 이전에 자는 것입니다. 10시 반에서 11시 사이를 추천합니다. 어쨌든 12시는 넘기지 마세요. 밤 12시 이후에 자는 잠은 한마디로 좋은 잠이 아닙니다. 질적으로 저질의 잠입니다. 최근에 나온 연구 결과에 의하면, 잠은 일곱 시간 정도가 충분하고 가장 이상적이랍니다. 그래서 아침 6시나 7시에 일어나면 좋다 하였습니다. 경우에 따라 변동이 생기는 것은 이해하지만 가능하면 원칙을 만들고 지키도록 노력하십시오.

다음은 낮잠에 대해 얘기하겠습니다. 좋은 팔자를 가지고 태어난 사람을 두고 하는 이야기 같지만 사실은 우리 모두에게 해당하는 이야기입니다.

우선 밤잠을 잘 자야겠지요. 밤잠을 잘 자는 사람은 돈을 하나도 들이지 않고 이 세상에서 제일 좋은 보약을 먹는 사람입니다. 얼마나 좋은 일입니까. 낮잠을 잘 자는 사람도 마찬가지입니다. 하지만 낮잠을 잘 잔다는 것의 정의는 밤잠을 잘 자는 것과는 근본적으로 다릅니다. 밤잠은 잠이지만 낮잠은 잠이 아닙니다. 낮잠이라는 말은 잘못 생겨난 말입니다. 낮잠이라 하여 낮에 잠을 자는 것으로 생각하면 큰 오산입니다. 낮에 자는 잠은 잠이 아니고 Napping이라고 합니다. 그래서 앞으로는 동일한 의미를 가졌다 하여도 낮잠이라는 말을 가능하면 사용하지 않으렵니다.

우선 Napping은 15분이면 충분합니다. 15분 이상 잘 필요가 없습니다. Napping은 점심을 먹고 약 30분 뒤에 15분간 눈을 감고 조용히 휴식하였다가 일어나는 것입니다. 그래서 서양에는 낮에 자는 잠이라 하여 Day Sleep이라 하지 않고, 고양이가 자는 것같이 눈을 잠시 감았다 일어나는 Napping이라는 말을 씁니다.

금방 태어난 어린아이는 낮과 밤을 가리지 않고 잠을 잡니다. 하는 일이라고는 자는 것밖에 없이 계속 잠을 자다가 배가 고프면 먹을 것을 내놓으라고 발광하다가 배가 부르면 또 잠을 잡니다. 하지만 성인이 되어서도 낮잠을 자야 한다면 문제가 있다는 말이지요. 물론 전날 밤 늦게까지 일을 했다거나 운동을 많이 했을 경우에 낮에 잠을 자야 할 경우도 있습니다. 하지만 여기서 강조하는 것은 방금 말한 것 같은 특별한 이유가 없는데도 낮에 잠을 자는 것을 두고 하는 말입니다. 낮잠을 자야 할 경우와 Napping을 할 경우가 따로 있다는 거지요.

둘째, 과학자들이 말하는 잠의 사이클(Sleep Cycle)에서 4단계까지 내려가지 않아도 됩니다. Napping에는 단계가 없다고 보면 됩니다.

그냥 조용한 곳을 찾아 편안한 자세로 누울 수 있으면 좋지만 눕지 않고 기대어 앉거나 앉아 있기만 해도 됩니다. 조용히 눈을 감고 휴식을 취한다고 생각하면 됩니다. 새우잠도 좋고 새우와 닮은 랍스터 잠도 좋습니다.

30분 이상, 아니 한 시간 이상을 낮잠으로 자는 사람들이 있습니다. 이런 사람들은 낮에 밤잠을 자는 사람이라고 봐야 합니다. 어쩌다 전날 과로를 하여 몸이 많이 피곤할 때는 한 시간 이상을 잘 수도 있습니다. 그런 경우에는 낮잠이라 하여도 틀린 말이 아니겠지요.

필자가 알고 있는 환자 아닌 환자는 일을 하다가 점심때가 되면 점심을 먹고 아예 집에 가서 잠옷으로 갈아입고 침대에 들어가 오랜 낮잠을 잡니다. 낮잠에 대한 오해이자 모독이지요. 그런 낮잠은 오히려 몸에 해롭습니다. 보약이 지나쳐 독약으로 변해버립니다. 대낮에 그렇게 한가한 시간이 있는 팔자라면 그 귀한 시간에 운동할 것을 권합니다. 자연의 순리에 역행하면 언젠가는 대가를 치르게 되고 결과에 책임을 지게 되어 있습니다. 이런 사람이 밤에 또 정상적인 잠이 온다면, 거짓말을 하고 있거나 아니면 유전자 검사를 해보아야 합니다.

민족 중에도 그런 민족이 있습니다. 씨에스타라고 하는 고유명사까지 있습니다. 남미에 있는 여러 나라가 그런 풍속을 가지고 있고, 심지어 유럽의 그리스도 낮잠 시간을 따로 만들어놓고 열심히 낮잠을 잡니다. 그런 나라치고 잘사는 나라가 없습니다. 우리나라보다도 훨씬 풍부한 천연자원에다 우수한 관광자원과 끝내주는 날씨를 가지고 있으면서도 찢어지게 가난하게 삽니다.

멕시코는 촌동네를 지나면서 집 안을 들여다보면 이것이 사람이 사는 곳인가 하는 생각이 들 정도로 째지게 가난합니다. 하지만 그 사람들은 먹지 못해 배가 고파도 씨에스타는 꼭 지킵니다.

한번 가면 또 가고 싶어지는 그리스, 특히 지중해를 끼고 있는 해안 마을은 평화스럽기 그지없습니다. 날씨가 좋기로는 이 세상의 어느 나라에도 뒤지지 않는 나라지요. 현대에 와서 유대인들이 세상을 좌지우지하기 전만 해도 배를 잘 만들고 항해술이 좋아 해상무역으로 지중해를 포함해 온 세상의 바다를 다 소유하다시피 한 나라지요. 사실 그리스인들 때문에 유대인들이 힘을 쓰지 못하였다 해도 과언이 아닙니다. 옛날의 그리스가 망하고 로마가 사양길에 들면서 유대인들이 득세를 하고 세계를 쥐고 흔들게 됩니다. 로마가 득세하여 그토록 세계를 쥐고 흔들 수 있었던 것은 그리스인들이 로마인들에게 자기들의 지식, 문화를 전수해 주었기 때문입니다. 이집트에 가서 배운 모든 것을 아낌없이 로마인들에게 주었습니다. 그래서 로마인들은 헬레니즘을 너무나 좋아합니다. 로마의 유명한 장군, 정치가, 철학자, 문인, 시인이 모두 그리스인을 선생으로 두었기 때문이고, 좋은 그리스 선생 밑에서 열심히 공부하여 그렇게 큰 대제국을 이루었다 해도 과언이 아닙니다. 그렇게 머리 좋고 능력 있는 그리스 사람들이 낮잠을 즐깁니다. 그리스에서는 개도 사람을 닮아 낮잠을 잡니다. 그 결과가 오늘날의 현실입니다.

낮잠의 과용으로 국가적인 차원에서 부작용이 누적되어 그렇게 좋은 환경에도 툭하면 나라가 파산한다고 뉴스에 나옵니다.

낮잠과 잠에 대해서는 이 정도로 마치겠습니다.

08。아스피린

기적의 알약

필자가 내과 수련의를 마치고 그룹에 들어가 개업했을 때, 할머니 한 분이 뇌졸중(Stroke)으로 병원에 실려왔습니다.

의식불명 상태에서 앰뷸런스에 실려 응급실에 도착하자마자 당직의사가 기본 검사를 끝냈고 CT 촬영 후 판독 결과도 나와 있긴 했지만 그냥 보기에도 대량 출혈에 의한 급성 뇌졸중이었습니다. 뇌 속의 깊은 곳에서 혈관이 터졌는지 한쪽 뇌가 허옇게 변해 회복 가능성이 희박해 며칠이 지나도 차도가 없으면 퇴원시켜야겠다고 생각했지요.

병실에 가서 환자를 보니 검사 결과와 거의 일치. 동공은 열려 있고, 한쪽 팔다리는 움직이지 않고, 물론 말도 못했습니다. 가족들과 의논해 일주일가량 입원 후에 양로원으로 퇴원시킬 계획을 세워놓았습니다.

그런데 약 사흘째부터 기적이 일어나기 시작했습니다. 아침에 회진 중 자세히 보니 눈도 움직이고 팔다리도 약간 움직이는 듯했지요. 다음 날

보니 전혀 다른 사람이 되어 있었습니다. 물론 처음부터 물리치료를 시작해 놓았지만 하루가 다르게 물리치료의 레벨이 높아져 갔습니다.

열흘이 지나 퇴원할 때는 다른 사람의 도움 없이도 혼자서 일어나고, 자력으로 걷고 말도 자연스럽게 하는 상태였습니다. 휠체어가 없어도 될 정도였지만 병원 규칙상 휠체어를 타고 퇴원하였지요.

아무리 생각해도 기적 같은 일이라 퇴원하기 전에 할머니에게 꼬치꼬치 물어보았습니다. 그리고 혼자서 곰곰이 생각했습니다. 급성 뇌졸중으로 의식불명 상태로 들어왔다가 2주일 만에 평소의 멀쩡한 모습으로 걸어 나간 이 기적의 주인공은 누구인가? 아니 무엇 때문인가?

할머니는 병이 여러 가지라 먹는 약도 여러 가지였습니다. 그중에서 필자의 주의를 끈 것 한 가지. 그것은 아스피린이었지요. 아스피린은 처방 없이 살 수 있어 의사들도 별도로 신경을 쓰지 않는 관심 밖의 약이라 기록에 올라와 있지 않았습니다. 관절염이 심해 관절염에 좋다는 약은 다 써보았지만 효과를 보지 못해 무척 고생하다 딱 한 가지 아스피린을 먹으면 견딜 만하여 하루에 열 알 이상, 시도 때도 없이 입에 털어 넣었다고 했습니다.

확실히 효과가 있긴 했지만 문제는 다른 사람들보다 훨씬 많은 양을 먹

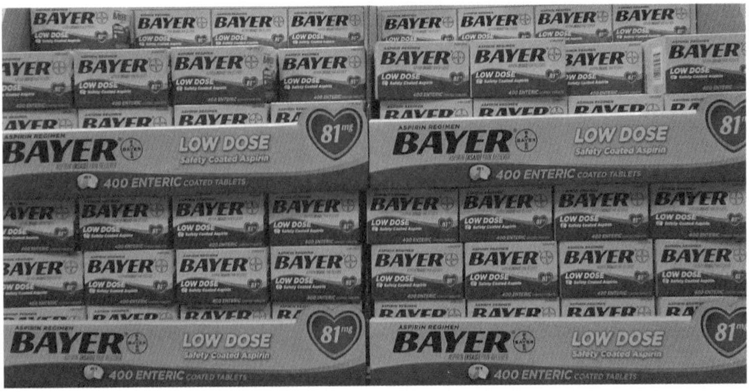

코스트코에서 팔고 있는 베이어 아스피린

고 있었다는 것이지요. 그래서 아스피린은 의사의 처방이 필요 없으니 예전처럼 약국에 가서 사 먹으면 되는데 그 대신 위를 보호하기 위해 제산제를 꼭 먹으라고 신신당부하고 다짐을 받은 뒤에 퇴원시킨 환자입니다. 바로 아스피린이 그 할머니를 구해준 은인이고 기적의 주인공이라고 가족들에게 말해주었습니다.

우리도 모두 이 할머니처럼 아스피린을 먹읍시다. 이 할머니처럼 많이 먹을 필요는 없습니다. 대신 할머니보다 훨씬 소량인 어린이용 아스피린을 먹읍시다. 그것도 아침에 한 알. 아침에 일어나 아침 먹기 바로 전이나 직후에 먹거나 아침을 먹을 시간이 없으면 우유라도 한 잔 마시고 난 뒤에 먹으면 됩니다. 어른용 아스피린은 한 알이 325밀리그램이고, 어린이용 아스피린은 81밀리그램입니다. 성인의 3분의 1인 어린이용 아스피린 한 알을 어른인 우리가 먹습니다. 적은 양을 먹기 때문에 부작용은 거의 없다 해도 과언이 아닙니다.

그렇지만 이 약을 먹으면 안 되는 사람도 있습니다. 예를 들어 아스피린 계통의 약을 이미 먹고 있는 사람, 모트린(Motrin), 나프로신(Naprosin), 인도신(Indocin) 등과 같은 약, 특히 이와 같은 계통의 약을 먹고 위장출혈을 경험한 사람, 혈액 계통의 질병, 즉 백혈병이나 악성빈혈, 혈소판감소증과 같은 병을 가진 사람은 아스피린을 먹으면 안 됩니다.

쉽게 말해 이미 아스피린 작용을 가진 약을 먹고 있거나, 내가 가진 질병으로 인해 내 몸이 아스피린을 먹을 필요가 없는 상태에 있는 사람들은 구태여 아스피린을 먹을 필요가 없다는 말입니다. 또 현재 자기가 먹고 있는 약들 가운데서 아스피린과 함께 먹지 말아야 하는 경우도 있습니다. 항우울증약 중에, 그리고 우리가 처방전 없이 살 수 있는 영양제 중에도 그런 약이 있습니다. 그래서 아스피린을 먹을 때는 정기적으로 찾아가는 의사에게 반드시 문의하고, 허락을 받고 먹어야 합니다.

심장전문의(Cardiologist) 중에는 자기 환자들에게 어느 날 갑자기 가슴에 통증이 오고 숨 쉬기가 힘들어지면 응급실로 가기 전에 아스피린을 한 주먹 입에 털어 넣고 가라고 말하는 의사도 있습니다. 이 글을 쓰고 있는 사람도 아침에 일어나서 어린이용 아스피린을 하나 먹습니다. 그러고 나서 하루를 시작합니다.

아스피린의 효과

아스피린을 먹고 있는 사람 중에서 심장마비가 크게 왔음에도 불구하고 아직 살아 있다면 그것은 아스피린을 먹고 있었기 때문이고, 심장마비가 크게 올 것이 가볍게 왔다면 그것도 아스피린을 먹고 있었기 때문입니다. 뇌졸중도 마찬가지입니다. 뇌졸중이 심하게 왔음에도 아직 살아 있다면 그것은 아스피린을 먹고 있었기 때문이고, 뇌졸중이 크게 올 것이 가볍게 왔다면 그것도 아스피린을 먹고 있었기 때문입니다. 눈으로 볼 수는 없지만 약한 뇌졸중이 왔음에도 그것을 느끼지도 않고 멀쩡하게 살 수 있는 것도 아스피린 덕입니다. 약한 심장마비(Silent MI)가 왔음에도 그것을 느끼지도 않고 멀쩡하게 살아가게 해주는 것도 아스피린의 효과입니다. 그런데 아스피린을 먹고 있는 사람들 가운데 많은 이들이 아스피린이 얼마나 좋은지 모르고 살아갑니다.

또 뇌졸중 환자들 가운데 다음과 같은 사람들이 많이 있습니다. 본인

스스로가 느낄 듯 말 듯 하게 왔다 갔다 하는 뇌졸중이 있지요. 혓바닥에 감각이 없어졌다 다시 돌아오기를 반복하는 사람. 시야가 갑자기 흐려졌다 다시 돌아오기를 반복하는 사람. 손끝이나 발끝에 감각이 없어졌다 다시 돌아오기를 반복하는 사람. 밥을 먹다가 예사롭지 않게 숟가락이나 젓가락을 떨어뜨리는 사람. 이런 뇌졸중은 앞으로 큰 것이 온다는 조기경보입니다. 뇌졸중이 크게 온 사람들은 큰 뇌졸중이 오기 전에 그런 일이 몇 번 있었다고 기억합니다.

이런 뇌졸중을 TIA, 즉 일과성허혈발작(Transient Ischemic Attack)이라고 하지만 작게 오는 뇌졸중이라 하여 미니뇌졸중(mini Stroke)이라고도 합니다. 한글로는 어떻게 번역하는지 모릅니다. 필자는 이것을 마이크로뇌졸중(micro Stroke)이라 부릅니다. 너무나 작게 오기 때문에, 우리가 증상을 느끼지 못하거나 느끼더라도 금방 사라져버리기 때문입니다.

어떤 이유에서든지 혈압이 갑자기 올라가는 경우에, 뇌 안에 있는 미세혈관, 모세혈관이 급상승하는 혈압에 적응하지 못하여 출혈이 일어나면 그 후유증은 우리가 증상으로 느끼지 못할 정도라 해도 그러한 일이 여러 차례 반복되면 결국은 뇌졸중, 심장마비, 신부전, 치매 등 우리 눈에 보이는 증상으로 나타납니다.

이러한 마이크로뇌졸중을 미연에 방지해 주면서 오더라도 오지 않은 것같이 넘어가게 해주고, 큰 뇌졸중이 오더라도 큰 사건으로 진행이 되지 않게 방지해 주는 것이 바로 이 아스피린입니다. 이미 언급한 바와 같이, 아스피린이라는 약 자체가 부작용이 거의 없는 데다가 어른용의 반도 되지 않는 양이기에 이 약을 예방용으로 먹느냐 마느냐의 결정은 결국은 본인이 해야 합니다. 그 본인이 하는 결정에 따라 필자는 매일 아침 이 약을 먹은 뒤에 일하러 나갑니다.

심장마비가 온 사람들 가운데, 심장마비가 너무나 작게 왔기 때문에 통증을 전혀 느끼지 않거나 소화불량으로 오해하는 경우가 있습니다. 이런 심장마비를 무증상심근경색증(Silent Myocardial Infarction) 또는 침묵의 심장마비(Silent Heart Attack)라고 합니다. 심장마비가 크게 온 사람들에게 자세히 물어보면 심장마비가 오기 전에 그런 증상이 수차례 왔다 갔다는 말을 합니다. 이러한 무증상심근경색증을 미연에 방지해 주면서, 오더라도 오지 않은 것같이 넘어가게 해주고, 왔다 해도 큰 사건으로 진행되지 않게 방지해 주는 것이 아스피린이 하는 일입니다.

아스피린은 처음에는 진통해열제로 만들어졌다가 사용 범위가 차차 넓어진 약 중 하나입니다. 이 세상에는 그런 약이 많습니다. 대머리에 효과가 있다고 해서 많이 팔린 약 가운데도 그런 약이 있습니다. 처음에는 혈압약으로 개발되었으나 먹는 사람들 가운데 특히 여자들에게서 몸에 털(?)이 많이 난다는 부작용을 보고받고는 아예 대머리 특효약이라고 선전하여 대박을 터트렸습니다. 비아그라도 처음에는 혈압약으로 시작했다가 이름도 바꾸고 시장에 나가 제약회사에 엄청 효도한 약입니다. 이렇게 좋은 아스피린은 혈관이 깨끗한 젊은 사람에게는 필요가 없지만 퇴행성 변화가 시작된 사람은 꼭 먹어야 합니다.

이렇게 필자 나름대로 열심히 설명을 하였음에도 나는 먹지 않아도 된다고 생각하는 사람을 어떻게 표현해야 할까요?

아무리 건강한 사람도 60이 넘으면 먹지 말아야 되는 사람을 빼고 모두 다 먹어야 합니다. 81밀리그램 아스피린은 크기가 콩알보다도 작아 먹기도 쉽습니다.

09。펩시드

위를 보호하는 최선의 선택

필자는 "이른 아침에 잠에서 깨어" 어린이용 아스피린을 하나 먹고, 밤이 되면 펩시드를 하나 먹고 꿈나라로 갑니다.

아스피린을 먹어야 하는 이유는 앞에서 설명하였으니 여기서는 펩시드에 대해서 이야기합니다.

펩시드를 먹어야 한다고 이렇게 외치는 이유는 우리 한민족의 불쌍한 위(Stomach)를 보호하기 위해서입니다. 사실 이 책을 끝내고 되돌아보니, 이 부분을 쓸 때가 가장 힘들었습니다. 누가 뭐라 해도 당연히 이 글을 쓰는 필자의 위도 그중에 하나이기 때문입니다.

미국에 와서 살아온 지 40여 년이 되어도 하루 한 끼, 특히 저녁은 우리 음식을 먹어야 하는 필자입니다. 이 세상에서 가장 중독성이 강한 음식이 우리 한국 음식이 아닐까요? 뒤집어 말하면 우리나라 음식이 이 세상에서 가장 맛있는 음식이라는 말도 됩니다.

어쩌다가 미국 레스토랑에서 외식으로 쇠고기 스테이크를 맛있게 잘 먹고 집에 들어와서는 냉장고에서 김치통을 꺼내 김치 한 쪽을 입에 넣어야 속이 풀리는 나의 위. 아침에는 시간이 없으니 간단히 토스트에 소이 밀크로 때우고, 점심은 눈에 보이는 대로 패스트푸드로 해결하지만 저녁은 반드시 '우리 집 식당'이나 한국 식당에서 한국 음식을 먹어야 잠이 제대로 옵니다. 어느 나라에 가서 살더라도 한국 사람은 한국 음식을 먹어야 눈이 바로 보입니다.

그래서 나만 잘하면, 내 위만 편하면 된다는 좁은 이기주의에서 벗어나 우리 한민족의 밝은 미래를 위하여 나아가서 우리 한민족의 평안한 위를 위하여 잠시 함께 생각하는 시간을 가져볼까 합니다. 짧은 문장력이지만 한 사람이라도 더 필자와 같은 행복한 위를 가지고 살아갈 수 있도록, 필자의 대열에 끌어넣기 위해 최선을 다해 노력해 볼까 합니다. 물론 필자의 환자 가운데 많은 사람이 저의 말을 듣고 실천에 옮겨 살아가고 있습니다.

담배를 많이 피우는 사람은 자신의 불쌍한 폐를 망가뜨리게 됩니다. 폐뿐만 아니라 몸 전체에 나쁜 결과가 오는 것은 시간문제입니다. 술을 많이 마시는 사람이 간을 망가뜨려 몸 전체가 거덜 나는 것도 시간문제입니다. 다행히 우리의 폐나 간은 콩팥과 마찬가지로 두 개입니다. 그래서 이런 장기들은 망가지는 데 시간이 걸립니다.

하지만 조심하거나 절제하지 않으면 결국은 망가지고 맙니다. 그래서 특히 우리가 젊을 때는 아무리 술을 많이 마시고 담배를 많이 피워도 우리 몸이 끄떡도 하지 않으니까 내가 무슨 슈퍼맨이나 아이언맨이 된 것 같은 착각을 하며 살아갑니다. 하지만 술이나 담배는 우리가 생명을 유지하는 데 반드시 필요하고 우리 몸에 꼭 있어야 할 필수요소라서 우리가 피우고 마시는 것이 아니라, 우리의 자유의지가 그렇게 하도록 선택하였기 때문이지요. 자유 의지의 결과에 책임을 져야 함을 늘 명심하고 살아야 합니다. 그래서 우리 가운데 현명한 사람은 처음부터 이것과는 거리를 두고 살아가는 사람도 많고, 또 우리 몸에 해가 된다는 결론에 도달하면 현명한 판단을 내려 좋아하던 술, 담배를 단호하게 끊어버리는 사람도 많이 봅니다.

그런데 우리의 불쌍한 위는 하나밖에 없는 데다, 힘들어할 때 자유의지로 안 먹는 쪽을 선택하여 위가 휴식하게 만들었다가 위기가 지나가면 다시 먹기 시작할 만큼 사치를 부릴 장기가 아닙니다. 먹느냐 마느냐는 우리의 의지로 선택하는 것이 아닙니다. 먹는다는 행위는 눈이 오나 비가 오나 해야 하고, 기쁠 때나 슬플 때도 사람은 먹어야 사는 동물입니다. 우리가 결정할 수 있는 것은 무엇을 어떻게 먹느냐뿐입니다.

하루에 세 번, 배가 터지게 먹고 그것도 모자라 간식에다 기호음식에다, 우리의 불쌍한 위는 정도의 차이는 있어도 늘 죽을 둥 살 둥 일을 하지 않으면 안 되는 불쌍한 존재입니다. 이러한 복합적인 상관관계로 인하여, 간이나 폐처럼 과외활동 때문에 거덜 나는 것이 아니라 우리의 위는 본업 그 자체로 거덜이 나는 장기입니다. 거기다 옛날과는 비교가 되지 않으리만치 과다한 스트레스 속에서 살고 있는 우리에게, 아니 우리 위에게 좋게 말해서 퇴행성 변화, 바로 말해서 노화 현상이 다가옵니다.

우리는 눈에 보이는 노화 현상, 즉 거울을 쳐다보기만 하면 보이는 얼굴의 주름살을 보고는 긴 한숨을 쉬고 많은 돈을 들여서라도 보톡스를 맞으러 가볼까 생각을 하면서도, 보이지 않는 곳에서 조용히 스님이 염불을 하듯 중얼거리는 불쌍한 위의 항의는 쉽게 깔아뭉개 버리는 오류를 범하며 살아갑니다. 술과 담배는 폐와 간을 위하여 현명하게 끊어버리면 되지만 우리의 불쌍한 위를 위하여 먹는 것을 끊어버릴 수는 없지 않습니까? 거기다 스트레스에 가장 예민한 장기가 또 어디입니까?

결론부터 이야기하자면, '늦기 전에' 우리의 불쌍한 위를 위해 무언가를 해야 합니다. 돌이킬 수 없는 상황이 생기기 전에 손을 써야 합니다. 흔들리는 다리는 무너지기 전에 고쳐놓아야 합니다. 우리 몸이 거덜 나기 전에 손을 써야 합니다. 예방이 최선의 치료입니다.

이것이 이 장의 핵심입니다. 그래서 우리는 자기의 위가 강하다고 자신하는 사람도 50대 후반, 60대 초에는 건강한 위가 탈이 나기 전에 도와주기 위해 꼭 무엇을 먹어야 하고, 위에 문제가 있는 사람은 두말할 필요도 없이 무언가를 먹어야 합니다.

그럼 무엇을 먹어야 하나요? 좋은 질문입니다.

지금은 삶의 질이 좋아져 한국의 식생활도 많이 달라졌습니다. 그러나 음식을 만드는 재료의 질이 많이 좋아진 것은 자타가 인정하지만 음식의 재료, 음식에 들어가는 양념 자체는 옛날이나 지금이나 크게 변한 것이 없습니다. 아니 변한 것이 눈에 보이지 않습니다. 재료나 양념 자체는 옛날이나 지금이나 거의 동일하다고 보아야 할 정도입니다.

우리 한민족의 식문화를 잠시 짚어봅시다.

덜 맵고 덜 짜게

첫째, 우리 한국 음식은 옛날이나 지금이나 맵고 짠 것이 특징입니다.

다른 나라 음식도 맵고 짜기는 해도 대체로 우리나라 음식만큼은 아닙니다. 우리만큼 반찬 가짓수가 많은 나라는 이 세상 어느 나라의 식탁을 보더라도 찾을 수 없습니다. 바로 옆 나라 일본, 중국 등과 비교해 보아도 우리나라만큼 반찬 수가 많지는 않습니다. 우리와는 반찬에 대한 개념이 근본적으로 다릅니다.

반찬 수가 많은 것 자체는 여러 가지 영양소를 동시에 섭취할 수 있어 좋은 풍속이고 문화이기 때문에 그것을 고칠 필요는 없습니다. 하지만 옛날에는 냉장 시설이 좋지 않았기 때문에 반찬을 며칠이라도 더 오래 보관하기 위해 소금을 많이 사용했습니다. 거기다가 우리는 마늘을 많이 씁니다. 이 세 가지의 합작품을 혀는 좋아할지 몰라도 우리의 불쌍한 위에는 치명적입니다.

마늘이 많이 들어간 김치가 우리 몸에 좋은 것은 설명할 필요가 없습니다. 마늘을 먹어야지요. 마늘을 먹지 말라는 이야기가 아닙니다. 마늘이 현대병에 좋은 것은 이미 밝혀진 사실이고, 몇 년 전 아시아에 독감이 퍼졌어도 한국에만 그 독감이 들어오지 못한 이유는 김치와 김치 안에 들어 있는 마늘 때문이라는 연구 결과가 나왔습니다. 필자 역시 그 사실을 잘 알고 있습니다. 하지만 통계를 들여다보면 금방 이해가 됩니다. 위암 발병률이 한국이 세계에서 1등이라는 사실, 그리고 대장암의 발병률도 이제는 유럽이나 미국의 뒤를 바짝 따라붙어 이 추세로 가면 얼마 가지 않아 추월할 것이라는 전망은 우리가 깊이 생각해 보아야 할 문제입니다.

이러한 통계치는 받아들이기가 참으로 어렵지만 다른 도리가 없습니다. 매운 고추나 간장이 마늘과 함께 우리의 위에는 치명적이라는 사실을 염두에 두고 살아야 합니다. 즉 그에 대한 대비책을 생각하고, 마련해 놓아야 합니다.

물론 우리나라보다 더 맵고, 짜고, 마늘을 더 많이 쓰는 민족이 이 세상에 분명히 있을 테지요. 그렇다 해도 다른 민족의 먹는 문화, 다른 민족의 위는 그 사람들이 걱정할 문제이니 접어두고, 여기서는 우리 한민족의 불쌍한 위, 거기에 속한 나의 불쌍한 위를 걱정해 봅시다.

매운 고추에 대해

우리나라의 작은 고추가 아무리 맵다 해도 멕시코의 할라페뇨와는 적수가 되지 않습니다. 그런데 할라페뇨가 맥을 추지 못하는 고추가 존재합니다. 저의 경험에서 우러난 말입니다.

아마도 이 나라가 세계에서 가장 매운 고추를 먹는 민족이 아닌가 생각합니다. 물론 이 방면에 검정말(dark horse)이 또 어딘가에 있을지도 모릅니다. 하지만 많지도 않은 제 목록에 현재로는 터키가 단연 선두이고 멕시코는 한참 뒤처져 따라오는 후발 주자라고 봅니다.

터키를 여행하는 중에 어느 도시에서 해가 저물어 호텔에 들어가 짐을 풀고는 일행과 함께 저녁을 먹으러 호텔에 있는 식당에 갔습니다. 그 도시에서 가장 좋은 호텔이라 밖에 나갈 필요가 없었습니다. 수십 층 높이의 호텔 맨 꼭대기에 있는 뷔페 스타일의 식당이라 음식도 푸짐하고 분위기도 좋았습니다. 식당 한가운데서 터키 전통음악을 두세 사람이 전통 의상을 입고 전통 악기로 연주해 줄 정도로 고급식당이었습니다.

배가 고프던 참이라 큰 접시 두 개를 들고 다니며 하나에는 스테이크와 뜨거운 김으로 쪄서 만든 쌀밥을 담았습니다. 맨밥에다 양념을 약간 가미하여 은근한 맛이 나 쌀밥보다 오히려 먹기가 좋아 저 같은 한국 사람에게 인기가 있었습니다. 다른 큰 접시에는 채소 종류를 잔뜩 담아 와서 먹기 시작하려던 참이었습니다.

그런데 그 채소 가운데 먹음직스러워 보이는 가늘고 긴 고추가 눈에 들어왔습니다. 그중에서 순해 보이는 놈으로 몇 개를 담아왔는데 그것이 저의 실수의 시작이었지요. 큰 테이블에 여러 명이 같이 앉아 식사하는데, 그날따라 "어디 고추부터 한번 시작해 볼까?" 하며 그중 하나를 소스를 찍어 입에 넣어 '탁' 하고 깨무는 순간, 누군가 입 안에 휘발유를 뿌리고 성냥개비를 던져 넣은 것 같은 상황이 순간적으로 일어났습니다.

눈을 감았는지 떴는지 앞은 보이지 않고, 머릿속은 텅 비어 아무런 생각이 나지 않고, 귀에는 소리가 들어오지 않아 적막이 흐르고, 입 안은 한마디로 마비가 된 데다 숨통도 막힌 것 같고, 그런 상태에서 고개를 앞으로 떨구고 정신이 돌아오도록 기다리고 있자니, 남들이 보면 식전 기도를 열심히 바치는 것으로 착각할 정도의 모습으로 시간이 얼마나 흘렀는지 모릅니다.

잠시 후에 정신이 돌아와 같은 테이블에 있는 일행에게 먹던 고추를 보여주며, "이렇게 생긴 고추를 가지고 온 분은 제 말을 믿고 먹지 마세요!"라고 말한 뒤에 다른 일행에게도 경고하기 위해 자리에서 일어나 돌아서는 순간이었습니다.

다른 테이블에 있던 중년 부인이 "악!" 하고 비명을 지르며 벌떡 의자에서 일어나려다 뒤로 힘차게 넘어집니다. 그러고는 사지를 쭉 뻗고는 식당 바닥에 편안하게 누워 의식을 잃어버립니다.

경험해 본 바에 의하면, 입 안 전체가 성대까지 포함하여 기능을 잃어버리고 비명을 지를 수가 없습니다. 그런데 그 여자 분은 고추를 깨물면서 숨통이 막혀버려 실신한 것입니다.

'아차! 내가 한발 늦었구나!'

하는 수 없이 그 옆에 가서 손목의 맥박을 체크해 보니 가늘게 뛰고 있었고 가슴을 보니 숨이 완전히 끊어지지 않고 약하게 쉬는 듯했습니다. 손을 세차게 흔들었더니 숨이 돌아오기 시작합니다. 조금 있으니 "앵앵" 하고 앰뷸런스가 옵니다. 같은 일행을 안심시키고, 그 사람을 약 10분 정도 편안하게 누워 있게 하였더니 일어나 이야기도 하며 식사도 마칠 수가 있었습니다. 터키에 가시면 고추 조심!

이왕 옆길로 빠졌으니 멕시코 할라페뇨에 대해서 조금만 더 이야기하지요. 특히 농대를 졸업하고 채소의 온실재배에 관심이 많거나, 농대 출신이 아니라도 온실재배에 특수재능을 타고난 분들에게 좋은 소식을 드립니다. 멕시코의 할라페뇨라는 말을 들으면 일단 모든 사람이 맵다는 선입관으로 눈을 감거나 고개를 돌려버립니다. 맵다는 말의 대명사입니다. 고추같이 맵다고 할 때, 할라페뇨 같다고 하지요. 어떤 이유에서든지 편견을 가지면 다른 것이 보이지 않습니다. 그렇게 통통하고 색깔 좋고 먹음직스럽고 인물 좋은 이놈을 그 매운맛 때문에 사람들이 천시합니다. 매운맛을 빼면 이놈을 따라올 고급 채소가 이 세상에 존재하지 않는다는 진리를 우리가 외면하는 행위는 불행 중의 불행임을 아예 모른 채 살아갑니다.

물론 조상을 잘 만나 아무리 매워도 그 매운맛을 즐길 수 있는 우수한 유전자를 받아서 태어난 사람은 고추가 매우면 매울수록 오히려 세상에 태어난 보람을 느낍니다. 하지만 필자를 포함하여 이 세상의 보통 사람들은 이 좋은 놈을 즐길 재간이 없습니다.

좋은 소식! 이 세상에 매운맛이 없는 할라페뇨가 있습니다. 이름하여, 스위트 할라페뇨입니다. 겉으로 보면 똑같습니다. 먹어보면 맛도 똑같습니다. 직역하면 '단고추'인데 단맛은 하나도 없습니다. 그런데 맵지 않은 고추는 고추가 아니라고 단정해 버리는 사람은 이 스위트 할라페뇨가 선사하는 천상의 맛을 아예 모르고 사는 사람입니다. 아니, 그런 사람은 안 매운 고추를 굳이 찾을 필요 없이 그냥 앞에 있는 고추를 즐기면 됩니다. 안 매운 고추를 거론하는 이유는 이 세상에 필자와 같이 매운 고추를 입에 대지도 못하는, 매운맛을 즐기게 만들어주는 유전자를 전혀 받지 않고 세상에 태어난 사람이 너무나 많기 때문입니다.

사실 입에 넣자마자 뱉어버리는 이 독한 놈 대신에 매운맛이 전혀 없는 할라페뇨를 만나 천천히 음미해 가며 먹고 있노라면 천국이 따로 없습니다. 쌈장에다 찍어 먹으면 끝내줍니다. 갈비, 불고기, 곱창전골 등등 전통 한국 음식에 이놈을 쌈장에 찍어 먹으면, 정말 둘이 먹다 하나가 죽어도 모를 정도로 특수한 경험을 선사합니다.

이 세상에 이놈만 한 고급 채소도 없습니다. 얼마나 고급 채소인지, 영양 채소인지는 구글을 보면 알 수 있습니다. 좀 미안한 말이지만 한국의 전통 고추나 아삭이 고추는 모두 이놈에게 길을 비켜야 합니다. 이놈의 씨를 구해다가 한국의 농촌에서 온실재배하여 시장에 내놓으면, 맛에는 고차적인 일가견을 가진 우리 민족의 혀가 이놈의 진가를 금방 그리고 깊이 알아줄 겁니다.

혹시 필자의 말을 듣고 이놈의 씨를 구하고자 하는 분은 저에게 연락하면 저만의 국가기밀을 가르쳐 드리겠습니다. 불행하게도 필자의 집에는 온실이 없어 1년 내내 먹지는 못합니다만, 이놈이 나오기 시작하는 늦봄부터 늦가을까지는 이 세상에 필자보다 더 행복한 사람이 없을 만큼 행복한 계절을 보냅니다.

저의 얼굴을 보세요. 혼자만 이 행복을 누리기에는 너무나 안타까운 표정이 역실하지 않나요? 그런데 만에 하나라도 한국에 '스위트 할라페뇨'가 이미 나와 있다면 이 부분은 취소해야겠지요?

어디서나 마찬가지지만, 한국 음식은 맵거나 짜지 않으면, 그리고 마늘을 많이 쓰지 않으면 깊은 맛이 없다는 이유로 그런 음식을 파는 식당은 불합격 판정을 받습니다. 거기다 조미료를 쓰지 않으면 더더욱 그렇지요. 주방장에게 조미료를 넣지 말아달라는 특수 요청이 들어오면 어떻게 한다고요? 식당 주인이 필자에게 한 말입니다. 대답은 여러분의 상상에 맡깁니다.

어쩌다가 식당에 가서 맵지도 짜지도 않은 음식을 만나면, "음식은 매워야 제맛" "음식은 간이 맞아야 제맛"이라는 고견을 발표하고서 "이것을 음식이라고?" 하며 "간도 제대로 못 맞추는 주제에 어떻게 식당을 하는가?" 선언한 뒤에 고춧가루, 간장, 소금을 확 털어 넣어 먹습니다. 집에서는 안 짜게, 안 맵게 조심해 가며 먹다가도 밖에만 나가면 맵고 짜기를 기대합니다.

우리 몸 안에서 혀와 위가 서로 반대 방향으로 줄다리기를 합니다. 모순이자 앞뒤가 맞지 않는 이율배반입니다. 맵고 짜면 혀는 좋아하고, 반대로 위는 난리가 납니다. 그렇지 않으면 혀가 불평을 합니다. 하면 한쪽이 난리이고 안 하면 다른 한쪽이 불평을 합니다.

나라가 둘로 갈라져 사는 것도 억울해 죽을 판인데 우리 몸마저 둘로 갈라져 있는 것이 우리 한민족의 현실입니다. 남북통일은 혼자 힘으로 도저히 할 수 없지만 우리 몸이라도 통일시키는 것은 할 수 있는 일이고, 제가 이 책을 쓰는 목적 가운데 하나입니다.

포만감이 적어서 생기는 문제

둘째, 음식의 양과 포만감의 상관관계가 우리에게 심각한 문제를 던집니다.

쉽게 말해 한국 음식은 많이 먹어야 배가 부르고, 그리고 아무리 많이 먹어도 쉽게 배가 꺼집니다. 아무리 많이 먹어도 포만감이 오래가지 않습니다. 배가 불러 숨을 쉬기가 어려울 정도로 많이 먹어도 돌아서면 배가 고픕니다.

어떤 사람이 짜장면을 다섯 그릇이나 먹고 식당 문을 나서다 문턱에 걸려 넘어졌다가 일어나면서 했다는 유명한 말이 있지요. 바지에 묻은 먼지를 털면서, "이놈의 밀가루 음식, 왜 이렇게 끈기가 없지!" 이것은 누군가 우스개로 지어낸 말이지만 전혀 엉뚱한 이야기는 아닌 듯합니다. 우리 민족은 잘살거나 못살거나, 아니 아무리 잘살아도 어차피 배가 고픈 민족인가 봅니다. 그래서 그렇게 열심히 일하나 봅니다.

다음의 이야기는 실화입니다. 많은 사람이 수긍하리라 믿습니다.

어릴 때 여름방학이 되면 아버지가 태어난 고향, 아직도 그곳에 살면서 농사를 짓고 계시는 큰아버지댁에 가는 것이 연중 행사였습니다. 아직도 좋은 추억으로 남아 있지요. 7월은 보리농사가 끝나고 벼농사가 시작되어 뜨거운 여름 햇빛에 벼가 한창 자라는 때라 일손이 항상 모자라는 농번기입니다. 때에 맞추어 잡초도 뽑아주어야 하고 비료도 주어야 하는 등 큰아버지 혼자서는 도저히 일을 해낼 수가 없기 때문에, 장날 장에 가서 일당을 받고 일해주는 장정들과 홍정을 해놓으면 그 사람들이 아침 일찍 와서 하루 종일 일을 하고 집으로 돌아갑니다.

나이가 30~40대의 장정들입니다. 그런데 큰아버지를 포함하여 이 사람들이 먹는 양이 장난이 아닙니다. 과장이나 거짓을 전혀 가미하지 않은 말입니다. 새벽에 일터로 나가기 전에 아침을 먹습니다. 그들의 밥그릇은 요즈음의 밥그릇과는 비교가 되지 않습니다. 당시의 밥그릇은 놋쇠로 만들어 우선 무겁습니다. 그리고 크기도 무지하게 큽니다. 그렇게 큰 그릇에다 큰어머니가 밥을 담아 '예술작품'을 만들어 부엌에서 가져옵니다. 밥그릇 자체에 들어간 양보다 그 위에 솟아 있는 봉우리의 양이 훨씬 더 많으니 예술작품이지요. 그 봉우리는 절대 쓰러지지 않습니다.

그렇게 많은 양을 아침으로 먹고서 일하러 갑니다. 그러면 큰어머니는 바로 부엌으로 들어가 또 밥을 짓기 시작합니다. 아니, 아침부터 점심을 짓느냐고요? 천만에요. 그것은 점심이 아니고 새참입니다. 삼시 세끼와 똑같은 양이지만 아침과 점심 사이, 그리고 점심과 저녁 사이에 먹는 것을 말합니다. 아침 일찍 일을 나가고 저녁 늦게 앞이 잘 보이지 않을 때까지 중노동을 하니 그만큼 먹어야 했던가 봅니다.

그 새참이 칼국수로 결정이 나면 마당 한가운데에 돗자리를 깔아놓고 하거나 대청마루 한가운데서 작업을 합니다. 요사이 우리가 보는 새하얀 밀가루가 아니라 원래 밀의 색깔 그대로인, 그리고 까만 점 같은 것이 많이 보이는 '진짜' 밀가루를 사용하여 반죽을 합니다. 밀가루의 원조입니다. 둥글게 만든 밀가루 반죽을 기다란 밀대로 밀어 얇게 만들고, 그것을 여러 차례 접은 뒤에 서슬이 퍼런 부엌칼로 썰어서 만듭니다. 이름하여 칼국수지요.

이 칼국수를 만들 때는 밭에서 금방 따온 호박을 썰어 펄펄 끓는 물에다 넣어줍니다. 한여름인데도 김이 모락모락 올라오는 이 칼국수에다 고춧가루가 둥둥 떠 있는 양념장을 넣어 먹으면 맛이 일품입니다. 아직도 생각나는 다시 가고픈 어린 시절입니다.

그러니까 큰어머니는 하루 종일 부엌에서 벗어나지 못합니다. 유일하게 부엌을 나서는 기회는 점심과 새참을 머리에 이고 현장에 나가는 때입니다. 거기에다 양조장에서 사다놓은 막걸리도 가지고 갑니다. 이렇게 큰아버지와 일하러 온 장정들이 먹는 다섯 끼의 양은 우리의 상상을 초월합니다. 오래전 이야기라 약간의 과장도 섞였음을 인정합니다. 하지만 그것은 필자만이 경험한 옛날이야기가 아니라 농업이 주산업이던 우리나라에서 많은 사람이 그러한 실정 속에서 어린 시절을 보냈고 같은 경험을 했으리라 봅니다.

우리 한민족은 정말 '위대한' 민족임을 먹는 문화를 보면 압니다. 그런데 이렇게 아무리 많이 먹어도 돌아서면 금방 허기가 지는 것이 우리 한국의 음식이고, 채식을 주로 하는 우리의 음식문화는 위에는 치명적이라는 사실을 알아야 합니다.

우리 눈으로 볼 수는 없지만 우리의 위에서는 많이 먹으면 많이, 적게 먹으면 적게, 그래서 많이 먹으면 많이 먹을수록 먹는 양에 비례하여 위산과 소화액이 분비되어 음식을 향해 돌진합니다. 이러한 전쟁터를 둘러

싸고 있는 위는 자기 스스로가 생산한 위산과 소화효소에게 역공격을 당합니다. 그래서 아군이 쏜 총에 아군이 맞아 사망하듯이 그 공격을 감당해 내지 못하고, 최악의 경우에는 위벽에 구멍이 나버립니다. 위장에 구멍이 나면 위장천공, 십이지장에 구멍이 나면 십이지장천공이지요.

생전 겪어보지 못한 극심한 복통으로 온몸이 땀에 젖어 응급실을 찾아오는 이런 계통의 응급 환자 때문에 한밤중에 평화스럽게 당직실에서 새우잠을 즐기던 외과 당직 수련의의 꿀잠은 송두리째 날아가 버리곤 합니다.

반면 서양 음식, 즉 고기가 주성분인 육식문화는 다 먹고 나서도 배가 부르지 않아 걱정이 될 정도입니다. 그러나 잔잔한 그 포만감은 다음 끼니때가 되어도 그대로 남아 있어 과식을 하지 않도록 도와줍니다. 점심에 먹은 빅맥이나 버거킹 와퍼가 저녁이 되어도 허기가 가시지 않게 도와주기 때문에 포식하지 않을 수 있습니다. 육식문화와 채식문화의 차이입니다.

빨리빨리 먹는 문화

세 번째, 음식을 먹는 속도입니다. 우리는 마치 전쟁터에서 돌격 앞으로를 눈앞에 두고 있는 병사들같이 빨리 먹습니다. 올림픽에 빨리 먹는 종목이 있으면 시작도 하기 전에 금메달은 우리 차지일 것입니다. 남자, 여자, 개인전, 단체전, 혼성 등을 막론하고 금메달은 무조건 우리 차지입니다. 무엇이든 '빨리빨리' 해야 하는 우리 문화의 단면입니다.

이렇게 빨리 먹는 것은 많이 먹는 것과 마찬가지로 우리 위에 치명적입니다. 빨리 먹고 빨리 2차를 하기 위해 빨리 자리를 비워주는 것은 식당 주인이나 좋아할 일이지 우리의 위는 정말 싫어합니다. 치아가 해야 할 일을 위에게 시키는 것입니다.

음식을 몇 번 씹지도 않고 삼켜버리는 사람들을 봅니다. 그러고서 자랑스럽게 말합니다. "나는 위가 좋아서 쇳덩어리를 삼켜도 소화시켜!" 필자는 그런 사람들에게 엄숙히 경고합니다. "당신의 달력에 당신의 위가 거덜 나는 날이 분명하게 기록되어 있습니다"라고. 그런 사람을 부지기수로 보았습니다. 천천히 먹읍시다. 제발 천천히.

모방도 좋은 것을 모방하면 좋은 결과를 가져다줍니다. 미국 사람도 빨리 먹을 때는 빨리 먹습니다. 바쁜 일이 있을 때는 손에 든 샌드위치나 치즈버거가 순식간에 사라집니다. 하지만 친구나 가족끼리 모여 디너를 즐길 때는 정말 천천히 먹습니다. 그리고 입 안에 음식이 아직 남아 있는 채로 이야기하지 않습니다. 사방으로 튀겨가며 이야기하지 않습니다. 서양 문화에서는 이렇게 눈에 보이지 않으리만치 작은 사건에도 "I'm sorry"를 연발합니다. 우리가 보기에 지나칠 정도입니다. 혹시 실수로 그런 일이 생기면 꼭 미안하다고 말합니다. "친한 친구끼리, 가족끼리 미안한 게 어딨어!"가 아닙니다. 잘못한 것은 잘못했다고 인정을 해야 합니다.

배울 것은 배우고, 모방할 것은 모방합시다. 그래야 미국'놈' 일본'놈'을 따라잡고, 나아가서 추월할 수가 있지요. 무턱대고 모방하는 것도 지양해야 하지만 좋은 것을 두고 무턱대고 반대를 위한 반대를 하는 것도 지양해야 합니다. 욕하면서 보내는 시간은 낭비가 아닌가요. 천천히 먹는 것을 모방하고 배웁시다. 보기에도 좋고 우리 위에도 좋습니다.

스트레스

마지막으로, 현대를 살아가는 우리로서는 도저히 피해갈 수 없는 눈에 보이지 않는 엄청난 스트레스입니다.

우리 장기 중에서 위가 스트레스에 가장 예민합니다. 우리는 우선 경쟁에서 살아남아야 합니다. 남보다 조금이라도 더 가져야 합니다. 옛날부터 사촌이 땅을 사면 먹지 않고도 위에서 위산이 쏟아져 나오는 것이 우리의 위입니다. 친구가 가지면 나도 가져야만 하는 그 스트레스, 남보다 조금이라도 더 잘살아야 한다는 그 경쟁의식 때문에 우리나라는 다른 나라와의 경쟁에서 승승장구하는지도 모릅니다.

하지만 그 스트레스로 인해 내가 어떤 영향을 받으며 살고 있는지 잠시 생각해 볼 필요가 있습니다. 스트레스 때문에 내 가정생활이, 대인 관계가, 나아가서 삶 전체가 잘못된 방향으로 가고 있지는 않은지를 잘 살펴보아야 합니다. 내 몸의 건강을 위해 내가 하지 말아야 하는 것에 대해 신중한 결정을 해야 합니다. 이 부분에 대해서는 각자가 너무나 잘 알고 있으므로 긴 설명은 하지 않겠습니다.

마지막으로 두 가지만 더 당부하겠습니다.

다섯째, 담배를 끊읍시다.

여섯째, 술을 절제하여 마십시다.

이 두 가지가 우리 몸에 얼마나 해로운지는 설명할 필요가 없습니다.

이상을 간단히 요약하면,

짠 음식(간장)+매운 음식(고춧가루)+마늘+음식의 양+먹는 속도+스트레

스+술+담배

이 모든 해로운 것들의 집중포화를 매일같이 당해야 하는 우리의 위는 누구를 믿고 살아갑니까? 거기다 나이가 들면서 퇴행성 변화까지 한자리 차지하려 나타나기 시작하면 우리의 위는 이 세상을 살아가기가 점점 힘들어집니다.

이 공식의 결과로 우리나라는 선진국, 아니 후진국까지 포함하여 세계에서 위암 발병률이 가장 높은 불명예스러운 나라가 되었습니다. 그리고 최근의 통계에 의하면 대장암의 발병률도 상승세입니다. 사람의 생명이 중요함은 말할 필요도 없지만 위염, 위궤양, 십이지장궤양, 암 등을 합하여 상부위장관질환에 낭비되는 우리의 아까운 돈과 노력을 생각하면 가슴이 아픕니다.

빈속에 먹어도 좋은 펩시드

결론입니다. 이렇게 고통을 받는 우리의 불쌍한 위를 보호하기 위해 펩시드를 먹읍시다. 저녁을 먹은 뒤 자러 가기 전에.

아스피린은 아침에, 펩시드는 저녁으로 서로 갈라놓았지만 아침의 '아'와 아스피린의 '아'가 서로 일치한 것은 우연에 불과하고, 아스피린과 같은 약은 아침 식사 후 바로, 아니면 우유라도 약간 마신 뒤에 먹어야 합니다. 위를 상하게 할 수 있기 때문입니다. 거의 대부분의 약은 빈속에 먹어야 흡수가 잘됩니다. 흡수가 잘되어야 효과가 나지요. 그래서 많은 약사들이 약을 공복에 먹으라고 이야기합니다.

하지만 아스피린 계통의 약은 절대로 빈속에 먹으면 안 됩니다. 피가 묽어져 있는 상태에서 위벽의 어느 곳에라도 상처가 나면 출혈이 멈추지 않으니까요. 거기다 위는 강한 위산을 분비하여 위벽을 부식합니다. 그래서 궤양이라는 명칭이 생겨났습니다. 엎친 데 덮친 격이 되어 출혈은 멈추지 않습니다. 그래서 아스피린 계통의 약이나 피를 묽게 만드는 약은 아침을 먹기 직전이나 직후에 먹어야 합니다. 아침을 먹을 겨를이 없으면 우유라도 한 잔 마셔야 합니다.

하지만 펩시드는 자기 전 빈속에 먹어도 됩니다. 저는 환자들에게 거의 대부분의 약을 식전이나 식후에 바로 먹으라고 하는 의사입니다. 약 자체 때문에 쓸데없이 병을 하나 더 만들 이유가 없기 때문입니다. 그런데 펩시드는 예외입니다. 반드시 빈속에 먹어도 된다고 일러줍니다. 잠자기 약 30분 전, 1시간 전에 먹으면 이상적입니다.

이 세상에서 가장 신경이 날카롭고 짜증을 잘 내는 사람은 위가 탈이 난 사람입니다. 우리말에 "비위가 좋은 사람", "비위가 상한 사람"이라는 표현이 있습니다. 어떤 사람을 두고 쓰는지는 여러분의 해박한 지식에 맡깁니다. 비위가 상하여 인상을 쓰고 있는 사람의 얼굴을 상상해 보면 금세 알 것입니다.

먹기만 하면 위가 말썽을 부리니 이 세상에 그런 고통이 어디에 있겠습니까? 또 맛있게 먹는 사람을 보기만 해도 '비위가 상하니' 그런 고통이 어디에 있겠습니까?

치료약이 없던 시절 이야기

옛날에는 위궤양이나 십이지장궤양은 당뇨병과 마찬가지로 치료할 약이 마땅치 않아 의사들이 무척 애를 먹었습니다.

요즈음 흔히 듣는 내시경이라는 말이 먼 나라에서 들려오는 생소한 말로 들리던 시절, 위궤양이나 십이지장궤양이 의심되면 우선 환자를 물 한 모금도 먹지 못하게 굶겨놓고 다음 날 이른 아침에 방사선과에 데려가서, 희멀건 죽같이 생긴 걸 먹여 사진을 수십 장 찍어댑니다.

방사선과의사는 납덩어리를 넣어 들기조차도 힘든 앞치마를 갑상선을 보호하기 위해 목까지 올라오게 걸치고서 환자와 함께 땀범벅이 되어 난리를 칩니다. 환자로서는 평생 잊지 못할 괴로운 추억으로 남아, 나중에 가서 또 해야 하는 운명에 부딪치면 제발 그 검사를 생략하고 치료부터 해달라고 애걸 아닌 애걸을 하게 됩니다.

그나마 X-선 사진상에 궤양의 모습이 뚜렷하게 나오면 다행이지만, 알쏭달쏭 긴가민가 보일 듯 말 듯, 있는 것 같기도 하고 없는 것 같기도 하거나, 무엇에 중복되어 제 모습을 드러내지 않으면 의사는 보조수단의 도움을 포기하고 증상만 가지고 진단을 해야 하는 점쟁이가 될 수밖에 없습니다. 하지만 의사가 용한 점쟁이가 되어 진단을 내린다 한들 치료약이 없어 가장 중요한 단계에서 또 진땀을 흘립니다.

그런 면에서 보면 당뇨병은 증상만 가지고도 진단을 하기가 비교적 용이하지만 치료약이 시원치가 않아 진땀을 흘리는 당혹스러운 모습은 크게 다를 바가 없습니다. 당뇨병의 3대 증상인 많이 먹고(excessive eating), 많이 마시고(excessive drinking), 소변을 많이 그리고 자주 보면서(excessive urination) 몸이 노곤하고 힘이 없다는 증상만 듣고도 검사도 하기 전에 진단을 내리면 용한 의사라는 소문이 나던 시절의 이야기입니다.

하지만 문제는 그다음입니다. 이미 말한 바와 같이 치료할 약이 마땅치 않습니다. 일단 진단이 내려지면 병원인지 감옥인지에 가두어버립니다. 약은 별로 없고 식이요법만 있던 시절이라 병원에서 주는 것이라곤 꽁보리밥에 반찬 몇 가지입니다. 흰쌀밥이라야 밥이라 불러주던 시절, 보리밥은 요즈음에는 부자들도 감사하게 먹는 귀하신 몸이지만 그 시절에는 가난한 사람들이나 먹는 비천한 음식이었습니다. 요즘은 그것을 빗대어 당뇨병을 부자병이라고까지 부르는 시절이 되었지요. 그렇게 환자를 감옥에 가두듯이 병원에 입원을 시켜도 치료하기가 쉽지 않았습니다. 위궤양과 마찬가지로 치료약이 있긴 해도 몇 가지밖에 없었기 때문입니다.

그리고 감옥 같은 병원에 입원한 사람 입장에서는, 자유가 있을 때는 고마움을 깡그리 망각하고 지내지만 일단 없어지면 그 자유가 그리워지기 시작합니다. 더군다나 옛날에는 요즈음과는 달리 자기 몸보다는 자유를 더 중요하게 여겼습니다. 더 정확히는 내 귀중한 건강을 요즘처럼 금덩어리같이 귀하게 여기지 않았다고 할까요? 갑자기 그토록 귀중한 자유가 박탈되고 하루에 1500칼로리의 저칼로리 다이어트로 손과 발, 자유가 묶여버리면 언제 올지도 모르는 퇴원 날을 손꼽아 기다리면서 잃어버린 자유를 더욱더 그리워합니다.

그래서 눈만 감으면 바로 앞에서 왔다 갔다 하는, 눈을 떠도 이른 봄날의 아지랑이 같은 것 사이로 가물가물 보이는 짜장면이 사람을 고문하기 시작합니다. 그러다가 얼마 가지 않아 평소 즐기던 짬뽕이나 육개장 냄새가 코를 자극합니다. 당뇨병과는 거리가 먼 환각이나 환청, 환시의 기현상이 일어나면 그 사람은 해서는 안 될 일을 계획하여 목적 달성을 위하여 수단과 방법을 가리지 않게 됩니다.

혈당을 내리는 것도 중요하지만 우선 사람이 살고 보아야 합니다. 높은 사람 낮은 사람 가리지 않고 유니폼을 입고 다니는 사람 중 하나를 자기 사람으로 만들어버립니다. 그러고 난 다음 날 아침에 난리가 납니다. 아침 일찍 실시한 혈당 검사의 결과를 두고서 과장은 레지던트를, 레지던트는 간호사를 힐문합니다. 정문에서 열심히 일하는 수위 아저씨까지도 수사 대상에 올라갑니다.

요즈음 같으면 이런 일이 아예 일어나지가 않지요. 혈당이 높아서 입원을 시켰다 하면 의사가 아니라 환자들이 웃는 시대입니다. "뭐, 그 정도 가지고 입원시켜?" 왜냐하면 그동안 의학이 발달하여 치료약도 헤아리기 힘들 만큼 많아졌고, 식이요법에도 융통성이 생겼기 때문입니다. 그리고 사고방식도 자유보다는 몸을 더 중요시하게 되어 의사가 구태여 말하지 않아도 환자가 알아서 하는 시절이 되었습니다.

과거보다 건강에 대한 상식 수준이 훨씬 높아진 데다 특히 컴퓨터의 발달로 구글 같은 데에 들어가 대충 읽어보기만 해도, 다음에 의사를 만나러 올 때는 그 부분에 대해서는 6년, 요즈음에는 8년에다가 태어나서 부모로부터 금쪽같은 귀한 몸으로 떠받들려 자라났으나 의대에 입학한 이후로는 부모보다 더 높으신 과장의 멸시와 천대를 받아가며(이 부분은 외과계통에서 흔히 보는 사회상이지만) 실력을 닦아온 전문의보다 더 많은(아니 전문의만큼이라는 것이 정확한 표현이지만) 지식을 머리에 담아 나타납니다. 구글이라는 이상한 이름을 가진 놈 때문에 의사 노릇 하기도 참 힘듭니다.

40년 이상 미국에서 산 필자가 어떻게 한국 실정을 그렇게 잘 알까 의

문을 가지신다면, 사실 필자가 지금까지 늘어놓은 장황한 이야기는 이곳 미국의 이야기입니다.

다시 원점으로 돌아가, 요즈음 같으면 합병증이 없는 위궤양이나 십이지장궤양 정도 가지고 입원을 시키면 의사가 아니라 환자가 웃는 시대입니다. 하지만 그 당시에는 진단이 내려지면 당장 입원시키는 것은 당뇨병과 마찬가지였습니다.

그러고 나서 치료라고 하는 것이 요즈음 죽과는 댈 수도 없게 맛없는 희멀건 죽을 반찬 두어 개로 먹으라고 줍니다. 그런데 이 경우에는 당뇨병 환자의 경우처럼 범법 행위(?)를 실천에 옮기지 않습니다. 할 줄을 몰라서가 아니라 그렇게 하는 순간, 자신이 당해야 하는, 바로 따라오는 고통을 상상하면 끔찍한 생각이 들어 본인이 알아서 조심하기 때문입니다. 이미 궤양으로 헐어서 천공이 곧 생길 정도로 심한 경우에는, 위에다 맵고 짠 음식을 집어넣으면 그 결과가 환자의 뇌에 곧바로 전달이 되기 때문입니다.

게다가 하루 세 번, 아니면 네 번 간호사가 들어와 새파란 병에 든 하얀 물약, 이름하여 암포젤(Amphojel)을 한 순갈 입에다 넣어주고 가는 것이 당시 궤양 치료의 현주소였습니다. 암포젤은 당시 하나뿐인 궤양 치료제였습니다.

지금은 위궤양 증세가 있고 대변이 까맣게 나오면 즉시 내시경을 통해 눈으로 확인하면서 수술이냐 약물치료냐로 치료 방향을 결정합니다. 약물치료약 수만 해도 옛날과는 비교가 되지 않습니다. 그동안 제약회사에서 궤양 치료에 일대 변화를 가져올 것이라고 선전해 놓고 혜성처럼 나타났다 사라진 약만 해도 열 손가락이 모자랍니다.

그런데 이러한 종류의 약이 궤양 치료를 목적으로 개발되긴 했지만 궤양뿐만 아니라 다른 유사한 소화기 계통의 질환에도 우수한 효과를 보인다는 것이 우리에게는 희소식입니다. 예를 들어 위산과다, 급성과 만성 위염, 십이지장염, 역류성 식도염, 궤양성 식도염 등을 포함하여 위산이나 소화효소로 인해 생긴 모든 소화기 계통의 문제에 좋은 효과를 보여줍니다.

역류성 식도염은 젊은 사람에게도 자주 생기는 병이지만 늙는 것 자체도 억울한데 나이가 들어 우리를 귀찮게 하는 퇴행성 변화에 발맞추어 발병률이 높아집니다. 그래서 전에는 나를 전혀 괴롭히지 않던 '역류' 현상이 나를 미치게 만듭니다. 이놈은 정말 악질입니다. 역류가 일어나면 위산도 함께 따라 올라옵니다. 올라올 때 약하게 올라오기도 하도 강하게 올라오기도 합니다. 위의 상부와 식도의 하부 지점에 머물 수도 있지만 심한 경우에는 식도의 상부나 입 안에까지 올라오기도 합니다.

이놈의 역류는 낮과 밤을 가리지 않지만 많은 경우 우리가 깊은 잠에 빠진 한밤중에 일어납니다. 낮에는 주로 서 있거나 앉아 있으므로 중력 때문에 역류 현상이 잘 일어나지 않다가 밤이 되어 한잠이 들었다 싶은 순간 이놈이 심술을 부립니다. 위의 상단이나 식도가 있는 부분에서 비상벨이 울립니다. 귀한 잠을 설칩니다.

역류가 그곳에서만 일어나도 짜증이 나는데 심할 때는 식도를 타고 목구멍에까지 올라와 사람을 미치게 합니다. 그러면 가슴에 예리한 통증을 호소하며 한밤중에 앰뷸런스를 타고 응급실로 향해야 합니다. 심장마비가 온 것 같다고 심각한 표정을 짓습니다. 심전도, 혈액검사 모두 다 정상으로 나옵니다. 경우에 따라 심장마비 증상과 너무나 비슷합니다. 식도가 심장 바로 옆으로 지나가기 때문에 그 부근에서 역류 현상으로 위산이 자극을 하면 통증이 심장에서 오는 것 같은 느낌을 줍니다. 마음에 짚이는 것이 있어 제산제를 처방하면 한참 있다가 "I feel better" 하며 집으로 갑니다.

이런 사람들은 역류를 방지하려는 노력의 일환으로 침대 상단을 높이거나 아니면 베개를 두 개 세 개 베고 잠을 청해보지만 근본적인 해결과는 거리가 멉니다. 왜냐하면 평소 옆으로 누워야 잠이 오는 사람이나 엎드려야 잠이 오는 사람은 오히려 자는 패턴이 달라져 초저녁부터 잠을 설치게 되기 때문입니다. 사람의 몸은 그렇게 작은 변화를 주어도 금방 알아차릴 만큼 예민합니다.

역류가 목까지 올라오는 경우라도 산의 강도가 약하거나 역류의 양이 적어서 한밤중에 응급실을 찾을 정도는 아닌 경우에는, 다른 곳에는 아무런 증상을 일으키지 않지만 목에 올라와 우리의 귀중한 성대(vocal cord)를 자극하거나 심한 경우 부식해 버립니다. 지져버린다고 보면 됩니다. 잠을 설칠 정도는 아니지만 아침에 일어나 보면 목소리가 껄껄하게 나옵니다. 잔기침을 합니다. 성대를 청소하려고 헛기침을 합니다. 목소리를 잘 내야 하는 가수 같은 직업에는 치명적입니다.

그런데 문제는 이러한 경우에 대부분의 환자 아닌 환자들이 증상이 심하지도 않고 또 애매모호하기 때문에 그 정도 가지고 의사를 찾아갈 생각을 하지 않습니다. 게다가 병원에 가려고 해도 어느 과에 갑니까? 일반내과? 호흡기내과? 소화기내과? 이비인후과? 가정의? 답답하니 점쟁이를 찾아갈 수도 없는 일이고. 여기 갔다 저기 갔다 왔다 갔다 시간과 돈만 낭비하며 세월만 부질없이 흘려보냅니다. 목구멍을 아무리 깊숙이 들여다

보아도 범인을 찾을 수가 없습니다. 원인을 밝혀낼 특수 검사도 존재하지 않습니다.

그러면서 세월은 흘러갑니다. 평생을 잔기침과 헛기침을 하며 살아갑니다. 이런 사람들은 다른 병처럼 주위에 있는 사람, 즉 가족이나 친구들에게 적발되는 경우도 별로 없습니다. 왜냐하면 다른 사람이 보는 앞에서는 참다가 주위에 아무도 없고 혼자 남았을 때 볼일(?)을 보기 때문입니다.

온갖 전문의를 다 찾아다니며 시간과 돈을 낭비하다가 운수 대통하여 용한 점쟁이보다도 더 용한 의사를 만나면 이야기만 듣고서 진단을 내려 약을 처방해 줍니다.

진단은? 인후두역류질환(Laryngopharyngeal reflux). 인후두는 입 안(oral cavity)을 지나가면 바로 나오는 소화기와 호흡기가 서로 갈라지는 부분이면서 또 서로 붙어 있는 곳입니다. 의사들 중에서도 이 진단명을 사용하지 않는 경우가 많습니다. 별로 중요하지 않다고 생각하기 때문입니다. 해봐야 고혈압이나 당뇨병처럼 숫자로 보여주거나, 하다못해 폐렴처럼 X-선을 찍어 보여줄 수도 없기 때문입니다. 의사 가운데 통 큰 의사를 만나면 "이 정도 가지고……" 하며 쳐다보지도 않을 것이고, 혹시 운이 좋아 필자처럼 꼼꼼하고 자상한 의사를 만나더라도 장시간의 면담을 하여도 진단이 나올까 말까 합니다.

우여곡절 끝에 이 진단을 의심한다 하여도, 하얀 처방전에다 알아보지도 못하는 필체로 적어 약국에 보내도 의사의 체면이 설까 말까 한데, 처방전도 주지 않고 약국의 진열대나 코스트코에 가서 이 기적의 약을 사서 장기간 복용하라고 이야기해 준다고 해봅시다. 그 효과를 느끼기까지 너무나 시간이 오래 걸리기 때문에 우선 성질 급한 사람은 얼마 가지 않아

약 먹는 것을 포기하는 것은 그렇다 쳐도 의사를 찾아오는 일조차 중단해 버립니다. 그러니 어느 세월에 저는 돈을 많이 벌어 가슴, 어깨를 활짝 펴고 이 좋은 세상을 한 번이라도 거만(?)하게 살아봅니까.

더구나 필자는 코스트코나 약국에 가서 일단 펩시드를 찾고 난 뒤에 그 옆에 있는 애시드 컨트롤러(Acid Controller)라는 평생 들어보지 못한 시시한(?) 싸구려 약을 사서 오랫동안 꾸준히 복용해야 효과를 볼 것이라고 충고를 하니 이렇게 한심한 의사를 어디 가서 또 볼 수 있을까요.

환자 입장에서는 증상만 듣고서 이놈을 당장 알아보고 근본 치료약을 처방해 주는 용한 의사를 만나면 좋으련만. 이런 경우에는 환자도 꼼꼼하고 실력 있는 용한 의사를 만나야 하고, 의사도 참을성이 많은 용한 환자를 만나야 합니다. 의사와 환자 둘 다 꼼꼼해야 됩니다.

이럴 때 처방해 주는 약 가운데 하나가 바로 펩시드로 위산과다, 위궤양에 쓰는 약의 하나입니다. 이럴 때는 예방이 아니고 치료가 목적이니 하루에 한 번이 아니라 두 번 먹게 합니다. 아침에 한 번, 그리고 자기 전에 또 한 번. 그것을 적어도 2개월, 3개월, 또는 3~4개월을 계속하게 합니다. 그리고 나서 예방의 목적으로 돌아와서 하루에 한 번 먹게 합니다. 6개월 정도 지난 뒤에 만나보면 환자의 얼굴 표정이 달라져 있습니다.

대부분의 환자가 평생을 역류 때문에 고생하면서도 왜 고생하는지도 모르고 살아갑니다. 알고 하는 쓸데없는 고생을 헛고생이라 한다면 모르고 하는 쓸데없는 고생은 무어라고 하나요?

새로운 용어가 필요하기는 하지만 알고 하든 모르고 하든 이 계통의 병으로 고생하는 모든 이에게 좋은 소식을 전합니다. 건강한 위를 가졌다고 자신하는 모든 이에게 그 건강한 위를 죽기 전까지 데리고 다닐 수 있도록 희소식을 전합니다.

이렇게 말하니 밀가루를 만병통치약이라 팔아먹던 시장 바닥의 약장수가 또 생각납니다. 하지만 지금 설명하는 약은 밀가루로 만든 가짜가 아니고 성분이 펩시드라는, 미국의 FDA가 보증하는 진짜 약입니다.

좋은 약의 기준

좋은 소식을 말하기 전에 별로 오래되지 않은 재미없는 옛날이야기를 잠시 하고 넘어갈까요?

졸업을 하고 미국에 오기까지는 위궤양, 십이지장궤양을 치료할 때는 제산제, 즉 Antacid를 치료제로 썼습니다. 미국에 와서 인턴을 시작했을 때인데, 응급실에 피를 토하고 오는 환자가 있으면 궤양 확진이 나오기 전에 예방용(Prophylaxis)으로 타가메트라는 약을 먼저 정맥으로 넣어줍니다. 나중에 가서 다른 진단이 나오면 중단해 버리면 되고, 위나 십이지장에 궤양이 있으면 중단 없이 계속해서 치료해 주면 되니 밑져야 본전입니다.

그러다가 조금 있으니 잔탁이라는 약이 나오고, 또 한참 있으니 펩시드가 나옵니다. 그러고 나서 한참 있으니, 기존 약들보다 더 효과가 우수하다며 프릴로섹(Prilosec), 넥시움(Nexium), 덱실란트(Dexilant) 등이 나옵니다. 이상 이야기한 약들은 현재 모두 사용하고 있는 것들입니다.

세상에 나온 순서대로 간단히 정리하면, 첫째가 제산제(Antacid)입니다. 옛날부터 유명한 암포젤(Amphojel)을 위시하여 말록스(Maalox), 미란

타(Mylanta), 롤레이드(Rolaid) 등이 있고, 두 번째가 히스타민-2 수용체 길항제(Histamine-2 receptor antagonists, H2RAs)로 이 중에서 가장 먼저 나온 것이 타가메트(Cimetidine)이고, 그다음이 잔탁(Ranitidine), 그리고 펩시드(Famotidine), 액시드(Nizatidine)입니다. 세 번째가 양성자 펌프 억제제(Proton Pump Inhibitors, PPIs)입니다. 프릴로섹(Omeprazole), 넥시움(Esomeprazole), 프로토닉스(Pantoprozole), 덱실란트(Dexlansoprazole)가 있습니다.

이상 나온 전문용어는 모두 기억할 필요가 없고 필자가 마지막에 추천하는 약 이름 하나만 기억하면 됩니다. 필자가 추천하는 이 계통의 약의 기준은 세 가지입니다.

우선 효과가 있어야 하고, 가격이 비싸지 않아야 하며, 구입하기 쉬워야 합니다. 그래서 처음 Antacid는 첫 번째 기준에 의해 탈락이고, 세 번째 PPIs는 셋 중에서 효과 면에서는 최고지만 가격이 비싸고, 의사의 처방전이 있어야 하기 때문에 구입하기가 어려워 탈락입니다.

그래서 필자는 우리의 위를 보호해 주는 가장 적합한 용사로 H2RAs 가운데서 하나를 선택합니다. 싸고 좋은 펩시드를 여러분에게 소개합니다. 우선 편의상 펩시드라고 했지만 정말 기억해야 할 이름은 곧 소개하겠습니다(윗부분에서 잠깐 언급한 이름입니다).

약이든 물건이든 싸고 좋은 것은 코스트코에 가면 있습니다. 이 약도 코스트코 안의 약국에 가면 있습니다. 시장에 나온 지 오래된 상품, 특히 약은 그 효과부터 부작용에 이르기까지 여우같이 똘똘한 소비자, 즉 우리들에 의하여 이미 검증된 품목이라고 보면 됩니다. 게다가 가격이 저렴하면 금상첨화입니다. 소비자에게 부담스러운 가격은 아무리 좋은 품목이라도 시장에서 살아남지 못합니다.

이 약이 얼마나 우수한지는 본인이 직접 먹어보아야 알지만, 처음으로 먹는 사람은 먹어본 사람에게 물어보거나 아니면 필자와 같은 전문가에게 문의하면 됩니다. 아마도 이 약을 만든 사람과 위장 계통의 전문의를 빼고 이 약에 대해서 필자만큼 많이 아는 사람도 없을 겁니다. 그만큼 많이 처방해 보았으니까요.

좋은 약을 먹고 좋은 결과를 본 사람들은 반드시 그 약을 처방해 준 의사에게 보고합니다. 그리고 주위 사람들에게도 권해줍니다. 우리나라의 실정은 잘 모르지만 미국에서는 이 약이 처음 나왔을 때는 의사의 처방이 필요했지만, 이제는 처방 없이도 살 수 있는 품목이 되었습니다.

앞서 설명한 아스피린과 여기서 강조하는 펩시드는 아무리 건강에 자신이 있는 사람도 나이가 들어 퇴행성 변화가 시작되면 반드시 먹어야 합니다. 이 세상에서 사람이 만들어낸 약 가운데서 가장 우수한 약을 들어보라고 하면 내과의사의 입장에서, 항생제가 첫째이고, 그다음이 아스피린, 셋째가 펩시드입니다.

펩시드를 구입하는 방법

자, 지금부터가 중요합니다.

코스트코로 가서 약국을 찾습니다. 진열대에 놓인 약들(over the counter medicine) 가운데 일단 펩시드를 찾습니다. 그리고 나서 바로 옆에 있는 애시드 컨트롤러라는 약을 찾습니다.

이 약과 펩시드의 성분을 비교해 보면 동일한 약임을 알 수 있습니다.

사실은 같은 약이지만 이름만 다를 뿐입니다. 펩시드는 옛날에 펩시드를 제조한 회사에서 붙인 상품명이고, 애시드 콘트롤러는 코스트코가 자사의 공장에서 똑같은 제품을 만들어 자기들 마음대로 붙인 이름입니다.

한국에서도 마찬가지지만 미국에서도 어느 회사에서 새로운 제품을 개발하여 특허를 신청하면 두 가지 특허를 허가해 줍니다. 제품과 상표의 특허입니다. 제품의 특허는 10년이 유효기간이지만, 상표의 특허는 돈을 받고 팔거나 다른 회사에 넘기지 않는 한 유효기간이 없습니다. 그래서 어떤 제품이 특허를 받아 10년이 지나면 다른 회사에서 같은 제품을 만들 수는 있어도 같은 이름을 사용하지는 못합니다.

코스트코도 펩시드와 동일한 약을 만들어 애시드 콘트롤러 즉 '산을 통제시켜 주는 약'이라는 이름을 붙였고, 그 약을 FDA가 인정했으니 믿고 먹어도 됩니다. 그런데 둘 다 똑같은 약이지만 가격이 많이 차이가 나므로 저는 단연코 애시드 콘트롤러를 추천합니다. 운동과 마찬가지로 좋은 약도 가격이 저렴해야 합니다.

다른 나라와는 달리 질적으로 우수한 식문화 덕에 우리의 '입'은 호강을 합니다. 하지만 입의 호강 뒤에 따라오는 위가 감당해야 하는 중노동은, 그리고 그 중노동의 후유증은 누가 책임집니까? 즐기기만 하고 뒷감당은 나 몰라라 하면 우리의 불쌍한 위는 혼자서 최선을 다하다가 때가 되면 "이제는 한계점에 도달하였노라!" 하고 두 손 들고 뒤로 나자빠져 버립니다.

그런 불상사가 생기기 전에 미리 "예방 조치를 합시다!" 하고 온힘을 다해 고함을 치는 필자의 목소리가 들리지 않나요? 바로 이것이 이 장의 목적입니다. 위가 거덜 나기 전에 펩시드를, 아니 애시드 콘트롤러를 먹읍시다.

여기서 다음 이야기로 넘어가기 전에 반드시 언급을 해야 할 일이 생겼습니다. 미국 신문과 한국 신문에 난 기사를 두고 미국의 FDA에서 최근 발표한 내용입니다. 한국에서도 이미 미국과 동일한 조처를 한 것으로 알고 있습니다.

사실 필자는 얼마 전까지도 잔탁, 즉 애시드 리듀서를 사용하고 있었습니다. 그런데 미국 전역의 약국 프랜차이즈인 왈그린, CVS, 월마트, 타깃, 크로거 등에서 판매하는 일반명 잔탁에서 발암물질 N-니트로소 디메틸아민(N-nitrosodimethylamine, NDMA)이 검출되어 이미 시판을 중단하고 약국에서 수거 조치했다는 내용입니다. 다행히 코스트코에서 판매하는 잔탁, 즉 애시드 리듀서에서는 이 물질이 검출되지 않아 계속 사용해도 된다는 발표입니다.

하지만 며칠 전에 가보니 코스트코에서도 잔탁이 판매대에서 아예 보이지가 않습니다. 약사에게 물어보니 본사에서 지시가 내려와 전량 수거하여 본사로 모두 돌려보냈다고 합니다.

잔탁을 주인공으로 하여 원고를 마쳐놓았는데 이런 사건이 발생하여 펩시드가 주인공의 자리를 차지하는 불상사, 아니 천만다행한 일이 생겼습니다. 책이 출판된 후에 이런 일이 발생했다면, 고칠 수도 없는 형편이 되므로 필자는 당연히 '천만다행' 쪽으로 기울어집니다.

10. 치주질환과 구취

누구나 알지만 아무도 말하지 않는 진실

이 두 가지 문제는 우리 건강에 너무나 중요한 문제지만 섣불리 이야기하였다가는 소기의 목적을 달성하지도 못한 채, 듣는 사람의 자존심만 상하게 할 가능성이 있기 때문에 건강에 관한 이야기 중에서 맨 나중에다 배치해 놓았습니다.

또 이 작은 신체 부분을 두고 6년이라는 기나긴 세월을 고독과 싸워가며 인생의 황금기를 치과대학에서 보낸 전문가들에 비하면 이 부분에 대해 아는 것도 별로 없고, 전공도 아닌 사람이 나서는 것은 앞뒤가 맞지 않습니다. "무식하면 용감해진다"는 말이 떠오릅니다.

특히 구취에 대한 이야기는 이 방면의 전문가인 치과의사들이 책임감을 가지고 진실을 말해주어야 함에도 불구하고 함구무언 침묵을 지키고 있으니 문외한이라 할 수 있는 내과의사인 필자가 하는 수 없이 이렇게 팔을 걷고 나서게 되었습니다. 누군가가 고양이의 목에 방울을 달아야 하는데 아무도 나서지 않으니 저 같은 사람이 나서지 않고는 다른 방법이 없어 보입니다.

사실 이 문제에 대해 글을 쓰기로 마음을 먹은 본인도 스스로가 이 문제를 가진 줄을 모르고 살아왔습니다. 그러던 중 최근에야 그 해결 방법을 배우고 나서 결과에 감탄한 나머지 이렇게 필자가 배운 방법을 보여주고 가르쳐주기 위해 나설 수 있게 되었습니다.

다른 경우와 마찬가지로 구취와 치주질환의 해결 방법도 제 머리로 만들어낸 창작품이 아닙니다. 많은 선각자들이 이미 일상생활에서 실천에 옮겨 매일 이 좋은 방법을 정기적으로 해나가고 있습니다. 열 명에게 물어보면 두 명 정도는 이미 실천하고 있음을 알게 됩니다. 이 장은 열 명 가운데 여덟 명을 위해 쓰는 이야기입니다. 이미 저의 방법을 실천하고 있으면 이 부분을 읽지 않아도 됩니다.

어떤 환자로부터 이 방법을 배웠습니다. 그 사람의 이름은 잊은 지 오래지만 기회가 올 때마다 다른 환자들에게 열심히 가르쳐주고 있습니다.

입 안의 문제를 다루기 전에 질문을 한 가지 하고 넘어갑시다. 우리 몸에서 가장 더럽다고 소문이 난 곳이 세 군데가 있는데 그중에서도 어디가 가장 더러울까요?

힌트입니다.

1. 곧 우리가 다룰 입 안.
2. 우리가 음식을 먹고 소화시킨 뒤 바깥으로 내보내는 그곳.
3. 우리 얼굴 양옆에 위치한 귓구멍.

어느 곳이 정답일까요? 어느 곳이 가장 불결한 곳일까요?

물론 우리가 관리하기에 따라서 순서가 달라질 수도 있지만, 일반적으로 세 번째가 가장 불결한 곳입니다. 그곳에 우리의 손이 닿을 수가 없어서입니다. 좀더 구체적으로 설명하자면, 구멍의 크기가 너무 작아 손가락이 청소의 목적으로 들어갈 수 없을뿐더러 육안으로 직접 볼 수가 없어 제대로 청소하기도 불가능하기 때문입니다. 청소 목적으로 면봉을 집어넣었다 거리 측정이 제대로 되지 않아 조금만 깊게 들어가면 '돌이킬 수 없는 죄'를 우리의 고막에다 저지릅니다. 우리 모두는 이 세상에 태어나 그곳을 한 번도 제대로 청소해 보지 못한 채 저세상으로 갑니다. 우리 모두는 그곳이 얼마나 더러운지 모르고 살아갑니다. 그 더러움이 나의 눈에 잘 보이지 않고 남의 눈에도 잘 띄지 않는다는 사실이 얼마나 다행인지 모릅니다.

그다음 2등이 입 안이고, 3등은 그곳(?)입니다. 3등이라는 말은 꼴찌를 의미하지만 실제로는 셋 중에서 가장 깨끗한 곳이라는 의미이기도 합니다. 2등과 3등은 비슷합니다. 1등과 2등은 차이가 많이 나지만 사실 2등과 3등은 관리하기에 따라서는 우리가 생각하는 만큼 그렇게 불결한 곳은 아닙니다. 그래서 구태여 순서를 가리자면 가장 불결한 곳은 이미 결정되었고, 셋 중에서 가장 깨끗한 곳은 우리가 가장 더러울 것이라고 추측한 곳입니다.

두 번째가 셋 중에 가장 깨끗한 이유는 우리 눈으로는 직접 볼 수 없지만, 눈보다 더 예민한 손끝이 자유자재로 닿기 때문입니다. 그래서 그곳은 우리가 샤워를 하거나 목욕을 할 때마다 아주 깨끗하게 청소가 되는 것입니다.

하여간 이제부터 우리의 입 안이 우리 몸에서 가장 청결한 장소로 변화하는 작업을 시작해 볼까 합니다. 우리가 입 안을 깨끗하게 그리고 치아를 건강하게 철저히 관리하면 그렇지 못한 경우와 비교하여 삶의 질이나 경제적인 측면에서 얼마나 차이가 나는지는 긴 설명이 필요하지 않을 것입니다.

우리 말에 치아가 건강해야 오래 산다는 말이 있습니다. 바로 이 책이 건강하게 오래 사는 방법을 가르쳐주는 책이니, 이것을 포함하지 않을 수가 없지요. 아마도 이 부분은 어떤 훌륭한 치과의사나 정부기관에서 오랜 세월을 두고 수집한 통계의 결과가 아니라 우리 선조들의 오랜 경험을 통하여 입에서 입으로 전해 내려온 삶의 철학에서 나온 지혜가 아닐까요? 그런데 이 말은 틀림이 없이 진실을 내포하고 있어, 이곳에 문제가 없는 사람보다는 문제가 있는 사람들이 더 수긍하는 경험에서 우러난 삶의 지혜입니다.

간단히 말하여 입 안의 건강이 좋지 않아 음식을 먹을 때마다 제대로 분해하지 못한 채 소화의 다음 단계인 위로 내려보내면 위가 고장 나는 것은 시간문제입니다. 치아 건강은 위 건강과 직결되어 있고 위 건강은 삶의 질과 장수와 직결됩니다. 비위가 상해 있는 사람은 자신뿐만 아니고 주위에 있는 사람들까지도 힘들게 만듭니다. '애시드 리듀서'에서 이 문제를 잠시 다루었습니다.

잘은 모르지만 불교에서는 이 세상을 두고 고해, 즉 고통의 바다라고 묘사합니다. 나이가 들수록 우리의 삶을 정확하게 표현한 말로 다가옵니다. 그런데 고통의 바다 가운데서 우리에게 즐거움을 주는 몇 가지 중에 하나가 맛있는 음식을 맛있게 먹는 것이 아닙니까? 어떤 이유에서든지

이 말에 동의하지 않는 사람은 불행한 사람이지요.

저는 무슨 음식을 먹더라도 맛있게 먹습니다. 그리고 천천히 먹습니다. 나의 귀한 입 안에, 나의 귀한 위 안에 내가 좋아하는 음식을 집어넣을 때 저는 이 세상에서 가장 행복한 사람입니다. 이 말을 듣고 은근히 질투가 나는 사람에게 그 질투를 가볍게 해결할 수 있는 방법을 선물합니다.

지금부터 다름 아닌 입 안의 건강을 유지하는 근본적인 방법으로 치주질환, 즉 치은염을 입에서 몰아내는 좋은 방법을 가르쳐드립니다. 그런데 제가 소개하는 방법으로 치주질환을 없애버리면 그와 함께 사라지는 악질 중의 악질이 또 하나가 있습니다. 짐작한 대로 입 안의 악취(구취)입니다. 악질, 악당, 악취 모두 악자 돌림입니다. 순수한 한글로는 점잖게 '입 냄새'라고 표현하지만 영어로는 할리토시스(halitosis)입니다.

정신과 증상 가운데서 정신이 안정되지 못하여 심해지다 보면 눈에 헛것이 보이거나(visual) 귀에 헛것이 들리게(auditory) 되면 환청(hallucination)이라고 정의합니다.

이 할리토시스의 깊은 의미는 여러분의 상상에 맡기지만, 서양 사람에게는 정신이 나갈 정도로 다시 말해 눈에 허깨비가 보이고 귀에 헛소리가 들릴 정도로 지독한 냄새가 난다는 뜻이라고 봅니다. 그만큼 심각한 문제라는 뜻일 겁니다. 아니면 실제로 그 사람들은 육식을 주로 하는 문화이고, 우리는 채식을 주로 하니 우리보다 더 독한 냄새가 나기 때문일까요? 충분히 박사 학위 논문의 제목이 될 것 같기도 합니다. '구취, 서양과 동양 문화의 차이(Halitosis, the Difference between Western and Eastern Culture).'

구취라는 말 자체를 설명하기도 쉽지 않을 뿐 아니라 그것에 대해 사람들에게 이야기하는 것은 더 어렵습니다. 무심코 이야기하다가는 듣는 사람 가운데 자기를 두고 이야기하는 것으로 오해할 가능성이 짙기 때문입니다. 누구에게나 예민한 문제이기 때문에 듣는 사람의 자존심을 건드리기가 쉽다는 말입니다.

그래서 아무리 친한 사이라 해도 아무리 가까운 가족끼리라 해도 이 문제에 대해서는 서로가 언급을 하지 않음을 원칙으로 해야 합니다. 아무리 가까운 부부 사이라 해도 이 이야기는 아예 언급조차 하지 않기를 바랍니다. 이 문제에 대한 해결은 본인이 알고, 느끼고, 스스로 고칠 때까지 인내하고 기다리거나 저처럼 간이 배 밖에 나온 사람에게 맡겨두면 됩니다. 치과의사라 해도 함부로 이 문제를 지적하여 언급하지 않습니다.

입 안의 악취는 염증으로 병이 들어 있는 잇몸과 음식을 먹는 도중에 치아 사이에 들어간 음식이 부패하는 과정에서 두 악질이 만들어내는 합작품입니다. 이 두 악질이 만들어내는 냄새는 냄새 자체만으로도 우리의 건강을 해칠 뿐 아니라 우리의 대인관계나 사회생활에도 나도 모르는 가운데 불리한 영향을 줍니다.

예를 들어, 클라크 게이블이나 톰 크루즈같이 잘생긴 남자배우에게서 입만 열면 얼굴을 찌푸리게 만드는 악취가 풍긴다고 상상해 봅시다. 또 환자와 가까이서 이야기를 해야 하고 신체검사를 해야 하는 의사의 입에서 독한 냄새가 난다면? 사장과 대화를 나누는 신입사원의 입에서 냄새가 난다면? 반대로 사장의 입에서 냄새가 난다면? 보스와 마주 앉아 중요한 이야기를 나눌 때(중요하면 중요할수록 가까이 다가앉게 됩니다) 그 순간에 나의 냄새가 보스의 코에 들어갔다고 상상해 봅시다. 사랑에 빠진 남자가 결정적인 분위기를 만들어 바로 이때다 싶은 순간, 또는 신혼여행을 간 신랑이 부모와 법의 허락하에 합법적인 행위로 들어가려는 순간 이놈이 중간에 끼어들었다고 상상해 봅시다.

하지만 이 문제를 가지고 있는 본인은 그 사실을 모르고 살아갑니다. 만약 이 사실을 알고 있는 사람이라면 이 문제를 해결하려는 노력을 하고 있다고 보아야 합니다. 모르고 있으니 이 나쁜 놈을 데리고 살지 알고 있다면 이놈을 데리고 평생을 살고 싶은 사람은 우리 가운데 아무도 없기 때문입니다.

그런데 이러한 우리와는 달리 자기한테서 냄새가 나거나 말거나 남들이 그것 때문에 불쾌하게 생각하거나 말거나 이 세상을 주름잡으며 살다 간 인물이 한 분 있습니다.

마오쩌둥이라는 영웅이 중화민국의 일인자가 되었을 때, 그와 그의 가족을 담당하는 치과의사가 있었습니다. 그 치과의사가 나중에 미국으로 망명하여 살다가 죽기 전에 자서전을 출판했습니다.

마오쩌둥은 어릴 때부터 큰 뜻을 품고 그것을 성취하기 위하여 너무나 바쁜 나날을 보내서인지 평생을 칫솔질을 하지 않고 살았다고 합니다. 그리고 치과를 한 번도 찾은 적이 없다고 합니다. 치과의사가 아무리 달래고 공갈 협박을 해도 가족들은 찾아왔어도 본인은 한 번도 자기를 찾아오지 않았답니다.

물론 상상한 대로 그가 가까이 오면 그의 향기(?)도 함께 따라다닙니다. 그가 그 넓은 중국 대륙을 휘저으며 돌아다니면서 수많은 사람들과 악수하며 대화를 나눌 때 그의 냄새도 동행했을 테지요. 외국에서 온 외교관이나 지도자를 접견하는 곳에도 마찬가지입니다.

그러면서 자기를 찾아오라고 공갈 협박, 애걸복걸하는 치과주치의에게 벽에 걸린 큰 호랑이 그림을 가리키며, "너, 호랑이가 치과의사 찾아가는 것을 본 적이 있냐?"라고 하였답니다. 그런데 만약에 요즈음의 호랑이가 그 말을 들었다면 무어라 할까요? "요즘은 호랑이도 치과의사를 보러 가는 세상"이라 하지 않을까요?

하지만 여기서 잊지 말아야 할 것은 사람이 냄새에 대해서는 다른 동물 못지않은 예민한 코를 가지고 있으면서도 자기에게서 나는 냄새에는 유독 관대하다는 사실입니다. 나의 몸, 나의 입에서 나는 냄새는 아무리 악질이라도 나를 불편하게 만들지 않는다는 것이지요. 그러면서 다른 사람의 냄새에는 아주 예민하게 반응합니다. 그러니까 비슷한 냄새라도 남의 것은 나를 불편하게 만들지만 나의 것에는 큰 불편을 느끼지 않는다는 것입니다. 그래서 우리는 본의 아니게 실수를 하면서도 내가 실수를 하였는지를 모르고 살아갑니다. 그래서 그것으로 인해 나쁜 결과가 오더라도, 손해를 보더라도 모른 채 살아갑니다. 나의 코가 내가 만들어낸 냄새에는 잘 적응되어 그렇다고 하면 우아한 표현이고, 실제로는 코가 자기 냄새에 어느 정도 마비가 된 상태라고 보면 더 정확한 표현입니다.

우리 코 안에서 냄새를 관장하는 후신경은 그러한 적응을 너무나 잘해 줍니다. 아무리 향기가 좋은 장미꽃도 그 향기가 너무 강하면, 그 향기를 "이 정도다" 하고 뇌에다 전달해 주고 난 뒤에는 스스로를 국소 마비시켜 버립니다. 좋거나 나쁘거나 간에 상황을 알아야 하는 뇌에 독한 향기를 전하는 순간 자기에게 부분 마취를 해버립니다.

이러한 현상은 부부 사이에서도 일어나나 봅니다. 오래 같이 살다 보면 처음에는 남의 악취였던 당신과 나의 냄새가 어느 순간에 우리의 냄새로 변하나 봅니다. 서로의 악취가 우리의 악취로 변하니 잘 적응하여 큰 불편함 없이 백년해로를 하는지도 모릅니다.

우리는 어릴 때 충치에 대해 귀가 따갑도록 들었습니다. 옛날에는 충치에 대한 계몽이 되지 않아서인지 입 안 청소를 제대로 하지 않고 있다가 충치로 인해 썩은 치아와 이별을 하였지만, 이제는 세상이 바뀌어 겉보기에는 아무런 이상이 없는 진주알처럼 깨끗한 치아가 우리와 생이별을 하는 시절이 되었습니다.

상아보다 더 우아하고 아름다운 색깔을 가진, 차돌처럼 단단한 나의 귀한 치아가 힘들이지 않고 자기 자리에서 쫓겨나와 주인에게 이별을 고합니다. 그 충신이 빠져나간 자리를 거울에 비추어보면 처음에는 우습다가도 슬퍼집니다.

"충치가 없다면서 왜?"

바로 치주질환, 즉 치은염 때문입니다. 옛날에는 치아 자체의 문제로 치아를 뽑아야 했으나 요즈음에는 치아 자체에는 아무런 문제가 없지만 그 주위 조직의 문제로 치아를 뽑아냅니다.

옛날에는 치과의사들이 충치로 바빴습니다. 그리고 힘이 들었습니다. 충치가 생긴다 해도 뿌리는 말짱하여 성한 뿌리를 뽑아내자면 무척 힘이 들었습니다. 하지만 충치가 사라진 지금 치과의사들이 한가해야 함에도 불구하고 바로 이 치주질환 때문에 더 바쁩니다. 치주질환, 즉 염증으로 인해 치아 주위의 조직이 다 망가져 치아를 빼내는 것 자체는 과거보다 훨씬 쉬워져 그냥 끄집어내기만 하면 됩니다. 반면 임플란트라는 것을 고안해 내어 오히려 옛날보다 더 바빠지고 수입도 더 늘어난 것이 최근의 현실입니다.

옛날에는 치아 하나가 빠져나가면 바로 옆에 있는 멀쩡한 두 치아를 인정사정없이 갈아내어 버린 뒤에 그 위에다 왕관(crown)을 쓰게 하고 다리

(bridge)를 만들어 덮어씌워 버렸습니다.

하지만 요즈음에는 기술이 발달하여 뼈에다 구멍을 내고 스크루를 박아 넣은 뒤에 임플란트라는 인공치아를 집어넣어 그 이웃들에게는 옛날과 같은 불상사가 일어나지 않습니다. 다리를 만들든 임플란트를 집어넣든 귀한 시간과 돈의 낭비에다, 임플란트를 넣는 과정에서 겪어야 하는 고통은 말할 것도 없지요.

사실 충치는 해방둥이나 6·25 사변 세대에는 문제가 되었지만 요즈음 세대에는 문제가 아닙니다. 우물물을 사용하던 그 당시와는 달리 요즈음에는 산간벽지에서도 수도를 만들어 거기에 불소를 넣어 식수로 사용하니 말입니다. 싸고 좋은 치약과 칫솔이 주위에 흔하게 보이는 것도 충치가 없어진 이유 가운데 하나입니다.

불소와 좋은 치약, 칫솔로 치아 자체의 청결이나 건강은 과거와 비교할 수 없을 정도로 향상된 것은 사실이지만 진주알같이 흠잡을 데 없는 건강한 치아가 주변 조직의 부실 때문에 제자리를 지키지 못하고 눈물을 흘리며 고향을 떠나 치과의 쓰레기통에 던져집니다.

그래서 지금부터는 멀쩡한 우리의 치아가 왜 주인의 곁을 떠나가는가에 대해서 설명하려고 합니다. 부실한 주위 조직 때문이라고 하였으니, 그 원인을 밝혀본 뒤에 어떻게 하면 치아가 떠나가지 않도록 단단히 붙들어 놓을 수 있을지 해결 방법을 제시해 나가도록 하겠습니다.

동시에 구취를 멀리 보내버리고 우리의 입에서 향기를 내어가며 살아가는 방법도 함께 가르쳐드립니다. 치주질환만 없어져도 좋아서 춤을 출 지경인데 구취도 없어진다 하니 이보다 더 좋은 소식이 어디 있을까요!

우리의 치아와 잇몸은 늘 닫혀 있는 예쁜 입술로 보호받고 있는 귀한 존재입니다. 말을 하거나 웃거나 하품을 할 때를 제외하고는 항상 부끄럼 타는 아가씨처럼 입술 뒤에 숨어서 살짝 보였다가 금방 사라지는 안개와 같이 쉽사리 눈에 띄지 않습니다.

치아가 그토록 귀한 존재임은 누구나 다 아는 사실인데도 우리의 치아와 잇몸을 제대로 관리하기가 왜 이렇게 힘이 들까요? 아침에 일어나자마자 그리고 자러 가기 전에 별나게 칫솔질을 하고 구강 청결제 같은 비싼 물로 열심히 가글을 하여도 치주질환이나 구취가 멀리 가기는커녕 항상 우리와 함께하면서 기회만 있으면 우리를 귀찮게 하는 것은 도대체 무슨 이유일까요?

며칠 전 신문을 보니 우리가 아무리 별나게 칫솔질을 해도 그 청소 효과는 반의 반, 25퍼센트 정도밖에 되지 않는다고 합니다.

치주질환과 구취의 원인 세 가지

이것은 필자가 만들어낸 것입니다. 치과대학 교수, 아니 시간강사, 아니 치과대학 신입생이 읽고서 배꼽을 잡을까 염려가 됩니다.

첫째, 우리 입 안은 병균이 자랄 수 있는 가장 이상적인 환경입니다. 우리 몸 어느 곳이나 그렇지만 특별히 우리의 입 안은 병균이 살기에 또 번식하기에 가장 적합한 장소입니다. 적합한 온도에다 적당한 습도, 산소 공급이 차단된 밀폐된 공간, 그러다가 입을 열면 무진장 공급되는 산소, 또 가만히 있어도 하루에 세 번 이상 공급되는 영양분 등 균이 살기에 얼마나 좋은 장소인지 모릅니다.

그래서 우리 입 안은 생존하기 위해 산소가 반드시 있어야 하는 병균(Aerobes), 그리고 산소가 없어도 생존하는 병균(Anaerobes) 모두의 포근한 안식처입니다. 아무리 바깥세상이 춥고 눈보라가 몰아쳐도 입 안의 따듯하고 촉촉한 환경은 변함이 없습니다. 이렇게 살기 좋은 장소에 어떤 이유로 우리 입 안이나 잇몸에 상처가 나기만 하면 병균들의 광란의 잔치는 걷잡을 수 없는 태풍 속으로 휘말려 듭니다. 그런데 이놈의 태풍은 낮과 밤을 가리지 않고 우리가 자거나 깨어 있거나를 상관하지 않고 중단 없는 전진을 계속하여 결국은 우리의 건강한 치아가 제자리를 지키지 못하고 정든 고향을 떠나가게 만듭니다.

하지만 박테리아만 이곳을 좋아하는 것이 아니라 어떤 이유에서든 우리 몸의 면역이 떨어지면 평소에는 눈에 보이지도 않던 곰팡이(fungus, yeast)라는 놈까지 이제는 내 세상이 왔노라며 설쳐댑니다. 하여간 우리 몸에 해로운 침입자들은 다 이곳에 모여듭니다.

둘째, 우리는 입 안, 특히 잇몸에 끊임없이 상처를 주며 살아갑니다.

사자는 배가 고프다는 신호가 오기 전에는 일주일이나 열흘이 지나도록 먹이로서는 최고인 토실토실한 토끼가 바로 눈앞에서 왔다 갔다 해도 눈 하나 깜짝하지 않습니다. 할리우드에서 타잔과 사자가 싸우는 장면을 찍을 때는 사자에게 맛있는 음식을 실컷 먹이고 난 직후에 촬영에 들어가야겠지요. 만약 조련사가 깜박하여 배고픈 사자를 스튜디오에 데리고 왔을 경우에 일어날 장면은 생각만 해도 끔찍합니다. 그런 사자와는 달리 우리 인간은 하루에 세끼를 먹어야 할 만큼 배가 자주 고파오고, 거기다 배가 고프면 고플수록 시장이 반찬이다 하며 먹는 것 자체를 즐기는 동물입니다.

인간은 배고픔을 해결하는 생존의 해결에 동반하여, 그에 따라오는 즐거움을 더 중요시하는 존재인가 봅니다. 인간은 다른 동물과는 달리 종족 보존을 위하여 하는 행위도, 그 행위 자체보다는 그 행위에 따라오는 즐거움에 더 무게를 두는 존재이기도 합니다. 먹는 것도 이와 비슷합니다.

그러한 먹는 과정을 통하여 우리는 자기도 모르는 가운데 입 안에 수없이 많은 상처를 주며 살아갑니다. 돋보기나 현미경으로 볼 수만 있다면 더 많은 상처가 보일 테지요.

또 우리나라는 사계절이 있는 온대기후라 겨울에는 뜨거운 국을 많이 먹습니다. 이런 뜨거운 국물을 선호하는 문화로 툭하면 잇몸에 화상을 입습니다. 게다가 기름기가 많은 음식은 뜨거워야 제맛입니다. 그래서 우리의 입 안은 겨울이면 늘 화상을 입고 사는 팔자입니다. 1도 화상은 보통이고 심하면 2도 화상까지도 입습니다.

우리 입 안은 신경세포의 분포가 제대로 되어 있지 않아 뜨거운 국물이 들어와도 잘 견뎌냅니다. 그러다 보니 병균에 대한 일차 방어기전이 사라지고 맨살이 드러나 병균이 아무런 저항을 받지 않고 마음대로 남의 집에 들어와 주인 행세를 합니다. 그래서 집주인이 도둑에게 무릎을 꿇는 적반하장이 일어나고 무법천지가 되어버립니다.

뜨거운 물이나 국물을 삼킬 때는 무턱대고 집어넣어 입 안에 수포가 생기는 일이 없도록 천천히 조심해서 먹어야 합니다. 종류에 상관없이 뜨거움 그 자체가 입 안이나 식도에서 암을 일으킬 수 있다는 연구 결과가 최근에 나왔습니다.

세 번째가 가장 중요합니다.

치아의 구조 자체가 문제의 근원입니다. 우리의 치아 자체가 그렇게 생졌기 때문에 치주질환이 생길 수밖에 없습니다. 우리는 필연적으로 치주질환을 데리고 살 수밖에 없는 구조를 가지고 있다는 말과 동일합니다.

하지만 우리는 이러한 구조적 문제를 운명으로 받아들이고 그로 인한 고통을 당해가며 평생을 살아갈 것이 아니라 해결 방법이 있다면 최대한 혜택을 볼 수 있도록 만드는 것이 생활의 지혜입니다.

치아를 자세히 보면 뿌리 쪽으로 내려갈수록 약간씩 가늘어집니다. 그래서 우리의 치아는 해부학적으로 분석해 보면 사람의 모습과 비슷하게 어깨는 넓고 허리는 가늡니다. 배가 어깨보다 더 넓은 뚱보가 아니라 어깨는 넓고 허리는 가느다란 날씬한 모습을 하고 있다는 말입니다.

그렇게 어깨가 넓고 허리는 날씬한 사람들이 옆으로 나란히 14명이나 16명이 딱 들러붙어 정렬해 있는 상태라고 보면 됩니다. 그것을 자세히 살펴보면 어깨는 딱 달라붙어 있고 허리부터 가늘어지면서 사이가 벌어져 작은 공간이 생긴 모습입니다. 바로 이 공간이 우리에게는 죽음의 삼각지대이자 비무장지대입니다.

이러한 해부학적 모습으로 제한된 공간에 옆으로 아래위로 단단히 맞물려 있는 것이 우리의 치아이고, 그 치아를 잇몸이 감싸고 있고 거기서 아래로 내려가면 뼈가 치아를 단단히 붙들고 있지요.

바로 이 죽음의 삼각지대에 우리가 먹는 음식의 잔재물이 끼게 됩니다. 바로 이 죽음의 공간에서 치주질환, 치은염이 발생하여 그곳에 염증이 생기고 그 염증이 치아와 뼈 사이를 타고 내려가 뿌리에 자리를 잡으면 우리의 건강한 치아는 주인의 아쉬움에도 불구하고 정든 고향을 떠나가야 합니다.

대부분의 경우 아래위 치아에 의해 잘 분쇄된 미세 음식물이 이 밀폐된 공간에 들어가 부패의 단계로 들어가지만, 경우에 따라서는 쇠고기나 돼지고기 갈비의 큰 조각이 그 안에 틀어박혀 웅지를 품고 대공사를 시작하려는 경우도 봅니다.

그런데 좋은 칫솔에다 우리가 학교에서 엄마에게서 어릴 때 배운 대로 아무리 열심히 청소를 해도 치아의 정면과 뒷부분은 깨끗하게 청소할 수 있을지 몰라도 바로 이 삼각지대에 들어간 미세 음식물은 청소가 하나도 되지 않고 있음을 반드시 기억해야 합니다. 이 비무장지대에 들어간 미세 음식물은 아무리 성능이 좋은 칫솔과 치약을 총동원하여 열심히 청소한다 해도 청소하기 전과 후가 대동소이하다는 말입니다. 그래서 우리가 칫솔질을 하고 나면 기분은 상쾌할지 몰라도 진정한 청소의 효과는 25퍼센트밖에 되지 않는다는 연구 결과가 나온 것이고, 문제의 해결과는 거리가 먼 힘든 작업을 계속하느라 귀한 에너지를 낭비해 가면서 이 세상을 살아간다는 뜻입니다. 다시 말하면 하루 세끼를 먹자마자 즉시, 또 자러 가기 전에 열심히 청소를 실시한다 해도 정작 가장 청소가 필요한 곳은 전혀 청소가 되지 않으므로 칫솔질을 하고 나면 외관상 약간의 차이가 있고 기분은 상쾌할지 몰라도 문제의 해결에는 아무런 도움이 되지 않는다는 말입니다.

사실은 우리가 그토록 열심히 칫솔질을 하고 있는 동안에도 그 비무장지대에 숨어 있는 음식물의 잔재는 썩어가는 과정을 중단 없이 전진하고 있습니다.

그래서 우리가 양치를 할 때는 귀찮더라도 두 가지 청소를 같이 해주어야 합니다. 우리가 평소에 아주 잘하고 있는 치아의 앞면과 뒷면의 청소와 겸하여 가장 중요한 비무장지대를 청소해 주는 것입니다.

우리의 잇몸이 썩어가는 냄새와 음식이 썩어가며 나는 냄새, 이 두 가지가 만들어낸 합작품이 구취지요. 그래서 아무리 열심히 칫솔질을 해도 비무장지대를 방치해 두면 치주질환은 생겨나게 마련이고, 입 냄새는 사라지지 않고 어디를 가나 따라다닙니다.

그러므로 중요한 것은 이 비무장지대의 청소입니다. 이곳을 제대로 청소하지 않고 다른 곳을 청소하는 것은 눈 가리고 아웅 하는 것이나 같습니다. 바로 이 비무장지대의 청소가 치주질환과 구취를 없애는 첩경입니다. 그 구체적인 방법에 대해서는 곧 설명하겠습니다.

송곳니를 소중하게

우리가 건강하게 오래 살기 위해서는 건강한 치아를 가지고 살아야 하는데, 그것 말고 또 다른 이유가 있습니다. 우리의 치아는 모양이 서로 다른 것처럼 나름대로 각자 고유의 기능이 있습니다. 앞니는 음식을 자르는데, 어금니는 음식을 가루로 만드는 데 씁니다.

그런데 여기서 설명하고자 하는 것은 송곳니입니다. 그중에서도 위쪽에 있는 두 송곳니. 아니 그 두 송곳니는 호랑이 같은 짐승이 다른 동물을 사냥할 때나 필요한 것이고, 개들이 성질이 나서 너 한번 죽어볼래 할 때 보여주거나, 드라큘라가 피를 빨아 먹을 때나 사용하는 것이지 우리에게는 별로 소용없는 것이잖아!

네, 그렇습니다. 저도 동의합니다. 별로 소용이 없다는 점에는 동의합니다만 우리에게는 외관상의 이유로 특히 이 두 송곳니가 반드시 있어야 합니다. 반드시 가지고 있어야 한다고 했는데, 있으면 상관이 없지만 이 두 치아가 없어졌다고 가정해 봅시다. 우리는 이런 사람들을 보면 금방 알아차립니다.

송곳니가 빠진 사람의 얼굴을 상상해 봅시다. 송곳니가 빠지기 전과 후의 모습에 많은 차이가 있지요. 사실 있을 때와 없을 때의 차이는 너무나 확연하게 드러납니다. 있을 때는 모르고 살았지만 없어지고 나면 그 차이가 드러납니다. 어떤 사람의 송곳니가 없어진 뒤의 모습은 심지어 몰라볼 정도입니다.

혹시 뽑아놓은 송곳니를 본 적이 있습니까? 남의 것이라도? 아니면 사진으로라도? 뽑아놓은 송곳니를 자세히 보면 우리가 거울을 통해 입 안에 있을 때 보던 송곳니보다도 훨씬 크고 길다는 사실을 아시는지요?

우리의 치아 가운데서 가장 긴 치아가 송곳니입니다. 하도 길어서 놀랄 정도입니다. 그렇게 긴 치아가 제자리에 있을 때는 뿌리의 끝부분이 위로 올라가 우리의 코 양 끝을 지나서 자리하고 있음을 알고 있는 사람은 그 분야에 종사하는 분들을 빼고는 얼마나 될까요? 그렇게 중요한 대들보가 제자리에 있을 때는 우리 얼굴의 중앙 부위, 그리고 가장 중요한 부위의 바로 밑 부분에서 우리의 얼굴을 받쳐주고 있다는 사실을 얼마나 알고 살고 있는지? 그렇게 큰 송곳니가 제자리에 건재함으로써 우리 얼굴의 중간 부분을 도톰하게 받쳐주어 우리 얼굴이 미남 미녀의 얼굴을 유지할 수 있게 해준다는 사실을 알고 있는지요?

그렇게 큰 대들보가 빠져나갔음에도 불구하고, 우리가 가졌던 원래의 잘생긴 모습을 변함없이 유지할 수 있다고 생각하는 사람은 없을 테지요. 내 얼굴이 내 얼굴이 아니고 다른 사람의 얼굴이 되었다고 하면 지나친 표현일까요? 실제로 이 두 송곳니가 빠져버리면 볼록하여 복스러웠던 입 주위, 코 주위가 살짝 함몰해 버립니다. 그 '살짝'이 우리의 예민한 눈에는 큰 차이로 다가옵니다.

얼굴 좌우의 중간 부분을 도톰하게 받쳐주는 우리의 송곳니는 기능상으로는 다른 치아와 달리 별로 하는 일이 없지만 외관상 우리의 모습을 지켜주는 데는 다른 치아가 감히 따라올 수 없는 역할을 하고 있습니다.

치아가 모두 빠져버린 노인의 얼굴을 상상해 봅시다. 나아가서 음식을 먹을 때의 모습을. 그리고 웃을 때의 모습을. 그런 사람들은 무의식중에 자신의 입을 가리고 웃습니다. 나이가 들어 얼굴에 주름살이 아무리 늘어나도 송곳니를 가지고 있으면 오랜만에 친구를 만나도 나를 금방 알아봅니다. 하지만 송곳니를 상실한 사람은 아무리 보톡스 주사를 맞고 주름살을 당겨놓아도 친구들이 내가 바로 옆으로 지나가더라도 잘 알아보지 못합니다.

조금 과장한 면이 있지만 액면 그대로 받아들이고 송곳니를 깨끗하고 건강하게 유지하도록 노력하십시오. 그래서 아무리 나이가 들었다 해도 젊은 시절의 모습을 그대로 유지하며 살다가 우연히 길을 가다 옛날 친구를 마주치더라도 손으로 입을 가리고 웃지 않고 마음 놓고 입이 찢어져라 환히 웃으며 반갑게 악수를 나누는 여유 있는 늙은이가 되십시오. 웃을 때마다 얼굴의 반, 즉 코의 아랫부분을 가려야 하는 사람이 되지 않으려면 이 두 송곳니를 죽는 날까지도 데리고 살아야 합니다.

아무리 늙고 주름살이 늘었어도 우리의 자녀에게, 손자 손녀에게, 증손자 증손녀에게 젊은 시절의 잘생긴 모습을 보여주기 위해서라도 이 송곳니 두 개를 죽기 아니면 살기로 귀중하게 보호합시다. 보톡스를 아무리 맞고 성형수술을 아무리 해도 건강한 송곳니 두 개가 백배천배 낫다는 사실을 명심하십시오.

이것은 앞으로 나올 결론을 정당화하기 위해 아니면 겁을 주기 위해 만들어낸 공갈이 아닙니다. 이 분야의 전문가가 아닌 사람이 어느 날 번개를 맞고 나서 난데없이 시작한 말도 아닙니다. 더구나 미국에 사는 사람이라 깊은 산길을 가다 산신령을 만나서 들은 이야기도 아닙니다.

이것은 후배 양성을 위해 치과대학에서 평생을 보내고 은퇴한 노교수의 입에서 나온 말입니다.

요새 툭하면 집어넣는 임플란트를 넣으면 쉽게 해결될 텐데? 좋은 질문입니다. 그러나 대답은 "틀렸습니다"입니다.

임플란트를 넣기 전에 임플란트의 뿌리를 한번 살짝 봐주세요. 보는 순간 답이 나옵니다. 임플란트의 뿌리에 해당하는 부분은 사람의 치아와는 전혀 다른 모습을 하고 있으니까요. 우리의 원래 얼굴을 유지하는 역할과는 거리가 먼 모습이지요. 하여간 거울 앞에서 살짝 미소 지으며 송곳니를 드러내고 거울 속의 자신과 인사를 나누면서 자신 있게 하루를 시작하세요.

이쑤시개와 치실 사용의 문제점

본론으로 돌아와 비무장지대의 청소에 관하여 한 가지 질문.

음식을 먹고 나서 이쑤시개를 사용하면 치아 사이에 낀 음식물을 간단히 해결할 텐데? 천만의 만만의 말씀. 이쑤시개가 우리의 귀한 잇몸에 쓸데없는 상처를 주는 역적 중의 역적이라는 사실을 잊지 마십시오. 이쑤시개는 우리 잇몸에 상처를 주어 치주질환을 일으킬 뿐만 아니라 악화시키기까지 하는 악질 중의 악질입니다.

그렇다고 이쑤시개를 절대로 사용하지 말라는 이야기는 아닙니다. 사용을 해야겠으면 조심하여 신중하게 하라는 말이지요. 편리한 도구이지만 조심하지 않으면 잇몸에 상처를 주기가 쉽다는 말이고, 우리 잇몸은 신경분포가 적어 이쑤시개로 찔러도 통증을 예민하게 느끼지 못하므로 아프다는 말을 하지 않습니다.

꼭 사용하고 싶으면 치아 앞과 뒤에 붙은 음식을 점잖게 걷어내는 정도에 그쳐야 한다는 말입니다. 조급한 마음을 가지거나 치아 사이에 단단히 들어가 박힌 음식을 꼭 빼내야겠다는 굳은 의지로 사용하다가는 부작용을 유발하기가 쉽다는 말입니다. 이쑤시개 앞에는 눈이 달려 있지 않아 우리는 목적과는 전혀 거리가 동떨어진 작업을 하고 있음에도 남의 일처럼 잇몸에 상처를 내고 거기에 치은염의 씨앗을 잔뜩 뿌려놓습니다.

지금까지 한 이쑤시개에 대한 이야기는 제가 매년 두 번씩 정기적으로 만나는 치과의사에게 물어보고 하는 말입니다. 붙어 있는 잔재물을 점잖게 걷어내는 정도로 살살 하라는 거지요. 이쑤시개를 들고서 성급한 마음으로 너 죽고 나 살자는 태도로 덤벼서는 안 된다는 말을 해주었습니다. 위험하게 이쑤시개를 사용하는 대신 물을 한 모금 입에 넣고 다른 사람이 불쾌하게 느끼지 않을 범위에서 가글을 하는 것이 오히려 더 바람직하다고 했습니다.

사실 이쑤시개는 나무로 만들었건 플라스틱으로 만들었건 간에 끝이 날카로운 칼날이나 마찬가지입니다. 그리고 우리의 불쌍한 잇몸이 우리가 좋아하는 두부보다 더 단단하다고 믿으십니까? 물론 순두부보다는 강하지만 보통 두부나 요리된 두부보다 잇몸이 더 약합니다. 우리의 불쌍한 잇몸이 시장에서 사온 고깃덩어리보다 더 질기다고 믿으십니까? 요리된 고깃덩어리는 확실히 우리의 잇몸보다 강합니다. 특히 염증이 생긴 잇몸은 시장에서 사온 두부나 고깃덩어리보다 약함에도 불구하고 주인을 잘못 만나면 음식을 먹고 난 뒤에는 예리한 창날의 무자비한 인해전술 공격을 당해야 합니다.

잇몸의 주인인 우리는 내시경 같은 눈이 달려 있지 않은 창날로 병이 들었든 들지 않았든 차별을 두지 않고 인정사정없이 찔러대어 더 깊은 상처를 선사할 뿐 아니라 창날 끝에 입 안의 병균을 잔뜩 묻혀가지고 잇몸 깊숙이 파고 들어가 병균을 심어줍니다.

주인에게 무수히 난자당하고서도 불평 한마디 할 수 없었던 잇몸은 나중에 가서 참기 힘든 치주질환으로 응답하여 결국은 치아가 고향을 등지도록 주인에게 보복합니다. 그러니 근본적으로 이쑤시개를 사용하지 맙시다. 꼭 사용해야겠으면 그 결과가 어떻다는 사실을 알고 사용합시다.

또 잇몸에 상처를 주는 목적을 다 성취하고 나서도 창날이 다 뭉개진 창으로 다음에 또 식탁에 앉을 때까지 입에다 끼어 모시고 다니다 음식을 먹고 나면 새로운 창날을 또다시 입에 물고 다니는 행위는 무엇으로 설명을 해야 할지요?

또 한 가지 질문.

그러면 치실을 사용하면 어떨까요? 이쑤시개를 사용하는 것보다 위험하지는 않아도 위험하기는 마찬가지. 최근에 나온 연구 결과에 의하면 둘 다 위험하기는 마찬가지랍니다. 오십보백보라는 말이지요.

치실을 가지고 두부나 핫도그를 잘라보세요. 얼마나 쉽게 잘리는지. 그것도 앞에 눈이 없다는 사실은 둘 다 마찬가지입니다. 치아 사이 염증이 있는 곳에다 이것을 집어넣고 톱질을 해버리면 잇몸이 상처 위에 또 상처를 입는 불쌍한 처지가 되는 것은 둘 다 마찬가지입니다.

또 이것은 혼자 있을 때나 사용할 도구이지 누구라도 앞에 있으면 사용은 금물입니다. 나만이 혼자 있다는 것을 확인하고 나서 해야 합니다. 그것도 조심스럽게. 이쑤시개의 경우처럼 눈이 달려 있지 않으니 잇몸에 상처를 주지 않도록 해야 합니다. 특히 사람들 앞에서 하지 말아야 하는 이유는 그것을 사용하는 순간부터 마칠 때까지 얼굴이 일그러진다는 사실 때문입니다.

배우자 앞이니까 가족 앞이니까 친한 친구 앞이니까 해도 상관이 없다고 생각하면 큰 오산입니다. 배우자, 부모, 친구는 내 잘생긴 얼굴을 보며 살기를 바라는 사람이지 못난 얼굴을 보며 살기를 원하지 않는, 내 가장 가까운 이웃이라는 사실을 늘 기억해야 합니다.

얼마 전에 〈패밀리 퓨드(Family Feud)〉라는 인기 있는 TV 퀴즈쇼에서 남자가 부인이나 애인 앞에서 하지 말아야 할 일곱 가지를 묻는 문제가 나왔습니다.

그 대답이 다 기억나지는 않지만 욕하지 말 것, 식탁에서 트림하지 말 것, 바지를 내리지 말 것, 특히 중요한 것이 보이도록 내리지 말 것, 소리를 내어 방귀를 뀌지 말 것 다음에 식탁에서 치실을 사용하지 말 것이 있었습니다. 이 세상에 나와 같은 생각을 가진 사람이 많다는 생각이 들어 기분이 좋았습니다.

그래서 이 비무장지대의 청소는 안전하여 잇몸에 상처를 주지 말아야 하고, 그 효과가 인정된 방법이라야 합니다.

정답은 물청소

이제부터 이 두 가지를 충족시키는 방법을 여러분에게 소개합니다.

여기에 조건 한 가지. 지금까지 해오던 방법을 중단하거나 변경하지 않는다는 것입니다. 지금까지 해오던 방법을 계속하면서 다음의 방법을 추가하기를 추천합니다.

여러분에게 워터피크(Water Pick)라고도 하고 워터플로스(Water Floss)라고도 하는 작은 장비를 소개합니다. 사실은 워터픽(Water Pik)이라는 회사에서 워터플로서(Water Flosser)라는 제품명으로 판매하고 있습니다. 약국에 가면 있고, 코스트코에 가도 물론 있습니다. 요즈음에는 옛날과 달리 물이 진동이 되어 나오도록 만들어놓았습니다.

적지 않은 사람이 이미 사용하고 있는 장비입니다. 열 명에게 물어보면 대략 두 명 정도는 사용하고 있다고 대답합니다. 세 명 이상은 잘 넘지 않습니다.

한국에서는 어떤 회사에서 어떤 이름으로 판매하고 있는지 모르지만, 틀림없이 있는 물건입니다. 왜냐하면 한국에서 온 지 얼마 되지 않은 사람에게 물어보면 한국에 있을 때부터 사용하였다고 대답하니까요.

누가 만들었는지 어떤 회사에서 개발하였는지는 모르지만 노벨상을 받아야 할 정도로 좋은 상품이지만 치과의사들이 환자를 보면서 가끔가다 입 안을 청소할 때에 사용하는 기구를 어느 정도 모방한 점이 있어 상을 주지 않기로 결정하였는지도 모릅니다.

이 장비의 원리는 물청소입니다. 이 세상에서 가장 깨끗하고 효과 있는 청소는 물청소입니다. 물을 조그마한 구멍을 통해 강력하게 뿜어내게 하여 비무장지대를 청소하는 것입니다. 이 장비는 물을 강하게 또는 약하게 나오도록 조절할 수가 있어 내가 원하는 속도에 맞추어두면 되는데 너무 세게 하면 잇몸에 상처를 줄 수도 있으니 가장 센 속도의 반이나 4분의 3 정도면 적당합니다.

물의 온도는 우리의 체온에 가까운 미지근한 정도면 됩니다. 너무 뜨겁거나 차가운 물을 사용하여 잇몸이나 신경을 자극할 필요는 없습니다. 사용 중 입을 다물고 있으면 물이 바깥으로 튀어 나가지 않습니다. 상세한 사용법은 설명서를 참조하면 되지만 사용 방법이 복잡한 장비가 아닙니다.

저녁에 잠자리에 들기 전에 하면 됩니다. 칫솔질을 하고 난 뒤에 이것을 합시다. 한발 앞서가는 선각자들은 사용하는 물에다 소금이나 죽염, 구강 청결제를 약간 섞기도 합니다. 너무나 기발한 아이디어입니다.

이렇게 하다 보면 치주질환 즉 치은염이 사라집니다. 그러고 나서, 전에 기승을 부리던 악취가 자취를 감추어버립니다. 그전과는 다른 냄새가 납니다. 아니 다른 냄새라니? 달라서 다른 것이 아니라 그전에 있던 나쁜 냄새는 사라지고 나의 고유의 냄새가 나기 때문입니다. 원래의 나의 냄새. 한번 그 냄새를 맡아보십시오.

"이른 아침에 잠에서 깨어" 나의 냄새를 맡아보면 얼마나 향기로운지요. 나의 냄새가 얼마나 향기로운지를 매일 체험하며 살아가는 향기로운 사람이 되시기를! 이전에는 맡아보지 못한 그런 향기입니다. 필자의 말이 믿어지지 않으면 직접 해보십시오.

최근에 와서 이 장비를 자세히 들여다보면 옛날 것과 비교하여 간단명료하지가 않고 너무 복잡하게 만들어놓은 것 같은 인상을 받습니다. 비무장지대에 초점을 맞추지 않고 엉뚱한 곳에 쓸데없는 노력을 많이 기울인 것 같습니다.

하여간 이것을 만드는 회사가 하나밖에 없나 봅니다. 그래서 현재로서는 선택의 여지가 없으니 이 한 가지를 가지고 최선의 결과를 얻도록 해야 합니다.

11。살 빼는 법

다이어트에 실패하는 이유

살 빼는 방법이라니? 재미라고는 조금치도 없는 글을 고통 가운데 읽는 많은 분들에게 보답하기 위해 이 글을 씁니다. 여러분에게 살 빼는 바른 길을 보여드립니다.

글재주가 없으면 다른 재주라도 있어야겠지요. 저의 힘으로 만든 길이 아니라 옛날에도 있었고 지금도 있으며 앞으로도 있을 그 길을 있는 그대로 여러분에게 보여드립니다. 그 길이 좁다는 것이 약간 염려가 되어도, 그렇다 하여 넓게 그리고 편하게 만들 재주가 없으니 미리 양해를 구합니다. 하지만 우리에게 좋은 길은 약간 좁은 것이 특징입니다.

이 길은 앞으로도 전혀 변하지 않고 그대로 있을 길이기에 여러분과 마찬가지로 우리 후손도 의지만 있으면 누구라도 걸어갈 수 있는 단순한 진리의 길을 여러분께 소개합니다.

이 세상에 수없이 많은 사람들이 이 문제를 해결하기 위해 엄청난 시간과 돈을 투자하지만 누구나 할 것 없이 제자리걸음을 하는 정도면 다행이고 대부분은 뒷걸음질을 거듭하다 기진맥진한 상태라고 보면 됩니다. 다시 말하면 살을 빼려는 노력이 대부분 실패로 끝나면서 시간과 돈을 밑 빠진 독에다 쏟아붓고 있다는 말입니다.

또 수많은 의사나 과학자가 이 문제를 해결하기 위해 온갖 노력을 다 기울이는데도 불구하고 결국은 시간낭비 돈낭비로 막을 내립니다. 이 문제를 해결하는 의사나 과학자가 있으면 불면증의 해결에서와 마찬가지로 노벨상을 한 아름 안고 집으로 갈 텐데 말입니다.

얼마 전 미국의 유명한 토크쇼 호스트 오프라 윈프리가 살 빼는 다이어트 푸드의 광고에 나와 그 회사의 제품과 프로그램을 따라 했더니 12킬로그램 넘게 빠졌다고 하자 곧바로 그 회사의 주식이 껑충 뛰었다는 기사를 봤습니다. 정말 대단한 사람입니다. 여론조사에서도 늘 세상에서 가장 영향력 있는 여성 1등으로 나오는 인물다운 결과입니다. 나 같은 보통 사람은 명동, 아니 맨해튼 한가운데서 아무리 길길이 뛰어도 미친 사람 취급만 당할 노릇인데.

하지만 아무리 대단한 사람이라도 다이어트 하나만 가지고 체중 조절에 성공하였다는 사람을 따라 나섰다가는 큰코다치기 일쑤입니다. 비만 문제를 다이어트만으로 해결한다면 얼마나 다행한 일입니까. 하지만 현실은 그렇지가 않습니다.

지금부터는 불면증의 경우와 마찬가지로 비만의 원인을 바로 봄으로써 그 원인을 바탕으로 하여 해결 방법을 찾아 여러분에게 그 길을 보여드리도록 하겠습니다. 사람은 참된 진리를 따라가야 참된 곳에 도달합니다. 그것이 아무리 힘든 돌밭길이라 해도, 아픈 가시밭길이라 해도 참된 진리를 따라가지 않으면 참된 곳에 도달할 수가 없습니다.

아무리 오프라 윈프리같이 대단한 사람이라 할지라도 반쪽짜리 진리를 따라가면 나아가서 올바른 진리를 따라가지 않으면 우리가 전혀 기대하지 않은 이상한 곳에 와 있음을 지나고 난 뒤에야 깨닫게 됩니다. 그때는 누구에게 나의 귀한 시간과 땀 흘려 번 돈을 돌려달라고 손을 내밉니까? 오프라 윈프리에게?

다른 문제에서와 마찬가지로 이번에도 오프라 윈프리를 따라가지 마시고 저를 따라오십시오. 제가 여러분을 진리로 모시고 갑니다. 그것도 공짜로. 엄밀하게 말해 이 재미없는 책을 구입하였으니 공짜는 아니지만, 다른 사람들과 저의 말과는 확실히 차이가 있습니다. 한 사람은 진리를 다른 사람은 진리가 아닌 것을 또는 잘해봐야 반쪽짜리를 말합니다. 누구의 말을 따르겠습니까? 그렇긴 하지만 살 빼는 법을 보여준다니 정신이 바짝 들지 않나요?

자! 지금부터는 비만의 원인과 함께 비만의 해결 방법에 대한 설명입니다.

우리가 살이 찌는 원인도 두 가지이고, 동시에 살이 빠지는 길도 두 가지입니다. 너무나 간단하기 때문에 이해하기도 쉽고 기억하기도 쉽습니다. 이 두 가지를 항상 염두에 두고 비민과의 싸움에 임하십시오.

우리는 약한 인간이라 이 두 가지를 마음에 새겨놓지 않으면 비만과의 싸움에서 항상 질 수밖에 없는 존재입니다. 그만큼 중요하기 때문에 강조 또 강조를 합니다.

살은 딱 두 가지 이유 때문에 찝니다. 많이 먹거나, 운동을 적게 하거나 하지 않거나. 살이 빠지는 데도 딱 두 가지 이유가 있습니다. 적게 먹거나, 운동을 많이 하거나. 그래서 이 두 가지 중에서 하나만 잘못되어도 체중이 올라갑니다. 이 두 가지가 잘 조화를 이루어야 체중이 내려갑니다. 이것은 변하지 않는 진리입니다.

뒤집어 보면 다음 진리도 성립합니다. 아무리 많이 먹더라도 더 많이 운동하면 살이 빠집니다. 아무리 적게 먹더라도 운동을 하지 않으면 살이 찝니다. 아무리 많이 먹더라도 소비를 더 많이 하면 살이 빠집니다. 아무리 적게 먹어도 운동을 하지 않으면 살은 결코 빠지지 않습니다. 바로 이것이 비만의 원리의 핵심입니다.

그런데 이 진리는 불면증에서와 마찬가지로 원인을 교정해 주는 해결 방법 두 가지가 동시에 일어나야 합니다. 그리고 이것은 필자의 머리가 탁월하여 독창적으로 만들어낸 학설이나 진리가 아닙니다. 이것도 그 옛날 의과대학 2학년 수업시간에 교수님을 통하여 배운 내용입니다. 의과대학에 가기만 하면 누구나 다 배우는 진리 중의 하나입니다.

우리 몸에 들어오는 것은 많은데 쓰는 것이 적으면 쓰고 남은 놈은 어디에 숨어 있을까요? 우리 몸 안에? 혹은 우리 몸 밖에? 몸 밖이라면 좋으련만.

이 세상에 존재하는 살 빼는 방법인 다이어트 푸드, 다이어트 필, 에어로빅, 지방흡입술에 이르기까지 수없이 많은 이 방법들이 하나도 우리의 비만 문제를 해결해 주지 못합니다. 왜냐하면 자기들 방법만이 이 세상에서 비만 문제를 해결해 주는 것같이 가짜 선전을 해서입니다.

하지만 비만 문제는 해결 방법 둘 중에 한 가지에만 집중해서는 결코 해결할 수가 없습니다. 불면증에서와 마찬가지로 두 가지가 동시에 일어나야 합니다. 아무리 좋은 방법이라도 해결 방법 두 가지를 동시에 해주지 않으면 실패할 수밖에 없습니다.

이 짧은 인생을 살아가면서 다이어트 푸드만을 먹으며 살 수는 없는 일이고, 다이어트 필을 평생 먹고, 지방흡입술을 시도 때도 없이 할 수는 없지 않습니까? 언젠가는 그만두어야 하는 날이 올 텐데 살이 빠졌다 하여 중단해 버리면 집 나간 놈이 어김없이 고향을 찾아오는 것이 비만의 순환도로가 아닙니까?

그래서 그 유명한 오프라 윈프리의 방법도 우수하기는 하지만 그 한 가지만 따라 하였다가는 시작부터 실패합니다. 해보기도 전에 결과는 환하게 보입니다.

제대로 먹고 열심히 운동하기

실패하는 것에 대한 비생산적 비판은 이 정도로 하고, 이제부터는 어떻게 하면 성공할 것인가에 대한 희망적인 방법에 대해 이야기를 나누어봅시다.

살을 빼는 것, 비만의 해결 방법은 이미 몸속에 들어온 칼로리를 많이 소비하는 방법 외에는 다른 묘수가 없습니다. 몸속에 들어온 것은 이미 기정사실이고 더 많이 소비하는 도리밖에 없습니다. 이 진리는 다른 진리와 마찬가지로 달리 달라질 여지가 보이지 않습니다. 안타깝게도 우리 몸이 그렇게 만들어졌기 때문입니다. 그래서 이 진리를 바꾸려 헛된 노력을 할 것이 아니라 또는 바뀔 날을 기다릴 것이 아니라 이 진리와 함께 친구가 되어 살아가도록 노력을 하는 현명한 사람이 됩시다.

이 세상의 진리 가운데에는 우리가 아무리 애를 쓰고 사회가 달라지고 사회가 바뀌어도 변하지 않는 진리가 있고, 그렇게 하지 않아도 변하는 그리고 변해야 하는 진리가 있습니다. 안타깝게도 비만과 불면증의 원리와 그에 따르는 해결 방법은 첫 번째에 속하는 진리입니다.

자! 지금부터는 희망을 주는 좋은 이야기, 기쁜 소식을 이야기합니다. 우리가 마음만 현명하게 먹으면 누구에게나 일어나는 좋은 소식입니다. 변하지 않는 진리를 바꾸려 애쓰지 말고 진리와 함께 살아갑시다.

오프라 윈프리를 따라가지 마시고 저를 따라오세요. 아니 저와 오프라 윈프리를 포함하여 모두 다 같이 진리를 따라갑시다. 변하지 않는 진리를.

다음과 같이 한번 적어 봅니다.

'적게 먹고 많이 운동하기.' 이 가운데서 한 가지만 하지 말고 두 가지를 동시에 합니다.

그렇지만 적게 먹고 많이 운동하기가 쉬운 일이 아님을 우리는 너무나 잘 알고 있습니다. 그래서 토씨만 약간 바꾸어봅니다. 너무 많이 바꾸면 내용이 달라지니까. '적게 먹고'를 '제대로 먹고'로 '많이'를 '열심히'로. 이렇게 바꾸고 나니 실천하기가 쉬워집니다.

이제는 빨간 매직펜으로 크게 써서 냉장고 문에다 붙여둡시다.

'제대로 먹고 열심히 운동하자!'

바로 이것이 진리와 동행하는, 진리에 입각한 살 빼는, 살이 빠지는 모토입니다. 저도 여러분과 같이 진리와 함께 살아가렵니다. 진리는 진리로 해결합시다. 진리가 아닌 것으로 진리를 해결하려 하면 진리가 웃습니다. 실패할 수밖에 없습니다.

저의 슬로건을 소개합니다.

'무엇이든 맛있게 먹고 운동하자!' '무엇이든'이라 표현했다 하여 절제 없이 먹는다는 말은 결코 아닙니다.

잠시 머리를 식히는 의미에서 쉬운 산수를 하나 해봅시다. 철학을 전공하지도 않은 사람이 진리 진리 하니 머리가 아파옵니다.

우리는 하루에 보통 2000칼로리를 소비합니다. 그런데 아무리 많이 먹어도 더 많이 소비하면 체중이 줄어듭니다. 적게 먹어도 소비를 더 적게 하면 체중이 늘어날 수밖에 없습니다.

"나 참 여보시오. 답답한 사람. 누가 그걸 몰라서 안 하는 거요? 힘드니까 못하는 거지."

사실 이 질문에는 틀린 점이 하나도 없습니다.

하지만 실제로 그 안을 들여다보면 저는 이미 그 진리를 실천에 옮겨 성공한 살아 있는 증인이고 그렇게 질문을 던지는 사람은 실제로 해보지는 않고 상상력만 풍부한 사람입니다. 나 자신도 그 질문을 던졌던 사람 중 하나고, 그 진리 밑에 있는 사람이고, 앞으로도 그 진리가 시키는 대로 따라가야 하는 사람입니다.

제가 그 진리를 만들고 그 위에 편하게 올라앉아 여러분에게 따라오기를 강요하는 것이 아니라 앞으로 변할 기미가 조금도 보이지 않는 진리이기 때문에, 저도 여러분과 함께 그 진리를 따라가는 사람 중 하나입니다. 따라가기는 하되 현명하게 기쁘게 따라가자는 것이지요.

마이클 조던은 선수 시절에 3500칼로리에서 4000칼로리를 섭취했다고 합니다. 그렇게 많이 먹고도 그보다 더 많이 사용하였으니 NBA 챔피언을 여섯 번이나 했지요.

제대로 먹고 제대로 운동하면 우리의 모습이 아름답게 변합니다. 남자는 멋쟁이로, 여자는 미인으로. 옛날에는 미남미녀를 얼굴만 가지고 판단하였지만 요즘은 몸 전체를 평가하는 세상이 되었습니다.

체중 감소는 음식+운동

살 빼는 방법을 마무리하기 전에, 운동과 근육세포 그리고 지방세포의 삼각관계에 대하여 잠시만 생각해 볼까 합니다.

이 이야기는 최근에 나온 이론이라 많은 과학자들에게도 생소하게 들릴지 모르지만 의미가 있는 것 같아 이렇게 적어봅니다.

다이어트만으로 살을 빼려는 노력이 얼마나 허망하고 의도와는 다른 결과를 가져다주는지를 잘 반영할 뿐만 아니라 나아가서는 운동이 왜 좋은지를 설명해 주는 최신 학설입니다.

오프라 윈프리 씨, 잘 들으세요.

예를 들어 설명해 봅니다. 어떤 남자가 먹는 것을 너무 좋아한 나머지 절제하지 않고 먹어대다가 살이 찌기 시작합니다. 몸무게가 늘어난 것을 현미경으로 들여다보면 지방세포의 크기만 늘어난 것이 아니라 수도 늘어나 있습니다. 배 속에서도 배 바깥에서도 목 밑에도 모든 피부의 밑에서도 말입니다. 그래서 배는 임신한 사람처럼 앞으로 나오고, 엉덩이는 앞으로 나올 수가 없어 뒤로, 턱은 하나가 더 생겨 둘이 되고, 그렇게 귀한 두 눈의 쌍꺼풀도 어디론가 사라집니다.

어느 날 목욕탕에 가서 자기의 몸무게를 재어봅니다. '거울 속에 비친 내 모습'을 보고 '처음에는 우습다가' 금방 마음까지 슬퍼집니다. 옛날에는 체격이 좋다는 말을 들었는데 왜 이렇게 다른 모습으로 변했을까?

너무나 달라진 자신의 모습에 충격을 받고 내가 너무 많이 먹었나 보다, 좋아서 먹다 보니 곱창전골에 삼겹살을 너무 먹었나 보다, 시원하다고 그놈의 생맥주를 너무 마셨나 보다, 지난날의 자기 잘못을 깊이 반성합니다.

그래서 큰 결단을 내립니다. 현재 자기 식생활의 패턴을 영양사와 함께 세밀히 분석해 보고 그것을 건강식품으로 바꿉니다. 물론 몸 안으로 들어가는 전체 칼로리의 양도 영양사의 도움으로 심층 분석한 뒤에 하향조정을 합니다.

그렇게 시간이 흘러 6개월, 1년, 2년 뒤에 목적한 옛날의 체중으로 돌아갑니다. 성공이다? 천만의 말씀입니다.

그런데 체중은 바라고 바라던 옛날의 체중으로 돌아왔는데 거울 속에 비친 모습은 자기가 바라던 옛날의 잘생긴 모습이 아닙니다. 옛날의 내가 아닌 비슷한 모습을 한 나입니다. 몸무게가 옛날로 돌아갔으면 모습도 옛날로 돌아가야 하는데 그렇지가 않다는 말입니다. 왜 그럴까요? 왜 자기가 바라던 옛날 모습으로 돌아가지 않을까요? 과학자들이 이렇게 이상한 결과를 보고 의문을 가지고 연구를 합니다.

그 대답은, 운동을 하지 않았기 때문입니다. 운동의 중요성이 바로 여기에 있습니다.

우리 몸은 사용하고 남은 칼로리를 지방세포로 가지고 갑니다. 당연히 지방세포의 크기가 늘어나면서 수도 증가합니다. 그런데 어느 날 갑자기 몸 안에 들어오는 칼로리가 줄어듭니다. 이러한 상황이 맞닥뜨린 우리 몸은 어떻게 반응할까요? 어떻게 반응하도록 프로그램되어 있을까요?

결과는, 우리가 비만 상태에서 원래 모습으로 돌아가기 위해서는 먹는 것만 줄여서는 결코 옛날 모습으로 돌아가지 않는다는 것이지요. 그 이유는 식이요법만으로 영양 부족, 칼로리 부족 상태가 되면 우리 몸은 지방세포를 공격해 칼로리를 보충하지 않고, 근육세포를 주로 공격해 그 칼로리로 살아가기 때문입니다. 조금 과장하여 말하면 무게 감소가 지방세포가 아니고 근육세포에서 주로 일어난다는 말입니다. 그런데 식이요법과 병행하여 운동을 해주면 근육세포를 건드리지 않고 지방세포를 공격하여 거기서 빼앗아 온 칼로리로 우리 몸을 유지합니다. 운동을 하면 무게 감소가 주로 지방세포에서 일어납니다.

우리가 원하지 않는다 하여 이러한 생리현상이 내가 원하는 방향으로 가는 게 아닙니다. 이 생리현상은 조금 과장하자면 먹는 것을 줄인다 해도 크기나 수가 늘어난 지방세포는 원하는 만큼 감소하지도 않고 그다지 큰 변동도 없습니다.

그렇다면 어떻게 해야 우리가 원하는 대로 지방세포의 크기도 작아지고 수도 줄어드는 변화를 가져올 수 있을까요? 정답은 바로 운동입니다. 운동만이 우리가 원하는 결과를 가져다줍니다. 이상적인 체중 감소는 음식+운동입니다. 아니 운동+음식입니다. 살을 빼기 위해서는 운동이 필수입니다.

살이 빠지거나 찌는 원인은 두 가지입니다. 그래서 우리가 원하는 방향으로 가기 위해서는 두 가지를 동시에 해야 합니다. 한 가지, 특히 음식에만 치중하면 실패로 끝나는 것이 눈앞에 환히 보입니다. 체중을 줄이고자 음식에 대한 결단을 할 때 운동에 대한 결단도 함께 하는 것이 필수입니다.

비만을 고치려면 먹는 것을 바꾸어야 할 뿐만 아니라 운동에 대한 계획도 세밀하게 세워놓아야 합니다. 운동을 하면 우리 몸은 필요한 칼로리를 근육세포에서 가져가지 못하고 지방세포에서 빼앗아 갑니다. 그런 상황이 되면 지방세포는 크기가 줄고 수가 줄다 못해 굶어서 영양실조로 사망하기까지 합니다.

그래서 운동을 하면서 칼로리 조절을 한 사람과, 칼로리 조절만으로 살을 뺀 사람의 모습은 확연하게 다름을 목격하게 됩니다. 사실 너무 다르다는 것은 좀 과장이고 조금 다른 것이 우리의 예민한 눈에는 확연히 달라 보이는 것입니다.

여러분은 살을 빼는 방법으로 어느 쪽을 선택하시렵니까?

오프라 윈프리, 아니면 필자?

살 빼는 방법의 키포인트는 다름 아닌 운동입니다. "먹을 만큼 먹고 열심히 운동하자"입니다. 운동에 대해서는 책 앞부분에서 상세히 설명하였습니다.

자! 오프라 윈프리 씨, 그리고 여러분, 저와 함께 계단으로 가실까요? 계단이 힘든 사람은 불편하더라도 수영장을 찾으십시오. 거기서 송곳니가 살짝 드러나게 웃으며 만납시다.

12。 하임리히법

등타격법 vs 하임리히법

이물질, 특히 음식물이 길을 잘못 찾아들어 숨구멍으로 들어가 기도를 막아버리면 산소 공급이 중단되고, 그 상태가 4분이나 6분 지속되면 '영구적 뇌손상(permanent brain damage)'이 오게 되고 이 시간 내에 이물질을 제거해 주지 않으면 결국 사망하게 됩니다.

이러한 생과 사의 갈림길에서 생명의 길로 돌이키는 데 결정적인 역할을 하는 것이 바로 하임리히법입니다.

이 방법의 창시자 헨리 하임리히(Henry Heimlich) 박사는 1920년 델라웨어주 윌밍턴에서 태어나 2016년 96세의 나이로 세상을 떠났습니다.

1974년에 미국심장협회(American Heart Association)를 통해 그만의 특유한 방법을 발표한 이후로 전 세계에 보급되어 통용되고 있으며, 이 방법으로 얼마나 많은 사람이 생명을 신물로 받아 새 삶을 살아가는지 모릅니다.

자료를 공식적으로 수집할 수가 없기 때문인지는 몰라도, 노벨상을 한꺼번에 서너 개를 주어야 할 정도로 인류에 기여한 바가 크지만 좀 더 두고 보자던 노벨상 위원회의 태도에는 수긍이 가지 않습니다. 아니면 미국적십자사(American Red Cross)와 이 사람의 방법을 두고 누구의 방법이 더 우수한가를 결정하지 못해서 시간을 끌었는지도 모릅니다.

하임리히법이 널리 보급되기 전에는 음식이 숨구멍을 막아버리는 불상사가 일어나면 손바닥으로 그 사람의 등을 세게 내려치는 등타격법(Back Blow)을 사용했습니다.

아직은 응급처치 분야에서는 자기들이 독보적인 위치에 있다고 자부하는 미국적십자사에서는, 처음에 등타격법을 다섯 번 시도하고 난 뒤에 그래도 이물질이 빠져나오지 않으면 그다음에 하임리히법을 다섯 번 시도하도록 응급처치요원을 교육하고 있습니다. 외부에 내보내는 홍보용 교재에도 그렇게 설명돼 있는 것을 보면 이 사람과 적십자사 사이에 아직도 갈등이 계속되고 있는 중입니다.

하임리히는 이물질로 숨통이 막힌 사람의 등을 손바닥으로 세게 갈기면 때리는 순간 발생하는 큰 소리와 통증으로 인하여 사람이 깜짝 놀라 순간적으로 주위집중이 분산되어 현실파악에 혼동이 올 뿐만 아니라 등을 내리치는 순간 숨을 들이쉬는 반사작용이 일어날 수도 있어 오히려 역효과가 난다고 주장합니다.

그런데 그렇다고 해서 음식을 먹다가 숨구멍이 막혀 생사의 갈림길에 서 있는 사람들을 모아 두 그룹으로 갈라놓고서 한 그룹은 등을 갈기는 적십자사의 방법을 적용하고, 다른 그룹은 하임리히의 방법을 적용하여 그 결과를 두고 우열을 판가름하는 통계를 낼 수는 없는 관계로, 누구의 방법이 더 우수하다고 판정을 내려 손을 들어줄 수가 없으므로 이 양자

간의 공방은 상당히 오랫동안 지속될 전망입니다.

만약 필자에게 어떤 방법이 더 우수한지 판가름하는 결정권을 준다면 어느 쪽의 손을 들어줄까요?

하임리히법의 핵심은 복부 밀어내기입니다. 이물질이 숨구멍으로 넘어가 생사의 기로에 있는 사람을 '질식 피해자(choking victim)'라고 합니다. 이 질식 피해자를 죽음에서 구해주는 방법이 바로 이 복부 밀어내기를 골자로 하는 하임리히법입니다.

배꼽의 상단 부분과 가슴뼈의 하단 부분을 강하게 그리고 순간적으로 공격하듯이 눌러줍니다. 가장 보편적인 방법은 곰이 나무를 끌어안듯이 질식 피해자의 뒤로 돌아가 끌어안고 내가 있는 방향으로 힘차게 발작을 하듯 충격을 줍니다.

질식 피해자의 덩치가 너무 커서 뒤에서 끌어안기가 불가능하면, 어쩔 수 없이 단단한 바닥에 눕혀두고 그 사람의 배 위에 올라탄 자세로 두 손을 함께 잡고 손바닥으로 강하게 밀어주어야 하고, 어린아이의 경우에는 시행자가 의자에 앉아 시행자의 배와 허벅지로 생긴 'ㄴ' 자에다 앉혀놓고 시행하는 방법을 선택해야 합니다.

양손을 마주 잡을 때는 힘이 센 손, 오른손잡이는 오른손, 왼손잡이는 왼손의 엄지손가락의 밑 부분을 질식 피해자의 배를 향하여 수평으로 세워서 두 손을 잡습니다. 평퍼짐한 손바닥 부분보다는 엄지손가락 부분을 칼날같이 세워서 공격하면 더 강한 충격을 줄 수가 있기 때문입니다.

좋은 식당에 가서 가족이나 친구와 함께 맛있는 음식을 즐기는 평화로운 시간에 옆 테이블에 앉은 사람에게 이렇게 운이 없는 사고가 났다고 가정해 봅시다. 이 사고를 당하면 처음에는 숨구멍으로 들어가 막혀버린

이물질을 꺼내기 위해 혼자서 나름대로 안간힘을 씁니다.

숨소리 같지만 사실은 숨소리가 아닌 이상한 소리를 냅니다. '이 사람이 왜 이러지?' 하는 순간에 그 사람은 자기의 몸을 일으켜 세우려 합니다. 의식을 잃어가며 자기 자신을 구해보려는 생존본능으로 해보는 최후의 안간힘이지만 소용없는 몸부림에 불과합니다. 그때는 이미 산소 부족으로 얼굴이 푸른색, 심하면 까만색으로 변합니다.

이때가 가장 중요한 순간입니다. 생명의 순간? 아니면 사망의 순간? 바로 이 순간이 생사의 갈림길이라 해야겠지요. 삶과 죽음이 바로 우리 눈앞에서 결정 납니다. 그런데 그 사람이 사느냐 죽느냐는 본인이 결정하지 않고 옆 사람의 행동 여하에 달려 있습니다.

이때를 놓치지 않고 누군가가 침착하게 그 사람의 뒤로 돌아가 하임리히법을 해주면 그 사람은 백이면 백 살아납니다. 이것은 필자의 말이 아니고 하임리히 박사의 말입니다. 그런데 이 순간에 주위에 있던 사람이 모두 당황해 버리면 그 사람의 인생은 끝이 납니다.

하지만 나나 누군가가 '하나, 둘, 셋……' 속으로 차근히 세면서 해야 할 일을 하나씩, 둘씩 해나가고 있으면 4분이나 6분은 정말 길게 느껴지고 실제로 느리게 갈 것입니다. 한 사람의 생명을 구하고도 남을 길고도 긴 시간입니다. 그런데 해야 할 일을 하지 않고 당황하고 우왕좌왕하고 있을 때는 이 시간은 눈 깜짝할 사이에 지나가 버립니다. 그 혼란의 순간에 한 사람만이라도 침착하게 냉정을 잃지 않으면 그 사람은 바로 그 자리에서 살아납니다. 그 운명의 장소에서 자신의 두 발로 걸어서 나갑니다. 모두가 당황해 버리면 그 사람의 인생은 그 자리에서 끝이 납니다.

너무나 간단합니다. 누구라도 침착하게 그 사람의 뒤로 돌아가서 일으켜 세우고 뒤에서 바짝 끌어안고 하임리히법을 하면 됩니다. 모든 상황이 다 끝난 뒤에는 후회해 보아야 이미 버스는 떠난 뒤입니다. 속으로는 당황되더라도 겉으로는 침착한 척해야 합니다.

책에는 다섯 번까지 해주라고 되어 있지만 그것은 책에서 하는 염불이고 실제로는 한 번으로 끝이 날 수도 있고, 재수가 없으면 다섯 번이 아니라 그 이상이라도 해야겠지요. 아무리 해도 반응이 없으면 중단하는 것은 시행자의 판단에 맡겨야 합니다. 앞에서 밝혔듯이 미국적십자사에서는 다섯 번 등을 갈기고 나서 다섯 번 하임리히법을 해주도록 되어 있습니다. 다섯 번을 하든 그 이상을 하든 이물질이 너무 깊이 들어가서 나오지 않으면 결정을 해야 합니다. 결정이라니 무슨 결정?

왜냐하면 이물질이 나오지 않으면 그 상태에서 그것으로 모든 일이 끝나는 것이 아니라 다음 단계로 넘어가야 하기 때문입니다. 다음 단계로 넘어가야 한다는 결정을 하는 그 순간부터 목적이 달라집니다.

이물질을 밖으로 나오게 만드는 것이 목적인 하임리히법에서 생명을 구하는 것이 목적인 심폐소생술(Cardiopulmonary Resuscitation, CPR)로 넘어가야 합니다.

CPR을 하기로 결정하자마자 옆에 있는 사람에게 119를 누르고 앰뷸런스를 부를 것을 지시한 뒤에 응급의료요원이 도착할 때까지 CPR을 계속합니다.

1인 또는 2인 CPR.

지금까지의 경우는 질식 피해자를 두고 이해를 돕기 위한 시나리오였지만 만약 길을 가다 어두운 골목에서 의식을 잃고 쓰러진 사람을 발견한 경우에는, 세차게 흔들어 보고 숨을 쉬는가를 확인한 뒤에 숨을 쉬지 않으면 지나가는 사람에게 119를 부르게 하고 즉시 CPR로 들어가야 합니다.

그런데 한 가지 분명한 사실은 결과가 어떻게 나오든 아니 만약 결과가 안 좋게 나오더라도 시행자와는 전혀 관계가 없다는 것입니다.

적어도 미국은 시행자를 보호해 주는 법이 있습니다. 이름하여 '착한 사마리아인법(Good Samaritan Law)'입니다. 성공하든 실패하든 어떤 결과가 나오든 그것은 질식 피해자의 운수에 달린 것이므로 시행자에게 법적 책임을 묻지 않는, 시행자를 보호해 주는 법입니다. 결과에 신경 쓰거나 하기도 전에 결과를 걱정하지 말고 생명을 구하는 좋은 일에 주저함 없이 하나, 둘, 셋, 앞만 보고 차분한 마음으로 중단 없는 전진을 하라는 의미입니다. 좋은 결과가 나오면 모두에게 좋지만 그렇지 않을 경우도 있다는 거지요.

레이건 대통령이 등장한 배경

사전 경험이라고는 손톱만큼도, 새 발의 피만큼도 없는 상태에서 젊음과 깡다구만 가지고 미국이라는 사회에 뛰어들었습니다. 그 이야기는 '진정한 이민자'에서 설명하였습니다.

당시 미국은 마음씨 좋은 아저씨, 지미 카터 대통령을 4년 만에 백악관에서 밀어내고 남편으로서나 영화배우로서는 실패자였지만 정치인으로는 대성공을 거둔 로널드 레이건으로 인하여 표면으로는 잔잔한 바다와 같이 평화스럽게 보여도, 깊은 곳에는 소용돌이가 치고 있는 격동의 시기였습니다.

특히 양차 세계대전의 후유증으로 많은 사람이 일자리를 구하지 못해 경제적으로 고통을 받는 시기였습니다. 그 위기를 정부가 앞장서서 국민을 이끌어나가면서, 정부 주도의 경제, 정부 주도의 인프라 건설에 막대한 예산을 투자함으로써 실업률을 끌어내리고 중산층을 일으켜 세우자는 게 민주당의 대표적인 정책이었습니다. 그리고 그 어려운 시기에 맞추어 민주당에서 우수한 대통령이 배출된 시기이기도 합니다.

6·25 전쟁, 베트남 전쟁을 거치면서 경제적으로는 부유한 사회가 되긴 했어도 히피적 사고방식으로 물든 사회에다 마리화나, 코카인 등으로 병들어 겉으로는 멀쩡해 보여도 속으로는 병든 문제투성이인 사회.

사회 전반에 부조리가 가득했으나 대표적으로 자동차 산업을 들 수가 있을 것입니다. 자동차를 조립하는 최전방의 일꾼들 가운데 많은 젊은이가 전날 약물중독이 된 만신창이 몸과 마음으로 일터로 나오니 자동차의 질이 떨어지는 것은 시간문제였지요. 그래서 미국에서 가장 많이 팔리는 차가 GM이 아니라 토요타였습니다. 필자도 미국 차를 타다가 국가보다는 나를 위하여 토요타를 살 수밖에 없는 형편이었지요.

노후 문제 등을 포함하여 정부가 나서서 국민의 어려움을 다 해결해 줄 것 같은 사회가 되어갑니다. 유럽 스타일의 사회주의라 할까요. 하지만 오랜 세월 정부가 국민 앞에 있다 보니 정부가 국민의 머리 위에 올라서게 되는 부조리에 빠지기 시작합니다. 정부 보조로 살아가는 사람이 늘기 시작합니다. 가난한 사람들이 정부의 보조를 많이 받아내기 위해 키울 때의 어려움을 생각하지 않고 아이를 많이 낳습니다. 부자의 수는 줄거나 제자리걸음인데 빈자의 수는 늘어갑니다. 무위도식, 땀 흘려 일하지 않고 정부의 도움에 의존합니다. 가진 자들의 불만이 커지기 시작합니다.

그러한 부조리가 가장 심했던 때가 지미 카터 대통령 시절이 아닌가 생각합니다. 바로 이 점을 두고 가진 자들, 기득권자들이 모든 면에서 자기에게 유리하게 이용합니다. 레이건은 바로 이러한 부조리를 척결하는 방법으로 공화당 특유의 경제정책에다 자기의 아이디어를 접목하였습니다. 결과는 대성공이었습니다.

사실 그 사람도 정치 생활은 민주당원으로 출발했다가 나중에 공화당으로 넘어간 사람입니다. 민주당의 부조리를 훤히 알고 난 뒤에 민주당이 만들어놓은 부조리를 뿌리 뽑으려 공화당으로 갔다고 하면 정확할 것입니다.

그래서 대통령 선거 당시 선거유세를 하러 가는 곳마다 절대로 빼먹지 않고 강조한 슬로건이 하나 있습니다.

"Smaller but efficient government, and yet strong military!"입니다.

정부는 작아지고 국민이 커져야 한다. 정부는 국민에게 간섭을 중단하고 국민의 소리에 겸손히 귀를 기울이고 그것을 가슴에 새겨야 한다. 경제는 자유경쟁에 적자생존, 약육강식에 맡겨라. 부자가 많아지면 가난은 자연히 해결된다. 그 대신 군사력은 아무도 접근하지 못할 정도로 막강하게 만들겠다는 것이 슬로건의 골자입니다.

민주당의 정책으로 부자, 기득권자가 되었으니 당연히 민주당 후보에게 표를 주어야 할 사람들이 레이건의 잘생긴 얼굴과 혀 놀림에 공화당으로 넘어가 그를 찍어줍니다. 그런 사람들을 가리키는 '레이건 데모크랫(Reagan Democrat)'이라는 신조어도 등장합니다. 아직도 공화당 측에서는 향수에 젖어 이 말을 쓸 정도입니다.

전통적으로 민주당의 표밭에서 이런 사람들이 많이 나왔습니다. 공화당으로서는 자랑이 섞인 말이고 민주당으로서는 수치이자 듣기 싫은 말이지요. 민주당은 철저하게 배신을 당하는 수모를 당합니다. 믿던 도끼가 주인의 발등을 찍은 거지요. 민주당의 표밭 미시간, 특히 디트로이트 북부의 부자 동네에서 등을 돌려버립니다.

사실 미시간은 전통적으로 민주당의 표밭이라 대통령은 당연히 민주당 후보를 밀어주었고, 주지사, 상원의원, 시장 등도 민주당이 아니면 당선되기가 무척 어려운 곳입니다. 하지만 이런 사람들이 민주당에 등을 돌리고 흑인들이 적극 참여하지 않아 현직 대통령이 실패한 영화배우에게 참패를 당하는 이변이 일어납니다.

아직도 공화당 쪽에서는 그때를 그리워하며, '레이건 데모크랫'을 다시 자기들 품으로 돌아오게 해야 대통령 선거에서 시원하게 승리할 수 있다고 이야기합니다. 민주당에서는 아직도 그때의 참패에 이를 갈고 있겠지요.

선거의 결과는 현직 대통령이라는 직함이 부끄러울 정도로 참패인 동시에 레이건의 대승으로 끝이 납니다.

그러한 선거 결과에 자신감을 얻은 레이건은 자신이 구상한 모든 선거공약을 실천에 옮기는 데 한 치의 양보도 없이 밀고 나갑니다. 임기 중에 전쟁을 일으키지 않고도 바닥에 떨어진 경제를 회복하는 데 성공한 대통령으로 아마도 오랫동안, 아니 영원히 존경받는 인물로 기록될 것입니다. 쉽게 재선에 성공해 두 번째 임기 말에는 치매에 걸린 그를 앞세우고 누가, 아니 여럿이 뒤에서 대통령 노릇을 했는지는 지금도 비밀이지만 미국의 역대 대통령 중 가장 존경하는 인물을 묻는 여론조사에서는 항상 링컨이나 케네디와 함께 거론되는 영예를 누립니다.

이혼당하고, 배우로서는 이류나 삼류에서 허덕이다 정치로 돌아선 별 볼 일 없는 평균 이하의 인물이 세계 최강의 국가 대통령으로, 나아가서 역대 지도자 가운데 다섯 손가락 안에 드는 지도자가 된 것은 무엇으로 설명을 해야 할지?

레이건의 철퇴를 맞은 미국의사회

그건 그렇다 치고 레이건과 제가 무슨 상관이냐고요?

그 사람과 직접적으로는 상관이 없다 치더라도 간접적으로는 너무나 많은 상관이 있습니다. 지금부터 그 설명입니다.

레이건이 대통령이 되어 백악관의 주인이 되자마자 가장 먼저 칼을 댄 것이 의사들입니다. 의사 중에서도 의사의 모습을 채 갖추지 못한 병아리 의사 레지던트들에게 칼질을 하였고, 의사가 가진 위신이나 부를 총을 들이대지 않고도 빼앗아가는 방법을 보험회사에 가르쳐주었고, 그것도 모자라 법으로 허가된 강도짓을 할 수 있도록 길을 터준 사람이 레이건입니다.

미국의 의사들, 특히 한국 출신 의사들이 이 점을 잘 모르면서 레이건을 칭찬합니다. 자기에게 칼을 들이대고 가진 것을 빼앗아간 사람을, 그것도 모자라 보험회사에까지 내 것을 뺏는 방법을 가르쳐주고 법까지 만들어 보호해 준 사람을 잘했다고 하면 문제가 있는 것입니다. 그러고서는 한술 더 떠서 공화당 편을 듭니다. 알고 하는 것과 모르고 하는 것은 하늘과 땅 차이입니다.

미국은 나라가 커서인지, 국회에서 법을 바꾸면 밑에 있는 국민들이 영향을 느끼는 데 상당한 시간이 걸리고, 그 변화를 피부로 느낄 때는 이미 지나간 버스의 뒤꽁무니를 보고 손을 흔드는 것이 보통입니다. 자기가 그로 인해 피해 보는 사람의 하나임을 알게 될 때에는 이미 때는 늦은 경우가 많습니다.

어느 나라 어느 사회든 정치인에게 가장 이상적인 제물은 의사입니다. 미국도 예외가 아닙니다. 의사란 가진 자이고 기득권자이므로 일반 대중은 의사가 희생양이 되면 그렇게들 시원해합니다. 옛날에는 가장 입김이 센 로비 단체였던 미국의사회(American Medical Association, AMA)조차 선거에서 압승을 거둔 레이건의 철퇴를 막는 데 속수무책입니다.

첫 번째로, 그전까지 정부의 보조로 운영해 오던 수련의 과정을 일부 대학병원이나 대형병원을 제외하고 깨끗하게 청소해 버립니다. 수련의가 없어진 것이 아니라 정부 보조가 행방불명이 된 것입니다. 수련의에게 가도록 돼 있는 돈줄을 나라에서 잘라버린 거지요. 세금으로 받은 돈을 낭비(?)하지 않으니 국민들은 대환영합니다. 다 없애버리면 의사들이 들고 일어날 테니 일부만 남겨놓습니다. 물론 지금은 다 없어진 상태지요. 정부의 보조가 깨끗이 사라진 겁니다.

당시엔 레지던트의 월급을 정부에서 병원에 지급해 주었습니다. 국민의 건강을 책임질 전문의의 양성에 정부가 앞장선 것이지요. 국민의 앞에서서 국가의 문제를 정부가 책임을 진다? 민주당의 냄새가 확 납니다. 그것을 공화당 대통령이 한 방에 날려버립니다.

사실 병원으로 보아서는 레지던트의 월급을 국가에서 책임져 주니 전문의를 만든다는 미명하에 땡전 한 푼 들이지 않고 가장 힘든 일을 공짜로 부려먹은 거지요. 자기들이 낸 세금으로 레지던트의 월급을 주었다는 사실도 모르고 있던 국민들은 화가 머리끝까지 났다가 레이건이 그것을 없앴다 하니 늦었지만 속이 후련했던 겁니다.

사실 병원은 가만히 앉아서 정부에서 나오는 거금 챙기기에 바쁘고 힘든 일은 레지던트를 부려먹어 윗자리를 차지한 과장급들은 편하기 그지없었던 거지요. 레지던트들은 죽도록 혹사당하면서도 자기들도 때가 되면 호의호식, 호강할 날이 오리라는 기대감에 감지덕지하며 중노동을 했고요. '누이 좋고 매부 좋고'처럼 둘만 좋은 것이 아니라 셋이나 넷이 좋아서 서로 손을 잡고 강강술래 하듯 빙글빙글 돌아갑니다.

바로 여기에 레이건의 단두대가 떨어져 효과를 발휘하기 시작합니다. 제가 1년 차를 끝내고 2년 차에 올라갔더니 반 이상의 동료가 어디로 사라졌는지 눈에 보이지 않습니다. 그 당시 누가 어떤 기준으로 필자와 함께 힘든 나날을 보내던 동료들에게 '딴 곳'을 알아보라는 통지서를 주었을지?

2년 차에서 3년 차로 올라갔더니 또 반 이상이 보이지 않습니다. 40여 명이 함께 시작했는데 7명 정도만 졸업합니다. 목이 날아가지 않고 살아남은 것만으로도 감지덕지해야 할 판이지요.

왜 그런 일이 일어났는지를 제대로 알게 되기까지는 상당한 시간이 걸렸습니다. 그러한 현상은 디트로이트에만 한정된 것이 아니고 미시간 전체, 아니 미국 전체에 일어났습니다. 미국 전역을 두고 계산해 보면 수십만 명의 동료가 하루아침에 일자리를 잃고 실업자가 된 것이지요.

그 수십만 명에다 1년에 받는 보수를 곱해봅니다. 어마어마한 돈입니다. 거기다가 앞으로 10년, 20년이라는 안목으로 또 10, 20을 곱해봅니다. 천문학적인 숫자입니다. 천문학적인 숫자의 예산이 다른 국책사업, 국방예산으로 무기개발에 투자됩니다.

국가적 차원에서 보면 정부는 엄청난 돈을 줄일 수 있게 됩니다. 국민의 귀한 세금이 절약되고 그 절약된 돈으로 다른 국책사업에 투자하니 국가 전체의 경제는 침체가 아니라 그 반대의 길, 부흥의 길을 간다고 보아야겠지요. 의사를 희생양으로 하여 레이건은 국민으로부터 갈채를 받습니다.

저는 레이건이 대통령이 되자마자 휘두른 철퇴에 나가떨어지지 않고 다행히 살아남은 사람 중 하나지만, 그래도 눈에 보이지 않는 피해를 본 사람이지만, 그때 잘려나간 동료들은 지금 이 나이에 어디에서 어떤 처지가 되어 있을까 가끔 생각해 봅니다.

다행히 잘려나가지는 않았지만 내 발등에 떨어진 불을 잠시 살펴봅니다. 2년 차가 되었을 때, 1년 차로 들어온 후배가 전보다 반도 되지 않고 있으나 마나인 데다 같이 올라왔어야 할 동료는 반도 되지 않으니 밤 당직이 두 배로 늘어납니다.

반으로 줄어야 할 밤 당직이 오히려 늘어나고 근무 시간에 해야 하는 일도 오히려 1년 차 때보다 더 늘어납니다. 몸은 피곤하지만 밤에 잠을 잘 수가 없으니 불면증 아닌 불면증에 시달립니다. 지금의 불면증은 그때에 뿌리를 내린 것인지도 모릅니다.

지금 와서 모든 것을 돌이켜보면 개인적으로는 이가 갈리는 부분이 있긴 해도 국가 차원에서 정치를 하는 한 인간으로는 그를 미워하지 않습니다. 정치인으로서 그는 최선을 다해 바닥에 떨어진 경제를 일으켜 세웠고, 미국의 위신이나 경제 부흥을 위해 아니면 누구처럼 자기의 사리사욕을 채우기 위해 전쟁을 일으키지도 않았고, 전쟁으로 인하여 고귀한 생명을 헛되이 희생시키지 않았으니 오히려 그에게 고마운 마음이 듭니다. 그것은 그의 말과 행동이 자신이나 소수의 기득권자를 위한 것이 아니라 나라 전체를 위한, 필자를 포함하여 국민 모두를 위한 것이었다는 사실이 시간이 지나면서 점점 더 뚜렷하게 부각되고 있기 때문입니다.

그러고 난 뒤에 다행히도 그 사람의 8년 임기가 지나고 4년 뒤에 빌 클린턴이라는 정치에는, 특히 경제에는 천부적인 재질을 가진 정치 신동이 등장하여 레이건이 닦아놓은 기초 위에 누가 보아도 마음에 드는 멋진 고층건물을 지어놓습니다. 아마도 레이건, 클린턴 그리고 오바마 이 세 사람은 존 F. 케네디와 함께 현대 미국 역사에 가장 존경받는 정치인으로 사람들 머릿속에 자리 잡을 대통령들입니다.

레이건의 변화는 중단 없는 전진을 멈추지 않습니다. 다른 분야에서도 똑같거나 비슷한 일이 일어납니다.

레지던트 프로그램에서 정부의 보조를 끊어놓은 것은 빙산의 일각에 불과합니다. 백악관 안에 전담반을 만들어놓고 정부가 주도하여 행하던 사업이나 프로그램을 잘라내고 민영화하여 중소기업에 넘겨줍니다. 정부는 작아지고 국민의 배는 불러옵니다.

레이건의 성공에 공화당 출신은 말할 것도 없고 민주당을 포함하여 모든 주지사, 시장이 그의 정책을 모방합니다. 사기업도 그를 모방합니다. 자체 평가를 해보고 필요 없는 부분은 과감하게 잘라냅니다. 잘려나가는 사람에게는 안 좋은 일이지만 회사 전체로 보아서는 득이 되는 일입니다.

기구 축소, 구조조정 등 전에는 들어보지 못한 이상한 용어들이 난무하면서 필자가 해야 할 일이 두 배가 되고 네 배가 됩니다. 밤 당직으로 아무리 피곤하고 잠이 모자라도 다음 날 해야 할 일은 해야 합니다. 그리고 더 열심히 더 철저히 해야 합니다. 그래야 살아남습니다.

사실 그때는 왜 그런 상황이 되었는지 전혀 모르는 가운데, 필자도 잘못하면 사라지는 동료와 같은 길을 갈지도 모른다는 막연한 위기의식 속에서 세월이 흘러갑니다. 내가 힘들었으면 바로 아래 후배들은 더 힘들었겠지요.

과장이나 과장급의 의사들에게도 좋았던 옛날이 정말로 좋았던 옛날이 되어버립니다. 그들도 이제는 의사 본연의 자리로 내려오지 않을 수 없습니다. 머리와 입으로 해오던 일을 이제는 몸으로 때워야 하는 현실을 맞이합니다. 그들도 우리와 같은 운명입니다. 열심히 일을 하지 않을 수 없는 처지에 놓이게 됩니다. 자기들을 대신하여 일을 해주던 수련의들이 더위에 눈 녹듯 사라져버리니 이제는 자기들도 땀을 흘려야 하는 처지가 된 것이지요.

은퇴하는 개업의가 우리 레지던트를 위해 파티를 해줍니다. 계획보다 2~3년 일찍 손을 털고 은퇴해 버립니다. 자기를 위해 수고해 주어 고맙다며 우리에게 남기는 말.

"안타깝군. 의사에게 좋은 시절은 다 끝났어. 행운을 빈다."

'영자의 전성시대'가 아니고 '의사의 전성시대'가 지나갔다는 말입니다. 우리에게 미안하다며 자기가 해줄 수 있는 것은 행운을 빌어주는 것밖에 없노라며 작별인사를 합니다.

둘째, 보험회사에 미국 건강관리기구(Health Maintainance Organization, HMO)의 개념을 도입하도록 법을 통과시킨 일입니다.

환자의 상태에 초점을 맞추지 않고 진단명을 기준으로 맞춤형 치료를 하도록 시스템을 만들게 하고, 의사나 병원에 주는 돈의 액수도 진단명에 의해 액수가 이미 결정이 되도록 법을 만듭니다. 다시 말하면, 환자 치료에 대한 결정권을 의사가 아닌 보험회사에게 넘겨준 것입니다. 입원도 퇴원도 의사가 아니라 진단명에 의해 보험회사가 결정합니다.

외과의 경우 맹장염이면, 환자가 입원하기도 전에 이미 의사에게 얼마, 병원에 얼마, 그리고 입원 기간이 보험회사와 법에 따라 액수가 결정되어 있습니다. 내과의 경우 폐렴이면, 의사와 병원에다 지급하는 액수에다 입원 기간 모두 보험회사에서 결정해 놓은 대로 거기에 맞춰 환자를 치료해야 합니다.

극단적으로 말해 환자가 열이 나고 가래가 섞인 기침을 해도 날짜가 차면 일단 환자를 퇴원시켜야 한다는 말입니다. 퇴원하고 나서 그 환자가 사망하면 누구의 책임인가요?

약도 의사 마음대로 쓰지 못합니다. 보험회사가 결정해 놓은 것 가운데서 선택해야 합니다. 효과가 아무리 좋아도 명단에 없으면 쓸 수가 없습니다. 환자의 치료에 시간을 보내기보다는 보험회사와 논쟁을 벌이느라 하루의 시간이 다 가버립니다. 이런 형편이 되어가니 제약회사도 의사보다는 보험회사에 가서 약 선전을 하고 로비를 합니다.

나이 든 개업의들은 4~5년 당겨서 은퇴해 버립니다. 보험회사의 지시를 들어가며, 내 자신에게가 아니라 보험회사에 좋은 일을 할 필요가 없다는 말을 하고서 떠나갑니다.

이 HMO로 가장 피해를 본 분야를 굳이 든다면, 첫째가 외과이고 그 뒤를 산부인과, 소아과, 내과가 잇습니다. 우리나라에서도 비슷한 일이 일어난 것 같아 자세한 설명은 생략합니다. 가슴 아파할 사람이 물론 있을 것입니다. 어떤 면에서 보면 미국은 덩치가 커서 느리고, 한국은 덩치가 아주 이상적이라 무슨 변화에든 빠르게 왔다가 빠르게 지나갑니다. 자세한 설명을 하지 않아도 되는 진짜 이유입니다. 한국에서도 같은 현상이 일어났다고 보면 되고 어떤 면에서는 미국이 한국의 뒤를 따라갔다고 보면 됩니다.

그래도 세월이 유수같이 흘러 기다리고 기다리던 시기가 옵니다. 레지던트를 마치고 드디어 담당의(Attending Physician)가 됩니다. 그런데 그 짧은 순간에 세상이 다른 세상이 되어 있습니다.

실습 때 외래에 가보면 상주의사(Attending Staff)가 환자를 봅니다. 그러다가 퇴근 시간이 되면 잠시 병원에 들러 우리와 함께 입원 환자를 회진합니다. 이미 레지던트가 다 해놓은 일을 함께 차트 리뷰 정도나 하고서 유유히 사라집니다. 아침에 와서는 밤새도록 잠을 자지 못한 레지던트 앞에서 폼을 잡고는 또 유유히 외래로 사라집니다.

그런데 필자가 그 자리에 서보니, 나를 위해 나의 손과 발이 되어 충성을 다할 레지던트들은 어디로 갔는지 보이지 않습니다. 외래에서 하루 종일 일하고 집에 가기 전에 병실로 가서 회진을 끝내고 밖으로 나가면 하늘에 뜬 별들이 총총히 보입니다. 집에 가서 앉아 있어도 당직을 하는 레지던트가 없으니 입원 환자에게 문제가 생기면 필자를 찾습니다. 한밤중에도 병원에서 전화가 옵니다.

아침에 일찍 일어나 아직도 떠 있는 별들을 보며 병원으로 가서 밤중에 응급실을 통해 입원한 환자를 비롯하여 다른 환자들을 대충 회진하고 외래로 갑니다. 외래에서 하루 종일 일을 하고 신환자, 구환자 모든 입원 환자를 회진한 뒤에 피곤한 몸으로 퇴근합니다.

이른 아침에 별을 보고 일터로 나가 하루 종일 일을 하고 별을 보며 집으로 간다? 아니 이게 어느 나라 사람의 이야기인가요? 북한의 아오지 탄광에서 일하는 사람? 아니면 '바람 찬 흥남 부두'의 노무자?

교도소에서 실행한 하임리히법

그렇게 3~4년이 흘러 어느 날 점심시간. 동료와 함께 점심을 먹다 달라진 현실을 두고 자연스럽게 이런저런 이야기를 나누다 현실 비판으로 넘어갑니다.

"이건 내가 알던 미국이 아니야. 분명히 뭔가 해야 해. 변화가 필요하다고. 난 바꿀 거야"라고 하니 옆에서 열심히 밥을 먹고 있던 동료가 "나도 백번 동감해"라고 하며 "나랑 잭슨에 갈래?"라고 합니다.

앤아버에서 서쪽, 시카고 방향으로 약 40분을 가면 잭슨(Jackson)이라는 도시가 나옵니다.

그곳에 미국에서 가장 큰 교도소가 있습니다. 미국에서 가장 크기 때문에 세계에서 제일 크다고 은근히 자랑합니다. 미국 사람들은 이렇게 말합니다. "The biggest Walled Correction Facility." 담으로 둘러싸인 교도소 가운데서 가장 크다는 이야기입니다.

수용하는 재소자만 2만 명이 넘습니다. 일하는 직원도 6000~7000명이 됩니다. 그 안에 작은 병원이 하나 있습니다. 병실이 100개가량에다 응급실, 수술실, 병리과, 방사선과 등이 다 있고, 내과의사, 외과의사, 정신과

의사, 치과의사 다 합하면 거의 50명 정도가 일합니다. 전문 과목을 진찰하는 외래도 물론 있습니다. 다른 시설에서 환자가 발생하면 우리에게 보내고 회복이 되면 다시 돌려보냅니다. 중환자는 잭슨에 있는 큰 병원에 주로 보내고, 앤아버에 있는 대학병원에 보내기도 합니다. 잭슨이라는 도시가 이 교도소를 의지하고 살아갑니다. 바로 그곳에서 의사가 모자라 구하는 중이라는 광고를 미시간 의사회의 월간지에서 보았다는 겁니다.

갑자기 우리 둘의 눈에 별빛이 반짝하기 시작합니다. 눈앞이 환해옵니다. 그렇지 않아도 바깥에서 개업을 하기보다는 큰 조직에 소속되어 그 우산 안에서 일하는 것이 좋겠다는 생각을 많이 하던 차였습니다. 돈보다는 삶의 질이 중요하다는 생각이 서로 일치하여 그곳에 가서 면접을 보고 채용이 되어 일하기 시작합니다.

그때 필자를 면접하고 채용해 준 내과 과장이 사일러스 노먼(Dr. Silas Norman)입니다. 그의 누나가 뉴욕 메트로폴리탄의 유명한 오페라 가수 제시 노먼(Jessye Norman, 2019년 9월 타계)입니다. 정통파 클래식 가수로 한국에서도 공연한 적이 있어 어지간히 클래식을 좋아하는 이라면 이름을 들어본 사람일 것입니다. 그런데 이 사일러스도 본업은 의사지만 아마추어 바리톤 가수입니다. 디트로이트나 앤아버에 오페라가 와서 바리톤 조역이 필요하면 불려갑니다.

출근한 첫날에 그 사람이 나에게 해준 말이 지금도 기억납니다. "그만두고 싶으면 언제든지 오세요, 들어드릴 테니. 하지만 1년 뒤에요."

무슨 이유에서든 그만두겠다는 생각이 들면 언제든 찾아와 이야기하라는 거지요. 그렇지만 적어도 1년은 있어야 한다는 말입니다. 그런데 그 공갈 협박에 1년이 아니라 15년이 지난 뒤에야 앤아버 바로 옆에 좋은 자리가 생겨 그곳으로 옮기게 되었습니다.

그때가 필자의 황금기였고 가장 행복한 시절이 아닌가 생각합니다. 처음에는 환자들이 죄수들이라 조심스러웠지만 시간이 지나면서 서로 대화를 나누고 인간관계가 형성되니 세상에 그 사람들만큼 좋은 사람들도 드물다는 생각이 들 정도였습니다. 그 사람들의 병도 치료하였지만 상처 난 마음도 치료해 주는 진짜 의사가 된, 지금 와서 뒤돌아보면 돌아가고 싶은 15년입니다.

하여간 아침 8시에 출근, 오후 5시에 퇴근. 여름에 섬머타임이 시작되면 퇴근을 하여 집에 오더라도 아직도 해가 중천에 떠 있습니다. 의사로서 가장 보람되고 행복한 나날이 계속됩니다. 나의 주머니를 채우기 위해 일하는 일벌레, 돈벌레에서 이제는 사람을 고치는 진짜 의사가 된 나날들.

그렇게 모든 일에 감사하며 맡겨진 일에 몰두하던 어느 날, 1992년 3월 27일 점심시간입니다. 요일은 금방 잊어먹었지만, 왜 이 날짜를 정확하게 기억하고 있는지는 뒤에서 알게 됩니다.

그날도 다른 날과 같이 아침에 출근하여 할 일을 열심히 하고 나서, 병원의 아래층에 바깥이 시원하게 내다보이는 카페테리아에서 다른 직원들과 함께 세상 이야기를 나누며 평화스럽게 점심을 즐기고 있었습니다.

옆에 앉아 있던 간호사가 옆구리를 찔러 깜짝 놀라 보았더니 우리 앞에 앉아 있는 사람을 보라고 가리킵니다.

"천 박사님, 저 사람 좀 보세요!"

그 사람을 보는 순간 무슨 일이 일어났는지 머릿속이 환하게 밝아오는 듯하였습니다. 나도 모르는 사이에 자리에서 일어났습니다. 천천히, 그리고 확실하게. 천천히 하는 것 같아도 1초에 한 번 동작을 하니 빨리 움직였다고 볼 수도 있겠지요.

고개를 숙인 사람은 분명히 백인이었는데 머리 양편에 달려 있는 귀의 색깔은 누가 보아도 새까만 검은색이었습니다. 이미 정신을 잃고 식탁에 얼굴을 대고 온몸이 축 처져 있었습니다. 보는 순간, 어떤 상황인지 판단이 되었을 때는 이미 내 몸은 그의 뒤에 서 있었습니다.

"바로 이거다" 하며 테이블에 엎드려 축 늘어진 그 사람의 몸을 일으켜 세웠습니다. 의식을 잃은 사람의 몸이 무거운지는 알았어도 그렇게 무거운 줄은 미처 몰랐습니다.

나보다 조금 작은 키에 확실히 몸무게는 나보다 더 나가는 체격, 거기다 배가 불룩 나온 산타클로스를 닮은 아저씨였습니다. 뒤에서 두 팔로 간신히 끌어안고 내 두 손을 마주 잡았습니다.

"자 이제 된 거야. 이젠 그걸 해야 돼."

그의 뒤에서 씨름선수와 비슷한 자세로 그의 몸을 바치고, 거의 서 있는 모습을 했습니다.

첫 번째 하임리히법!

내 딴에는 엄청나게 세게 했는데 무반응. 덩치가 큰 남자 하나가 필자의 품 안에서 평화스럽게 잠들어, 아니 의식이 불명인 채로 안겨 있습니다.

두 번째 하임리히법!!

젖 먹던 힘까지 동원하였고, 죽기 아니면 까무러치기다 해가며 힘을 다 주었는데도 무반응.

그다음, 세 번째를 하기 바로 직전에, 세 번을 하고 난 뒤에 아무런 반응이 없으면 이 사람은 생명이 끝날 것이라는 생각이 번개같이 머릿속을 지나갑니다.

바로 그 생과 사의 갈림길에서 나의 입에서 나도 모르게 튀어나온 말. 말이 아니고 그냥 속으로 중얼거린, 아니면 그냥 마음속에 오간 생각이라 하면 더 정확한 표현일 것입니다.

0.5초도 되지 않는 짧은 시간에, 글로 쓰자니 긴 시간처럼 느껴지지만 0.5초면 순식간, 즉 눈 한 번 깜짝하는 시간에 불과합니다.

두 가지입니다.

첫째, "하느님 아버지 이 사람 좀 살려주세요. 이 사람 좀 구해주세요. 나를 살려달라는 것이 아니고 이 사람을요. 그냥 보고만 계실 건가요?" 둘째, "하느님, 이게 뭡니까? 이 사람이 이대로 죽어버리면 내가 뭐가 됩니까? 이렇게 많은 사람들이 보는 앞에서 이 사람이 깨어나지 않고 이대로 죽어버리면 나는 뭐가 되나요? 제 체면도 좀 생각해 주세요"였습니다.

이렇게 긴 기도를 드리는 데 0.5초도 걸리지 않았을 겁니다.

첫 번째는 부탁이고 두 번째는 공갈 협박입니다. 나중에 필자가 하느님을 만나면 그분이 입을 열기 전에 다짜고짜 사과를 하고 용서를 청해야 할 일이 바로 이 부분입니다.

"Booom!"

세 번째를 하고 나니 나는 기진맥진. 이제는 남은 힘이 하나도 없어 더 하려고 해도 불가능한 상태.

하지만 그 사람의 몸이 조금 움직이는 것 같아 바닥에 눕히고 나도 그 사람 옆에 다리를 길게 뻗고 편하게 앉아서 휴식을 취하면서 그의 가슴을 내려다보았더니 숨을 쉬고 있는지 조금씩 아래위로 오르내리는 것이 보입니다. 맥박을 확인하니 분명히 뛰고 있습니다.

얼굴색은 다시 백인으로 돌아오고 팔다리를 움직이기 시작합니다. 한참을 그냥 두었더니 스스로의 힘으로 일어나 의자에 앉습니다. 그러고 나서 잠시 이야기를 나눈 뒤에 각자의 자리로 돌아갔습니다.

그런 뒤 그 일을 까맣게 잊어먹고 있었는데 두 달쯤 흘렀을까, 하루는 출근을 하니 병원장이 찾는다더군요. 자기 사무실에 잠시 들르라는 이야기입니다. 원장이 의사를 찾을 때는 보통 안 좋은 소식인 경우가 많습니다.

원장실에 갔더니 워든 소장이 나를 찾는다고 내일 아침에 소장실로 출두하라는 겁니다. 이유는 자기도 모른답니다.

이것 참 이상한데? 무슨 일일까? 다음 날 아침 출근길에 다른 건물에 있는 소장실로 가서 그를 만났습니다. 나를 보자마자 의자에서 벌떡 일어나 악수를 청합니다. 그리고 "저희 직원을 구해주셔서 고맙습니다"라고 합니다.

자기 비서를 불러 준비한 감사장과 금일봉을 수여합니다. 군대로 치면 사단장이나 군단장 급에 해당하는 사람입니다. 그는 상장만으로 부족하였는지 당시 상황을 설명해 주는 설명서까지 덧붙여 줍니다.

"어떻게 아셨습니까?" 하고 물었더니, "저는 이곳에서 일어나는 모든 일을 알고 있습니다"라고 웃으며 말합니다.

그리고 자기가 주는 '이달의 사원 상'은 지금껏 단 한 번도 의사가 받은 적이 없다고 했습니다. 미시간주의 역사를 통틀어 과거에도 없었고 앞으로도 없을 것이라고 했습니다. 아마도 미시간뿐만 아니라 전 미국의 역사에도 없을 거라면서, 의사들은 이 상을 받을 필요가 없다는 것입니다. 일반 직원은 승진 심사 시에 같은 조건이면 이 상을 탄 사람에게 우선권을 주므로 그들에게는 중요한 상이랍니다.

그러고 나서 며칠 뒤에 그 교도관을 만나 이야기를 나누었습니다. 그날 집에서 가져온 점심을 끝내고 디저트로 크래커를 먹었답니다. 크래커를 입에 물고 탁하고 깨무는 순간, 작은 조각 하나가 숨구멍으로 날아 들어간 것이 사건의 시작이라고 합니다.

순간적으로 재채기성 큰 기침을 해야겠다는 생각이 들었지만 그렇게 하면 테이블 위에 있는 다른 사람들의 음식을 하나도 먹지 못하게 만들 것을 염려하는 순간 눈앞이 캄캄해 오며 정신을 잃었다고 합니다.

시간이 얼마나 경과한지는 모르지만 눈앞이 다시 환히 밝아오면서 자기는 바닥에 누워 있더라고 했습니다. 한참 생각해 보고는 어떤 일이 벌어졌는지 알게 되었다고 했습니다. 그러고 나서 자기 일자리로 돌아왔는데 얼마 지나지 않아 머리가 깨질 듯한 두통이 오더랍니다. 아마도 무독성 또는 저산소성 뇌병증(Anoxic or hypoxic Encephalopathy)이라는 현상이 온 모양입니다. 산소부족증입니다.

도저히 일을 계속할 수가 없어 보스에게 집에 가서 쉬어야겠다고 요청했더니, 그런 요청을 그 사람에게서 받아본 적이 없는 보스가 이유를 말해줄 수 없느냐고 하기에 점심시간에 일어난 일을 이야기해 주었답니다. 그랬더니 집으로 가기 전에 잭슨 시내에 있는 큰 병원의 응급실에 들러 의사를 보고 이상이 없는지 확인하라고 해서 그렇게 했답니다. 그래서 그날의 사건이 그 사람의 보스를 통해, 또 보스의 보스를 통해 워든 소장의 귀에까지 들어간 것입니다.

그런데 그 일이 일어난 뒤 3~4개월 뒤에 몸에서 이상한 현상이 나타나기 시작합니다. 한밤중 깊은 잠에 빠진 가운데 갑자기 눈이 반짝하고 떠집니다. 번쩍이 아니라 반짝입니다. 생살이 찢어지는 고통 때문입니다.

서서히 잠에서 깨어나는 것이 아니라 날카로운 통증으로 인해 침대에서 벌떡 일어나는 일이 점점 잦아집니다. 간신히 다시 잠들면 또 그런 통증으로 잠에서 깨어납니다.

오른쪽 어깨에 참을 수 없는 통증이 옵니다. 낮에는 견딜 만하여 모르고 지내다가 한밤중이면 어김없이 찾아옵니다. 오른쪽 어깨가 왜 이럴까? 내가 왜 이럴까?

곧 나아지겠지, 곧 없어질 거야. 나를 달래봅니다. 그렇게 하는데도 통증은 점점 심해만 갑니다. 약을 먹어봅니다. 타이레놀, 모트린. 별로 도움이 되지 않습니다. 그러던 어느 날 더 이상 고통을 참을 수 없어 응급실을 찾아갑니다.

"몇 달 전부터 오른쪽 어깨가 몹시 아픈데 왜 그런지 모르겠습니다."

응급실 의사가 방사선과로 보내 오른쪽 어깨 사진을 찍게 합니다. 조금 있다 응급실 의사가 사진을 가지고 와서 보여줍니다. 최근에 어깨를 다친 적이 있냐고 물어봅니다. 아니라고 했더니 하는 말, "어깨 관절이 빠져 있습니다."

약 처방을 받은 뒤 집으로 오는 길에 차 안에서 갑자기 내가 나에게 던

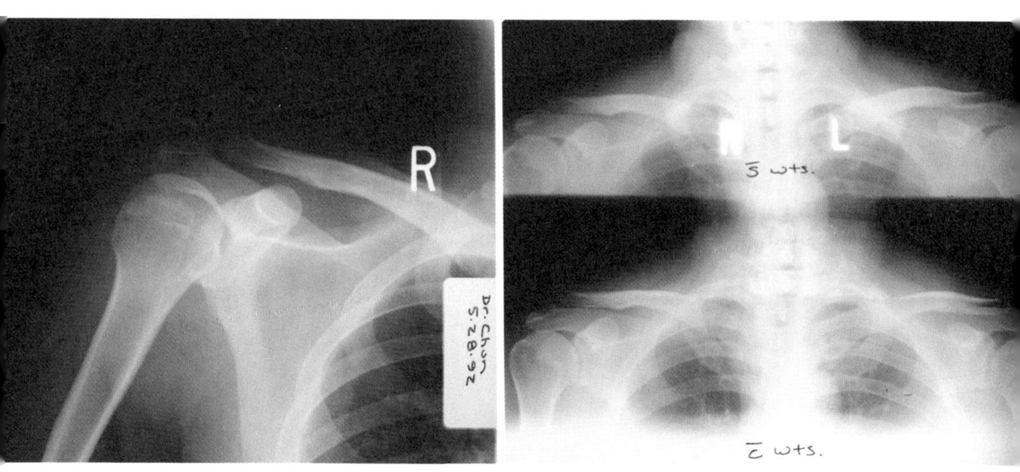

오른쪽 어깨 관절이 빠진 필자의 엑스레이 사진

진 말. "아, 하임리히법을 처치했잖아!"

아마도 세 번째 시도에서 너무 세게 했나 봅니다. 그리고 기도를 하면서 너무 건방지게 했나 봅니다. 하느님 옆에 있던 성질 급한 존재가 어깨를 갈라놓은지도 모르지요.

그 이후로 그 통증이 3년 넘게 필자를 괴롭히고 난 후 어느 날 갑자기 온다 간다 말 한마디 없이 사라져버렸습니다. 주인에게 간다는 인사도 없이 떠나버렸습니다. 하지만 오른쪽 어깨는 통증은 없어도 아직 쩍 벌어져 있습니다. 언제 또 돌아올지 몰라 건방진 마음을 먹지 않으려 조심하고 있습니다.

하임리히가 단 한 번 행한 하임리히법

앞서 하임리히법을 소개하면서, 하임리히법과 미국적십자사 두 가지 방법 중 어느 것이 더 우수한지 결정하는 권한이 있다면 어느 쪽을 선택할 것인가 하는 질문을 했습니다.

대답입니다. 물론, 하임리히법입니다.

생사의 갈림길에서 적십자사처럼 해보고 되면 그만이고 안 되면 다음 단계로 넘어간다는 것은 말이 되지 않습니다. 우리에게 생명은 하나입니다. 하나뿐인 생명을 가지고 차선책 운운할 시간이 없습니다. 한번 출발한 버스는 결코 돌아오지 않습니다.

사람은 앞이 대머리이지만 기회는 뒤가 대머리입니다. 기회는 앞에 있을 때 확 낚아채야 합니다. 앞을 놓치고 나면 뒤는 아무리 잡으려 해도 잡

Charles E. Egeler Correctional Facility, Jackson, Michigan

Employee of the Month Award

is hereby awarded to:

JOHN CHUN, M.D.

for maintaining a high level of professionalism, dedication and outstanding performance.

Presented for the Month of MAY, 1992 as recommended by the Employee of the Month Committee at the Facility.

Business Administrator, Chairman — Warden Henry Grayson

Deputy Warden, Member — D.W.H. Administrator, Member — Personnel Manager, Member

G.O.S. Supervisor, Member — Union Representative, Member

This is true Copy of Certificate (award)

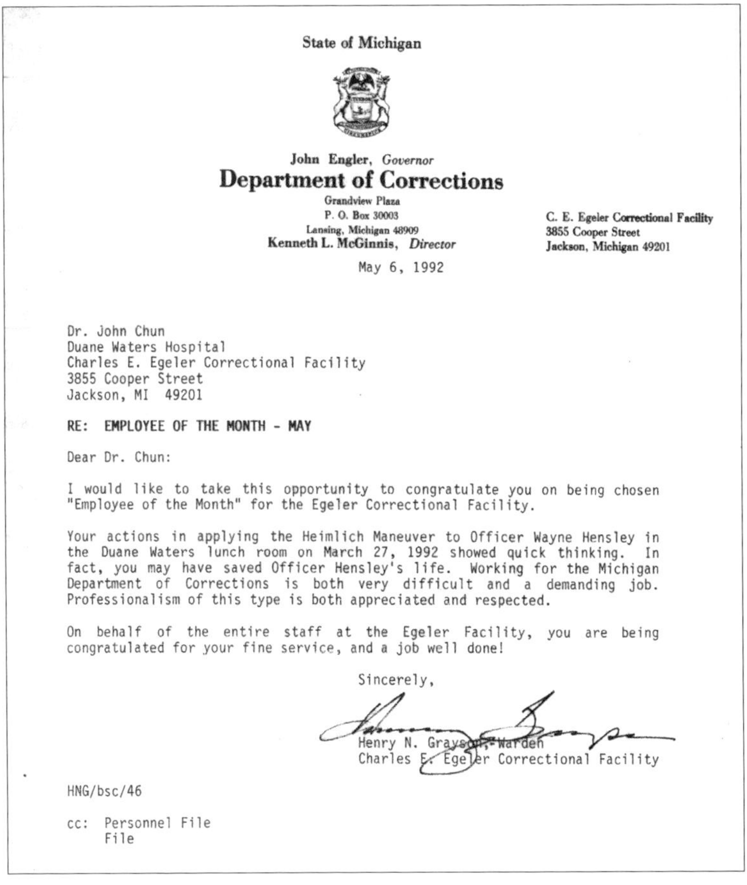

State of Michigan

John Engler, *Governor*

Department of Corrections

Grandview Plaza
P. O. Box 30003
Lansing, Michigan 48909
Kenneth L. McGinnis, *Director*

C. E. Egeler Correctional Facility
3855 Cooper Street
Jackson, Michigan 49201

May 6, 1992

Dr. John Chun
Duane Waters Hospital
Charles E. Egeler Correctional Facility
3855 Cooper Street
Jackson, MI 49201

RE: EMPLOYEE OF THE MONTH - MAY

Dear Dr. Chun:

I would like to take this opportunity to congratulate you on being chosen "Employee of the Month" for the Egeler Correctional Facility.

Your actions in applying the Heimlich Maneuver to Officer Wayne Hensley in the Duane Waters lunch room on March 27, 1992 showed quick thinking. In fact, you may have saved Officer Hensley's life. Working for the Michigan Department of Corrections is both very difficult and a demanding job. Professionalism of this type is both appreciated and respected.

On behalf of the entire staff at the Egeler Facility, you are being congratulated for your fine service, and a job well done!

Sincerely,

Henry N. Grayson, Warden
Charles E. Egeler Correctional Facility

HNG/bsc/46

cc: Personnel File
File

워든 소장이 준 감사장과 당시의 상황을 설명해 주는 간단한 설명서히지 않습니다. 앞에만 있고 뒤에는 아무것도 없기 때문에 뒤를 붙드는 것은 불가능합니다. 그래서 정답은 하임리히법입니다.

질식 피해자가 눈앞에 있으면 딴생각 말고 하나, 둘, 셋, 하임리히법을 하십시오. 여러분께 약속합니다. 반드시 빠져나옵니다. 하임리히 씨를 믿고 저를 믿으십시오. 만약에 빠져나오지 않으면 즉시 다음 단계, CPR로 넘어가십시오.

이 글을 쓰는 중, 하임리히 박사의 이야기가 뉴스에 나옵니다. 그가 여기에서도 가까운 신시내티에서 살고 있답니다. 그의 나이가 나이인지라 그곳의 실버타운에서 노후를 보내는 중이라 하였습니다. 그런데 거기에서 저녁을 먹던 중에 같은 곳에 사는 80세가 된 할머니가 음식이 기도로 들어가는 사고가 발생하여 자기가 창시한 방법을 사용하여 생명을 구해 주었답니다.

1974년에 발표해 놓고 자신은 한 번도 자기의 방법을 실행해 본 적이 없답니다. 이번이 그의 생애의 처음. 사실은 그 이후 얼마 되지 않아 돌아가셨습니다. 그것이 그로서는 처음이자 마지막, 하임리히가 한 하임리히법입니다. 42년 만입니다.

3부

즐거운 인생

13. 여행, 인생의 맛

8남매 가운데 끝에서 두 번째. 그 시끄러움 속에서 고요함을 찾기 위한 해결 방법 중 가장 현명하고 마음 설레는 것은 혼자 떠나는 여행이었습니다. 배낭을 메고 산으로 바다로 혼자서 떠나곤 했지요.

대문을 나서는 순간 느끼는 그 해방감, 그리고 나에게 성큼 다가오는 무한한 자유. 어린 시절 제 머리 위에는 보스(?)가 너무 많았다고 할까요. 하루 종일 숲속을 오르내리다, 아니면 해변가 모래밭, 그리고 바닷물 속에서 파도와 힘자랑하다 해가 지면 내가 만든 별미를 배가 터지도록 먹은 뒤, 내 머리 하나 누일 자리만 있으면 이 세상에 나보다 더 행복한 사람을 찾기가 불가능한 상태로 꿈나라로 갑니다.

하지만 집에서 멀어지면 멀어질수록 더욱 진하게 밀려오는 나의 모든 것, 집, 부모, 그리고 형제와 친구들. 그렇기 때문에 더욱더 깊이 여행에 빠져들었는지도 모릅니다. 몸은 비록 멀리 떠나와 낯선 곳에 있어도 강한 파도가 밀려오듯 나에게 힘차게 다가오는 나의 모든 것들. 그래서 혼자서 하는 여행을 유난히도 좋아했습니다.

집을 떠나야 효자가 되고 고국을 떠나면 누구나 할 것 없이 애국자가 되는 것은 누가 지어낸 삶의 공식인가요? 호랑이가 담배 피우던 시절, 사나이 대장부가 눈물을 흘리면 "어데다 써먹노!" 하며 남자의 눈물을 경시하던 때가 있었습니다. 어릴 때 어쩌다 넘어져 무릎이 깨져 피가 뚝뚝 떨어져도 눈물 한 방울 흘리지 않았고, 아무리 슬픈 영화를 보아도 좀처럼 눈물을 흘리지 않고 옆에서 훌쩍거리는 사람을 보면 흉보던 필자였습니다.

그런데 최근 들어 세계 여러 곳을 돌아다니면서 이집트에서 한 차례, 그리고 로마에서 또 한 번 거의 눈물을 보일 뻔했고, 알래스카에서는 조물주가 창조한 엄청난 자연이 그토록 깨끗하고 웅장한 데 반해 그 앞에서 있는 내가 너무나 작아 보였던바, 내 마음이 시원 답답, 아니 답답 시원하였던 진한 경험을 하였기에 이렇게 글을 쓰나 봅니다. 그래서 로마, 이집트 그리고 알래스카에 대한 글을 쓰려 하니, 특히 우리나라의 서울에 온 것같이 친근감을 주는 에스파냐의 바르셀로나가 서운해할 것 같아 조금이라도 포함해야 할 것 같습니다.

여러 곳을 여행하다 보면, 혹시나 이번이 마지막이 될지도 모른다는 위기의식 때문에 꼭 기억에 남겨야 한다는 강박감으로 긴장 속에서 여행하는 경우가 많습니다. 그런데 위에서 말한 세 곳, 아니 네 곳은 내가 걸어다닐 수 있는 동안에는 또다시 찾아오리라는 다짐과 희망 때문에 푸근한 마음으로 고향의 옛 친구를 만나 마음껏 마음속 대화를 나눈 뒤에 훗날을 기약하며 후련한 마음으로 작별하듯이 편한 마음으로 여행할 수가 있습니다.

혼자서 고독을 씹으며 하는 여행도 편하고 자유스러워 좋은 면이 있고,

경우에 따라서는 불편하지만 단체여행을 선택해야 하기도 합니다. 로마와 알래스카가 첫 번째에, 이집트와 에스파냐가 두 번째에 속합니다.

여행의 참맛은 나만의 고독을 씹으며 혼자 하는 여행에서 찾을 수 있고, 그래서 단체보다는 혼자, 아니면 둘, 많아야 넷이 하는 여행을 추천합니다. 넷의 경우에는 서로 마음이 통하는 부부 두 쌍이 하면 좋습니다. 어떤 곳에 가더라도 대중교통 수단이 불편하여 택시를 타야 할 경우도 한 대면 충분하기 때문입니다.

단체여행에는 이끌어줄 투어가이드가 있으니 장점이 있긴 해도 그 대신 여러 사람이 모이면 기동성이 떨어지고 자유스럽지 않고 정해놓은 일정에 따라가야 하니 항상 쫓기는 마음이 듭니다. 또 여러 명이 모이면 그 가운데에 반드시 한두 명 사고쟁이가 섞이게 마련입니다.

혼자서 하거나 두어 명이 하는 경우는 단체여행과 거의 반대입니다. 소수는 역시 기동성에다 자유로움이 있어 좋습니다. 빨리 움직입니다. 하지만 경우에 따라 마음에 드는 곳을 만나면 천천히 세월아 네월아 갈 테면 가거라 하는 마음으로 느긋하게 한곳에서 시간을 보내기도 합니다. 무엇보다도 마음에 드는 사람끼리의 여행이라 마음이 편합니다. 하여간 각자 취향에 따라, 여행의 목적에 따라, 가는 곳의 특성에 따라 혼자로 또 단체에 끼어서 나서기도 합니다.

여행에 대한 이야기는 로마, 이집트, 알래스카 등에서 느낀 바를 중점으로 엮었습니다.

우선 해외여행을 하자면 사전 지식을 쌓고 준비를 하는 데 시간과 노력이 많이 듭니다. 이것은 경비를 줄이기 위한 무형의 투자입니다. 그래야 일단 목적지에 도착해서는 관광에 열중하여 재미있고 충실하게 많은 경험과 지식을 습득하면서도 숙박이나 식비에 드는 경비에는 낭비가 없는 유효적절한 예산으로 최대의 결과를 가져오는 좋은 여행을 하게 됩니다.

식비를 낭비하지 않는다는 말은 싼 음식을 찾는다는 뜻이 아니라 여행을 하다 보면 항상 조심해야 하는 바가지를 경계하라는 말입니다. 쉽게 말해 여행 중에는 앉을 자리가 없도록 손님이 북적이는 식당은 맛과 가격에서 실망하는 경우가 거의 없지만, 유독 앉을 자리가 많고 조용하고 낭만스럽기까지 한 고급 식당에 무심코 갔다가는 바가지를 쓸 가능성이 많다는 말입니다.

그러나 비행기 값은 비수기를 이용하는 것 외에는 아무리 노력해도 줄일 수가 없는 항목입니다. 그래서 여행은 비수기에 할 수 있으면 하되, 그렇다고 해서 한겨울에 여행을 떠나라는 말은 아니고, 성수기가 지나 비수기로 들어가는 과도기, 즉 늦가을에 해당되는 10월 말이나 11월 초, 아니면 봄기운이 시작되는 비수기의 마지막이면서 성수기가 시작되려는 과도기, 즉 2월 중순에서 3월 중순이 적합하다는 말입니다. 그래서 이 시기에는 날씨를 잘 만나야 하고, 옷 준비에 신경을 써야 합니다.

최근 들어 사우디아라비아와 러시아 사이에 원유 전쟁이 불붙었습니다. 원유 값, 즉 휘발유 값이 매일 뚝뚝 떨어져 1갤런당 1달러에 근접했습니다. 두 나라가 조용히, 그러니까 외교로 해결하면 될 일을 누구 좋으라고 그러는지 이해할 수가 없습니다.

원유 값이 올라갈 때면 비행기 회사의 CEO들이 TV에 나와 원유 값 때문에 항공료를 올리지 않을 수 없다며 모든 책임을 원유 값에다 전가하기 급급합니다. 그런데 지금 그 사람들은 다 어디에 가 있는 걸가요? 도통 얼굴을 볼 수 없습니다. 물론 코로나19가 진정된 뒤 어떤 상황이 벌어질지 두고 봐야겠지만요.

좋은 여행은 건강이 받쳐줘야 가능합니다. 먼저 건강을 다진 뒤 열심히 일하고 공부하여 경제적으로나 정서적으로 여유 있을 때 평소 하고 싶던 취미에 기쁜 마음으로 투자하여 삶의 질을 향상시켜 봅시다. 마음에 맞는 사람과 알찬 여행을 계획하여 실천하며 사는 것, 얼마나 행복한지요.

여행을 하다 보면 여행 자체 때문에 또 한 번 더 와야지 하는 경우가 대부분이지만 다른 이유 때문에 그러한 마음이 드는 경우도 있습니다. 여행 중에 우리를 행복하게 만들어주는 것 중 하나입니다.

그것을 순서에 관계없이 나열해 보겠습니다.

포르투갈의 리스본에서 먹어본 통닭구이

활활 불꽃이 일렁이는 철판 위에서 방금 구워낸 이놈. 양념은 무엇으로 하였는지 내 평생 먹은 닭고기 중에서뿐만 아니라 모든 음식 중에서 단연 1등입니다. 하지만 함께 다녀온 사람들과 나중에 만나 리스본 통닭구이에 대해 물어보니 요리하는 방법이 좀 특이했다고 기억할 뿐 맛이 그렇게나 좋았던가 하며 고개를 갸우뚱합니다.

그래서 음식 맛은 객관적이 아니라 주관적임을 알았고, 내 입에 맞으면 일단 그것이 최고임을 알았습니다. 하지만 리스본을 생각하면 고향의 친한 친구가 불쑥 생각나듯 그 통닭이 함께 떠오릅니다.

알래스카의 앵커리지 시내에서 먹은 북창동식 순두부

북창동에 가서 북창동식 순두부를 맛본 적이 없어 원조와 비교할 수도 없지만, 불에 구운 통통한 조기와 함께 나온 앵커리지 순두부는 LA 한인 타운에서 맛있게 먹은 BCD(북창동) 순두부보다 확실히 한 수 위였습니다. 물론 LA에서도 조기 한 마리가 통째로 나오기는 하지만 그 크기나 맛에서 상대가 되지 않을뿐더러 지금 비교하고 있는 것은 순두부찌개의 맛입니다.

혹시 LA에서 자기 것이 최고다 하며 화를 낼 분이 있을 것 같아 이 정도에서 끝냅니다.

바비큐 립

옐로스톤 국립공원 북문을 거쳐 바깥으로 나오면 바로 만나는 작은 마을 도시에서 우연히 들렀다가 맛을 보고는 다음 날 저녁에 네 명이 만장일치로 또다시 들러서 먹은 바비큐 립.

새끼돼지의 한쪽 립을 그대로 불 위에서 양념을 발라가며 구운 새끼 돼지요리. 돼지야 미안해. 미국에 온 이후로 먹은 바비큐 립 가운데서 단연 1등입니다.

해산물 타코

푸에르토리코의 산후안 시내를 걸어 다니다 먹거리 골목에서 정말 우연히 먹은 이것. 평소에 타코를 먹기는 해도 늘 간 쇠고기(ground beef)로 만든 것만을 먹다가 전혀 기대를 하지 않고 시켰다가 여섯 명이 모두 눈을 스르르 감는 경험을 선사한 이 해산물 타코.

만장일치로 다시 들르기로 해놓고서 시간이 없어 바로 눈앞에 두고 헤어져야 하는 아쉬움을 남긴 이놈입니다. 오호! 통재라. 한 번 더 먹었어야 하는 건데 그냥 오다니. 어디서 그렇게 맛있는 타코를 또 만날는지.

다음은 음식이 아닌 물

캐나다 로키산맥에서 마신 만년설에서 녹아내리는 맹물. 다른 물과는 비교할 수가 없습니다.

앞의 '물'에서 자세히 설명했습니다.

14. 미국

오! 헵번

지금은 둘 다 세상을 떠나고 없지만, 우리 세대에게 헵번이라는 이름을 이야기하면, 나도 모르게 마음이 차분히 가라앉는 두 여배우가 있습니다.

물론 두 사람에게서 풍기는 인간미가 서로 정반대라고 하는 영화 전문가가 많을 테지요. 한 사람은 폭풍을 동반하여 몰려오는 강한 파도 같고, 또 한 사람은 미풍에 조용히 흔들리는 잔잔한 호수 같다고 할까요.

캐서린 헵번(Katharine Hepburn, 1907~2001)과 오드리 헵번(Audrey Hepburn, 1929~1993)입니다.

여기서는 캐서린에 대한 이야기입니다. 사실 이 두 사람에 대해서는 우리 세대나 우리의 선배 세대에게는 긴 설명이 필요치 않습니다.

특히 먼저 태어났으나 늦게 세상을 떠난 캐서린은 나이가 들수록 더욱 연기에서 빛을 발하여, 의지가 강한 할머니 역할로 우리에게 강한 이미지를 남겨준 인상적인 사람입니다. 더욱이 그녀는 배우로서는 최고의 영예인 아카데미상 후보에 열두 번이나 올랐고 주연상을 네 번이나 수상하였으니, 이것만으로도 그녀의 능력은 충분히 입증된 셈입니다. 메릴 스트립이라는 배우가 열세 번 후보에 올라 후보의 기록은 깨졌지만, 아직도 세 번밖에 수상하지 못했기에 수상 기록은 그대로 건재합니다.

캐서린은 다른 배우와는 달리 어릴 때부터 배우가 되기로 결심하고 대학에서 연기를 전공한, 할리우드에서는 보기 드문 정통파입니다. 그녀가 어릴 때 가장 좋아했던 남동생이 아버지에게 배운 목매다는 요술을 방에서 혼자 연습하다 실수로 죽고 맙니다. 그렇게 죽은 동생을 처음 발견한 사람이 그녀입니다. 그 정신적 충격이 꽤 컸나 봅니다. 1928년에 결혼하여 1941에 이혼한 뒤로 60년을 독신으로 지냈습니다. 그렇게 유명한 배우가 평소에는 화장을 전혀 하지 않고 옷도 허름하게 입고 다녀 길 가는 사람들이 모르고 지나칠 정도로 평범하게 살았습니다. 그러나 기자에게는 만나주지 않아 매우 까다롭다고 소문이 난 배우입니다. 1942년 영화 〈여성의 해〉를 통해 만난 스펜서 트레이시와는 그가 심장마비로 세상을 떠날 때까지 서로 사랑하는 친구로 지냈습니다. 두 사람의 우정은 지금도 많은 사람들의 기억 속에 남아 있지요.

이 세상에서는 자기만 성공하는 데 그치지 않고 남까지 성공하게 만들어주는 특이한 사람이 있습니다. 수재와 천재의 차이라 할까요? 캐서린이 바로 그런 사람입니다.

영화배우 가운데 돈복, 인기복은 있어도 상복이 없는 사람들이 더러 있습니다. 대표적으로 해리슨 포드, 톰 크루즈, 브래드 피트, 조니 뎁, 키아누 리브스 등이 있고, 한때 레오나르도 디카프리오도 그중 하나였습니다.

프로 골퍼 중에도 지금은 아니지만 유난스럽게 그랬던 사람이 하나 있었습니다. 아무리 여러 PGA 토너먼트에서 우승을 많이 하고 상금이나 수입이 많아도 메이저 대회에서 우승을 못하면 그 사람 이름 뒤에 항상 "메이저 대회에서 우승한 적이 없는 최고의 골프 선수"라는 이상하고 긴 명칭이 따라다닙니다.

그레그 노먼(Greg Norman)이 그런 사람입니다. 1970년도 후반에 브리티시 오픈을 메이저 대회로 추가하기로 결정하고, 1975년 이후에 우승한 것을 인정해 주기로 한 이후로는 그런 명칭이 따라다니지 않습니다. 챔피언을 할 당시에는 메이저 대회가 아니었다는 말이지요. 아직도 "미국 메이저 대회에서 우승한 적이 없는 최고의 골프 선수"라고 억지를 부리는 해설자가 가끔 있긴 해도 이제는 그 긴 이름에서 벗어났습니다.

다른 스포츠 분야도 마찬가지입니다. 프로 풋볼, 프로 야구, 프로 농구, 프로 하키 등에서 아무리 날고 기는 선수라 해도 한 번도 챔피언 트로피를 들어 올린 경험이 없으면 은퇴 후 대중 앞에 잘 나타나지 않습니다. 농구에 그런 선수가 몇 있긴 하지만 지면상 생략합니다.

흘러간 영화배우 가운데 그런 불명예를 안고 무덤에 갈 뻔한 사람이 둘 있습니다. 존 웨인과 헨리 폰다입니다. 곧 세상을 떠날 사람이라 동정표를 받아 아카데미 주연상을 받았다는 말이 나올 정도였지요. 존 웨인은 젊어서부터 오랫동안 배우로 활동해서 모은 전 재산을 자신이 주연한 영화에 투자했다 대부분을 날리고 말년에는 힘들게 살았다는 소문이 있어 필자가 존경하는 사람 중 하나입니다.

이 두 사람은 주연상 후보에 올라가기를 수차례나 했고, 그럴 때마다 가장 유력한 후보자라고 치켜세워졌으나 막상 뚜껑을 열어보면 이름도 알려진 바 없는 신참 연기자가 나오기를 반복하는 바람에 2등 패를 쥐고서 평생을 기다려야 했지요.

바로 이 두 사람이 세상을 떠나기 전에 출연한 영화에 상대역으로 나와 아카데미상을 들고 이 세상을 떠날 수 있게, 막판 뒤집기를 도와준 사람이 캐서린이고, 그녀도 하나를 들고 간 것으로 기억합니다. 헨리 폰다는 병상에 누워 자기와 함께 출연한 딸이 아버지를 대신하여 주연상을 높이 드는 모습을 보고 나서 얼마 지나지 않아 세상을 떠났습니다.

햅번이 묵었던 방

몇 년 전 학회 참석차 보스턴에 갔을 때입니다. 일정에다 며칠을 추가하여 미국 동부의 북쪽 끝, 캐나다와 인접한 메인주의 가장 북쪽에 있는 아케이디아 국립공원을 구경하기로 일정을 잡았습니다. 가는 길에 맛으로 소문난 랍스터도 몇 마리 감상할 계획을 짰지요.

학회에 참석하기 전에 방문하기로 계획되어 있어, 보스턴에 도착하자마자 공항에서 차를 렌트하여 GPS를 보며 무조건 북으로 달리기 시작했습니다. 가는 길에 코드곶에 들러 옛날에 케네디 대통령이 가족과 함께 휴가를 즐기던 곳을 둘러보고 마서스비니어드(Martha's Vineyard)를 구경하고는 또 북쪽으로 달렸습니다.

목적지가 정해져 있다 해도 마음에 드는 풍경이 눈에 들어오면 시간 가

청교도가 처음으로 발을 디딘 것을 기념하는 비석

메인주 아케이디아 국립공원의 해안 단애

는 줄 모르고 구경하다, 또 다음 행선지를 향해 달리기를 반복했습니다. 결국은 목적지에 도착하여 아침 일찍 국립공원에 가서 하루 종일 구경했습니다.

다음 날, 왔던 해안길로 내려가지 않고 대각선으로 내륙을 향해 가로질러 달렸습니다. 뉴햄프셔주에 있는 블루산과 화이트산을 답사해 보기 위해서였지요.

이곳 경치에 대해서는 어디나 마찬가지로 아무리 글을 잘 쓴다 해도 그것을 제대로 표현하기가 어렵고, 저처럼 글재주가 없는 사람으로서는 그저 좋았다고 표현하는 수밖에 다른 방법이 없습니다. 하여간 아침 일찍 일어나 블루산에 들어가 샅샅이 돌아다니다 점심을 먹은 뒤에 화이트산에 들어가 오솔길을 따라 산속의 폭포에도 올라가 보고 호수에서 배도 타보고 '큰 바위 얼굴'이 있었던 산에도 가보았습니다.

큰 바위 얼굴은 우리가 고등학교 시절 교과서에서 읽었던, 덥수룩한 콧수염과 턱수염을 가진 마음씨 좋은 아저씨의 얼굴 모습을 한 바위를 두고 하는 말입니다. 그 모습이 더 확실히 보이는 각도에 전망대를 만들어 많은 사람이 편히 볼 수 있게 편의시설도 해놓은 곳입니다.

얼굴 부분이 무게를 이기지 못하고 무너져 내릴 것을 염려한 사람들이 막대한 비용을 들여서라도 원형을 보존할 방법을 마련하기 위해 연구하는 중에, 어느 날 무너져 내리는 자신의 모습을 사람에게 보여주기에는 자존심이 허락지 않아서인지 사람이 있다 하여도 볼 수 없는 한밤중에 무너져 내렸다 합니다.

화이트산의 일정이 끝나가고, 해는 저물어 어두운데 배는 고프고 해서 평소 실력으로 GPS의 도움을 받아 아무것도 보이지 않는 첩첩산중에 호텔 하나를 찾아내어 그곳으로 향했습니다. 미리 전화로 예약을 해놓았지만 우선 체크인을 하고서 식당을 찾아 나설 계획으로 그곳으로 갔습니다. 프런트에 가서 볼일이 끝날 즈음에, 아가씨가 나에게 던지는 말.

"캐서린 햅번이 머무른 방에 묵으시겠습니까? 추가 요금은 없습니다!"

이 사람이 도대체 무슨 말을 하나?

"뭐라고요? 내가 아는 그 캐서린 햅번 말씀이십니까?"

"네, 맞습니다."

캐서린 헵번에게는 비서가 한 명 있었습니다. 캐서린 헵번을 따라다니며, 고용 관계가 아닌 친한 친구처럼 서로를 배려해 주며 세상을 떠날 때까지 좋은 인간관계를 유지했다 합니다. 캐서린이 가는 곳에는 항상 그녀가 있었지요.

물론 보스가 휴가를 가면 그녀도 따라갑니다. 그런데 비서가 휴가를 가면 보스가 따라갑니다. 사실 비서는 보스를 따라가는 일 자체가 반 이상은 휴가를 가는 것이나 다름없습니다.

하지만 이 비서도 1년에 한 번은 고향에 있는 부모와 형제를 보는 것이 그녀의 도리이자 휴가입니다. 그래서 비서가 휴가를 가면 그녀도 비서의 고향에 와서 그녀의 집에서 멀리 떨어진 이곳에서 2주일을 조용히 혼자 지내다 돌아갔다는 것이지요. 기자들의 인터뷰 요청에 전혀 응하지 않던 그녀답게 동네 사람들이나 비서의 가족과도 거의 만나지 않았다고 합니다.

배가 고프면 혼자 내려와 마음에 드는 식당에서 음식을 먹은 뒤 돌아와 안락의자에 앉아 책을 읽으며 혼자만의 시간을 보내다 때가 되면 비서와 함께 조용히 일터로 사라졌겠지요. 그 비서의 고향이 바로 이 마을이라고 합니다.

첩첩산골이라 늦여름이라도 밤이 되면 기온이 내려가 통나무로 벽난로를 덥히고 방을 아늑하게 만들어 잠을 청하던 그녀. 바로 그 방이 오늘은 필자의 차례가 됩니다. 그녀가 한 것처럼 통나무를 태워놓고 책을 읽다가 잠을 청합니다. 사람은 좌우간에 오래 살고 볼 일입니다.

나이 들어 할머니가 되었을 때 머리를 약간 흔드는 모습을 보입니다. 딱 한 번 인터뷰에 응한 그녀에게 기자가 묻습니다. "파킨슨병입니까?"

"No!"

그녀다운 대답입니다.

이사벨라 스튜어트 가드너 박물관

보스턴에 가면 이사벨라 스튜어트 가드너 박물관이라는 이름을 가진 미술관이 있습니다. 지금은 근처에 큰 현대식 박물관이 들어서 작아 보이긴 하지만 그런대로 큰 박물관입니다.

에스파냐 여왕 같은 이름이지만 사실은 아버지 집안은 아일랜드에서, 어머니 집안은 잉글랜드에서 미국으로 이민 온 집안입니다. 당시에도 가난한 사람들만 신천지를 찾아 맨손으로 오는 것이 아니라 돈 많은 부자들도 그들만의 이유로 이민 결심을 하였나 봅니다.

1840년 이사벨라는 아버지와 어머니의 가문이 모두 엄청나게 부유한 데다 당시 뉴욕 상류사회를 주름잡던 부모에게서 태어나 행복한 어린 시절을 보냅니다. 4남매 가운데서 맏이로 태어난 그녀는 동생들이 어린 나이에 하나둘 일찍 죽는 바람에 그 많은 부모의 재산을 오롯이 물려받는 행운 아닌 행운을 맛보게 됩니다. 항생제가 없고 의학도 발달하지 않아 돈으로도 해결할 수 없는 일이 지금보다 많던 시절입니다.

부유한 집안의 무남독녀는 부모의 특별한 사랑을 받으며 자라납니다. 좋은 가정교사를 대저택에다 모셔놓고서 교육을 받습니다. 그것도 마음에 차지 않아 그녀가 16~18세가 될 무렵에 부모가 딸과 함께 파리로 가서 살면서 수년 동안 이름난 선생을 수소문해 교육시킵니다. 지금 기준으로도 그녀의 부모가 얼마나 부자인지 짐작이 갑니다.

스무 살이 되어 결혼을 합니다. 남편도 비슷한 시기에 여동생과 함께 파리 유학을 한 사람입니다. 그곳에서 처음 만났다고는 하지만 남편의 여동생과 가까운 친구 사이이기에 두 사람은 남편의 여동생이자 친한 친구의 중매, 혹은 소개로 결혼한 셈입니다. 남편의 이름은 잭 가드너입니다. 그런데 그의 집안도 보통이 아닙니다.

뉴욕의 무지무지하게 돈 많은 두 갑부의 집안이 결혼으로 연결됩니다. 이사벨라의 아버지는 광산업으로, 남편의 집안은 무역으로 성공하였습니다.

그녀의 아버지가 결혼선물로 준 보스턴의 저택에서 살며, 뉴욕에서 갈고닦은 경험을 토대로 보스턴 상류사회의 핵심 멤버로 사회생활을 하게 됩니다. 그녀가 살아 있는 동안에는 자기가 살던 저택을 펜웨이 코트(Fenway Court)라 불렀습니다. 현재 보스턴의 레드삭스 홈구장이 있는 펜웨이 파크(Fenway Park)가 걸어서 갈 수 있는 거리에 있습니다.

그런데 결혼 후 태어난 아들이 두 살이 될 즈음에 폐렴으로 죽습니다. 아무리 돈이 많다 해도 페니실린이 나오기 전이라 별도리가 없습니다. 그 후로는 임신만 했다 하면 자연유산이 됩니다. 심한 우울증에 빠집니다.

의사의 충고로 그들이 과거에 머물던 파리를 위시하여 유럽 여행을 떠납니다. 예술에 대한 안목이 깊어집니다. 노르웨이 등의 북유럽, 러시아 등을 여행하고 난 뒤에 다시 보스턴 상류사회로 돌아옵니다.

그러고 나서 몇 년 지나지 않아 1874년부터 1875년 사이에 이집트와 인접 국가인 누비아, 그리고 아테네, 빈, 뮌헨, 또다시 파리를 방문합니다. 이런 여행을 통해 그녀의 삶은 점점 더 깊어지고 예술에 대한 지식도 깊어갔습니다.

1884년, 일본을 방문하고 중국, 캄보디아, 그리고 인도와 이집트를 방문합니다.

1984년, 영국을 방문하면서 예술에 대한 그녀의 지식은 더욱더 깊어집니다.

1891년, 그녀가 50세가 되던 해에 아버지가 세상을 떠나자 아버지의 재산을 물려받습니다.

1898년, 그녀의 남편이 뇌졸중으로 세상을 떠납니다.

그때부터 이사벨라는 펜웨이 코트란 이름으로 박물관을 짓고 예술품 수집에 온 힘을 기울입니다. 유럽의 여러 나라에, 심지어 일본의 유명한 예술가나 그 방면의 전문가들과 친밀한 인간관계를 형성하고서 그들의 조언을 받아 예술품을 구입합니다. 4층짜리 박물관을 과거와 당시의 유명한 예술가들의 작품으로 가득 채웁니다. 우리가 미술시간에 배웠던 많은 작품들이, 관록 있는 잡지에서 본 작품들이 그 안에 소장되어 있습니다.

1919년에 뇌졸중으로 반신불수가 되고, 5년 뒤 1924년 7월에 84세의 나이로 세상을 떠납니다.

그녀는 친정과 시집에서 물려받은 막대한 유산을 물려줄 자손 하나 없습니다. 하지만 자손이 있었다 해도 유산을 물려주지는 않았을 것입니다. 자기가 정성 들여 수집한 예술품을 너무나 사랑하였기에, 결혼 이후로 살아온 보스턴을 너무나 사랑하였기에 자기가 가진 모든 것을, 그녀 소유의 박물관을 보스턴시에 기증합니다.

조건은 단 하나, 펜웨이 코트에 자기가 전시해 놓은 예술품의 위치를 변경하지 말고 원래 자리에 그대로 둔다는 조건입니다. 이사벨라의 깔끔한 성격을 그대로 보여줍니다.

이 세상을 떠나 하늘나라에 갔지만 자기가 이루어놓은 것을 살아생전에 보던 그대로 저세상에서도 자랑스럽게 음미하겠다는 의중이 보입니다.

그런데 그녀의 소망이 산산이 깨지는 사건이 발생합니다. 그녀가 세상을 떠난 지 95년이 지난 1990년 겨울, 필자가 미국에 온 지도 13~14년이 지난 때입니다.

그녀가 저세상에서 자기 집에서 일어난 사건을 놀란 눈으로 바라보고 있었는지, 아니면 다른 데 한눈을 팔고 있었는지는 아무도 모릅니다.

펜웨이 코트에서 자기의 이름과 남편의 성을 합하여 만든 이사벨라 스튜어트 가드너 박물관에서 예술품 도난사건이 일어납니다. 보통 도난당한 예술품은 그 가치를 알아주는 사람이 극소수이므로 범인 체포는 시간 문제입니다. 그러나 이 사건만은 예외입니다. 30년이 되어가는 지금까지도 해결이 날 전망이 전혀 보이지 않습니다.

박물관은 아침 8시에 문을 엽니다. 오후 5시가 되면 모든 직원이 퇴근하고 경비원 두 명이 다음 날 아침 8시까지 박물관을 경비합니다. 모든 문을 철통같이 잠그고 두 명만이 안에서 경비합니다. 직원들이 퇴근하면 다음 날 아침까지 아무도 들어가지도 나가지도 못합니다. 피치 못할 사정이 있으면 관장만이 들어갈 수 있는 예외조항이 있지만 비상문이 열려본 적은 한 번도 없다고 합니다. 박물관이란 병원이나 경찰서와 달리 문제가 있어도 다음 날 출근하여 해결하면 되기 때문입니다.

그런데 관장도 모르는 사이에 사건이 터져버립니다. 인근 경찰서와 비상 전화선이 연결되어 있었지만, 그 전화선도 침묵을 지킵니다.

이 사건으로 온 나라가 떠들썩했습니다. 수년 전에는 CNN에서 한 시간짜리 주말 특별 프로그램을 방영하기도 했습니다. 아직도 글자 그대로 오리무중입니다. 범인이 잡힐 기미가 전혀 보이지 않습니다. 유명한 예술품의 도난은 결국 범인의 체포로 끝이 난다고 합니다. 우선 돈이 목적이라 암시장에 나오게 돼 있어 이때 범인이 잡히거나, 훔쳐간 박물관에 돈을 요구하는 전화를 하거나 편지를 보낼 때 단서가 잡혀 걸려든다고 합니다. 또 한 명이 아니라 두 명 이상이 저지른 일이라 세월이 지나면 그들 간에 처분 문제 등에 이견이 생겨 경찰에 정보가 들어온다고 합니다.

물론 도난 직후에 돈을 요구하는 전화가 단 한 번 오긴 했다고 합니다. 사실 필자도 보스턴에 몇 번 가본 적은 있지만 이 박물관에는 한 번도 가본 적이 없는지라 한번 가볼 계획을 세웠습니다. 보스턴 사람들조차 이제는 이 사건을 기억하는 사람이 드뭅니다. 없는 것을 보러 간다니 좀 이상합니다. 그것도 입장료를 내고서 말입니다.

이제는 그 사건을 기억하는 사람도 극소수에다, 박물관을 소개하는 책자에도 수치스러운 마음이 들어서인지 자세한 설명이 없습니다. 단지 책자에는 그 작품의 설명 끝에 'stolen'이라는 말이 적혀 있을 뿐입니다.

30년 전 어느 추운 겨울밤, 밤이 깊어가는 자정에 건물 뒤에 있는 비상문에서 초인종을 누르는 소리가 보안실에 들려옵니다. 참고로, 그 사건 이후로 그 비상문은 사용하지 않는답니다. 가서 보니 아예 없애버리고 흔적이 없습니다. 지금처럼 CCTV가 있던 시절이 아닙니다. 중요한 곳에는 TV 카메라를 설치해 서로 보면서 통화할 수 있는 선을 깔아놓고 스피커에다 대고 말을 주고받습니다. 계속 녹화가 되고 소리까지 기록되는 시절이 아니었지요.

초인종 소리에 비상문의 화면을 보니, 정복을 한 보스턴 경찰관 두 명이 서 있고, 그중 하나가 비상문을 열어달라고 크게 소리를 지릅니다.

"무엇을 도와드릴까요?"

조금 전에 박물관과 경찰서에 연결된 비상벨이 울렸기 때문에 안에 들어가서 확인을 해야 한다고 말합니다.

그런 일을 당해본 적이 없는지라 당황한 가운데 경찰서에 확인 전화를 하지 않습니다. 첫 번째 실수. 전화로 금방 알 수 있는 중요한 사안을 망각합니다. 문제 해결이 그 자리에서 판가름이 나는데도 말입니다. 관장에게 연락할 생각조차도 깜박합니다.

가서 문을 열어줍니다. 두 번째 실수. 동료는 순찰 중이라 혼자서 결정해 버립니다.

이제는 돌이킬 수 없는 사태가 연속됩니다. 봇물이 터져버립니다. 일단 안으로 들어오자마자 혼자 있는 경비원에게 몇 가지 질문을 던집니다. 그러더니 갑자기 그중 한 놈이 경비원의 얼굴을 가리키며 고함을 지릅니다. "어디선가 당신을 본 것 같아. 낯익은 얼굴이야!" 최근에 게시판에 올라온 살인 강도 용의자와 너무나 닮았다고 소리치며, 벽을 향해 서서 두 손을 번쩍 들라고 명령합니다. 당황한 경비원이 명령하는 대로 하는 순간 수갑이 채워집니다.

순찰을 마친 다른 경비원이 2층에서 내려오다 동료가 수갑을 차고 있는 광경에 그도 당황해 버립니다. 말 한마디도 못해본 채, 그의 손에도 수갑이 채워집니다. 그들의 입에는 덕 테이프(duck tape)가 단단히 붙여지고 지하 보일러실에 끌려가 보일러실 파이프에 묶여 다음 날 아침 직원들이 출근하여 그들을 발견할 때까지 서로 한마디 말도 해보지 못한 채 눈만 멀뚱하니 쳐다보고 있었을 뿐입니다.

그리고 난 뒤, 두 가짜는 위층으로 올라가 두 시간 동안 꼼짝하지 않고 구석에 눌러앉아 있다 2시가 되어 행동에 들어갑니다. 지금처럼 CCTV는 존재하지 않았어도 동작 탐지기는 상품화가 되어 있었나 봅니다. 동작 탐지기에 그들이 어디를 돌아다녔는지 움직임이 다 기록되어 있답니다.

그들이 왔다 갔다 한 곳에 더 가치가 있는 예술품이 수도 없이 널려 있는데도 딱 일곱 점만 없어져 버립니다. 마음만 먹으면 더 유명한 예술품을 얼마든지 더 가져갈 수 있었음에도. 둘이서 아무리 천천히 작업(?)을 해도 적어도 수십 개는 가지고 갈 수가 있었는데 말입니다. 수사관의 머리를 혼동시키는 주된 요인이 됩니다.

벽에 걸린 그림은 내려서 날카로운 면도칼로 잘라내어 알맹이만 원통에 넣어 가지고 갑니다. 지금도 전시실에 가면 한쪽 벽면에 액자만 두 개가 덩그러니 걸려 있습니다. 박물관에서는 촬영 금지이므로 사진에 담아 올 수가 없습니다.

둘 다 유명한 화가 렘브란트의 작품이지만, 오른쪽 것은 미술교과서에도 나오는 깜깜한 〈갈릴리 바다의 폭풍(The Storm on the Sea of Galilee)〉이라는 그림입니다. 그런데 웃기는 것은 사람들이 액자만 걸려 있고 가운데는 비어 있는 걸작품을 보고도 무표정하게 지나간다는 사실입니다. 박물관을 소개하는 책자에도 '1910년에 도난(stolen in 1910)'이 전부입니다. 경비를 제대로 하지 못한 죄책감일까요?

그 없어진 그림 앞에 렘브란트의 자화상이 마주하고 있습니다. 렘브란트의 작품은 가져가면서 왜 렘브란트는 두고 갔을까요? 그 장면을 눈앞에서 목격한 렘브란트로서는 입이 근질근질할 테지요.

수사관들도 처음에는 내부에 동조자가 틀림없이 있다는 믿음으로 문을 열어준 경비원을 첫 번째 용의자로 수사선상에 올려놓고 수사를 진행했지만 아무리 조사를 해도 실마리가 잡히지도 풀리지도 않았습니다. 암

시장에 정보원을 풀어놓고 철저히 조사를 해도 범인은 나타나지 않습니다. 범인이나 예술품을 찾아내는 데 실마리만 제공해도 상금을 500만 불을 주겠노라 해도 정보가 들어오지 않습니다. 아메리칸 익스프레스의 여행자 수표로 500만 달러 현상금을 은행에다 걸어놓고 있어도 아직 주인이 나타나지 않고 있습니다.

알래스카

알래스카는 여러 명이, 예를 들어 전 가족이 함께 크루즈를 타고 여행을 하든가, 아니면 몇 명이서, 또는 혼자서 하는 방법이 있습니다. 형편에 따라 방법을 달리할 수 있지만 저는 소수정예를 추천합니다. 알래스카 여행은 둘이서나 넷, 즉 마음에 맞는 두 부부가 하면 안성맞춤입니다. 여러 명이 시끄럽게 떠들며 여행하기보다는 소수가 조용한 가운데 대자연의 웅장함에 자기도 모르게 빨려 들어가며 음미하는 여행이 되기를 바라는 마음입니다. 그래서 여행 뒤에는 영혼이 깊어지는 체험을 하게 되기를 바랍니다.

물론 70세 생일, 결혼 40주년을 기념하기 위해 온 가족이 과거를 돌아보며 하는 여행이라면 의미 있는 행사가 될 것입니다. 대자연 앞에서 온 가족이 함께 할 수 있으니 말입니다.

알래스카의 역사는 간단합니다. 원래 주인인 러시아가 미국에 팔아먹었습니다. 매국이라는 말의 원조입니다.

아메리카반도 북서쪽 끝에 붙어 있는 땅이 처음부터 캐나다나 미국, 특히 캐나다에 속하지 않고 러시아 영토가 된 까닭은 숙제로 남겨둡니다. 물론 알래스카의 북부 지방은 러시아와 마주 보고 있기는 합니다.

특히 캐나다에 붙어 있는 그렇게도 넓은 땅이 처음부터 캐나다 영토가 아니었다는 사실은 소화하기가 좀 어렵습니다. 필자의 이 말은 마음 좋은 캐나다 사람들이 들으면 가슴 아파할까 봐, 아니 자기들 조상을 원망할까 봐 큰 소리로 말하기가 좀 난처합니다.

하지만 외교 문서에 서명할 때만 해도 미국과 러시아의 분위기는 정반대였습니다. 미국의 상·하원에서는 쓸데없는 불모지를 거금을 들여 구입한다 하여 알래스카 구매운동에 앞장선 국무장관을 탄핵하려는 법안을 상정해 놓은 상황이었지만 그와는 반대로 협상에 나선 재정러시아의 왕족은 애국자로 떠받들려 궁궐에서는 축하연을 준비해 놓고 그가 문서에 사인하고 돌아오기를 기다렸습니다.

이제 와서 생각해 보면 전혀 이해가 되지 않습니다. 그래서 요지경이라는 말이 생겨난 모양입니다. 귀한 조국의 땅을 팔아먹은 매국노는 충신이 되고, 불모지를 비싼 돈을 들여가며 구입한다 하여 미래의 충신은 미친놈 취급을 당했으니. 우리나라의 이완용은 그놈을 경주차를 몰고 따라가도 따라잡을 수가 없을 지경의 상황이 벌어진 거지요.

같은 매국노지만 결과를 보면 차원이 다릅니다. 이완용이 팔아먹은 한반도는 결국은 주인의 품에 돌아왔지만 알래스카는 결코 주인에게 돌아가지 않을 것이기 때문입니다. 우선 미국이 알래스카를 옛날 주인에게 하늘이 두 조각 나도 돌려주지 않을 것이고, 러시아 또한 그 땅을 돌려달라고 감히 억지를 부릴 수 없는 처지니 알래스카는 영원히 미국 땅이라는 말입니다. 간단히 말해 미국은 돌려줄 리가 만무하고, 러시아는 돌려달라고 손을 내밀 이유가 없습니다. 그것도 영원히 말입니다. 두 나라의 대표가 조약문서에 각 나라를 대표하여 자기의 이름을 서명할 때만 해도 그들의 마음가짐이나 그 조약을 승인하는 국가의 입장은 러시아는 승자, 미국은 패자라고 생각했을 테지요.

알래스카가 러시아 땅이었을 때는 러시아인들이 알래스카에 많이 살았답니다. 그들은 주로 털이 많은 짐승을 잡아 털옷, 털모자가 필요한 본국에 보내고 그 수입으로 생계를 유지하며 추운 땅에서 살았다고 합니다. 그런데 그들이 에스키모를 자세히 보니 자기들보다 짐승 잡는 기술이 훨씬 앞서 있는 게 아니겠어요?

그래서 에스키모들에게 접근하여 그들이 잡은 짐승을 싼값에 사들여서 본국에 보내 재미를 봅니다. 그런데 사람은 불로소득에 맛 들이면 더 편하게 배를 채울 방법을 찾게 됩니다. 그들은 본국에 있는 귀족들과 뒷거래를 하여 알래스카에 재정러시아 군대를 파견하게 해놓고 군인들이 총칼을 들이대고 에스키모들이 애써 잡아온 짐승을 빼앗아 갑니다.

사태가 이 지경에 이르자 에스키모들이 반항하기 시작합니다. 짐승을 잡으러 나가지 않거나 잡아도 그들만 아는 곳에 숨겨놓고 빈손을 보여줍니다. 이러한 악순환을 거듭하다 보니 군인들은 타락하여 굶주린 도둑의 집단이 되어버립니다.

그러니 알래스카를 누구라도 가져가겠다 하면 거저라도 내줄 판인데 돈을 그렇게나 많이 주겠다니 그 기회를 놓칠세라 '코 큰 바보들'이 제정신을 차리기 전에 그 애국자(?)는 서둘러 조인서에 도장을 찍고 본국으로 달아나 버렸지요.

알래스카를 돌아다니다 보면 옛날 러시아인들의 공동묘지가 눈에 들어옵니다. 죽었을 때는 사랑하는 조국의 땅에 묻혔는데 세월이 지나고 보니 남의 땅에 누워 있는 신세가 되었고, 찾아오는 후손도 하나 없습니다.

그 운명의 날은 1867년 3월 30일입니다. 가격은 780만 달러. 1에이커에 고작 2센트이고, 1제곱킬로미터에 4달러 74센트입니다. 물론 현재의 화폐가치와 당시의 화폐가치에 많은 차이가 난다는 점을 고려하더라도 아무리 쓸모없는 땅이라 해도 남의 나라에 돈을 받고 팔아먹는 것은 상식적으로 납득이 가지 않는 일입니다. 전체 면적은 171만 7856제곱킬로미터로, 우리나라 남북을 합친 면적이 21만 9155제곱킬로미터이니, 한반도의 거의 열 배가 되는 귀중한 땅을 팔아먹고 춤을 추며 자기 나라에 돌아갔다니 벌어진 입이 다물어지지 않습니다.

이 세상의 역사 가운데 이보다 더 기막힌 일을 어디서 찾을 수 있을까요? 참으로 러시아에 동정이 갑니다. 자기들 딴에는 쓸모없는 땅을 주고 큰돈을 챙겼다고 좋아했겠지요.

지도를 보면 그렇게 커 보이지 않는 버려진 땅이었지요. 그러나 세월이 얼마 흐르지도 않아 제1차 세계대전이 나고 제2차 세계대전도 끝나면서, 우선 전략적 가치가 확연히 드러나기 시작합니다.

제2차 세계대전이 끝나면서 러시아와 미국이 냉전에 들어갑니다. 미국은 군사적·외교적·경제적으로 유럽, 아니 세계로부터 러시아를 고립시켜 나갑니다. 걷잡을 수 없는 군비경쟁에 돌입하면서 미국은 러시아의 숨통을 막는 데 최선을 다하고 계획한 전략대로 성공해 가지만, 러시아는 그런 미국을 따라잡을 수가 없습니다.

미국은 러시아 서쪽으로 독일을 중심으로 나토를 결성하여, 특히 모스크바의 바로 턱밑에 있는 터키에 대륙간탄도미사일(ICBM)을 줄줄이 세워

배치합니다. 한국과 일본에도 마찬가지입니다. 러시아의 영토였지만 이제는 미국의 영토가 된 알래스카에다 또 ICBM의 줄을 세우지요.

한번 상상해 봅시다. 상황을 바꾸어 알래스카가 아직도 러시아 땅이라면 끔찍한 생각이 듭니다. 우선 캐나다 입장에서는 자나 깨나 등이 서늘할 것입니다. 그런 면에서는 미국도 마찬가지입니다. 캐나다는 군사적인 면에서 미국과 러시아 사이에 끼어 항상 말과 행동을 조심해야 합니다. 아마도 러시아의 눈치를 더 보아야 하는 비참한 처지에 놓여 있을지도 모르지요. 미국으로서도 러시아가 알래스카 땅에다 캐나다와의 국경에 ICBM을 줄줄이 세워놓으면 미국이 지금처럼 러시아에 과감하게 나갈 수 있을까요?

백악관과 국회의사당이 늘 러시아의 정밀 타격선상에 놓여 있는 현실을 어떻게 소화했을지요? 하여간 러시아가 쿠바의 카스트로에 의해 제 발로 굴러 들어온 절호의 기회를 놓칠세라, 자기들의 미사일을 가지고 미국의 바로 코 아래에 있는 쿠바에 가지 않을 수가 없는 형편이 되었지만, 케네디를 이기지 못해 가지고 간 미사일을 내려보지도 못하고 뱃길을 돌려야 했던 그들의 마음은 얼마나 착잡했을까요?

이러한 전략적 가치를 떠나 무진장 묻혀 있는 지하자원, 특히 매장된 원유는 계산하기가 머리가 아플 정도인 데다 다른 지하자원은 너무나 많아 계산기를 사용하기가 귀찮을 정도입니다. 텍사스 고속도로를 달려보면 미국이 얼마나 큰지를 피부로 느낍니다. 그런데 알래스카는 텍사스보다 더 큽니다. 미국의 50개 주 가운데서 알래스카가 가장 큽니다.

이제는 경치, 여행 이야기로 넘어갑니다.

시애틀이나 밴쿠버에서 시작하는 크루즈도 해볼 만하지만 알래스카의 해안 지방, 그리고 내륙 지방은 소수 또는 혼자서 고독을 씹어가며 여행하면 정말 기억에 남습니다.

저만의 방법을 소개합니다.

디트로이트에서 비행기를 타고 앵커리지로 갑니다. 캐나다나 미국 북부에 사는 사람은 자기가 가진 레저용 자동차(RV)를 타고 가든, 렌트를 해서 가든 출발지에서 처음부터 RV를 타고 시작하는 사람들이 많습니다.

서울에서는 비행기로 여섯 시간 넘게 걸리겠지요. 앵커리지 공항에서 크기가 적합한 차나, RV를 렌트하여 출발합니다. 다른 공항에서는 보기가 어려운 광경입니다.

그런데 일단 공항을 떠나 바깥으로 나가면, 영어로 어느 정도 소통되면 알래스카만큼 인심이 후한 곳도 없습니다. 그래서 현지인들과 안심하고 이야기를 거리낌 없이 나누어도 전혀 문제가 되지 않습니다. 그러기에 여행의 맛이 더 깊어집니다.

우리나라의 조그만 시골이나 작은 섬마을에 가면 동네 아저씨, 아줌마의 얼굴만 봐도 인심이 좋은 티가 자연스럽게 우러나듯이 이곳에 오면 다 그런 인상입니다. 마음 푹 놓고 돌아다녀도 됩니다. 다른 대도시의 어두운 면이 전혀 보이지 않습니다.

앵커리지에 있는 한국 가게에 들러 맛있는 군것질거리를 잔뜩 사가지고 출발하면 금상첨화입니다. 국제면허증을 가지고 오면, 웬만한 운전 실력이라면 광활한 알래스카의 고속도로에 차가 별로 보이지 않아 문제될 것이 하나도 없습니다. 그렇다고 해서 과속을 하라는 의미는 결코 아닙니다. 여행으로 누적된 피로, 시차로 인한 피로로 눈꺼풀이 내려오는 일이 없도록 밤잠을 잘 자가면서 운전하면 가장 안전한 곳이 알래스카입니다.

우선 어디를 가나 도심을 벗어나면 돌아다니는 자동차의 대수가 미국의 어느 곳보다 확실히 적습니다.

앵커리지에서 해안을 따라 북으로 북으로 올라갑니다. 아침에 일찍 일어나 혹등고래와 빙하를 보기 위해 해안 도시, 아니 조그만 어촌 수어드(Seward)라는 곳을 찾아 그곳 선착장에서 배에 오릅니다.

빙하가 있는 곳까지 갔다가 오는 데 여덟 시간이 넘게 걸립니다. 가는 길에 경치 좋은 섬에 들러 물개들이 바위에 둘러앉아 땡볕을 즐기다가 물속에 들어갔다 다시 나오는 장면을 구경합니다. 그러다가 바다에 바로 접해 있는 빙하로 갑니다. 바로 옆이라고 하지만 상당한 거리를 두고 빙하와 마주 보고 섭니다. 빙하를 눈앞에 두고 보려는 욕심 때문에 너무 가까이 다가가면 사고가 날 위험이 있기 때문입니다.

정말 이걸 두고 장관이라고 표현하나 봅니다. 수천수만 년 전 추운 겨울 내린 눈 위에 또 내리고, 후배에게 눌리고 눌려 바윗돌보다 더 단단해져, 또 후배에게 밀리고 밀려 바닷가에까지 밀려나와 빛의 굴절로 인해 새파란 색깔을 흠뻑 먹어, 보기만 해도 그 모습에 가슴이 풍선처럼 피어오름을 느끼는 그 순간, Oh, My God! 나의 도착을 환영하러 바닷가에 절벽같이 도열하여 거수경례를 바치려는 그 순간에, 그 절벽의 일부가 바닷속으로 무너져 내립니다. 또다시 가슴 깊은 곳에서 나도 모르게 OMG! 가 나옵니다.

그런데 나를 완전히 납작하게 만드는 것은 나를 위해서 절벽에서 바다로 떨어져 내리는 빙하의 비주얼 퍼포먼스가 아니고 4~5초 뒤에 따라오는 오디오입니다.

바로 눈앞에서 떨어져 내렸는데 금방 소리가 나지 않아 마음에 약간의

만년설 앞에서 시간의 의미를 되새기며

의문이 생기려는 찰나, 셰익스피어가 환생한다 해도 글로는 표현할 수 없는 그런 웅장한 소리가 들려옵니다.

수천수만 년, 나를 기다리다 드디어 도착한 나를 반기며 보여주고, 들려주는 이 두 가지 퍼포먼스. 비주얼도 잊을 수 없지만 오디오는 정말로 무어라 표현할 방법이 없습니다.

알래스카를 돌아다니다 국립공원에 들어가 보면, 산속의 빙하를 잘 볼 수 있도록 만들어놓은 전망대가 있습니다. 들어가 보면 빙하가 저 멀리에 자리하고 있습니다. 사진 설명을 보면 빙하가 전망대 바로 코앞에 있었다고 합니다. 지구 온난화로 인한 기온 상승으로 빙하가 녹았다는 증거입니다.

그럼에도 많은 정치인들, 그중에서도 공화당 사람들은 지구 온난화가 없다고 합니다. 자기들이 과학자들과 비교하여 무엇을 더 안다고 그런 무책임한 발언을 함부로 하는지.

디날리

이제는 세계에서 히말라야를 빼고 두 번째로 높다는 디날리(Denali)를 향해 갑니다. 매킨리봉이라고도 불렀지만 이제는 공식 명칭에서 매킨리는 빠지고 디날리라고만 부르게 되었습니다. 몇 년 전 여름 현직 대통령 자격으로는 처음 이곳을 방문한 버락 오바마의 선포로 공식 명칭을 디날리로만 부르기로 했답니다. 그리고 디날리를 배경으로 기념 촬영도 했다지요. 필자가 서 있던 바로 그 장소에서.

이곳 알래스카 원주민은 Denali, 즉 "높은 산"이라고 불리는 것이 소원입니다. 오하이오 출신으로 대통령이 되었다 암살당한 매킨리하고는 아무 연관이 없는 산봉우리이기 때문입니다. 높이가 무려 6190미터입니다. 우리가 금강산을 노래할 때 일만이천봉이라 하듯이 디날리도 마찬가지입니다. 그래서 디날리봉이라 부릅니다. 수도 없이 많은 봉 가운데 하나입니다. 멀리서 보면 수없이 많은 산봉우리 가운데 약간 더 높게 보여 그 오랜 옛날부터 원주민들이 "높은 산"이라 불렀답니다.

전망대에서 멀리 바라보면 한여름인데도 하얀 눈옷을 중턱까지 입고 조용히 서 있는 디날리를 향해 갑니다.

아침에 일찍 일어나 디날리 국립공원에 들어가 차를 세우고 공원 안내소로 들어갑니다. 자가용을 타고 갈 수 있는 곳은 주차장까지입니다. 거

디날리 국립공원

기서부터는 공원에서 운영하는 버스를 이용해야 합니다.

어느 높이까지 갔다 오는지는 잊어먹었으나, 왕복 여덟 시간짜리, 열두 시간짜리 등이 있고 걸어서 등산하는 사람들을 위해서는 특정한 장소에 내려주고 약속한 날 같은 장소에서 태우고 나오는 프로그램도 있습니다. 우리는 여덟 시간짜리를 택했습니다.

투어버스를 타고 다른 사람들과 함께 올라갑니다. 가는 길이 맨땅이지만 관리를 잘해서, 그리고 운전수 겸 투어가이드가 좋아서 안전하게 구경을 하였습니다.

디날리에 가면 경치 구경도 해야 하지만 야생동물도 반드시 보아야 합니다. 사슴, 무스, 곰, 산양 등인데 우리는 운이 좋아 모두 상봉을 하였습니다. 다만 늑대는 야행성이라 밤에 이동을 하고 낮에는 사람을 피해 다니기 때문에 경치 구경하러 온 사람이 볼 수 없는 야생동물입니다.

사슴은 사람을 보면 도망을 가지만 무스는 성격이 온순하여 우리가 가까이 접근해도 너무 바짝 다가가지만 않으면 도망가지 않습니다.

운전수 겸 투어가이드가 갑자기 버스를 조용히 세우더니 오른쪽 옆을 보라고 합니다. 길옆 산마루가 있는 곳에 땅바닥에 엉덩이를 대고 앉아 머루를 걷어 먹는 두세 살 된 꽤 덩치가 큰 곰이 있습니다. 사람들이 버스 안에서 신기한 눈으로 보거나 말거나 자기 볼일이 끝나자 일어나 언덕 너머로 유유히 사라집니다.

한참 더 가니 멀리 실개천 사이로 새끼 곰 두 마리가 엄마 곰 꽁무니를 따라 열심히 물 건너 숲속으로 사라집니다. 곰은 바로 눈앞에서, 그리고 멀리서 두 번을 본 셈입니다.

또 버스가 중간쯤 간 곳에서 운전수가 화장실에도 다녀오고 다리 운동도 하라며 우리를 내리게 합니다. 그리고 근처에 설치해 놓은 망원경으로 앞에 있는 높은 산봉우리를 자세히 보라고 합니다.

하얀 것이 꼬물꼬물 움직인다 했더니 산양(Mountain Goat)이라고 합니다. 바로 튀어나온 질문. 왜 저렇게 높은 곳을 힘들게 다니는가?

다름이 아니라 돌 사이에서 자라난 풀을 뜯어 먹으며 친천히 이동한다고 합니다. 왜 저렇게 높은 곳에서 힘들게 살까? 여기 정도 내려오면 좋은 풀이 많고 물도 흐르는데? 문제는 늑대랍니다. 좋은 풀의 유혹으로 산 아래로 내려오면 늑대의 밥이 되고 만답니다. 어떤 때는 반대로 배고픈 늑대가 배를 채우러 올라가기도 한답니다. 그러면 산 타기 바위 타기의 도사 산양은 높은 돌산 위에서 잘도 달린답니다. 그래서 늑대는 고픈 배를 채우지 못하고 고생만 죽도록 하다 산 아래로 내려온답니다. 늑대는 평지에서는 잘 달리지만 돌 많고 가파른 산등성이에서는 산양이 늑대보다 더 잘 달린답니다.

무스는 사슴과 마찬가지로 디날리가 아니더라도 산길을 가다 보면 자주 마주칩니다. 주로 조그만 호숫가에서 만납니다. 호수 물이 불룩한 배까지 차오르는 곳에서 머리를 물속에다 넣고 한참 있다가 먹이를 잔뜩 물고서 물 위로 머리를 내밀어 참았던 숨을 깊게 몰아쉽니다. 그러면서 사람을 쳐다봅니다. 호숫가에서 물을 흠뻑 흡수한 나뭇잎을 맛있게 먹습니다.

멀리 지나가는 곰이 보입니다.

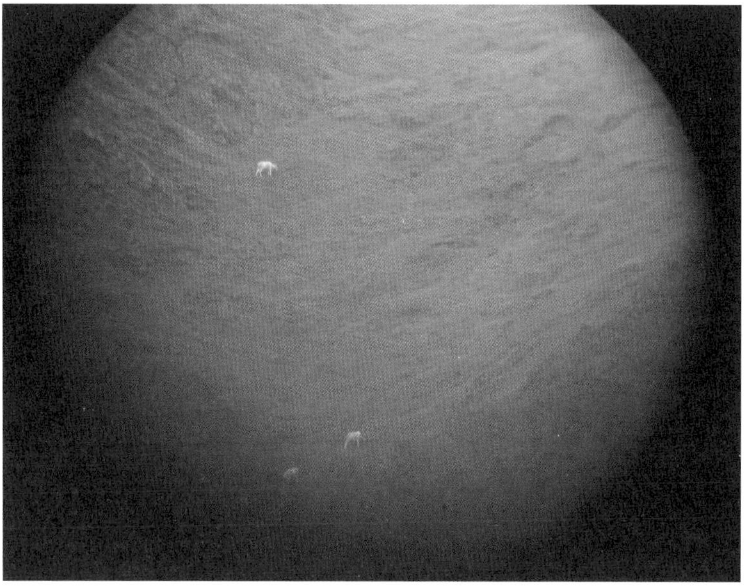

망원경에다 카메라를 대고 찍은 사진. 하얀 산양이 풀을 뜯으면서 이동합니다.

동물원 철책 안에 갇힌 슬픈 동물을 보다가 넓은 자연에서 그들을 마주치면 그 평화스러운 모습에 정말 마음이 후련해집니다. 환경보호주의자가 되지 않을 수 없지요.

목적지에 도착하여 자유롭게 걸어 다니다 아래로 내려옵니다.

디날리야! 디날리야! 언제 또 만날꼬?

다시 미니밴을 타고 대자연 속을 달리기 시작합니다. 디날리에서 많은 시간을 보냈으므로 얼마 가지도 않아 해가 저뭅니다. 천천히 저녁을 해결한 뒤에 피곤한 몸을 누이고 꿀맛 같은 잠을 청할 곳을 찾습니다. 얼마 가지 않아 조그만 모텔이 보이고 'Open'이라는 사인이 눈에 들어옵니다.

그런데 우리가 들어간 방은 옛날에 잘 써먹던 기차의 객실을 개조해 놓은 것입니다. 그 머나먼 곳에 기초를 닦고 건물을 올리기보다는 운반해 와서 단단한 돌 같은 지반에다 올려놓으면 됩니다. 대신 방풍 장치를 잘 해놓아서인지 해가 지면 기온이 떨어져 추운 곳인데도 히터를 틀어놓으니 금방 아늑해집니다. 기발한 착상에 낭만적이기까지 합니다. 누워 있으니 바깥의 소리가 바로 옆에서 들립니다. 바람 소리, 나무 소리, 짐승들의 발자국 소리, 멀리서 들려오는 늑대의 고함 소리(?). 호텔 안이 아니라 산꼭대기에다 텐트를 치고 자는 느낌이 납니다.

다음 날 아침 페어뱅크스로 갑니다. 멀고도 먼, 작다면 작은 도시에 한국 식당이 둘이나 있습니다. 기대 밖의 놀랄 일이었지요. 거기서 예쁜 고향 아가씨도 만나고, 큰 배를 타고 강 크루즈를 하며 경치 구경에 연어잡이하는 것도 보고, 섬에 내려 연어를 연기에 그을리면서 서서히 익히는 훈제 연어를 만드는 통나무집도 보고.

그런 뒤에, 북동쪽으로 서너 시간을 달려 체나(Chena)라는 조그만 마을에 도착합니다.

거기를 왜 갔냐고요?

여름이라 그렇지 겨울이 되면 사람이라고는 도저히 살 수 없을 것 같은 마을인데 땅에서 뜨거운 물이 올라옵니다. 온천입니다. 아무리 북쪽이라 해도 땅속 깊은 곳에서 바위틈 사이로 뜨거운 물이 올라오면 온천이지요. 그런데 그 온천수의 온도가 장난이 아닙니다. 섭씨 78도입니다. 야외온천이지만 들어가 있으면 금방 땀이 납니다.

아직 개발이 되지 않은 조그만 마을(?)입니다. 호텔 옆으로 작은 비행장이 있고, 우리가 갔을 때는 활주로 확장 공사를 하는 중이었습니다.

바로 옆에 수영장을 지어놓고 수영을 할 수 있게 해놓았지만 그 안에서

훈제하는 토막집 앞에서

온천을 즐기는 사람은 하나도 없고 거기서 수영복으로 갈아입은 뒤에 모두 밖으로 나가 야외온천으로 들어갑니다. 뜨거운 물이 올라오는 곳은 가까이 접근할 수가 없습니다. 조금만 있으면 도망쳐 나와야 합니다. 온천수가 뜨거워 오래 서 있을 수가 없습니다.

온천수가 올라오는 곳에서 어느 정도 거리를 두고 앉아 있기가 편한 곳을 찾아 눈을 감고 명상에 잠겨봅니다. 낮에도 밤에도 온천수에 들어가 봅니다. 북극성, 북두칠성, 다른 수많은 별들이 바로 눈앞에 내려와 있습니다. 별나라가 가까이에서 나에게 손짓합니다. 별들이 그렇게 우리 가까이 있는 줄 예전에는 미처 몰랐습니다.

늦잠을 자고 다음 날 아침 남서쪽으로 비스듬하게 고속도로를 타고 내려옵니다. 나를 고향으로 가게 해주는 앵커리지를 향하여.

거기서 세상에서 가장, 아니 솔직히 말해 필자가 지금까지 먹어본 중에서 가장 맛있는 북창동 순두부도 먹고.

비행기 안에서 밤이지만 아래를 내려다봅니다.

디날리야! 디날리야! 언제 또 만날꼬?

라스베이거스, 신시티

죄의 도시라니, 왜일까? 그 안에 사는 사람들이 모두 죄인이라는 의미는 아닐 것이고, 바깥사람들이 거기에 와서 있는 돈 없는 돈 심지어 피땀 흘려 모은 재산을 다 빼앗기고 오니, 몇몇 사람만 두고 원망하지 않고 도시 전체를 도매금으로 나쁜 도시라 부르는지도 모릅니다.

그리고 이런 말도 있습니다. "라스베이거스에서 일어난 일은 라스베이거스에 남겨두어라." 라스베이거스에 갔다 와서 친구들에게 돈을 따가지고 왔다 하면 아무도 믿어줄 사람이 없으니 그냥 입을 다물라는 의미입니다. 물론 거금을 털리고 왔으면 더 할 말이 없지 않느냐는 말인 것 같습니다. 라스베이거스에 갔다가 팔자를 고치는 사람은 하나도 없고, 신세를 망치는 사람들만 눈에 들어오니, 아예 그곳에 갔다는 말을 하지 말라는 뜻인지도 모릅니다.

어느 쪽이든 라스베이거스에 가서는 돈 따기를 아예 포기하라는 의미입니다. 이것은 라스베이거스만을 두고 하는 말이 아니라 이 세상의 어느 카지노를 가더라도 마찬가지라는 의미로 필자는 해석합니다.

캐나다를 포함하여 미시간처럼 미 대륙의 북부에 속하면서 캐나다와 인접한 주는 겨울이 길 뿐만 아니라 눈이 많이 오고 정말 춥습니다. 다른 데는 모르겠지만 미네소타, 위스콘신, 미시간, 그리고 뉴욕주의 북부는 겨울이 되면 한밤중에 추위 때문에 배터리가 방전돼서 다음 날 자동차 시동이 걸리지 않으므로 배터리를 전기 소켓에다 연결해 놓고 자야 할 정도입니다.

북미시간의 겨울도 다른 곳과 마찬가지로 춥고 길고 눈이 많이 오는 살인 추위가 계속되지요. 추운 겨울밤에 무엇을 가지러 나갔다가 미끄러운 빙판에 넘어져 머리를 다쳐 잠시라도 의식을 잃었는데, 조금이라도 늦게 찾으러 나가면 저체온증으로 꽁꽁 얼어붙어 이미 세상을 떠난 얼어붙은 시신을 거두게 됩니다.

디트로이트나 앤아버는 미시간의 최남단에 위치하여 겨울이 약간 봐주기는 합니다. 그래도 봄이 잠깐이라도 늦어지면 이곳 사람들은 열이 받쳐서 열이 난다고 하는 밀실 공포증에 시달립니다.

미시간 북쪽에 있는 노던미시간대학에서 오랫동안 근무하다 몇 년 전 이곳으로 온 교수님의 부인이 한 말입니다. "그해에 이 양반이 내려오지 않았으면 아이들을 데리고 혼자 올 생각을 하였지요."

뉴욕의 북부, 시러큐스대학에서 박사 학위를 받고 이곳에 온 유전학 박사의 말, 디트로이트에 자리를 잡았다고 친지들에게 인사하러 갔더니 "그 추운 곳에 가서 어쩌나"라며 측은한 표정을 짓더랍니다. 그런데 막상 여기에 와보니 "여기가 바로 사람이 살 곳"이라 하였습니다.

지구 온난화로 지금은 옛날보다 많이 나아졌다고는 하지만 한겨울이면 적어도 한두 번은 남쪽으로 내려갔다 와야 합니다.

지금 소개하고자 하는 라스베이거스는 가서 살기에는 좋지 않지만 겨울에 놀러 가기에는 정말 좋은 곳입니다. 여름철에는 가본 적이 없어 상상을 해야 하지만 사람이 살 곳이 못 되지요. 여기서 살다 그곳으로 이사한 사람을 만나면 살기 좋으니 오라고 유혹하지만 그곳에 가서 살 생각은 전혀 없습니다.

이곳만큼 놀기 좋은 도시가 이 세상에 어디에 있을까요. 도시 자체는 사막 위에다 지었으니 길게 이야기할 필요가 없지만 날씨가 좋고 경치며 볼거리, 즐길거리, 먹을거리까지 좋은 것이 한두 가지라야 말이지요.

그런데 추운 지방에 사는 우리나 캐나다 사람들은 겨울에만 갑니다. 여름 천국에서 불가마가 타고 있는 지옥으로 놀러 간다? 특별한 볼일이 생기지 않고는 일어날 수 없는 일입니다. 여름이면 캐나다나 미국의 북부 지방의 날씨도 여느 지역과 견주어도 빠지지 않는 좋은 날씨가 계속되는데 구태여 살인 더위가 기승을 부리는 곳에 찾아갈 이유가 없습니다. 라스베이거스는 앞서 말한 것처럼 추운 지방 사람들이 가장 가고 싶어 하는 겨울 여행지입니다.

참고로 북쪽에 사는 사람들을 대상으로 가고 싶은 겨울 휴가지를 조사해 보면 1등으로 라스베이거스, 2등이 멕시코 칸쿤, 3등이 디즈니월드가 있는 플로리다주 올랜도가 뽑힙니다. 그들이 자랑스럽게 말하는 "전 세계 유흥의 수도(the entertainment capital of the world)" 라스베이거스가 1위지요.

하지만 그곳에서 살기에는 별로입니다. 기후가 플로리다와 같아 겨울에는 갈 만한 곳이지만 그 나머지 기간에는 갈 곳이 아닌 데다 결정적으로 도시 안이나 밖으로 카지노가 가득하기 때문입니다. 물론 최근에는 큰 도시치고 카지노가 없는 도시가 없습니다. 세금을 쉽게 많이 거둬들일 수 있으니 정치인과 갑부들이 한통속이 되어 땅 짚고 헤엄치는 꼴입니다. "인생은 어차피 도박"이라고 했습니다. 사실 우리가 눈을 떠서부터 자러 갈 때까지가 도박이라 할 수 있습니다. 창세기부터 우리 인간은 "사과를 따 먹을 것인가 말 것인가"를 두고 도박을 하였지요. 자유의지라는 것을 가지고 말입니다.

그런데 지난 약 10년 동안 우후죽순처럼 도시마다 카지노가 생겨났습니다. 그전에는 비행기를 타고 라스베이거스나 애틀랜틱시티에 가야 해서 번거로웠지만 지금은 집에서 차를 타고 카지노까지 가는 데 40분도 안 걸립니다.

정치인이 선거 기간에 하지 말아야 할 이야기가 딱 하나 있다면, 세금 이야기입니다. 되고 나서도 하지 말아야 합니다. 죽어도 세금을 올리겠다는 말을 해서는 안 됩니다.

선거 중에 아버지 부시가 가는 곳마다 사람들에게 잘 보이려고 "제 말 잘 들어보세요. 더 이상 세금 없습니다!(Read my Lips, No more Taxes!)"라고 손가락으로 자기 입을 가리키며 말했습니다.

다음 선거에서 정치 신동이지만 애송이 빌 클린턴이 가는 곳마다 그의 연설을 상기시켜 주었습니다. 부시가 대통령이 되자마자 아무것도 아닌 것 가지고 일부의 세금을 올렸기 때문입니다. 그가 그것 때문에 타격을 입을 것을 미리 알았더라면 죽어도 그런 말을 하지 않았을 테지요. 지미 카터와 마찬가지로 현직 대통령이 패배하는 쓰라린 경험을 합니다.

이 부근에는 디트로이트시 한가운데에 큰 카지노가 세 개, 디트로이트에서 터널이나 다리를 건너면 바로 나오는 캐나다 윈저(Windsor)에 큰 것 하나 있고, 서쪽으로 약 네 시간만 가면 나오는 시카고에도 보이고, 가는 도중에도 몇 개나 있다는 안내판이 보입니다. 미국의 미래가 염려되는 어두운 모습입니다.

우리 한민족은 노름을 좋아합니다. 하기야 노름을 싫어하는 민족이 있겠습니까마는, 농번기에는 그렇게도 부지런하던 우리의 조상들이 농한기에 할 일이 없어 심심하면 끼리끼리 모여 노름을 합니다.

그런데 그런 면에서 우리를 능가하는 우수한(?) 유전자를 가진 민족이 있습니다. 바로 중국입니다. 중국 사람만큼 노름과 마약을 사랑하는 민족이 또 있을까요. 아편은 보지 못한 사항이라 언급하지 않겠습니다. 중국은 노름과 아편 때문에 나라가 망한 현대사를 갖고 있습니다. 그러나 나라가 망하여도 유전자에 찍힌 도장은 좀처럼 없어지지 않는 모양입니다.

수년 전 아들 부시로 인하여 경제가 바닥을 헤매고 있을 때, 라스베이거스에 가보면 이런 상태가 오래가면 도시 자체가 망하지 않을까 염려될 정도였습니다. 집값이 반 토막이 날 정도였으니까요. 그런데 그렇게도 불황이던 도시가 한순간에 돌아섰습니다. 100퍼센트까지는 아니지만, 현지인들은 중국 사람들이 라스베이거스를 살려놓았다고 할 정도입니다. 현지 신문에서 보았습니다.

지난번 춘절이 겹친 주말에는 왜 그렇게 중국 사람들이 많이 보일까 의아할 정도였습니다. 단순한 민족성을 가진 사람들이어서인지 머리를 많이 써야 하는 블랙잭에는 거의 보이지 않고 주로 쉽게 배울 수 있고 하기도 쉬운 바카라에 가서 주머니가 털리는 모양입니다. 이것은 필자의 사견이 아니라 그곳 신문에서 읽은 내용입니다.

이제는 넘어지면 코 닿을 거리에 24시간 불을 환히 밝혀놓고 우리를 기다립니다. 그래서 라스베이거스에 가기는 가되 가는 목적을 살짝 달리해야 됩니다.

다음은 카지노에서 우리 같은 보통 사람은 돈 딸 기대를 하지 말아야 하는 이유입니다. 그 정도면 다 이길 수 있다고 자신하는 사람은 통뼈의 부류에 속한 사람입니다. 그런데 카지노는 이런 통빼를 더 좋아합니다.

첫째, 확률이 나보다 카지노 쪽에 더 좋습니다. 그래서 결국은 그쪽이 이깁니다. 한 가지 신기한 것은 오래하면 오래할수록 확률은 유리한 쪽에 더 유리하다는 사실입니다.

그렇지가 않다면 어느 정신 나간 인간이 그토록 막대한 돈을 투자하여 카지노를 만들겠습니까? 카지노를 만들어놓고 나같이 선량한 사람들을 기분 좋게 만들기 위해 나를 기다리고 있다는 말입니까? 이미 이길 줄을 뻔히 알고 하는 짓이라 그렇게 귀한 돈, 많은 돈을 투자하는 거지요.

그런 곳에 돈을 따러 간다고요? 꿈에서 깨어나십시오. 어떤 바보가 지는 줄 알면서 전쟁을 시작합니까? 한 번 더 꿈에서 깨어나십시오. 재미가 있어서 한다고요? 중독이 된 증거입니다. 두 번 꿈에서 깨어나십시오.

코피가 터지는 것이 재미라고요? 피땀 흘려 번 돈을 그토록 허무하게 날리면서 재미로 한다고요? 길가에 자리를 깔아놓고 꿇어앉아 구걸하는 노숙자에게 100달러만 주어보십시오. 그 사람이 자리에서 벌떡 일어나 우리를 확실하게 천당에 들어가도록 만들어줄 겁니다. "신의 축복이 있기를!(God Bless You!)"이라고 나를 위해 천당 문지기의 귀에 반드시 들리도록 할 겁니다.

지금은 컴퓨터 칩을 넣어 거금을 기계에다 넣고 손가락만 까딱하면 자동으로 계산되지만 옛날에는 조그만 동전 구멍에다 집어 넣어가며 한다 하여 이름하여 슬롯머신이라는 기계가 있었지요. 옛날에는 동전을 넣느라 시간이라도 오래 걸리고, 지렛대를 당기느라 하다못해 팔운동이라도 했지만 지금은 돈 먹기에 편리해진 것은 오직 카지노, 앉아서 돈 먹는 기계에 배가 터지도록 돈을 먹여주는 피해자는 선량한 마음을 가진 당신과

나입니다.

사실은 카지노에서 떼돈을 벌어 카지노 주인의 배를 채워주는 곳은 큰 돈이 왔다 갔다 하는 테이블이 아니라 돈 먹는 기계에서 버는 푼돈입니다.

둘째, 확률에서 이미 한풀 꺾인 전쟁에서 심리전에서도 이미 패배한 전쟁을 하고 있습니다. 카지노와의 전쟁에 대해 설명하기 전에 질문! 카지노가 가장 좋아하는 민족은 누구일까요? 이것은 필자의 추측입니다. 정확한 대답은 카지노 주인에게 물어봐야겠지요. 중국이 1등이고, 한국은 한참 처진 2등일 것입니다.

중국 사람은 노름을 지나치게 좋아한 나머지 음력설이 오면 식당 문을 닫아놓고 그들이 좋아하는 마작을 시작합니다. 한번 시작하면 식음을 전폐해 가며 몰두하다 휴일이 끝나 식당 문을 열어야 하는 날이 오면 주인과 종업원의 처치가 바뀌어서, 종업원은 안방에서 어슬렁거리고 주인은 손님 맞을 준비를 하느라 식당에서 바쁘게 청소를 한다니 참으로 이해하기 힘든 민족입니다. 노름을 너무나 좋아한 나머지 자신의 경제적인 한계를 망각하는 사람들입니다. 카지노 주인이 좋아하지 않을 수가 없습니다.

그러면 카지노가 가장 싫어하는 사람은 누구일까요? 최근에 부쩍 늘어난 중동 사람들입니다. 이 사람들은 술을 마시지 않습니다. 마호메트가 마시지 말라고 해서일까요? 이 사람들이 사는 도시에서는 눈을 씻고 찾아봐도 술집이 보이지 않습니다. 그 대신 이 사람들은 담배를 지독하게 피웁니다. 최근 몇 년 동안 이곳에서도 자기들끼리만 앉아서 담배를 피우는 다방, 즉 '후까'가 생기기 시작했습니다.

그런데 마호메트가 도박을 하면 안 된다는 말을 깜박 잊어버린 모양입니다. 요즈음 카지노에 중동 사람들이 눈에 많이 띕니다. 이 사람들은 누가 가르쳐주었는지 도박을 하는 양상이 조금 특이합니다. 카지노에 돈을 얼마나 가지고 오는지는 모르지만 도박을 아주 무식하게 합니다. 예를 들어, 테이블에 앉아 베팅을 100달러로 시작했다고 가정하면, 그것이 털리면 그다음에 200달러, 400달러, 800달러로 자기가 먹을 때까지 올립니다. 그러다가 자기가 먹으면, 다시 100달러로 돌아갑니다.

이 사람들은 각자 가진 돈에 따라 100달러, 1000달러, 1만 달러로 시작합니다. 그렇게 하다가 어느 순간 자기가 따고 있을 때 벌떡 일어나 나가 버립니다. 이 사람들이 테이블에 와서 큰돈을 베팅하기 시작하면 딜러는 물론이고 관리인까지 긴장합니다. 이것은 필자가 직접 눈으로 본 것이 아니라 사람들을 통해 들은 이야기라 정확하지 않음을 미리 알려드립니다.

하지만 이 사람들은 돈을 보는 눈이 우리와는 너무나 다릅니다. 옛날에는 사막 한가운데서 우물을 파면 시커먼 썩은 물이 자꾸 올라와 짜증을 내던 민족입니다. 얼마 전까지만 해도 이 세상의 주요 교통수단은 부자는 말, 그 외에는 각자의 다리였습니다.

그런데 현대에 와서 교통수단이 자동차로 갑자기 바뀌면서 그 검은 물이 돈으로 바뀌게 됩니다. 그전에는 사막에 물이 없어 알라를 원망하던 사람들이 그 후로는 알라를 찬양하기 시작합니다. 자기들이 알라에게서 버림을 받았다고 생각하던 사람들이 냄새가 나는 검은 물이 돈으로 변하기 시작하고부터는 알라가 이 세상에서 가장 뛰어난 신이라고 치켜세웁니다. 혹시나 유대인이 믿는 야훼가 알라보다 힘이 센 신이 아닐까 긴가민가하던 사람들이 검은 물이 돈으로 바뀌면서 알라가 최고의 신이라는 확신을 갖게 됩니다. 구멍만 약간 뚫어도 돈이 물처럼 펑펑 쏟아지는 축복을 주는 알라가 유대인이 믿는 야훼보다 백배천배 힘이 세다는 거지요.

유대인이 아니라 자신들이야말로 신으로부터 선택받은 민족이라고 믿습니다. 기독교에서 떠드는 예수는 마호메트와 비교하면 상대가 되지 않는 존재라는 확신을 가지고 있습니다. 예수보다 700년 뒤에 태어난 마호메트가 자기를 따르는 제자들에게 기독교의 창시자도 자기와 같은 선지자이고 예언자이긴 하지만 자신보다 훨씬 뒤떨어지는 존재일 따름이지 하느님의 아들은 결코 아니라고 가르칩니다.

그래서 그들은 그렇게 믿고 살아갑니다. 사실 유대인의 야훼와 이슬람의 알라는 같은 존재입니다. 이 두 민족은 따지고 보면 사촌지간이라고 할 수 있습니다. 구약의 창세기에 보면 그 설명이 나옵니다.

아브라함을 아버지로 둔 배다른 형제에서 나온 민족입니다. 각자의 조상을 거슬러 올라가면 형제가 되니 두 민족은 크게 보면 원수지간이 아니라 사촌지간입니다. 같은 피를 나눴으니 사실은 엄청 가까울 수도 있지만 지금은 남보다도 못한 철천지원수입니다. 정확한 표현인지는 모르겠으나 '한 다리가 천 리'라는 속담이 생각이 납니다.

그건 그렇고 미국에서 끝내주는 수재들이 모였다는 아이비리그를 졸업한 수학의 천재, 심리학의 천재, 경영학의 천재들이 졸업과 동시에 많은 급여를 보장받고 카지노에 스카우트됩니다.

그런 귀신들을 상대로 보통 사람인 당신과 내가 싸워서 이겨보겠다고요? 귀신들이 우리를 기다리며 하늘을 찌를 것 같은 카지노의 꼭대기에 있는 운동장만 한 사무실에 편하게 앉아 회심의 미소를 짓고 기다립니다. 재미 삼아 가는 그곳에서 귀신들이 미소 띤 얼굴로 기다립니다. 이길 생각은 아예 포기해야지요.

그런 귀신들이 장난을 해놓아서 그런지 일단 카지노 안에 들어가면 돈에 대한 개념, 숫자에 대한 개념이 머릿속에서 사라집니다. 친구와 돈내기 골프를 칠 때, 1~2달러 가지고 얼굴 찌푸려가며 언성을 높이던 사람이 백화점에서 옷 살 때 10~20달러 가지고 벌벌 떠는 사람이 카지노에 들어서면 100~200달러는 우습게 보는 통 큰 사람으로 순식간에 변해버립니다. 귀신이 해놓은 조작이지 사람이 해놓은 것은 절대 아닙니다.

우리가 카지노에 가서 전쟁을 하는 상대는 우리 앞에 있는 딜러나 기계가 아니라 보이지 않는 곳에서 편한 안락의자에 기대어 앉아 지그시 눈을 감고 자기 주머니에 장차 들어올 돈의 기특한 모습을 생각하며 꿈속을 왔다 갔다 하는 수재들, 아니 귀신들입니다. 이 귀신들과는 마주치지 않는 것이 상책임을 늘 기억하십시오.

셋째, 카지노에는 옛날부터 세 가지가 없습니다. 시계, 창문, 거울입니다.

어디를 가더라도 우리의 편의를 위해 걸어놓는 시계를 벽에 걸어놓지 않아 손목시계가 없으면 몇 시인지, 나아가서 시간이 가고 있는지를 모르게 해놓았습니다. 창문이 없어 바깥을 내다볼 수가 없기에 현실과 마주할 기회가 없습니다. 해가 서쪽 하늘에서 모습을 감추며 이제 집으로 돌아가라고 아무리 고함을 쳐도 귀에 들어오지 않습니다. 주위에 거울이 없어 화장실에 가서 보지 않으면 독사에 물려 죽는 꼴을 하고 있는 내 얼굴을 볼 수가 없고 핏발 선 내 눈을 볼 기회가 없습니다.

그리고 되지도 않는 로큰롤 같은 음악을 턱없이 크게, 아니 우리의 판단력이 흐려지는 데시벨로 올려놓아 차분히 냉정한 마음을 가지지 못하게 해놓았습니다.

이 밖에도 우리가 느끼지 못하는 무의식의 레벨에서 우리의 집중력을 무디게 하는 여러 가지 고차원의 방법을 전쟁터의 지뢰밭처럼 여기저기에 깔아놓았답니다.

최근에 와서 알아차린 것 한 가지. 요즈음같이 지구 온난화가 심하여 푹푹 찌는 여름 날씨에 시달리다 카지노 안에 들어가면 너무나 시원합니다. 냉방을 아주 잘해놓았습니다. 냉방이 지나치게 잘되어 있다 보니, 짧은 소매에 바람이 잘 통하는 바지를 입은 우리는 조금만 있으면 추워집니다. 그런데 한참 있으면 여름이 아니라 겨울이 오지 않았나 착각이 들 정도로 추위를 느낍니다. 그토록 갑작스러운 온도의 격차에서 우리의 몸과 정신은 어떤 반응을 보일까요?

우리 자신도 모르는 사이에 집중력이 떨어집니다. 그런데 도박은 돈으로 하나요 아니면 집중력으로 하나요? 정답은 각자에게 맡깁니다.

라스베이거스에 가는 이유

첫째, 겨울 휴가입니다. 이미 언급한 것처럼 미국과 캐나다 사람이 겨울 휴가지로 가장 가고 싶어 하는 장소입니다.

라스베이거스는 사막성 기후로 몹시 건조합니다. 이런 기후에서는 동물이든 식물이든 살아가기 힘들지요. 물론 우리의 폐도 싫어합니다. 하지만 우리는 대부분 온도와 습도가 잘 조절되는 실내에서 지냅니다. 그렇다고 바깥에 안 나갈 수는 없습니다. 그럴 때 차고 습한 공기를 들이마시는 것보다 따듯하고 건조한 공기로 숨 쉬는 것이 우리 몸에 훨씬 좋습니다. 따라서 이곳은 기관지 계통의 만성질환을 가진 사람에게는 그만입니다.

애를 먹이던 관절염도 여름에는 눈 녹듯이 사라집니다. 나이 든 사람에게 이곳은 정말 좋습니다.

미시간에서 살다가 이곳으로 이사한 사람을 가끔 만납니다. 그들 역시 정말 좋다고 말합니다. 좋은 한국 식당에 놀기 좋고 구경할 것도 많다고 말입니다. 그런데 마지막에 꼭 한 가지 단서를 답니다. "카지노에 안 갈 자신이 있다면!"

라스베이거스는 플로리다처럼 옛날에는 아무도 쳐다보지 않는 독사나 전갈이 득시글대는 황무지였지만 이제는 냉장고와 에어컨 덕에, 그리고 시원한 바람이 나오는 자동차 덕에 1년 내내 살기에 문제가 없습니다. 그렇다 해도 우리같이 추운 북쪽에 사는 사람은 겨울에 일주일이나 열흘 정도 있다가 오면 적당합니다. 가서 살지는 못할 곳이나 놀러 가기에는 최고입니다.

둘째, 요즘은 옛날보다 많이 오르긴 했어도 카지노에 손님을 끌기 위해 비행기, 호텔, 식당 등 뭐든 가격이 비교적 싼 편입니다. 밤마다 큰 카지노에서는 좋은 쇼를 많이 합니다. LA와는 비교할 수는 없으나, 우리 입에 맞는 한국 식당, 일본 식당도 눈에 들어옵니다.

셋째, 근처에 구경할 곳, 좋은 경치가 많습니다. 우선 그랜드캐니언이 근처에 있습니다. 라스베이거스가 그랜드캐니언 때문에 존재한다고 할 정도입니다. 세계를 통틀어 관광객이 가장 많은 곳이 그랜드캐니언이라고 합니다. 가는 길에 후버댐이 있지만 직접 보아야 실감이 나므로 설명을 생략합니다.

넷째, 그랜드캐니언 반대 방향으로 유타주로 들어가면 라스베이거스에서 약 두 시간 걸려 자이언 국립공원(Zion National Park)이 나오고, 거기서

자이언 국립공원

또 약 두 시간을 더 가면 브라이스캐니언 국립공원(Bryce Canyon National Park)이 나옵니다.

처음 가는 사람은 아침 일찍 출발하여 브라이스캐니언 국립공원을 보고 오는 길에 자이언 국립공원에 들렀다 옵니다. 그런데 둘 다 꼭 보아야 하는데 그중에 하나만 선택해야 한다면 단연코 자이언 국립공원를 추천합니다. 멀리서, 그리고 가까이에서 보는 경치도 끝내주지만 그렇게 경치를 감상하고 나서는 직접 협곡 안으로 들어가 걸어 다니며 운동을 해가며 자연과 하나가 되는 좋은 시간을 가질 수 있어 이곳을 적극 추천합니다.

라스베이거스에서 그곳까지 가는 데 두 시간이 조금 더 걸리므로 시간이 별로 안 걸릴 것 같지만, 오가는 데 약 다섯 시간이 걸리고, 또 들어가서 걸어 다니다 보면 하루 전체를 할애해도 모자라는 곳이라는 것을 염두에 두어야 합니다. 하늘이 겨우 보이는 협곡을 따라 걸어 다니다 떨어지는 폭포에다 기암절벽을 보고 있노라면 내가 신선이 되지 않았나 착각을 할 정도입니다. 내 마음이 겸손해짐을 느낍니다. 필자의 경우는 가는 데 네 시간이 걸리는 브라이스캐니언 국립공원은 이제 볼 만큼 보았으니 최근에는 자이언 국립공원에 가서 하루 종일 돌아다니다가 돌아옵니다. 더 오래 머무르고 싶지만 다른 곳도 봐야 해서 할 수 없이 돌아옵니다.

다섯째, 주위에 좋은 골프장이 많습니다. 해가 훤하게 떠 있는 낮 시간에 카지노에 붙어 앉아 있지 말고 계절은 겨울이지만 해가 뜨면 초여름 날씨이니, 넓은 골프장에서 힘차게 공을 때리며 시간을 보내는 것이 백배 보람찬 일입니다. 1월이나 2월은 현지인들에게는 한겨울이라 골프장에 사람들이 별로 보이지 않지만 우리에게는 늦가을 날씨지요. 외지에서 온 우리가 주인 노릇을 합니다.

여섯째, 저녁이 되면 볼만한 쇼가 많습니다. 라스베이거스의 특별한 볼거리라 반복합니다.

자이언 국립공원에서 마주한 기암절벽과 폭포 앞에서 겸손해짐을 느낍니다.

일곱째, 미국에서 가장 좋다고 자화자찬하는 한국식 찜질방이 시내에 있습니다. 라스베이거스의 쇼는 격렬한 춤을 토대로 하거나 공중서커스나 물을 주 무대로 하는 등 신체에 무리가 가는 쇼가 많습니다. 그러한 쇼에 출연하는 젊은이들이 쇼가 끝나면 자기들 일하는 호텔의 사우나에서 몸을 풀지 않고 이 찜질방에 옵니다.

몇 년 전, 그곳에 몸을 풀러 갔더니 체격이 보통이 아닌 젊은이들이 왔다 갔다 합니다. 느끼는 바가 있어 그중 하나에게 물어보았더니 필자가 금방 보고 온 쇼에 나온 젊은이들이 단체로 몰려왔다고 합니다. 왜 여기에 왔느냐, 너희가 공연한 호텔의 사우나에 가면 공짜일 텐데 하고 물어보니 자기들 호텔의 사우나는 여기에 비교하면 "별로"라고 하며 엄지손가락을 자랑스럽게 보여줍니다.

여덟째, 라스베이거스에서 캘리포니아 쪽으로 약 두 시간 거리에 데스밸리가 있습니다. 너무나 넓은 지역이라 하루에 다 볼 수가 없지만, 그곳을 잘 아는 사람에게 문의하여 꼭 볼 곳에만 다녀오면 하루에 소화할 수도 있습니다. 한 번만 보아도 데스밸리를 보았다고 할 자격이 있지만 저는 갈 때마다 시간이 허락하면 꼭 가서 보려고 노력하는 장소입니다.

이처럼 한겨울에 위축된 몸을 풀기에는 라스베이거스만큼 좋은 데가 없습니다.

참고로, 다음은 라스베이거스에서 필자의 하루 일정입니다. 아침 7시 기상. 몸치장을 마치고 8시 아침식사. 운남정이라는 한국 식당에 가서 콩나물국밥을 먹은 뒤에, 바로 옆에 있는 한국 이마트 같은 그린랜드(Green Land)에 가서 금방 싼 맛있는 김밥, 빈대떡에다 삶은 옥수수와 마실 것, 과일 등을 사가지고 그날의 목적지를 향하여 바람같이 출발합니다. 항상

라스베이거스에서 캘리포니아 쪽으로 약 두 시간 거리에 위치한 데스밸리 국립공원

바쁘게 돌아다니니 점심은 김밥으로 때우고 하루 일정을 마치고 돌아옵니다. 물론 시간 여유가 있으면 좋은 레스토랑을 찾아 맛있게 점심을 먹고 구경을 계속합니다.

경치 구경, 골프 등등 그날의 주된 활동은 내 마음에 달렸습니다. 물론 라스베이거스에 가기 전에 하루 일정을 미리 결정해 놓지요.

활동이 끝난 뒤에는 호텔에 가서 샤워를 먼저 하느냐 저녁을 먼저 먹느냐는 편리한 대로 하면 됩니다. 오기 하루 전에는 찜질방을 가므로 저녁이 먼저입니다. 이런 식으로 하루하루를 보내고 옵니다.

라스베이거스에 갔다 왔노라 하면 친구들이 "얼마 터졌노?" 하고 묻습니다.

"나야 늘 따가지고 오지! 내가 거기서 터지는 것 본 적 있으면 말해봐!"

나하고 같이 가지 않았으니 알 도리가 없지요.

다음 장으로 넘어가기 전에 잠시 삼천포로 빠져볼까요?

이 세상에는 적지 않은 종류의 프로 스포츠가 있지요. 그 가운데서 인기가 높은 종목은 선수들에게 지급하는 돈이 엄청납니다. 여기서 보면 미식축구, 야구, 농구, 아이스하키 등은 TV를 통한 광고 수입으로 인해 프로구단을 하나만 가지고 있으면 그 사람은 자신뿐만 아니라 대대손손 먹고사는 것은 걱정하지 않아도 됩니다. 이러한 단체 경기 외에 테니스, 골프, 권투 같은 개인 경기가 있습니다. 이런 모든 프로들의 경기에서 단체든 개인이든 1등, 즉 챔피언을 한다는 것은 보통 어려운 일이 아닙니다. 프로만이 아니라 아마추어 스포츠까지 통틀어서 각자의 분야에서 챔피언을 한다는 것은 정말 어렵고도 어려운 일입니다.

그러면 그토록 힘들고 힘든 우승, 모든 스포츠를 통틀어 챔피언 해먹기가 가장 힘든 종목이 무엇일까요? 축구의 월드컵? 야구의 월드 시리즈? 미식축구의 슈퍼볼? 골프? 테니스?

필자가 이야기하려는 이 종목의 확률에 비하면 모두 새 발의 피입니다. 궁금증을 빨리 해소하기 위해 정답을 밝힙니다. 월드 시리즈 오브 포커(World Series of Poker, WSOP)라는 경기입니다. 이 경기에서 우승을 하기란 정말 하늘의 별 따기입니다.

1970년에 열 명가량의 선수(?)가 라스베이거스에 모여 각자의 기량을 겨루어 승자를 가린 것으로 출발하였습니다. 상금도 요즈음의 기준으로 보면 껌값도 되지 않는 아주 작은 액수였습니다. 사람들의 관심을 끌지 못하고 전전긍긍하다, 1980년대 말에 와서 TV 중계를 하기 시작한 이후로 서서히 인기가 올라갑니다. 그러다 1990년 중반에 스포츠채널인

ESPN에서 중계하면서부터 시청률이 하늘을 찌릅니다.

아니, 몇 사람이 테이블에 둘러앉아 돈 놓고 돈 먹기를 하면서 스포츠라니? 도박을 어떻게 스포츠라고 부르지? 천만에요. 이 경기를 너무 낮추어 하시는 말씀. 이 경기를 하는 사람은 우선 체력이 좋아야 합니다. 때에 따라서는 밤을 새워가며 경기를 진행합니다. 밤을 새워가며 먹는 것까지 건너뛰며 하는 경기를 본 적이 있습니까?

거기에다 필수 조건으로 머리가 좋아야 합니다. 다른 어떤 경기의 선수보다도 머리가 좋아야 살아남습니다. 실제로 평균을 내보면, 이 사람들의 IQ가 다른 어느 프로 경기의 선수들보다 훨씬 높은 것으로 나옵니다. 수학 중에서도 통계학의 고수여야 하고, 더구나 상대방이 개패를 들고 나에게 사기를 치려고 하는지를 알아내는 독심술의 고수에다, 개패를 쥐고 높은 패를 쥔 상대를 압도하여 판돈을 쓸어가는 사기술에도 능해야 합니다.

이 세상에 이렇게 체력과 머리를 써야 하는 스포츠가 또 있을까요?

참가자 인원수는 시작할 때 열 명에서 이제는 약 5000명이 넘습니다. 일인당 참가비도 1만 달러입니다.

전 세계에서 힘깨나 아니 포커깨나 한다는 고수들이 다 모입니다. 1등, 즉 챔피언이 되면 트로피로 보석이 주렁주렁 박힌 팔찌를 받고, 상금도 천문학적 액수를 거머쥡니다. 2019년 우승자가 1000만 달러를 챙겼습니다. 한국 돈으로 얼마가 되나요?

개인 경기라 5000명 가운데서 1등을 해야 합니다. 몇 해 전에는 7000명이 넘게 참가했다고 합니다. 그것도 포커의 고수라는 인간들이 전 세계에서 벌떼처럼 모인 곳에서 1등이란 그야말로 하늘의 별 따기.

실력도 실력이지만 운이 엄청나게 따라주어야 하니, 옛날이라면 또 모를까 평생에 한 번은 누군가가 챔피언을 한다 치더라도 한 사람이 두 번은 정말 하늘에서 두 번 별 따는 것보다 더 어려운 확률입니다.

라스베이거스의 이야기를 갬블링으로 마무리하니 마음이 좀 후련(?)해집니다.

15。로마

이탈리아 여행, 특히 로마를 중심으로 하는 여행을 추천합니다. 로마에 대하여 이야기를 하려 하니 이곳에 사는 지인들 가운데 필자보다도 더 많이, 더 자주 로마를 다녀온 사람들이 마음에 걸리네요. 그 사람들이 이 부분을 읽으면 어떤 생각을 할까 염려가 됩니다.

옛말에 한 우물을 깊게 파야 제대로 된 물을 만난다 하였습니다. 무전여행처럼 배낭 하나만 등에 메고 걸어서 전 세계를 샅샅이 둘러보는 것은 프로들이 하는 여행법이고, 우리와 같은 대부분의 아마추어들은 처음에는 어느 지역을 정해놓고 단체에 속해 가는 방법을 선택합니다. 한두 번 그렇게 해서 자신이 생기면 혼자서 아니면 소수 정예로 서너 명이 한 우물을 파러 나서는데 그런 경우 로마가 안성맞춤입니다.

열흘이나 보름 여정의 유럽 여행에서 이틀가량 로마에 머무르면서, 말보다도 훨씬 빠른 경주용 레이스카를 타고 달리면서 구경을 하는 '주마간산'을 하고서 사람들에게 로마를 보고 왔다고 말하는 것은 수박장수의 손때가 잔뜩 묻은 수박 껍질을 실컷 핥아놓고서 그 수박 맛 좋더라고 하는

콜로세움

것과 다름이 없습니다.

테르미날

로마의 대중교통 수단은 자국민의 편의를 위해서뿐만 아니라 관광객의 편의도 고려하여 만들어놓은 듯한 인상을 받습니다. 옛날 로마제국 시절 모든 길이 로마를 향하여 건설되었듯이, 로마시의 모든 길은 테르미날로 총집결되게 만들어놓았고, 로마의 모든 길은 테르미날에서 퍼져나갑니다.

승차권을 구입하면 어느 곳에서라도 또 어떤 대중교통 수단, 즉 버스, 지하철, 전철이라도 모두 사용할 수 있게 만들어놓았습니다. 그래서 로마에 갈 때는 로마의 모든 교통수단의 총집결지인 테르미날, 즉 터미널 근처에 숙소를 정해놓으면 정말 편리합니다. 테르미날에서 걸어서 10분 정도의 거리에 있는 호텔이나 민박집에 숙소를 정해놓으면 얼마나 편리한지 모릅니다. 시작도 테르미날에서, 하루의 마무리도 테르미날에서 합니다.

로마의 대중교통 수단은 가는 방향이 둘밖에 없다고 보면 됩니다. 테르미날에서 목적지를 향해 퍼져나가는 방향, 그리고 테르미날을 향하여 가는 방향, 둘 중 하나입니다. 로마의 중심에서 멀어지거나 로마의 중심을 향하여 가거나 둘 중 하나이고, 로마의 중심지인 테르미날에서 원형으로 퍼져나갑니다. 로마 시민은 물론이고 관광객들에게도 돌아다니기에 아주 편리하게 되어 있지요.

목적지에 가서 마음 놓고 돌아다니다가 실컷 구경한 뒤에는 무조건 반대 방향으로, 즉 테르미날로 가는 버스나 전철을 타고 앉아 있으면 눈에 익은 곳에 도착합니다. 경우에 따라 택시를 타야 할 때는 테르미날이라고 한마디만 하면 알아서 낯익은 장소에 데려다줍니다.

테르미날에 도착하면 걸어서 천천히 여유 있게 주변을 구경해 가면서 숙소를 향해 걸어가면 마치 내가 로마 시민이 된 기분이고 로마와 내가 오랜 친구가 된 착각에 빠질 정도입니다. 며칠만 그렇게 하다 보면, 숙소로 걸어가는 길이 우리 집 어귀로 들어가는 것 같은 친근감을 주지요.

테르미날 근처에 로마에 가면 꼭 보아야 하는 4대 성당 중 하나인 성마리아 성당이 있습니다. 일정이 일찍 끝나면 집에 들어가는 길에 잠시 들러 구경하고 가면 됩니다.

로마에 가면 다른 도시를 여행하는 것보다 마음이 편해서 좋습니다. 어쩌다가 여기저기 열심히 돌아다니다 보면 집에 돌아가기 전에 승차권이동이 나는 때가 있지요. 그런 경우에도 전혀 걱정할 필요가 없습니다. 돈을 내고 택시를 잡아타지 않아도 됩니다. 왜냐고요?

버스에 올라타면 승차권을 던져 넣는 큰 플라스틱 함이 바로 나오는데, 운전수는 우리가 거기에 승차권을 넣거나 말거나 전혀 신경을 쓰지 않습니다. 승객이 그 안에 승차권을 던져 넣거나 말거나 앞만 보고 운전에만 신경을 쓰고 있기 때문입니다. 운전수의 등 뒤를 플라스틱 유리로 막아놓긴 했어도 바로 뒤가 훤하게 다 보입니다. 하지만 뒤를 돌아보지 않습니다. 승객이 승차권을 안 넣은 걸 알고도 모르는 척하는지도 모릅니다. 하지만 돈보다는 승객의 안전에 더 신경을 쓰는 것 같아 마음이 편합니다.

어찌 되었거나 무임승차를 하면 처음에는 약간 양심의 가책을 느끼지만 몇 번 하다 보면 얼굴이 두꺼워집니다. 그렇다 해서 무임승차를 권장하는 이야기는 절대 아닙니다. 우리 한민족의 자존심이 있지 않습니까.

소매치기

로마에 가면 다른 유럽여행에서나 마찬가지로 돈이나 귀중품을 주머니에 넣어 다니면 그것은 내 것이 아닙니다. 그래서 일단 호텔에 도착하면 가지고 간 현찰을 모두 호텔에 맡겨두고, 매일 용돈을 타가지고 나가 쓰고 떨어지면 돌아오면 됩니다. 다음 날 또 쓸 만큼의 용돈만 가지고 나가면 됩니다. 하루 종일 먹을 것, 군것질할 것, 마실 물 살 돈 정도만 있으면 됩니다. 승차권은 한 번에 많이 사두었다가 매일 필요한 만큼 가지고 나가면 됩니다. 돈을 주머니에 넣어 다니다가 현지 주민에게 쓸데없이 자선사업을 할 필요가 없습니다.

로마도 유럽의 다른 도시와 마찬가지로 소매치기가 극성입니다. 많은 정도가 아닙니다. 그날 쓸 용돈은 허리에 둘러차는 작은 주머니에 넣어 다니면 소매치기가 손을 대기가 어렵다지만 고수들은 아무리 은밀한 곳에 넣어놓아도 자기 돈처럼 빼내어 갑니다.

하지만 귀중품은 아예 가지고 다니지 않고 그날 필요한 소액의 현찰만 가지고 나가면 우리의 주의가 산만해지지 않아 소매치기도 작업을 하기가 거북하여 쉬운 대상을 찾아 나를 피해갑니다.

로마 사람들은 소매치기가 범죄라고 보지 않는 듯합니다. 그것은 유럽의 어디를 가더라도 마찬가지입니다. 로마에 가면 로마의 소매치기가 유럽에서 가장 극성이니 조심하라고 하고, 바르셀로나에 가면 거기서도 똑같은 말을 합니다. 경찰도 마찬가지. 아예 단속을 하지 않는답니다. 소매치기도 먹고살아야 하는 사람이라고 보는 거지요. 현행범을 잡아주어도 사람들이 가고 나면 풀어준답니다.

경우에 따라서는 온 가족이 총출동한답니다. 젊은 부부가 유치원이나 초등학교 다닐 나이의 어린아이들을 데리고 작업하러 나간답니다. 의심을 받지 않으려고 하는 짓입니다. 자녀의 장래보다 목구멍이 포도청이라지만 해도 너무한다는 생각이 듭니다. 그 아이들 마음속에 태어날 때 신으로부터 받은 양심이라는 보물에 아예 어릴 때부터 검은 칠을 해버리니, 나중에 아이들이 커서 부모라는 존재를 어떤 눈으로 볼지 생각하면 가슴이 답답해 옵니다.

일반적으로 여행객들이 소매치기를 당하는 것은 도시에 머물고 있을 때가 아닙니다. 한곳에서 다음 행선지로 이동할 때가 가장 위험하다고 합니다. 그때는 할 수 없이 큰돈을 가지고 이동해야 하니까요.

마술?

그리고 길가에 있는 상점이나 특히 노점상을 주의해야 합니다. 분명히 'made in Italy'를 확인하고 거금을 지불하고 집에 가지고 왔는데, 나중에 풀어 보면 'made in C……'로 둔갑해 있습니다. 귀신이 곡할 노릇입니다.

중국 칭다오에서 공장을 경영하며 사업차 피렌체에 왔다가 시간을 내 로마에 들른 젊은 한국인 부부가 하루는 저녁시간에 그날 쇼핑한 물건을 늘어놓고 자랑스럽게 뒤적이다 갑자기 그 물건을 바닥에 던지며 하는 말, "이게 왜 'made in C……'가 되었지?" 그때 민박 사장님이 던진 말씀, "로마에 구경하러 왔나요? 아니면 물건 사러 왔나요?"

이탈리아에 와서 엉뚱한 나라의 물건을 산 셈입니다. 열 배나 더 비싸게 주고, 10분의 1의 가치도 안 되는 물건을 말이지요.

포장을 하는 동안 사는 사람의 주의를 산만하게 만들고서 눈 깜짝하는 사이에 요술을 부린 것이지요. 무대에서 요술을 할 때 반드시 보조원을 대동하듯이 그곳에서도 누군가 요술사를 도와주었을 겁니다.

로마의 역사

로마를 중심으로 하는 여행은 그 시기를 각자의 형편에 맞추어 하는 것이 상식이지만 필자가 추천하는 시기는 2월 중순에서 3월 중순입니다. 그리고 머무르는 기간 자체는 길수록 좋지만 대강 8일에서 열흘 정도가 적당합니다. 보통 여행을 떠나보면 아마추어들은 2주일이 넘어가면 고향이 생각나고 잠자리가 그리워지기 때문입니다.

로마에 가면 반드시 가보아야 하는 성베드로 성당과 시스티나 성당을 보는 데 하루나 이틀을, 로마를 4등분 하여 각각 하루를, 그리고 로마를 벗어나 하루나 이틀 만에 갔다 올 수 있는 곳, 예를 들어 폼페이 등에 이틀이나 사흘을 할당하면 약 열흘이면 어지간히 소화할 수가 있지요. 하지만 이렇게 한다 해도 로마에 "왔노라, 보았노라, 이겼노라"라고 한다면 언어도단입니다.

"왔노라"는 몰라도 제대로 다 보지를 못했고 제대로 소화하는 데는 근처에도 가지 못했기 때문이지요. 그래서 아무리 여행 도사라 해도 로마 여행은 한 번으로는 어림도 없습니다.

로마를 알차게 구경하기 위해서는 로마의 역사를 어느 정도 알고 가야 합니다. 우리는 세계사 시간에 로마제국에 관하여 많은 것을 배웠습니다. 하지만 그것은 큰 줄기에 해당하는 부분이고 그 실력에다 조금 더하여 가지로 내려가면 모든 것이 훨씬 더 재미있게 진행됩니다.

그래서 로마를 그냥 구경한 사람과 미리 역사를 공부하고 시작한 사람과는 가서 얻어오는 것, 배워오는 것에서 엄청난 차이가 납니다. 다른 곳도 마찬가지입니다. 알고 가는 것과 모르고 가는 것은 하늘과 땅 차이지요. 이 두 사람을 두고 로마에 대해 이야기해 보라고 하면 말하는 질과 양에서 엄청난 차이가 나지요. 한 사람은 "왔노라, 보았노라, 찍었노라"를, 또 한 사람은 "왔노라, 보았노라, 소화했노라"를 했기 때문입니다.

한 사람은 귀한 시간과 돈을 낭비했고 또 한 사람은 투자의 재미를 열 배, 백 배 톡톡히 본 것이지요.

로마의 초기 역사를 상식 수준에서 이야기하고 넘어가려고 합니다. 로마라고 하면 로마제국의 중심지이고 지금 이탈리아의 수도가 된 지역이지만 건국 초기에는 아무도 알아주지 않던 지중해의 조그만 부족국가였습니다. 긴 장화같이 생긴 이탈리아반도 허리께에 지중해에서 보면 약간 내륙으로 들어간 테베레강가의 언덕에 위치하여, 인접한 다른 나라로부터 별로 관심을 끌지 못하는 약소국 가운데 하나였지요.

바로 위로 북쪽에는 로마보다 더 강력한 국가 에트루리아가 있고 아래 지중해 쪽으로 더 내려가면 그리스인들이 해상무역을 하며 건설한 도시국가들이 산재해 있는 데다가 배만 타면 금방 나타나는 아프리카 북부, 지금의 리비아 쪽에는 로마와는 비교할 수 없으리만치 강력한 카르타고가 버티고 있었지요. 왜구들이 대마도를 거쳐 남해와 서해를 쉽게 오가며 우리나라를 침범했듯이, 이 카르타고도 배를 타고 시칠리아섬에 잠시 들렀다가 거기서 약탈하고서는 바로 이탈리아 본토를 침략하는, 넘어지면 코피가 터지는 거리에서 힘을 키우고 있었습니다.

그렇게 별 볼 일 없던 로마가 에트루리아를 합병하고, 한니발이 이끄는 가르타고군을 간신히 물리치고, 나아가서 카르타고를 멸망시키고 난 이후에는 그 세력이 유럽 전체를 위시하여 중동, 아시아, 즉 인도의 변방에 이르기까지 확산되어 나갑니다.

결국은 영국의 남쪽을 포함하여 유럽의 거의 전부를, 이집트를 포함하여 비옥한 아프리카의 북부, 동으로는 현재의 터키, 시리아, 요르단, 팔레스타인에 이르는 어마어마한 대제국을 형성해 나갑니다.

당시의 교통수단이나 통신수단을 고려하면 엄청난 업적입니다. 군대를 이끌고 국경을 넘어 변방의 야만족 징벌에 나선 황제가 병사하거나 전사하면 그 소식이 로마에 전해지기까지 한 달이 넘게 걸리던 때입니다.

로마가 그토록 막강한 대제국을 건설할 수 있었던 요인을 들자면 열 손가락으로도 모자라지만, 그중 가장 중요한 것이 요즈음 말로 그들만의 특수한 이민정책입니다. 로마군대가 무력으로 점령한 부족이나 민족 중에서 상대방이 항복하고 스스로 로마에 흡수되기를 자청하면 누구든 로마의 일부로 흡수해 로마 시민과 똑같은 대우를 해주었습니다. 인종차별이라는 말은 존재하지 않았습니다. 그래서 로마제국의 황제들 중에는 아랍인도 있고 아프리카 출신의 흑인도 있습니다.

하지만 로마에 끝까지 저항하거나 로마와 하나 되기를 거부하면 남녀노소를 구별하지 않고 그 도시 안에 살던 짐승들까지도 모조리 몰살해 불에 태워버린 뒤에 다시는 풀이나 나무가 자라지 못하도록 소금을 뿌려버립니다. 카르타고의 수도가 로마군에게 패배한 후에, 사흘 밤낮으로 불에 타는 비참한 꼴을 당했고, 올리브 동산에 선 예수님의 눈에서 눈물이 펑펑 쏟아질 정도로 철저하게 파괴된 예루살렘 성전도 로마에게 끝까지 항거하다 흔적도 없이 사라진 좋은 예입니다.

사실 카르타고와 로마는 둘 중 하나가 이 땅에서 없어져야 하는 운명이었습니다. 둘 사이에 협상이란 말 자체가 존재하지 않았고, "너 죽고, 나 살자"를 철저하세 이행하고, 당한 나라입니다. 둘 다 얼마나 자존심이 강했으면 그토록 철저하게 상대를 파괴하고 파괴를 당해야 했을까요?

그런데 예루살렘 성전이 파괴된 이유는 조금 다릅니다. 뒤에도 다시 설명하겠지만 로마에게 유대인들은 그들의 홍망에 위협이 되는 존재가 아니라 '미운 오리새끼'입니다. 미운 오리새끼는 그냥 두면 점점 더 미운 짓을 하므로 미리 손을 봐준 것으로 보면 됩니다. 이집트인들이 유대민족을 미리 손 봐준 것처럼 말입니다. 이렇게 이야기하니 유대민족의 조상들은 다른 민족에 의해 당하다 볼일을 다 본 사람들 같기도 합니다.

로마에게 망하고 난 뒤 일부 유대인은 로마에 충성을 맹세하고 로마 시민이 됩니다. 바오로가 그 예입니다. 하지만 또 많은 유대인들이 로마의 시민이 되기를 거부합니다.

그래서 다음은 유대인이 로마에게 '미운 오리새끼'가 된 이유입니다. 첫째, 로마에 세금을 내지 않습니다. 그러면서 자기들의 성전에는 꼬박꼬박 '죽었다 깨어나도' 10일조를 바칩니다.

둘째, 많은 유대인이 로마에 병역의 의무를 지키지 않습니다. 로마의 젊은이들에게 병역의 의무는 의무이기 때문에 마지못해 하는 것이 아니고 로마에 대한 애국심과 충성심의 표현입니다.

셋째, 유대인들은 모이기만 하면 둘러앉아 로마가 망하기를 기도합니다. 자기들이 모시는 하느님의 아들이 그가 약속한 대로 이 세상에 다시 내려와 하늘나라의 군대로, 아니면 그만이 행할 수 있는 초인력으로 로마를 하루아침에 멸망시키기를 손꼽아 기다립니다.

예루살렘 성전의 파괴는 70년에 일어난 사건입니다. 예수님이 33년에 돌아가셨다고 한다면, 그가 죽고 나서 약 40년 뒤에 일어난 사건을 예수님은 그 참상을 미리 생생하게 보았다는 계산이 나옵니다. 앞으로 일어날 사건이긴 해도 예수님의 눈에는 실제와 같이, 아니 실제로 일어날 미래의 사건이 파노라마처럼 비쳤으니 그분의 마음이 얼마나 아팠을까요? 얼마나 아팠으면 사랑하는 제자들 앞에서 그렇게 소리 내어 슬피 우셨을까요?

66년에 로마제국의 과도한 세금 때문에 일어난 반항의 규모가 커지자 네로 황제는 베스파시아누스 장군을 파견해 소란을 잠재우려 하지만 결말을 보기 전에 본인의 실정으로 자살을 하고, 70년에 나중에 황제가 된 베스파시아누스 장군의 아들 티투스에 의해 성전이 파괴됩니다.

4월에 시작하여 8월에 끝나지만, 유월절(Passover)을 지키려 멀리서 몰려온 유대인들로 인해 당시 성전 안에는 평소보다 훨씬 많은 유대인들이 들어와 있었습니다. 그 바람에 로마군과의 전쟁에서 죽은 사람, 굶어 죽은 사람, 병들어 죽은 사람 등을 합하면 100만 명가량의 사망자가 생겼고, 포로가 되어 노예로 팔려간 유대인의 수도 헤아릴 수가 없을 정도였다고 합니다. 사실 예수님이 눈물을 펑펑 쏟은 것은 성전 자체의 파괴보다는 그토록 많은 죄 없는 어린양들이 비참하게 목숨을 잃어버릴 것을 알아서였는지도 모릅니다. 아흔아홉 마리의 양을 버려두고 한 마리 길 잃은 양을 찾아 나선다고 가르친 우리에 대한 깊은 정을 보여주는 모습입니다.

바로 이 로마제국 때문에 동양과 서양의 개념이 생겨났습니다. 로마의 서쪽은 서양, 로마의 동쪽은 동양이 되었습니다. 우리나라, 중국, 일본, 인도 등은 로마의 동쪽이라 동양이고, 프랑스, 에스파냐, 영국 등은 로마의 서쪽이라 서양이 되었지요. 중동은 로마와 동양의 중간에 끼어 있어 중동입니다.

로마제국의 멸망으로 오늘날의 유럽이 풍비박산이 났어도 유럽인들은 여전히 큰소리를 칩니다. 유럽에서 독일, 프랑스, 에스파냐, 이탈리아의 면적을 더해보면 무지무지하게 큰 덩어리입니다. 그런데 그들의 조상을 옛날로 거슬러 올라가 보면 한 뿌리입니다. 세월이 흐르는 동안 다른 피가 많이 섞였다 해도 조상을 거슬러 올라가 보면 결국은 게르만입니다. 라인강의 동쪽에서 서쪽으로, 처음에는 로마 때문에 남으로 내려오지 못하여 계속 서쪽으로 나아가다가 에스파냐까지, 나중에는 이탈리아반도에도 내려와 이탈리아 민족과도 동화됩니다. 동으로 가서 러시아에도 들어갔는지는 공부를 해야 할 숙제이지만, 유럽 사람들의 얼굴을 보면 골격은 나라에 따라 조금씩 다르다고 할 수 있지만 그들의 공통점은 바깥으로 드러난 피부색을 보면 쉽게 알 수 있습니다. 모두 하얗습니다. 유럽인이 대서양을 건너가 세운 미국은 말할 것도 없지요.

역사를 더 거슬러 올라가, 대로마제국을 그토록 초강대국이 되도록 만들어준 나라, 또는 문화가 어느 민족입니까? 로마의 젊은이들이 그곳에 가서 좋은 스승을 찾아 배우거나, 돈이 많은 부자나 귀족은 그곳의 이름난 선생을 로마에 데려와 자녀들을 교육시켰습니다. 바로 그리스입니다. 옆에 있는 그리스인들이 로마인들에게 그들이 아는 모든 지식을 전수해 주었습니다. 로마의 역사에서 유명한 황제, 장군, 지식인은 모두 그리스인을 선생님으로 둔 사람들입니다. 로마 사람들은 그리스 사람들, 그리고 그들의 문화를 너무나 좋아합니다. 지식인, 두뇌의 해외 유출이 너무나 심한 나머지 그 후유증으로 지금과 같은 그 모양 그 꼴을 하고 있지만 자기들 나름으로는 자부심이 대단한 나라입니다.

당시 그리스인들의 조선기술, 항해술, 상술은 아무도 따라잡을 수 없는 독보적인 것이었고, 유대인들조차 그리스인들의 세력에 압도당하여 숨을 쉬지 못할 정도로 그들의 세력은 대단하였습니다. 나가기만 하고 다시 돌아오지 않아서 문제가 생긴 나라입니다.

조선기술, 항해술, 상술은 그리스가 단연 선두였고, 승마술은 에스파냐가 최고였습니다. 그런데 정확한 시기는 알 수 없지만 로마제국이 형성되고 상당한 기간이 지날 때까지도 말안장이라는 것이 존재하지 않았습니다. 초기 로마를 다룬 영화에서 군인들이 안장이 있는 말을 타고 행군을 하거나 달리는 장면이 나오면 고증을 잘못한 것임을 눈치채야 합니다.

안장이 없는 말을 잘 타기 위해서는 이 에스파냐 사람들처럼 우선 주위에 말이 많아서 태어나 걷는 나이가 되면서부터 말과 몸을 비비대고 살아야 합니다. 그러지 않고는 말이라는 영리한 동물을 다루기가 참으로 어렵습니다. 생과 사가 달려 있는 전투에서는 말할 것도 없지요.

당시 에스파냐 사람들은 약간 과장하면, 걸음마를 배우면서부터는 땅 위에서 걷는 시간보다 말 등에서 보낸 시간이 더 많았다고 합니다. 말에 올라타면 말고삐를 놓고 달려도 양 허벅지만으로 말을 다루는 기술이 다른 민족들이 말고삐를 잡고 타는 것이나 마찬가지입니다.

성인이 되어서 말타기를 배운 민족들과는 일단 전쟁터에 나가 붙어보면 실력 차이가 확 드러납니다. 칼이나 창, 방패를 손에 쥐고서 말고삐를 잡아야 하는 다른 민족의 기병들과 말고삐를 놓고도 달리면서 상대방을 죽이거나 큰 상처를 주는 이 사람들과의 전투는 시작하기도 전에 이미 승부가 결정이 났다고 보아야 할 정도입니다.

특히 로마군은 평지에서 전쟁을 할 경우 보병을 가운데 두고 양옆에다 에스파냐에서 차출해 온 기마병을 두어, 기마병이 양옆에서 적군의 양옆, 나아가서 중앙부를 공격하여 승부를 결정해 버립니다. 특히 한니발 장군은 로마로 진군하면서 에스파냐를 거쳐 갈 때, 말을 잘 타는 젊은이들을 많이 차출하여 데리고 갔다고 할 정도입니다.

궁술은 어느 민족이 우수했을까요? 에티오피아입니다. 그들은 사람 자체도 키가 크지만 활도 자기들 키보다 긴 것을 가지고 다니며 적군을 향해 쏘았다고 합니다. 명중률이 월등히 높아 옛날 이집트군들이 애를 먹었고, 로마제국 시절에는 로마군에 차출되어 이름을 날렸습니다.

그건 그렇다 치고, 그리스에서 해외로 유출된 두뇌들이 조국에 돌아오기를 싫어했거나 현지 정착을 선호했다는 것은 제대로 된 역사 해석일까요? 우리나라도 한번쯤 생각해 보고 넘어갈 문제입니다.

세계 유네스코 문화유산 1번이 아테네 시내의 산꼭대기에 있는 파르테논 신전입니다. 밤에 호텔 옥상의 식당이나 바에서 와인을 한잔하며 아테네시의 야경을 즐기다 보면 이것이 바로 눈에 들어옵니다. 야간 조명을 잘해놓았습니다. 이 책을 읽는 모든 이가 한 번은 그곳에 가서 바로 앞에 서서 실제로 볼 수 있기를 바랍니다. 교과서에서 보는 것과 실제로 그 앞에 서서 보는 것과는 느낌이 확연히 다르기 때문입니다.

결론입니다. 그리스 문화를 그토록 발달시켜 준 나라, 혹은 문화의 출발점은 어디일까요? 그리스 사람들이 자기들만의 독특한 문화, 두뇌를 스스로 만들어낸 것이 아니라는 뜻입니다. 로마가 그리스를 못 잊어 하듯, 그리스인들에게도 꿈에도 잊지 못하는 문화와 민족이 있습니다.

이집트입니다. 그리스인들은 이집트에 가서 배웠습니다. 이집트에 가서 이집트의 문화를 배우는 것이 그리스 지식인들의 꿈이었지요. 사실은 오늘의 미국과 유럽을 만들어준 문화와 지식의 근원은 지금은 아무도 알아주지 않는 이집트입니다.

현세에 와서 미국이 큰소리를 치는 것은 나라의 자원이 많고 핵무기가 많아서일까요? 여러분 가운데 모두는 아니더라도 많은 분들이 한 번만이라도 이집트를 방문할 수 있기를 바랍니다. 거기 가면 같은 사람인데 왜

서양이 동양보다 한 수 앞서 가는가를 몸으로 느낍니다. 오늘의 서양, 오늘의 미국을 만들어준 문화와 민족은 외모로는 찾아보기 힘든, 지금은 이집트인의 DNA 내부에만 존재하는 나일강의 젖줄을 따라 올라온 아프리카인입니다. 유럽 여행의 일부로 카이로에 들러 피라미드와 스핑크스를 보고, 시나이반도에 잠시 들르고서 이집트에 갔다 오는 여행 말고 이집트의 문화를 보고 오기를 바랍니다.

글자의 의미를 그대로 풀어 해석해 보면, 사실은 로마가 중화민국이라 해도 과언이 아닙니다. 이 세상의 한 가운데(중)에서 번영한(화) 민족(민)이 건설한 나라(국)니까요. 중화민국의 꿈을 이룩한 나라는 아시아에 있지 않고 딴 곳에 있습니다. 정확히 말하면 유럽, 즉 로마입니다.

그렇게도 융성한 로마제국도 결국 나이는 속이지 못합니다.

노령기에 들어서면서 동로마와 서로마로 갈라지고, 다시 서로마는 망하여 도시국가로 뿔뿔이 나누어지고, 동로마는 혼자서 옛날의 영예 속에 묻혀 고전하다가 무슬림 세력에 의해 하루아침에 그리스처럼 사라져버립니다. 그러나 망하고 갈라지긴 했지만 중세기에 이르러 문예혁명, 르네상스를 성공적으로 이끄는 데 주도적 역할을 하여 오늘날의 서양문명을 활짝 꽃피우는 데 막대한 기여를 하지요. 나아가서 르네상스 이후로 종교에 대한 일반적인 개념이 신본주의에서 인간이 주동이 되는 인본주의(Humanism)로 건너가는 과정에서 독일과 함께 주도적인 역할을 합니다.

우리가 믿는 기독교는 인간 중심입니다. 처음에는 물론 신본주의, 교회 중심이었습니다. 신의 입장에서 보면 세상만사를 인간이 마음대로 좌지우지하니 약간 손해 보는 듯한 아쉬움이 들는지도 모릅니다. 그러나 인간을 창조하면서 자유의지를 주었기 때문에 그것을 후회하거나 성내봤자 이미 엎어진 물 주워 담을 수가 없으니 인간이 세상에 있는 동안은 그냥 쳐다보기만 하다가 나중에 다시 '돌아오는' 그날 총결산(?)을 합니다. 경우에 따라 중간결산 또는 즉시결산을 하는 수가 있긴 하지만, 이 총결산은 인간이 '다만 사라질 뿐(just fade)' 그날 반드시 합니다.

그 자유의지로 인해서 이 세상의 모든 결정은 인간이 하되, 그 결정으로 인한 결과 또한 인간이 책임을 지도록 만들었습니다. 하느님이 인간을 창조하여 에덴동산에 데리고 가서 이 세상 모든 것을 다스릴 권한을 주고, 선악과를 따 먹지 말 것을 당부하면서 인간이 하느님과의 약속을 어길 때는 그곳에서 쫓겨날 것임을 확실히 했을 때, 이미 하느님은 인간에게 자유의지를 부여했고 동시에 그에 따라오는 결과는 인간이 책임을 지도록 했습니다.

여기서 다시 본론으로 넘어가기 전에 잠시만 샛길로 빠져봅시다.

예수님이 이 세상에 와서 많은 기적을 행한 가운데, 특히 병에 시달리는 많은 사람들을 고쳐줍니다. 그중 불치의 병도 고쳐줍니다. 현대의학으로도 고치기 어렵거나 불가능한 병도 말만 잘하면 공짜로 고쳐주었습니다. 그러면 고친 병에 따라 예수님의 전공 분야가 무엇인지 한번 생각해봅시다. 하느님이 인간을 창조하고, 예수님이 이미 죽은 인간을 무덤에서 불러내고, 관에서 일어나게 하는 의료 행위는 그 분야를 아무리 찾아내려 해도 현대의학 가운데서 찾아내기가 불가능하여 시도하지 않기로 합니다.

우선, 하느님부터 따져봅시다.

하느님은 여자를 창조할 때, 아담을 깊은 잠에 빠뜨립니다. 현대의학에서도 큰 수술을 할 때는 전신마취를 합니다. 바로 이 부분은 너무나도 과학적이라 할 말을 찾지 못할 정도입니다. 그리고 아담이 한눈을 팔 때 남자를 만들 때처럼 진흙과 물로 여자를 만들었으면 될 텐데, 왜 아담의 갈비뼈를 사용하였을까요? 여자를 만들 때는 남자에게 사용한 흙과는 질을 비교할 수 없는, 짐승의 것도 아닌 사람의 뼈와 근육을 사용하였습니다. 왜 그랬을까요? 첫 번째보다 훨씬 머리가 현명하고, 기능적으로 업그레이드된 두 번째를 만들기 위해서였을까요? 하여간 틀림없이 하느님은 마취과 전문의입니다.

또 아담의 갈비뼈를 잘라냅니다. 잘라내는 것은 모든 외과의사가 하는 행위입니다. 그 가운데서도 갈비뼈를 잘라내었으니 틀림없이 흉부외과 전문의입니다.

예수님은 문둥병자를 고치셨으니 피부과 전문의. 하혈하는 여자를 고치셨으니 산부인과 전문의. 혈우병 환자를 고치셨으니 혈액종양학 전문의. 눈먼 사람을 볼 수 있게 하였으니 안과 전문의. 뇌졸중 환자와 간질병 환자를 고쳐주었으니 신경과 전문의. 앉은뱅이를 서서 걸어 다니게 하였으니 재활의학 전문의. 귀신 들린 사람을 고쳐주었으니 정신과 전문의. 열이 나 누워 있는 베드로의 장모를 일어나게 하였으니 감염병 전문의. 듣지 못하는 귀머거리를 듣게 해주었으니 이비인후과 전문의. 자기 앞에 오지도 않고 있지도 않은 멀리 있는 사람을 아프다는 증상만 듣고 고치셨으니 원격의료의 도사. 혹시 이 가운데서 빼먹은 것이 있으면 추가해 주세요.

그건 그렇고, 중세기에 들어와 긴 르네상스를 거치면서 로마, 즉 이탈리아와 독일 등의 유럽이 현재 우리가 가진 종교 즉 기독교에 미친 영향을 잠시 생각해 봅시다.

오랜 세월 신을 중심으로 교회를 이끌어 온 신본주의 사상에서, 사람이 교회에 딸린 부속물에 불과한 하찮은 존재에서 탈피하여, 하느님 사랑의 결정체로서 인간이 종교의 중심이 된 이 인본주의의 사상은 르네상스라는 나무의 뿌리에서 피어오른 아름다운 꽃입니다. 항상 가슴 깊이 새겨두며 하느님께 감사하며 살아가야 할 일입니다. 그런데 아직도 신본주의의 구태를 벗어나지 못한 다른 종교를 보면 참으로 가슴이 아픕니다.

한술 더 떠서 자기가 믿는 종교의 창시자의 가르침을 제대로 소화하지도 않은 채 적힌 그대로 받아들이고 따라 하는 것을 우선으로 하여, 다른 사람들에게도 그렇게 하도록 가르치는 자칭 종교계의 지도자는 나중에 가서 그분을 만났을 때, 그분의 진정한 뜻을 잘못 해석 전달하였음을 알게 되면 어떠한 반응을 보일는지 참으로 궁금합니다.

아무리 영양가가 풍부한 좋은 음식도 어떤 이유에서든지 제대로 씹지 않고 그대로 삼켜버리면 우선 위가 거덜 나고 결국 영양실조에 걸려 온몸이 망가집니다.

마찬가지로 우리의 영혼이 영혼의 양식을 제대로 씹지 않고 그대로 삼켜버려 제대로 소화 흡수하지 못하면, 나중에 가서 우리의 귀한 영혼은 영양실조에 걸려 결국 어떤 모습이 될까요?

그리고 같은 하느님을 믿는 우리들 가운데서도 신본주의의 테두리 안에서 스스로를 해방시키지 못하며 신앙생활을 하는 이웃을 보면 참으로 마음이 답답하고 슬퍼집니다. 이런 사람들이 의외로 많습니다.

21세기가 된 이 시점에도 인간이 종교의 중심이 되지 않고 아직도 종교나 교회가 중심이 되는 사회와 국가의 비극을 보노라면 르네상스의 고마움, 휴머니즘의 고마움을 하느님께 감사하지 않을 수 없습니다. 특히 인간에게 자유의지를 주심에.

로마의 역사를 공부하다 보면 거꾸로 올라가서 그리스의 역사, 나아가서 이집트의 역사로 연결되는 서양 문화의 본류에 이르기까지 알고 싶다는 학구열이 생깁니다. 그러다 보니 이집트에까지 필자의 작은 발자국을 내는 결과를 가져옵니다.

우리가 믿는 기독교의 창시자도 로마의 식민지였던 유대아 지방에서 태어났고, 또 헤로데의 학정을 피해 부모와 함께 도피해 간 곳도 로마의 식민지였던 이집트의 카이로입니다. 카이로에 가면 옛날에 어린 예수님이 부모님과 함께 살던 동네가 있습니다.

초기 공동체의 발전도 로마제국의 심장부인 로마의 빈민굴에서 시작합니다. 그 어두운 카타콤 안에서 가난한 사람들 가운데서 복음을 전파하며 꽃을 피우고, 로마가 만들어놓은 길을 통해 전 유럽에 복음이 불길처럼 퍼져나갑니다.

로마에 의해 철저하게 파괴된 예루살렘 성전에서 운 좋게 겨우 목숨을 건져 도피한 기독교인들이 로마로 가서 빈민굴의 가난한 그곳 사람들에게 복음을 전파하고, 로마의 군인들이 깔아놓은 고속도로(?)를 통하여 중동으로, 유럽으로 퍼져나가 오늘에 이르렀다는 것은 도대체 누가 만들어놓은 모순인가요, 아니면 아이러니인가요?

우리 교회에서 신약에 들어와 베드로와 함께 기독교가 지금의 위치에 있도록 공헌한 바오로도 그의 가르침과 전교여행이 로마의 길을 따라 모두 로마제국의 식민지이자 영향권 안에서 이루어집니다.

종교가 바탕이 되어 형성된 세계 4대 문화권, 즉 기독교, 이슬람교, 힌두교, 불교 등을 두고 비교해 보면, 다른 종교는 아는 바가 너무 없어 언급할 처지가 아니고 그나마 조금 안다고 하는 기독교를 두고서 볼 때, 현재의 기독교는 인본주의의 바탕이 농후하여, 기독교를 주축으로 하는 서양 문화권에 속해 있는 우리로서는 로마의 역사에 대해 알면 알수록 이 세상을 바라보는 세계관이 깊어지고 다양해지며 더 정확하게 자리를 잡습니다.

마찬가지로 한국 사람이니까 한국의 역사를 바로 알아야 하고, 그래야 지금의 우리나라를 바로 볼 수가 있으며 조국에 대한 올바른 인식을 가지게 되고 나아가서 차세대에게 바로 가르쳐줄 수 있습니다.

교통수단과 통신수단의 발달, 그리고 영어의 보급으로 좁아진 세상, 지구촌이라는 말처럼 이제는 한 동네에서 사는 것 같은 느낌이 드는 현세를 살아가며 지금의 서양 문화, 기독교 문화의 근간을 형성하는 데 중추 역할을 한 로마에 대한 인식을 바로 가져야 합니다. 그런데 반드시 기독교를 믿어야 기독교 문화의 영향 아래에 사는 것이 아니라, 다른 종교를 믿거나 무신론자라 해도, 아니 공산주의자라 해도 이제는 이 세상을 살아가는 모든 사람이 기독교 문화의 영향을 피할 수가 없는 것이 오늘의 현실입니다. 그래서 우리는 로마를 알아야 합니다. 기독교가 로마 안에서 성장했기 때문입니다.

인정할 것은 인정하고 좋은 것은 빨리 배워야 추월할 능력도 생기는 것입니다. 모방도 좋은 것을 제대로 해야 좋은 결과가 나옵니다.

원점으로 돌아가, 유럽 여행 특히 로마 여행은 비수기에 하기를 추천합니다. 물론 겨울철이 비수기이긴 하지만 추워서 불편합니다. 겨울이 거의 다 지나가고 봄이 오기 직전인 2월 중순에서 3월 중순이 겨울과 함께 비수기에 속합니다. 하지만 이 시기에는 해가 나면 따듯해져서 다니기가 편하고, 그 대신에 해가 지면 쌀쌀해집니다. 바로 이 시기, 즉 비수기의 마지막을 최대한 이용하는 거지요.

겨울과 이 시기를 빼면 유럽 여행은 성수기입니다. 봄에는 봄방학이라, 여름에는 여름방학이라, 가을에는 여행의 최적기라. 성수기의 유럽 여행, 특히 로마 여행은 사람 틈에 밀려다니다 구경은 저리 가라 하는 낭비의 여행임을 항상 명심해야 합니다. 로마에서 관광객을 상대로 사업을 하는 사람들은 대부분 이 비수기에 휴가를 갑니다. 형편에 따라 여행 가는 날짜가 달라지는 것은 어쩔 수 없는 일이지만 가능하면 이 시기가 좋다는 것이지요. 겨울 추위가 기가 꺾이는 2월 초나 중순에서 봄방학이 시작되기 전인 3월 중순이나 말입니다.

2월 중순이나 하순에 로마를 가면, 해가 지면 추워지니 겨울옷이 필수입니다. 옷이 무거우면 곤란하니까 입고 다니더라도 아주 가벼우면서, 벗어서 가방에 넣으면 공간도 별로 차지하지 않고 가벼우면서 따듯하고 포근한 옷을 구입해야 합니다. 이 중대한 문제를 해결하기 위해 필자는 다른 곳이 아닌 코스트코로 갑니다.

바티칸으로

이제는 로마에 가면 반드시 가야 하는 바티칸으로 갑니다.

테르미날에서 지하철을 타고 30~40분 가면 바티칸에 도착합니다. 여행 중 가장 오랜 시간 줄서기를 한 끝에 입장권을 손에 쥡니다. 여기서는

성베드로 성당 앞 광장

〈라오콘〉, 바티칸 미술관

비수기라도 40분은 족히 기다려야 합니다. 이제 정원을 거쳐 바티칸 박물관으로 들어갑니다. 교과서에서 보던 〈다비드 상〉을 감상한 후 그 유명한 시스티나 성당으로 이동합니다.

성수기에는 입장권을 사려고 기다리는 데만도 두 시간이 넘게 걸린답니다. 성수기에 가본 적이 없어 눈으로 본 사실이 아니라 투어가이드에게서 들은 이야기입니다.

성수기에 유럽, 특히 로마에 갔다가는 관광객이 하도 많아서 어디를 가더라도 유명한 곳에 들어가려면 긴 줄 가운데 끼여서 기다립니다. 민족의 자존심 때문에 가는 데마다 새치기를 할 수도 없는 일이고 앞사람의 뒤를 보며 시간을 너무 많이 보내다 보니 그런 여행을 뒤통수 여행이라고 현지 사람들은 말합니다.

시스티나 성당

자, 이제는 그렇게나 유명한 시스티나 성당을 보러 갑니다. 시스티나 성당은 성베드로 성당에 딸려 있는 부속 건물입니다.

옛날에 그곳을 방문한 사람들의 말에 의하면 그 안에 들어가서 사진도 마음대로 찍고 머무는 시간도 제한이 없어 마음 놓고 앉아 있을 수 있었답니다. 그런데 이제는 사진 촬영은 당연히 불가고, 들어가 있는 시간도 제한이 있어 그 시간 안에 다 못 보아도 다음 그룹이 들어오니까 밀려 나와야 하고, 한 번에 들어가는 관람객의 수도 제한되어 있습니다.

그러니 시스티나 성당에 들어갈 때는 미리 공부를 착실히 하여 꼭 보아야 할 것은 사전지식을 가지고 들어가야 본전을 뺍니다. 더 보고 싶어도 시간이 되면 무조건 나와야 하고 높은 벽과 높은 천장을 한동안 쳐다보아야 하니 바깥에 나오면 목이 뻣뻣해집니다.

교황 자리가 공석이 되면 선거권과 피선거권을 가진 빨간 모자를 쓴 세계 각국의 추기경들이 그 안에 들어가 문을 닫아걸고 다수 표를 얻은 한 사람이 나올 때까지 투표를 하여 교황을 선출합니다. 교황이 선출될 때까지 그곳에서 나오지 않습니다. 관광객은 그 근처에 갈 수가 없고 물론 문을 잠가놓아 들어갈 수도 없습니다. 오래전부터 계획을 해온 사람이 시스티나 성당을 보러 갔다가 이런 날에 걸리면 그 사람의 심정을 두고 무어라고 표현해야 하나요? 재수가 없다?

다음의 경우는 더 재수가 없다고 해야 할까요.

정확한 연도는 기억이 나지 않지만 약 20년 또는 25년 전으로 추측합니다. 원형 복구공사를 하기 위해 2~3년 가까이 문을 닫은 적도 있습니

미켈란젤로가 시스티나 성당에 그린 프레스코화

다. 거기에 얽힌 일화입니다.

바티칸 당국에 큰 걱정거리가 생겨납니다. 시스티나 성당이 성베드로 성당과 함께 너무 유명해지다 보니 그로 인해서 문제가 생겨난 것입니다. 성베드로 성당에 온 사람은 반드시 시스티나 성당을 보고 갑니다. 사실 순서로 보면 시스티나 성당을 보고 다른 한 군데, 아니 성베드로 성당의 꼭대기에 들른 다음에 성베드로 성당 안으로 가지요.

보기에 따라 작다면 작은 그 시스티나 성당 안에 옛날부터 수없이 많은 사람들이 들어가고 나오고 하다 보니 사람의 땀 냄새, 화장품 냄새 등에다 몸에서 나온 수증기로 인하여 벽화나 천장에 그린 작품이 변질되기 시작합니다. 예술에 대한 섬세한 배려가 부족했던 옛날에는 환기 장치도 제대로 되어 있지 않은 그곳에서 담배도 피우고 물론 시가도 피웠을 겁니다.

그래서 근본적인 원형 복구를 계획합니다. 당시만 해도 유명한 골동품이나 예술작품의 원형 복구를 전문으로 하는 인재나 기관이 없었나 봅니다. 그 어렵던 시절에 골동품, 특히 예술작품의 원형 복구는 국가적으로 볼 때 이탈리아가 가장 앞선 것으로 자타가 공인하고 있었으나, 일본이라는 나라도 그 방면에는 자신이 있다고 자부하는 시절이었습니다.

그런데 자기들이 해보겠다고 가슴을 내밀던 이탈리아가 뒷걸음질을 합니다. 기술도 기술이지만 경비가 너무 많이 드는 바람에 벽에 부딪친 것이지요. 이탈리아가 그 천문학적 경비에 주춤하는 사이에 일본이 바티칸에다 무료로 해주겠노라고 제안을 합니다. 자기들이 그때까지 해온 세계적인 원형 복구 작업의 성공 사례까지 제시했지요.

그렇게 힘들고 돈과 시간이 많이 드는데 공짜로 해준다니 바티칸에서는 그 사업을 일본에 주지 않을 이유가 없지요. 일본은 그 대신에 바티칸에다 한 가지 조건을 제시합니다. 공사를 완료하면 그 안에서 사진 촬영은 자기들만이 할 수 있게 해달라는 것입니다. 오로지 자기들만이 그 안에서 사진을 찍되, 다른 개인이나 국가에서 사진을 찍어야 할 일이 생기면 자기들이 대신해서 요구하는 대로 원하는 대로 찍어주겠다는 겁니다. 그 이후로는 자연스럽게 그 안에서 사진 촬영이 원천적으로 금지되고 꼭 찍어야 할 상황이 생기면 바티칸이 주인이지만 사진만은 일본의 허락을 받아야 하는 현실이 된 것이지요.

그런데 사실 그 경비의 부담은 일본 정부가 한 것이 아니고 일본 정부를 통하여 재벌 기업 중 하나가 해결해 준 걸로 소문이 나 있습니다. 요즈음에 그런 일이 생겼다면 우리나라도 기술적으로나 경제적으로나 그 작업을 독자적으로 맡아서 해줄 수도 있으리라 믿습니다. 기술은 우리나라의 유명한 미술대학에서, 경비는 대기업에서 책임을 지고 말입니다. 아마도 일본을 제치고 세계에 돌풍을 일으키지 않을까요?

대기업 얘기가 나왔으니 현대와 삼성에 대해 잠시만. LG도 포함할까요. 현대에서 만든 자동차가 일본의 토요타, 혼다, 닛산의 자동차와 함께 나란히 미국의 고속도로를 달립니다. 얼마나 다행스럽고 자랑스러운지요.

미국에 와서 10여 년이 지났을 때 먼저 캐나다에서, 그러고 나서 캘리포니아에서 현대 차가 눈에 띄기 시작하더군요. 저것이 언제 미시간에, 아니 디트로이트에 들어올 건가 하는 반가움과 조바심이 있었습니다. 일본 차도 미국에 들어와서 디트로이트에 발을 들여놓기까지 상당한 시간이 걸렸습니다. 미국의 자존심을 건드리지 않기 위해서였겠지요.

디트로이트는 미국 자동차 산업의 심장부입니다. 많은 사람이 자동차 산업에 직간접으로 연결되어 살아갑니다. 그 가운데는 미국에서 가장 영향력이 강한 전미자동차노조(United Auto Worker, UAW)에 가입된 사람들도 있습니다. 지금은 과거의 의사회와 마찬가지로 별 볼 일 없는 단체지요.

본인이 자동차 회사의 직원이거나, 아니면 자동차 회사와 연관된 사업을 하거나, 그런 사람을 고객으로 사업하는 사람들이 거의 대부분입니다. 여기에 사는 한인들도 마찬가지입니다. 그만큼 이곳은 자동차 산업 덕에 생존하는 도시입니다.

의사도 예외가 아닙니다. 환자들 대부분이 자동차 회사에 근무하고 있거나 과거에 근무하다 은퇴한 사람들입니다. 백인이건 흑인이건 그 사람들 때문에 잘 먹고, 잘 살고, 자식들 잘 키워 학교에 보내고, 편안한 노후를 맞이하는 우리는, 정말 미국이라는 나라에 감사하며 살아야겠지요.

한인들 가운데는 자동차 회사의 직원으로 일하는 1세대, 1.5세대, 2세

대들이 많고, 그다음 세탁업, 옷가게, 화장품 가게, 식당 등 개인 사업을 하는 한인들이 많지요. 부지런한 우리 한민족은 타민족의 모범입니다. 같이 일하는 직원 가운데 인도 사람, 필리핀 사람이 한국을 부러워합니다. "너희 나라는 어떻게 해서 그렇게 잘살지?" 하고 묻습니다.

사실 필리핀은 우리가 어릴 때만 해도 아시아에서 가장 잘사는 나라라고 해도 맞을 정도였습니다. 한국전쟁 때는 우리를 도와주러 온 나라입니다. 지금은 가장 못사는 나라라고 하면 실례가 될 것이고, 미국 사람들이 잘 쓰는 방법으로 "가장 못사는 나라 가운데 하나"라고 하면 될까요?

교육이라고 대답하자니 설명이 길어질 것 같아 그냥 열심히 일해서 그렇다고 대답합니다. 사실 그 둘을 합하면 정답이지요. 열심히 공부하고 열심히 일하는 것.

교육 이야기만 나오면 오바마 대통령은 늘 한국을 거론했습니다. 오바마 대통령 주변에는 1.5세대, 2세대의 한인 청년들이 의외로 많습니다. 오바마가 대통령이 되고 나서 거의 1년 뒤에 처음으로 자기의 고향 하와이에 금의환향했을 때, 휴가 중 좋아하는 골프를 치러 가면서 오로지 한국 청년 한 명만 데리고 나갔습니다. 한국 청년? 오바마와 단둘이서 하와이에서 골프를 친 한국 청년을 기억하십니까?

아무튼 이제는 미국 자동차 산업의 심장부에 현대 차들이 즐비합니다. 눈을 의심할 정도입니다. 눈을 의심할 것 한 가지만 더. 아니 이번에는 눈뿐만 아니고 귀까지도 의심해야 하는 것입니다. 삼성입니다.

옛날에는 가전제품, 전자제품을 사러 백화점에 가면 삼성을 포함한 다른 제품은 가격이 서로 비슷했습니다. 유독 소니만 가격이 턱없이 비쌌습니다. 은근히 울화가 치밀어 점원에게 물어봅니다.

"왜 소니는 비싸죠, 내가 보기에는 거기서 거기인 거 같은데?" 대답은 어디를 가나 동일합니다.

"소니이기 때문이죠!"

그런데 지금은 삼성 제품이 가장 비쌉니다. 똑같은 질문을 해보면 이제는 답변이 과거와는 다릅니다. 삼성이기 때문에 비싸다는 것이지요. 어디를 가나 좋고 비싼 것은 'made in Korea'입니다. 삼성이면 좋아 보이고 다른 제품은 똑같아 보여도 별로입니다. 얼마나 자랑스럽고 다행한 일인지요. 보는 눈만이 아니라 듣는 귀도 의심할 일입니다. 그렇다 해서 교만에 빠지지 말고 더욱 겸손한 자세로 이 세상 어디를 가나 'made in Korea' 제품이 편한 세상을 만드는 데 앞장서기를 기대합니다.

나체의 예수님과 하느님

다시 원점으로 돌아와, 지금까지 말한 원상복구의 문제는 현대에 와서 발생한 문제이지만, 이제부터는 제작 과정에서 골치를 썩은 일화입니다.

바티칸의 요청으로 시스티나 성당의 제작을 시작한 미켈란젤로, 앞뒤로 문을 닫아걸고서 자기의 제자들에게만 출입을 허락해 놓고 다른 사람들은 들어오지 못하게 문단속을 합니다.

그런데 하루는 제작 과정을 책임진 추기경의 귀에 들어온 정보 때문에 바티칸이 발칵 뒤집힙니다. 요즈음같이 매스컴이 발달하고 소셜 미디어가 보급되어 있는 때가 아니라 알 만한 사람들 가운데서 소란이 일어났겠지요.

아담과 이브는 성경에도 선악과를 따 먹기 전에는 옷을 입지 않고 돌아다녔으니 나체로 묘사한 것이 오히려 성경적이라 봐줄 수도 있겠지만, 그래도 유명한 예술작품에는 예의상 중요한 부분을 가리는 것이 상식으로 되어 있습니다. 난처한 것은 하느님도 옷을 입혀놓지 않고 전부를 다 노출하여 묘사해 놓아서 문제가 터진 것입니다.

추기경에게 호출당한 미켈란젤로, 예수님과 하느님에게 옷을 입힐 것을 강요당하지만 완강하게 거부합니다. 결국은 문제가 된 노출 부분을 옷으로 자연스럽게 살짝 가리는 선으로 협상이 이루어져 합의를 봅니다. 그래도 화가 난 작가는 그 작업을 자기가 하지 않고 제자에게 맡기고 위기를 넘깁니다.

그래서 지금의 우리는 천지창조에 나오는 하느님을 딴 생각 없이 눈치껏 보고 넘어가면 되는 일이지만, 원래 시스티나 성당에 그려진 하느님은 전신이 나체로, 상상만 해도 아찔하고 식은땀이 나는 위기의 순간을 협상을 통하여 넘긴 겁니다. 고도로 발달된 지우개가 있어 그곳만 살짝 지울 수가 있다면, 처음에 작가가 그려놓은 원래의 모습을 볼 수가 있으련만. 감히 누가 시스티나 성당의 천장에 올라가 그 일을 할 수가 있을는지요? 작가가 추기경에게 양보를 하지 않았어야 했는데! 그 뒤, 그 추기경의 얼굴은 천지창조의 장면에 지옥에 떨어져 사탄의 발에 짓밟혀 고통에 일그러진 얼굴의 주인공이 되었다는 웃고 넘어갈 에피소드입니다.

에스파냐의 바르셀로나에 가서 그 유명한 가우디가 건축을 시작하여 아직도 건축 중인 '성가족 성당'에 가보면 들어가는 문 가운데 위에 보면 십자가에 돌아가신 예수님의 모습이 완전히 나체로 표현되어 있습니다. 그림이 아니라 돌로 조각되었으며 문 위에 높이 위치하여 고개만 들면 자

성가족 성당의 조각상

연스럽게 보입니다.

가우디가 조각한 것이 아니고 한참 후배가 감히 과용을 부렸다고나 할까, 아니면 작가로서 표현의 자유를 백분 활용했다고 좋게 보아주어야 할까요? 옛날 같으면 감히 상상도 못할 일을 해놓은 거지요.

하지만 십자가에서 돌아가신 예수님은 나체로 표현하는 것이 타당한 일일 것입니다. 십자가형 자체가 죽으면서도 최대한의 고통에다 수치심을 느끼도록 만들어 보는 이로 하여금 로마를 반역할 마음을 아예 품지 않게 만드는 것이 목적이라 옷은 하나도 걸치지 않은 상태입니다.

시스티나 성당 밖으로 나오면, 옆으로 난 계단을 오르고 또 올라 성베드로 성당의 꼭대기로 올라갑니다. 거기에서 그 위에 있는 유명한 조각들을 보고 또 아래로 광장을 내려다봅니다.

그런데 성베드로 성당의 꼭대기를 올라가는 일이 쉽지 않습니다. 너무 힘들다고 하면 아예 올라가 보지도 않고 포기하는 사람이 있을까 하여 자세한 설명은 생략합니다. 한번 도전해 보십시오. 해볼 만합니다. 평소에 앞서 설명한 계단 운동이나 다른 운동을 하는 사람은 계단 운동을 한다고 생각하면 됩니다.

높고 큰 성당으로는 로마의 4대 성당 중 하나인 성바오로 성당을 가보면 성베드로 성당은 별로 커 보이지가 않습니다. 물론 둘 다 큽니다.

꼭대기 구경이 끝나고 아래로 내려와 시간 관계상 광장에서 바로 옆에 있는 레스토랑에 가서 점심을 맛있게 먹고 성베드로 성당 안으로 들어갑니다.

안에 들어가면 볼 것이 많지만 한 가지만 설명합니다. 머리에 뿔이 나 있고 양손에 십계명을 들고 앉아 있는 모세의 대리석 조각상이 그 안에 있습니다.

아! 피에타

앞에서 보면 다른 큰 성당과 마찬가지로 성베드로 성당도 문이 세 개 있습니다. 중간에 하나, 좌우로 중간보다 약간 낮은 위치에 하나씩. 이왕이면 중앙의 큰 문으로 들어갑니다. 오른쪽 문은 닫혀 있어 들어갈 수가 없다 보니 자연스럽게 가운데 문으로 들어가게 됩니다. 가운데 문으로 들어가자마자 오른쪽 문 방향으로 시신을 옮기는 순간 시간이 멈추어버립니다. 대리석으로 조각된 눈에 익은 조각상이 오른쪽 문 바로 뒤에 자리하고 있습니다. 그 조각상 앞에 서는 순간 우리의 발이 바닥에 붙어버립니다. 많은 사람들이 그 앞에서 넋을 잃어버립니다. 바로 미켈란젤로의 〈피에타(Pieta)〉입니다.

'Pieta'라는 라틴어는 나중에 가서 영어에 'pity'라는 말로 정착되었으니 사전을 보면 그 의미를 알 수 있고, 또 이 장면을 예술로 표현해 놓은 작품이 수도 없이 많지만 바로 이곳에 있는 것이 〈피에타〉 중의 〈피에타〉이고 아무런 수식어 없이 〈피에타〉라고 하면 바로 이 〈피에타〉를 두고 하는 말입니다. 성베드로 성당에 가서 이 〈피에타〉를 보지 않으면, 촌사람이 서울 구경을 가서 남대문을 보지 않은 것이나 마찬가지입니다.

죽은 아들을 양 무릎 위에 올려놓고 살짝 고개를 숙인 어머니의 모습입니다. 우리나라 말에 남편이 죽으면 산에다 묻고, 자식이 죽으면 가슴에 묻는다는 말과 같이 아들을 가슴에 묻고 있는 어머니의 모습입니다.

내로라하는 작가들이 이 주제를 두고 작품을 만들었지만 이를 능가하는 작품은 이 세상에 존재하지 않습니다. 천주교를, 아니 기독교를 조각 하나로 완벽하게 표현해 놓았습니다. 아니 기독교 자체를 돌 하나에다가 완벽하게 표현해 놓았습니다. 힘들게 신·구약을 읽지 않고 이것 하나만 보고서 눈물이 난다면 그 한 방울의 눈물에 성경책이 다 들어가 있습니다.

이 조각 앞에서 사람들은 시간을 초월합니다. 모든 것이 정지되어 버립니다. 피곤함을 망각해 버립니다. 우리의 시선보다 약간 높은 곳에 위치하여 사람들 뒤에 서 있어도 구경하는 데는 불편함이 없습니다.

멀리서 보면 잘 보이지 않으나 가까이 가서 자세히 보면 보이는 것 두 가지가 있습니다.

첫째, 앞에 있는 방탄유리입니다.

너무 깨끗하기 때문에 구경하기에는 아무런 불편함이 없다고 말해도

미켈란젤로의 〈피에타〉, 성베드로성당

과장이 아닙니다. 그 대신에 아쉬운 것은 가까이 다가가서 바로 눈앞에 두고 볼 수가 없다는 점과 손을 댈 수가 없는 것이지요. 옛날에는 손을 대기도 하였을 테지요.

1972년 폴란드의 어느 조각을 전공하는 미술학도가 자기도 한번 이 〈피에타〉를 제작해 보기로 결심했지만 아무리 노력해도 자기의 실력으로는 도저히 불가능함을 자각한 것까지는 좋은데 어느 날 바티칸에 나타나 망치로 〈피에타〉를 파괴하기 시작, 열다섯 번을 내리쳐 일부가 손상이 되었고 그때 떨어져나간 조각의 일부는 아직도 행방불명입니다. 바티칸의 심금을 울리는 호소로 거의 내부분 되찾아왔지만 몇 조각은 여전히 돌아오지 못했습니다. 필자의 전공은 아니지만 이 사람의 진단은 어렵지 않습니다. 조현병(Schizophrenia)의 편집형(paranoid type)입니다.

관람객의 '방해'로 목적 달성은 하지 못하였으나 그 사건 이후로는 정밀한 복구 작업 후에 앞에다 방탄유리를 설치해 놓아서 가까이 접근하거나 만지는 것은 불가능합니다.

둘째, 작가에 의해 만들어지고 얼마 되지도 않아 〈피에타〉가 겪은 수난입니다.

젊은 시절의 작가가 교황청의 요청으로 자기 딴에는 심혈을 기울여 완성했습니다. 완성을 하고 보니 자기가 보아도 너무나 잘된 작품이라 그렇게 만족스러울 수가 없었답니다. 자기 작품에 자기가 반해버립니다. 그래서 딴 곳에서 일하다가도 일이 끝나면 자기 작품을 보러 와서 비몽사몽간을 오가다 집으로 돌아갑니다. 많은 사람들이 그 앞에 와서 그 조각상을 보고, 작가가 그곳에 있는 줄도 모르고 입이 마르도록 칭찬을 합니다.

그러던 어느 날 갑자기 누가 옆에 있는 친구에게 질문합니다. "누가 만들었을까?" 이어 실랑이가 벌어집니다. 당대 유명한 작가들의 이름이 거론되기 시작하지만 불행하게도 미켈란젤로의 이름은 끝까지 어느 누구의 입에서도 나오지 않습니다. 요즘같이 작품에 작가의 이름을 써놓거나 새기던 시절이 아닙니다.

작가는 화가 머리끝까지 납니다. 뚜껑이 열린 거지요. 다음 날 조각용 끌을 가지고 나타나 성모님 가슴을 대각선으로 내려가는 옷고름에다 자기 이름을 조각해 버립니다. "이것은 미켈란젤로의 작품이다"라고. 멀리서 보면 보이지 않지만 가까이서 보면 보입니다. 당시의 유명한 예술작품 가운데 유일하게 작가의 이름이 조각된 작품입니다.

정확한 정신과적 진단은 어렵지만, 강박성 성격장애(obsessive compulsive personality disorder)라고 할까요?

도미네 쿠오바디스 성당

로마에 가면 또 봐야 할 곳이 있습니다. 가난하고 버림받은 사람들의 공동묘지인 카타콤에서 걸어갈 수 있는 거리에 있는 조그만 교회입니다.

우선 카타콤을 구경합니다. 카타콤은 테르미날에서 40~50분 거리에 있습니다. 후손들이 돌아가신 부모나 조상을 땅 위에다 버리면 나중에 저 세상에 가서 조상에게 욕먹을까 봐 망자의 체면을 고려하여 땅을 파고 내려가면서 묻었던 모양입니다. 그런데 그곳이 지금은 관광 명소가 되었습니다.

황제나 귀족들의 묘지는 로마 시내 한가운데, 그것도 당시 조각의 대가들을 불러 모아 예술과 사치의 극치를 보여주게 장식한 반면, 가난한 자의 묘지는 누울 자리조차 부족하여 시체 위에다 시체를 겹겹이 쌓아놓아야만 했고, 그나마도 좁은 공간에다 버려놓아 이름도 없이 시체만 겨우 누워 있는 불쌍한 처지의 해골들을 보며, 밀려오는 인생무상을 가슴 깊이 쓸어내리고 있노라면 눈시울이 자꾸 촉촉해 옴을 느낍니다.

옛날이나 지금이나 없는 사람들에 대한 배려는 달라진 것이 없는 데다 오히려 가진 자들이 없는 자들의 것을 빼앗아가는 것은 동서고금이 똑같습니다. 약육강식의 원칙은 동물세계에만 있는 것이 아니고 인간 세계에도 철저하게 살아 있음을 보여줍니다.

지금은 입구에 현대식 건물이 들어서서 매표소도 있고 다른 편의시설도 갖추었지만, 옛날에는 아무것도 없는 땅 위에 잡풀들이 무성한 가운데 큰 구멍만 나 있었을 테지요.

그런데 안으로 들어가자마자 신기하게 느껴지는 것은 그 옛날 땅굴 파는 기술이 전혀 발달하지 않은 시절에 어떻게 이렇게 어마어마한 땅굴을 팔 수 있었을까 하는 의문과 벽이나 바닥, 천장이 무지무지하게 단단하다는 사실입니다. 불에 구운 벽돌도, 요즈음과 같은 시멘트도 아닌데 말입니다. 보통 흙이라면 무지무지한 자체의 무게와 중력 때문에 무너져도 옛날에 무너졌어야 하는데 말입니다. 지금 와서 떠오르는 의문은 홀로그램이라는 현대과학의 힘을 빌려 이 지하 동굴을 위아래를 뒤집어 놓고 본다면 얼마나 높고 그 면적이 얼마나 될까 하는 것입니다.

벽을 보고 만지기도 하고 톡톡 두들겨보기도 하면서 "이것을 어떻게 만들었을까?" 하며 나에게 물어봅니다. 사실 그 대답은 의외로 간단합니다. 당시 인간의 과학과 건축기술이 발달하여 그런 대작이 나온 것이 아니라 자연이 그렇게 되게 했기 때문입니다. 황토진흙입니다.

이 황토진흙은 마르기 전 물기를 포함하고 있을 때는 물렁물렁하여 아이들이 가지고 노는 점토처럼 다루기 쉽다가도 일단 공기와 접촉해 건조되어 버리면 벽돌이나 돌같이 단단해진답니다. 아니 더 단단하게 느껴집니다. 그래서 요즈음과 같은 중장비가 없어도 삽과 같은 단순한 장비만 가지고도 훌륭한 지하 통로, 땅굴을 파 들어갈 수가 있었던 거지요.

어떤 곳은 꽤 넓은 집회장소도 있지만 보통은 비좁고 낮은 통로에다 옆으로 조금만 파서 좁은 공간에다 시체를 눕혀놓았습니다. 아직도 그 지하 공동묘지가 얼마나 깊은지 얼마나 큰지는 아무도 모른다고 합니다. 약간 과장이 아닐까요?

출입 금지 구역이 많이 있습니다. 잘못하다간 출구를 찾지 못하는 경우도 있었답니다. 조명 장치가 없던 시절 시체를 묻으러 들어갔다가 길을 잃어버리고 가지고 들어간 횃불도 다 타서 꺼져버리면, 묻으러 간 사람이 출구를 찾지 못해 헤매다가 시체와 함께 저세상을 동행하는 경우도 있었다는 이야기를 해줍니다.

우리가 들어가 구경하는 곳은 극히 일부에 불과합니다. 그 안에는 초기 공동체의 신자들이 박해를 피해 숨어서 예배를 본 장소도 있습니다. 우리가 잘 아는 베드로도 순교한 이후에 거기에 잠시 머물렀다가 현재의 장소로 이장되었습니다. 성베드로 성당의 지하가 현주소입니다.

살짝 여담입니다. 사도 바오로도 베드로와 같이 로마의 법을 어긴 죄로 순교합니다. 그러나 그는 유대인이었지만 로마 시민인 이유로 로마에 호송되어 정식 재판을 거쳐 사형이 집행됩니다. 그는 십자가형이 아니고 참수형을 받는 특혜를 누립니다.

베드로의 이름을 따서 성베드로 성당, 바오로의 이름을 따서 성바오로 성당이 있습니다. 둘 다 로마에 가면 반드시 보아야 하는 4대 성당의 하나입니다. 성바오로 성당은 성베드로 성당보다 훨씬 큽니다.

무지하게 큰 성바오로 성당 앞에 큰 바오로 석상이 서 있습니다. 바오로가 고개를 약간 숙이고 손에는 긴 칼을 쥐고 있는 모습입니다. 물론 다른 한편에는 베드로 석상이 서 있습니다. 겁이 날 정도로 큽니다. 사실 바오로를 표현한 많은 예술작품이 칼을 손에 쥐고 있는 모습입니다. 성화에서 칼을 쥔 예수의 제자는 무조건 바오로입니다.

하지만 필자의 짧은 성서 지식으로는 베드로가 칼을 쥐고 있어야 맞습니다. 바오로는 칼과는 거리가 먼 '샌님'이 아니던가요? 사실은 베드로가 칼잡이가 아닙니까. 대패질이나 하여 겨우 살아가던 전직 목수였던 스승이 절박한 위기에 빠졌을 때, 그 많은 제자들 가운데 힘없는 '젊은 남자'를 보호하기 위해 칼을 들고 나선 사람은 유일무이하게 필자의 슈퍼히어로 베드로밖에 없습니다. 목숨을 걸고 스승 앞을 가로막고 서 있는 베드로에게 바로 그 '키 큰' 남자는 칼을 집어넣으라고 꾸중을 합니다.

만약에 그가 평범한 우리와 같은 사람이었으면 어떻게 했을까 생각해 봅니다. "에이, 더러워서 이 짓 못해먹겠다!" 하고 칼을 하늘 높이 집어 던지거나, 아니면 땅에다가 콱 꽂아버리고 그 자리를 박차고 나갔을 테지요. 다른 사람은 몰라도 저는 그렇게 했을 겁니다. 동서고금을 통해 유명한 칼잡이들의 기록이나 무협영화를 많이 보았지만 베드로만 한 칼잡이는 그 이전에도 이후에도 존재하지 않았고, 현재에도 존재하지 않습니다.

그는 분명코 그의 세대에는 고기 잡는 어부의 일을 하고 있었을지 모르지만 그의 집안은 대대로 내려오는 칼잡이의 자손임에 틀림이 없습니다. 평민이 아니라 무인, 무사를 조상으로 둔, 예수님만이 알아볼 수 있는 뼈대 있는 양반 집안의 자손이 아니면 적어도 무반 집안의 출신이라는 거지요. 그런 베드로의 손에 놀랍게도 다른 물체가 쥐어 있습니다.

둘 다 숙제입니다. 왜 칼잡이, 아니 무인인 베드로가 칼이 아닌 엉뚱한 다른 물체를, 학자인 바오로가 무시무시한 긴 칼을 쥐고 있을까요? 이미 답을 알고 있는 사람들이 부지기수라 숙제라 부르기가 부끄러울 정도네요. 그래서 진짜 숙제입니다.

성바오로 성당에 가면 베드로의 죽은 몸이 성베드로 성당에 묻혀 있듯이 바오로의 죽은 몸도 당연히 성바오로 성당에 묻혀 있습니다. 그러나 참수형을 당하여, 목에서 떨어져나가 땅 위를 세 번 굴렀다던 그의 목 윗부분은 지금 어디에 있을까요? 세 번 굴렀던 땅에는 무엇이 있을까요?

또 이 바오로 성당의 안에는 열두 제자, 아니 열한 제자의 석상이 있습니다. 그 이유는 누구나 다 알 것이고, 그 제자 가운데 하나인 성바톨로메

오도 손에 무엇을 들고 있습니다. 그것이 무엇일까요?

숙제가 많아 미안합니다.

카타콤을 보고 나면, 걸어서 갈 수 있는 거리에 작은 교회가 하나 있습니다. 사람들의 관심을 받지 못해서인지 관광객도 별로 없고, 볼 것도 하나 없는 볼품없는 이 교회의 이름은 다름 아닌, '도미네 쿠오바디스 성당(Church of Domine Quo Vadis)'입니다.

그 안에 들어가면 예수님 시대에 누가 신고 다녔다는 샌들이 벽에 걸려 있습니다. 그리고 성당 바닥에는 사람의 발자국이 대리석에 새겨져 있습니다. 분명 사람의 발자국입니다. 그러면 누구의 발자국일까요? 그런데 그 발자국이 찍힌 대리석의 원본은 다른 곳에 잘 보관되어 있다고 합니다. 그곳에서 우리가 보는 그 발자국은 모조품입니다.

사건이 일어났을 당시에 옆에서 목격했다는 증인이 없고 스마트폰이 없어 찍어둔 사진이나 동영상이 없으니 믿거나 말거나이지만, 그 교회가 있는 언덕에서 이 짧았던 '둘'의 만남을 다룬 소설도 있고, 〈쿼바디스〉라는 영화에도 잘 묘사되어 있습니다.

우리는 베드로에 대해 너무나 잘 알고 있지요. 그의 인간적인 약한 모습 때문에 우리는 실수를 반복하면서도 많은 위안을 받으며 살아가지요. 이 에피소드, 스승과 제자의 만남은 성경에 나오지 않으니 믿지 않아도 됩니다.

보통 사람 네로

불쌍한 네로라고 부르고 싶지만 그냥 보통 사람이라고 해봅니다.

톰 크루즈보다도 훨씬 미남이고 키도 큰 배우 로버트 테일러가 주연한 〈쿼바디스〉라는 영화가 있습니다. 그런데 사실 '쿼바디스'는 베드로가 스승임을 알아차리고 놀란 나머지 엉겁결에 그의 입에서 나온 말 "Domine, Quo Vadis" 즉, "주여, 어디로 가시나이까"에서 Domine를 빼먹은 말입니다.

영화에는 다른 데서와 마찬가지로 포악한 네로 황제(재위 54~68)가 로마에 불을 질러놓고 그 책임을 무고한 기독교도들에게 전가하는 것으로 나옵니다. 많은 기독교도를 잡아 가두고 불에 태워 죽이거나 배고픈 사자들의 밥이 되게 하고 자기는 그 광경을 즐기면서 향연을 벌이고 항상 술에 취해 있는 이상성격의 중년 남자로 묘사됩니다.

하지만 네로는 영화의 인물과는 전혀 닮지 않은 너무나도 평범한 우리와 같은 보통 사람이었습니다. 황제에 즉위했을 때는 열여섯밖에 되지 않은 철부지 소년이었고 나중에 가서 자신의 실정으로 부하에게 쫓겨나 이리저리 도망다니다 어느 집에 몸을 숨기고 있던 차에, 그것이 탄로나서 잡으러 오는 자기 부하들의 발자국 소리, 고함 소리에 겁에 질려 당황한 나머지 엉겁결에 자살할 정도로 평범한 사람이었습니다. 바로 그때 그는 지금 기준으로 보아도 세상 물정을 전혀 모르는 스물여덟 살의 철부지였습니다. 그런데 그토록 평범한 네로가 우리와 달랐던 것은 딱 하나입니다.

로마의 귀족 신분으로 태어난 것은 운이 좋아서라고 치더라도, 너무나도 똑똑하고 지나치게 훌륭한 엄마를 두었다는 사실입니다. 그 별나고 똑똑한 엄마가 아니었더라면 결코 황제가 될 수 없는 인물이었지요. 스스로의 능력으로는 황제의 근처에도 갈 수 없는 인간이 황제가 되었다는 말입니다.

갓 사춘기의 나이에 접어들어 황제에 즉위했을 때는 시 쓰기에 열중하였고, 요즈음의 기타라고 할 수 있는 악기를 잘 연주하여 자작곡을 그 악기에 맞추어 노래하기를 좋아하였습니다. 목소리도 아마 수준 이상이었나 봅니다. 차라리 지금의 한국에 태어났더라면 허름한 술집에서 통기타를 치며 나름대로 행복한 인생을 보냈을지도 모릅니다. 작곡에 작사, 거기에다 본업은 가수였다니 송창식이나 필자가 좋아하는 윤동주 시인의 조카인 윤형주와 같은 사람이라 할까요?

사람들이 황제인 자기의 타고난 재능을 너무나 알아주지 않으니, 아테네에서 열리는 올림픽에 참가하여 종목에 있지도 않은 올림픽과 전혀 관련이 없는 노래하기 종목을 억지로 만들어놓고 응원부대를 동원하고 혼자서 출전하여 금메달을 받고서는 금으로 만든 월계수를 머리에 쓰고 자랑스럽게 그리스 전역을 순회공연을 합니다. 황제로서는 바보이지만 인간으로는 너무나도 평범한 보통 인간.

네로는 아름답던 로마가 세계 각지에서 몰려온 빈민들로 인해 더러운 도시로 변해가는 모습을 보며 가슴 아파한 환경보호자이기도 했습니다. 보통 통기타로 자작곡을 불러 유명해진 가수들 가운데 환경보호자가 많지요.

로마가 슬럼화되어 가는 과정을 가속화한 무리가 바로 기독교도들입니다. 그 빈민굴에 우글거리는 가난한 사람들 사이로 불같이 기독교가 전파

되어 나갑니다. 그 가운데 한 사람이자 두목이 바로 베드로입니다.

그런데 하필이면 그 빈민가 판자촌에서 불이 나 로마시를 불바다로 만들고 많은 로마 시민들이 타 죽고 또 재산에 막대한 피해를 줍니다. 그런데 누가 시작했는지는 모르나, 황제가 더러운 로마를 불살라 버리고 거기다 깨끗한 로마를 재건축하려 한다는 헛소문이 불같이 퍼져나갑니다.

이에 당황한 평범한 남자 네로는 간신의 기발한 착상에 따를 수밖에 없는 처지가 되어버립니다. 평소 자기들이 믿는 신의 교회에는 십일조를 꼬박꼬박 바치면서도 로마제국에 세금 바치기를 거부하는 기독교도, 로마의 젊은이들이 목숨을 바쳐가며 지키는 국방의 의무, 병역의 의무를 거부하는 기도교도, 거기다 자기들끼리 모이기만 하면 십자가에 달려 죽은 자기들의 우두머리가 어서 빨리 다시 돌아와, 그가 약속한 천년왕국을 건설하도록 기도를 바치며 로마가 망하는 날을 학수고대하는 미운 오리새끼들에게 화재의 책임을 전가합니다. 길 가는 기독교도들을 잡아다가 로마 시민들이 보는 앞에서 고문하고 사형합니다.

이 아찔한 순간에 기독교도들의 우두머리 베드로는 우리와 같은 평범한 결정을 내려 혼자만 살아보겠다고 피신합니다. 가진 모든 재산을 챙겨 가족들을 데리고 아무도 모르게 마차인지 우차인지를 타고 박해가 없는 곳을 찾아 로마를 탈출합니다.

그러다가 자신도 얼마 되지 않아 사형을 당한 뒤에 성베드로 성당이 다 지어질 때까지 잠시 머물 카타콤의 근처에 다다라서, 이름도 없는 고개를 힘들게 땀을 흘리며 넘어가고 있는 참이었습니다. 공동묘지가 근처에 있으니 로마에서 상당히 떨어진 곳이었나 봅니다. 물론 요즈음의 교통수단으로는 한 시간도 걸리지 않는 가까운 거리지만 당시의 형편으로는 베드로가 이제는 살았구나 하고 안도의 숨을 내쉴 만한 거리였는지도 모릅니다.

기독교의 존망이 걸린 이 기막힌 순간에 천주교, 아니 당시에는 기독교의, 예수님이 손수 선출한 초대 교황이 자기만 살아보겠다고 맡겨진 어린양들을 다 버려두고 자기 가족만 데리고 땀을 뻘뻘 흘리며 언덕길을 걸어가는 중입니다. 하느님이, 또 예수님이 자기들이 구약의 창세기 때부터 힘들여 쌓아온 공든 탑이 하루아침에 무너지는 순간인데 그냥 팔짱 끼고 강 건너 불구경하듯 보고만 있을 수가 없지요.

베드로는 반대편에서 올라오는 자기 스승처럼 키가 큰 젊은이와 마주칩니다. 둘은 멀리서는 알아보지 못하였지만 서로가 가까워지면서 상대방을 알아보게 됩니다. 그 순간은 밤중이 아니었나 봅니다. 한밤중이면 서로 알아볼 리가 없지요. 로마가 고요히 잠든 사이에 도망하였으니 그곳을 지나갈 때는 분명히 해가 밝게 떠오르는 조용한 아침이었겠지요. 깜깜한 밤이었다면 이 세상을 바꾸어놓은 중대한 사건이 일어나지도 않았을 겁니다. 아마도 기독교라는 종교가 지금처럼 우리 마음속에 존재하지조차 않았을 겁니다.

그 후에 일어난 일은 영화를 보지 않은 사람이라도 아니 기독교인이 아니라도 너무나 잘 아는 사건 중의 사건입니다.

지금은 고인이 되었지만 한때 시카고에서 활약했던 유명한 폴 하비(Paul Harvey)라는 아침 라디오 토크쇼 진행자가 있습니다. 아침에 출근하면서 라디오를 틀면 미시간에도 그의 방송이 나올 정도였으니 상당히 인기가 있었다고 보아야 할 것입니다.

이 사람은 옛날이건 최근이건 이름난 유명한 사건에 대해 주인공의 이름을 밝히지 않으면서 한참 열을 토하며 이야기를 하여 듣는 사람들의 호기심을 잔뜩 불러일으켜 놓고는, 마지막에 가서는 그 사건의 주인공 이름을 탁하고 뱉어놓고서, 그만의 브랜드이자 유명한 막판 끝내기를 합니다.

그만이 가진 독특한 상표, "You know the rest of the story! This is Paul Harvey! Have a Good Day!" 하고 마무리합니다. 그 후에 일어난 일은 청취자들이 자기보다 더 잘 알고 있지 않느냐는 말입니다. 아니 최소한 자기만큼은 알고 있지 않느냐는 뜻이지요. 그가 나이 들어 은퇴한 후에 그의 아들이 대물림하여 같은 시간에 아버지를 똑같이 모방하여 최선을 다하였음에도 아버지와 같은 극적인 효과는 모방하지 못하여 결국 도중 하차해 버립니다.

예수와 베드로, 이 스승과 제자의 "만남은 우연이 아니"었지만, 이 두 사람의 만남은 너무나 유명한 사건이라 그 이야기를 할 의도는 추호도 없으므로 여러분의 해박한 지식에 맡깁니다.

하지만 마주치는 그 순간에 두 사람의 마음속에는 어떤 생각이 오갔을까요? 표정은? "쿠오바디스"라는 말 외에도 분명히 대화를 나누었을 텐데 어떤 말이 오갔을까요? 그렇게 긴 대화는 하지 않은 걸로 보입니다. 목적도 정반대. 한 사람은 자기의 목숨을 건지기 위해, 다른 한 분은 자기의 목숨을 두 번이나 희생하기 위해. 목적지도 정반대. 한 분은 로마를 향해, 한 사람은 로마를 등지고 반대 방향으로.

그 부근에는 유명한 건물도 없고 소문난 박물관 같은 것도 보이지 않습니다. 경치도 좋지 않고 관광 명소도 아닙니다. 그 볼품없는 고개에서 목숨을 건지고자 열심히 마차를 몰고 가는 베드로와 연기가 솟아오르는 로마를 향해 베드로와는 반대 방향으로 걸어가는 키 큰 청년, 두 사람 사이에 무슨 말이 오갔을까요?

궁금하지 않으십니까? 그런데 사람들의 주장에 의하면, 다음의 이야기가 오히려 사실에 가까울지 모릅니다.

베드로가 로마를 등지고 이 고갯길을 넘어가는 것까지는 이야기가 동일합니다. 하지만 그 고갯길에서 베드로가 반대편에서 십자가를 지고 올라오는 스승의 환시를 보았다는 것입니다. 스승의 실물을 만난 것이 아니라는 거지요. 거기서 마음을 고쳐먹고 로마로 돌아가 그 전보다 더 열심히 복음을 전파하다 순교하였다는 이야기입니다.

성서에 표현된 바와 같이 바오로가 겁쟁이나 비겁자, 또는 보통 인간이 결코 아니라는 것이 여기서 잘 드러납니다. 무인 집안의 출신일 수밖에요. 로마 병정에게 체포되어 십자가형을 당할 때, 스승처럼 자신은 똑바로 달려 죽을 가치조차 없는 인간임을 선언하고, 십자가에 거꾸로 매달아 달라고 명령합니다. 팬티라는 말 자체가 없던 시절이라 십자가에 거꾸로 달렸을 때의 수치심은 말로 표현할 수가 없습니다. 보는 사람도 차마 눈뜨고 볼 수가 없어 눈을 가리는 상황에서 무인이 아니고서는 감당할 수 없는 극한 상황을 훌륭하게 이겨냅니다. 그의 스승은 보이지도 않는 '아버지'에게 답변이 무엇인지를 뻔히 알면서 십자가를 면하게 해달라고 애걸하였으나, 스승과는 달리 베드로는 거꾸로 십자가에 매달리겠다고 자청하여 순교합니다.

스승조차도 생각하지 못한 역십자가의 죽음, 역시 무사 집안의 출신이 아니고서는 도저히 할 수 없는 장렬한 대단원의 막을 내린 베드로는 스승과 함께 '사라질 뿐'의 극치를 보여준, 우리 모두의 슈퍼히어로입니다. 그물을 가다듬고 있는 그의 뒷모습만 보고도 보통 사람이 아님을 알아본 예수의 통찰력도 보통이 아니지만 모든 것(?)을 다 드러내놓고 자진하여 거꾸로 십자가에 매달려 죽은 베드로는 그 스승의 그 제자라는 말밖에 달리 표현할 말이 없습니다.

베드로를 두고 겁쟁이냐 아니면 슈퍼히어로냐, 둘 가운데 어느 쪽을 선택할지는 각자 보는 각도에 달렸지만 그리 큰 문제는 아니라는 생각이 듭니다. 그 결과가 엄청난 것이지 두 사람의 만남은 옆에서 본 사람이 거의 없는, 귀담아 경청한 사람도 없는 겉으로 보기에는 아무것도 아닌 평범한 만남입니다.

두 사람이 만난 그 고갯길의 이름은 현대 말로 '아피아가도(Appian Way)'입니다. 옛날 라틴어로는 '아피아구가도(Via Appia)'이고 기원전 312년에 로마 황제 아피우스 클라우디우스 카이쿠스(Appius Claudius Caecus)의 통치 시절 "모든 길은 로마로 통한다"던 길 중 하나입니다.

또 우리가 잘 아는 스파르타쿠스(Spartacus, 기원전 111~기원전 71)가 로마에 항거하여 노예전쟁을 일으켰다가 실패하여 전사한 뒤에, 그를 따르던 부하들이 포로로 잡혀 그 당시에 가장 잔인한 형벌인 고문과 수치와 사형을 겸한 십자가형을 당합니다.

반란의 초기에는 로마제국의 여러 도시를 함락하고, 그 여세를 몰아 로마를 향해 진군할 정도로 기세가 올랐으나, 로마제국의 군대가 로마를 출발하여 그들을 목표로 진군하고 있음을 알고부터 스파르타쿠스는 제국군대와의 정면충돌을 피해보려는 계획을 세웁니다. 하지만 계획이 수포로 돌아가자, 영화와는 달리 결과가 훤하게 보이는 로마제국의 군대와의 전투에서 전사합니다. 노예 출신의 오합지졸이 로마제국의 정규군, 전쟁에서는 패배를 모르는 살인 전문가들과 싸워 이긴다는 것은 필자와 같은 아마추어가 타이거 우즈에게 한판 붙어보자고 골프채 잡고 달려드는 거나 마찬가지입니다.

지금의 우리에게는 사랑의 상징이지만 당시에는 고통과 수치, 죽음의 상징이었던 십자가. 스파르타쿠스의 부하들이 로마에 반역하면 누구라도 받아야 하는 십자가형을 받고 죽은 피 묻은 언덕길에서 스승과 제자, 두 사람이 만났습니다.

스파르타쿠스가 기원전 71년에 죽었고 기원후 33년에 예수님이 돌아가셨으니, 스파르타쿠스의 부하들이 처형당한 그곳에 나타난 예수님도 약 100년 뒤에 스파르타쿠스의 부하들과 마찬가지로 로마의 식민지 예루살렘에서 십자가형을 당한 것입니다.

수천 명의 젊은이가 길가 양편으로 길게 늘어서서 십자가에 매달려, 죽는 순간까지 동료와 서로 마주 보며 하나씩 목숨을 잃은 피로 물든 언덕이기도 합니다.

볼품없는 그 언덕길 옆에 작은 교회가 하나 서 있다고 했지요. 그 안에 들어가면 믿거나 말거나 그 청년이, 아니 당시에 어떤 사람이 신었다는 보잘것없는 샌들 한 켤레가 조용히 걸려 있습니다. 그 교회가 '도미네 쿠오바디스 성당'이라 하였습니다. 직역하면 '주여 어디로 가시나이까 교회'가 되지만 살짝 줄여서 '주여 어디로 교회'가 되겠지요.

그런데 그 신발을 보며 마음속에 떠오르는 것 하나. 영어식 표현 가운데 상대방의 입장이 되어보라는 의미로 말할 때, "in his(her) shoe's"라고 합니다. 그 사람의 신발을 신어보면 그 사람의 마음을 이해할 수 있다는 표현이지요.

그래서 우리도 그 운명의 장소에 서서 로마의 반대편을 보며 베드로의 신발을 신어보고 로마를 향하여 젊은 청년의 신발을 신어보는 거지요. 베드로의 신을 신고 베드로의 입장이 되어보고, 젊은이의 신발을 신고 로마를 바라보는 것이 아니라 나의 마음을, 우리의 마음을 들여다보는 겁니다. 이 책을 읽는 모든 이가 이 교회 안에서 좋은 체험을 하기를 바랍니다.

로마는 길가에 나가 고개만 돌리면 어디를 보아도 다 역사가, 특히 기독교의 역사가 스며든 곳입니다. 그런 곳을 일일이 찾아다니며, 혼자서 아니면 몇 명이서 보고 느끼는 로마 여행을 추천합니다.

"왔구나, 보았구나, 내 것이 되었구나." 다 같이 실천합시다.

16. 이집트

비운의 투탕카멘

이집트의 수도 카이로를 방문하면 다른 나라와 마찬가지로 국립박물관을 들르게 됩니다. 카이로에 가면 반드시 들러야 하는 곳입니다. 카이로 시내에 있는 이집트 국립박물관에 가서는 투어가이드의 설명을 들으며 대부분의 여행객이 눈시울을 적십니다.

박물관에 들어가기 전에 수위실같이 생긴 작은 건물에서 소지한 사진기나 스마트폰을 맡기고 표를 받는 번거로운 절차를 거쳐야 합니다. 안에 들어가서 아예 사진을 찍지 못하게 하려는 의도지만 기분이 좀 떫습니다. 사진 촬영을 금지한다는 표시만으로는 인간의 호기심을 억누르기가 극히 어렵다는 사실을 단적으로 보여주는 것이자 인간이 인간을 믿지 못함을 보는 행위 같아 아쉬운 마음이 듭니다. 자기들의 소상품이 그만큼 귀중하다는 것을 드러내기 위한 의도가 아닌지 약간 어리둥절한 가운데 혹시나 잃어버리면 어쩌나 하는 마음으로 주머니 속 깊이 표를 넣고서 안으로 들

스핑크스

어갑니다.

박물관 안에서는 투어가이드가 사람들을 데리고 다니면서 큰 소리로 설명하지 못하게 금지하고 있으므로, 들어가자마자 나오는 딱딱한 계단에 앉아 박물관에 대한 상세한 설명을 듣습니다. 그 뒤로는 각자 행동에 맡깁니다. 박물관을 가득 채운 유물의 주인공과 특히 석관 위에 아내가 곱게 바친 한 아름의 꽃에 대한 이야기를 들으면서 가슴이 찡해옴을 느낍니다. '안에 들어가면 꼭 그 꽃을 보고 나와야지' 하는 마음으로 박물관 관람을 시작합니다.

그런데 크다면 큰 4층 건물에서 1층을 제외하고 2층에서 4층까지 한 사람의 유물로 가득 차 있다면 믿을 사람이 많지 않을 것입니다. 이집트의 파라오가 얼마나 막강한 권력과 부를 가졌나를 보여주는 좋은 사례입니다.

메소포타미아 문명의 역사가 이집트 문명보다 1000년 가까이 더 길다 해도, 당시 문명의 질이나 국력을 비교해 보면 이집트와는 비교가 되지 않습니다. 메소포타미아 문명은 5000~6000년 전에 정식 문자가 존재하지 않았고, 그나마도 제대로 기록된 유물이 없어 당시의 사회상을 알아낼 방도가 없는 형편입니다. 그에 반해 선사시대를 지나 역사시대에 들어온 4000~5000년 전의 사회상이 돌이나 그들만이 소유했던 파피루스에 독특한 문자로 기록되어 있어, 로제타석의 도움으로 현재에도 계속 번역, 해석이 되고 있는 문화는 이집트밖에 없습니다.

이집트 문자는 보기와는 달리 상형문자가 아니라 우리의 훈민정음이나 영어의 알파벳과 같은 정식 문자입니다. 그런 면에서 이집트 문자를 보고 있노라면 자신도 모르게 신비스러운 생각이 듭니다. 중국이 자랑하는 상형문자에서 출발한 한자가 기원전 1세기에서 기원후 2세기에 형성된 문자라면, 상형문자의 과정을 거치지도 않고 바로 알파벳으로 시작하여 기원전 3000년 이전부터 사용한 이집트 문자는 보면 볼수록 이상한 생각이 듭니다. 사실 문화적 측면에서 보면 피라미드나 아부심벨보다도 이 문자가 더 가치 있고 신비롭게 느껴집니다. 혹시 외계인이 이집트에 내려와 문자와 건축술을 포함하여 모든 것을 가르쳐주고 고향으로 떠나갔다가 다시 돌아오는 것을 잊어먹은 게 아닌가 하는 생각이 듭니다.

다른 문명과 마찬가지로 둘 다 큰 강을 중심으로 발달했지만 유프라테스·티그리스강 두 개를 합해도, 그 길이나 강물의 질에 있어 나일강 하나와는 상대가 되지 않지요.

유프라테스·티그리스강은 가보지 않아 모르지만 배를 타고 사흘 동안 나일강 상류를 크루즈해 보고, 특히 나일강 상류 아스완에서 40분 정도 비행기를 타고 가면 나오는, 우리의 귀에 익은 아부심벨에 가보면 나일강의 아름다움과 신비스러움, 그리고 맑고 깨끗한 나일강 물에 반하지 않을 수가 없습니다.

물론 이 신비함의 극치인 나일강의 맑은 물도 하류로 내려와 카이로의 중심부를 지나갈 즈음에는 무절제하게 버려진 오물로 인해 색깔이 검게 변하여 높은 호텔에서 아래를 내려다보면 두 눈이 자신도 모르게 감기거나 시선이 다른 곳으로 이동하지요. 마음이 더 이상 어두워지지 않으려는 무의식의 혜택을 찾으려 애쓰는 행동이지요.

옛날의 이집트는 지형상 외적의 침입을 잘 받지 않는 나라였습니다. 물론 당시 이집트라는 나라는 국력이 워낙 강해서 주변의 약소국가들은 이집트를 상대로 전쟁을 일으킬 능력이 없었고 감히 붙어볼 엄두를 내지 못했지요.

우선 서쪽은 사하라 사막이 막아줍니다. 사막 건너 서쪽에 아무리 강한 나라가 생긴다 해도 사막을 건너오기가 쉬운 일이 아닙니다. 사막을 건너다 기진맥진하여 목적 달성은커녕 고향에 돌아가는 것마저 제대로 해내지 못하여 사막에서 길 잃은 귀신이 되어버립니다.

동쪽은 바다 건너 아라비아반도. 배를 타고 홍해를 건너와야 하는데, 우선 아라비아반도에는 배를 만들 만한 목재가 아예 자라지 않아 튼튼한 배를 만들 수도 없을뿐더러 만든다 해도 항해술이 발달하지 않아 건너올 엄두를 내지 못합니다. 제대로 된 배를 만들 수가 없으니 항해술이라는 고도의 기술이 싹틀 바탕이 존재하지 않습니다. 이집트도 아라비아반도와 같은 이유로 제대로 된 해군이 존재하지 않습니다. 적들이 오지도 않고 갈 필요도 없습니다. 파라오가 아라비아반도로 징벌전쟁을 하였다는 기록도 없습니다. 가끔가다 성전이나 무덤에서 배를 타고 가는 파라오의 그림은 강이나 바다를 항해하는 모습이 아니라 파라오가 죽으면 좋은 배를 타고 좋은 곳에 가서 다시 태어나 복된 삶을 살기를 기원하는 내용의 일부입니다.

그래서 방어해야 할 곳은 북쪽과 남쪽입니다. 1년에 각각 한 번씩 방어를 겸한 공격을 위해 파라오가 군대를 이끌고 정벌에 나섭니다.

북쪽은 나일강의 델타 지역과 시나이반도 등에 군대를 배치하고서 유대아, 요르단, 시리아 등으로부터 침범하는 외적으로부터 방어를 해야 하지만, 당시의 파라오들은 다른 약소국들과는 달리 풍부한 자원을 바탕으로 항상 전쟁을 치를 만반의 준비가 되어 있는 정규군을 소유한 지도자입니다.

그래서 군대의 최고 지휘자인 파라오는 부하들의 등 뒤에서 상황에 따라 전략을 달리하는 보이지 않는 지휘관이 아니라 항상 부하들의 맨 앞에서 적군의 중심부를 향해 누구보다도 먼저 돌진하는 모습을 보여주는 실전의 용사입니다. 인간이 아닌 신이 후방에서 왔다 갔다 하지 아니하고 맨 앞에 서서 공격을 하니 뒤를 따라가는 인간들은 절대로 지지 않는다는 굳은 마음가짐으로 전쟁에 나섭니다. 그래서 적군의 중심부에서 전투를 행하다 전사하는 파라오가 생기기도 합니다. 하지만 지금까지 이집트의 역사에는 한 번도 파라오가 전사했다는 기록이 없습니다. 물론 병들어 죽었다거나 고령으로 죽었다는 말도 없습니다. 단지 새로운 파라오의 이름이 등장하면 그전의 파라오는 죽었다고 추측하는 거지요.

당시 이집트인들은 환생을 믿었으므로 다른 나라에서 죽더라도 절대 사자를 그곳에 묻지 않았습니다. 반드시 조국으로 데려와 미라를 만들어 장례를 지냈습니다. 그리고 외국에 나가면 1년 이상 머무르지 않았습니다.

자기들이 사는 곳에 대한 자부심 때문이라면 좀 지나친 표현이 될까요.

그들은 공격이 최상의 수비라는 진리를 십분 활용한 지도자들이기도 합니다. 평소에 갈고닦은 전쟁술을 바탕으로 매년 북쪽에 한 차례, 남쪽에 한 차례, 선제공격을 하여 세력이 커지지 않게 견제합니다.

남쪽에 토벌을 하러 갔다 돌아올 때는 족장들의 머리를 잘라 배 앞에다 매달고 오면서 파라오의 능력을 과시하거나, 아니면 이집트에 쳐들어올 엄두를 내지 못하게 족장의 아들이나 딸을 볼모로 데리고 옵니다.

그래서 이집트가 망하기 전 중동에서는 로마가 전 유럽과 중동을 포함하여 대제국을 건설하기 전에는 북쪽의 작은 나라들이 감히 이집트를 침공할 생각을 할 수가 없었습니다. 그와 반대로 중동이나 동유럽 국가들의 입장에서 이집트는 기근이 들면 찾아갈 수밖에 없는 고마운 부자나라였지요.

성서에 유대민족이 '젖과 꿀'이 흐르는 약속의 땅 가나안을 찾아 이집트를 떠났다고 돼 있지만 막상 젖과 꿀이 흐르는 곳은 가나안 땅이 아니라 그들이 떠나간 이집트 땅입니다. 유대민족이 스스로 떠나간 것이 아니라 이집트인들 입장에서 유대인들의 인구가 점점 늘어 가만히 두면 나중에 후환이 될까 염려한 나머지, 미리 알고 불상사가 생기기 전에 정치적 이유로 몰아냈다는 것이 사실에 가까운 역사 해설이겠지요.

기독교에 영향을 준 이집트 문화

유대민족이 이집트에 건너가 수백 년 가까이 몇 대에 걸쳐 살다 보니 이집트 문화의 영향을 받아 이집트 문화와 유대 문화, 특히 기독교 문화 사이에 닮은 점 몇 가지가 드러납니다. 누가 누구의 문화에 영향을 주었을지는 여러분의 판단에 맡깁니다.

기독교에서 말하는 3위 1체와 유사한 이야기가 이집트의 건국신화에 나옵니다. 아버지 오시리스(Osiris)와 어머니 이시스(Isis) 두 신이 하늘에서 내려와 이집트를 개화시키고, 그 둘 사이에서 태어난 아들 호루스(Horus)가 이 세상을 다스리는 것으로 시작합니다. 삼위일체지요. 오시리스는 이시스의 남동생이자 이 세상의 악을 다스린다는 세스(Seth)의 꼬임에 빠져 죽임을 당해 죽음을 다스리는 신이 되고, 세스는 장성한 조카 호루스에게 죽임을 당합니다.

이러한 신화를 읽어 내려가다 보면 그리스 신화가 어디에서 왔는지, 누구를 모방하였는지를 금방 알아차릴 수 있습니다. 그리스 신화를 그리스인들이 만들었다? 천만의 말씀입니다. 자기들이 꿈에라도 가고 싶은 이집트 신화를 모방하였습니다. 그렇게 보는 이유가 있습니다.

첫째, 유대인들이 자기들과는 다른 신을 숭배하는 종교를 가지고 들어와 산다 해도, 다신교를 믿는 이집트인들에게는 신이 하나 더 늘어난 것 외에는 아무런 변화가 없는 터라 종교상의 이유로 박해를 할 이유가 없습니다. 더 나아가 그 종교의 내용 가운데 자기들의 건국신화와 비슷한 내용이 나오므로 유대인과 이집트인 사이에는 종교적으로는 큰 갈등이 없이 수백 년을 상존할 수가 있었던 것이지요.

둘째, 이집트의 신전에는 유대교와 마찬가지로 지성소가 있습니다. 이 지성소에는 아무나 들어갈 수가 없고 오로지 대제사장인 파라오, 아니면 파라오의 대리인만이 들어갈 수가 있으며, 파라오만이 신과 만나 신의 뜻을 전할 수 있습니다. 유대인의 신전에도 지성소가 있고 거기에는 대제사장, 또는 선택된 제사장만이 그곳에 들어갈 수 있었습니다. 예수님이 돌아가실 때 유대인의 성전에서 지성소가 사라졌습니다.

셋째, 이집트의 신전에서는 특수한 향을 태웠습니다. 유대교에서도 마찬가지입니다. 가톨릭도 특별한 축일에는 지금도 제대에서 향을 태웁니다.

넷째, 이집트의 종교는 사람이 살다가 죽으면 모두 다음 세상에서 다시 태어나 더 의미 있는 삶을 산다고 믿었습니다. 우리가 믿는 기독교와는 내세를 믿는다는 점에서 유사합니다.

다섯째, 이집트의 파라오는 왕관이 하나가 아니고 두 개입니다. 파라오 나르메르(Pharaoh Narmer)가 남북 이집트를 통일한 이후로 왕관이 두 개가 됩니다. 교황도 모자(?)가 두 개입니다. 하나는 머리에 딱 들러붙는 형태의 하얀 모자, 다른 하나는 미사를 드릴 때 착용하는 길게 하늘을 찌르는 모자입니다. 그 둘의 형태가 이집트 파라오의 두 왕관과 비슷합니다. 직업이나 하는 일의 특수성에 따라 모자가 달라질 수는 있지만, 지금은 지도자의 모자를 두고 하는 이야기입니다.

여섯째, 이 이야기의 주인공 투탕카멘의 아버지가 유일신을 선포하였습니다. 유일신이라 하면 어디서 귀가 따갑도록 듣던 교리가 아닌가요? 하지만 아크나톤(Akhnaton)이 선포한 유일신은 다른 신들도 인정하는 유일신이었지만, 우리가 믿는 유일신은 진짜 유일신, 즉 다른 신을 인정하지 않는 유일신입니다. 그런데 유일신이라고 한다면 나 혼자만이 존재해야 유일신이 되는 것이 아닌가요?

아부심벨

다시 본론으로 돌아가, 문제는 남쪽입니다.

에티오피아나 수단 방향에서 올라오는 적군은 강력한 국가로 형성되지 않은 부족국가에 불과한 상황이라 국력 자체로는 걱정할 만한 상대가 되지 않지만, 약소민족으로 부족국가의 형태를 벗어나지 못한 채로 널리 퍼져 있는 남부 지역이 너무나 광활하여 군대를 배치해 두고 막아내기가 참으로 힘든 상황입니다. 그래서 북부 지방과 마찬가지로 1년에 한 번 연중행사로 파라오는 대군을 이끌고 남쪽 지방의 징벌에 나섭니다.

그곳에서 족장들과 전쟁을 벌여 그들의 목을 잘라오거나 인질로 잡아와, 다음 세대가 감히 이집트를 넘보지 못하게 기를 꺾어놓습니다.

그럼에도 불구하고 마음이 놓이지 않아 만약의 경우를 대비하여 람세스 2세(Ramses the Great)는 요충지를 골라 올라오는 적군들의 기를 꺾기 위해 아부심벨(Abu Simbel)을 건설합니다.

돌산의 돌을 깎고 굴을 파고 들어가 그 큰 굴 안에 신전을 건설하고 태양신과 태양신과 똑같은 파라오인 자신을 조각하여 두 신이 앉아서 앞을 보며 바깥을 내다보는 웅장한 모습을 조각해 놓았습니다. 물론 입구에도 똑같이 자기와 신이 앉아 있는 모습을 양쪽에다 조각해 놓았습니다. 여기서 웅장하다는 말은 그 앞에 서보아야만 의미를 알 수 있습니다.

그 안에 들어가 보면, 신비스러운 마음을 품지 않을 수가 없습니다. 그 옛날의 기술로 어떻게 이러한 작업을 할 수가 있었을까요? 물론 파라오의 신전이나 피라미드 앞에 섰을 때, 그 안에 들어갔을 때도 비슷한 느낌이 들지요.

아부심벨 신전

신과, 신과 같은 형상과 같은 크기의 파라오. 이 두 존재를 우러러보며 두려움에 사로잡히도록 심리전용으로 그 오랜 옛날에 건축해 놓았습니다.

우리는 그곳에 관광객으로 구경하러 갔으니, “아! 잘 만들었구나!” “우아! 크구나!” 하고 감탄사를 내뱉고 돌아서면 그만이지만 나쁜 마음으로 전쟁을 하러 올라가는 길에 그 웅장한 모습을 마주한 소수민족은 자기가 그곳에 온 목적을 망각해 버릴 정도로, 그리고 고향에 두고 온 가족 생각이 날 정도로 무지무지하게 큽니다. 우리가 피라미드나 다른 대형 건축물을 이미 보고 난 뒤에 그곳에 갔어도 벌어진 입을 다물 수가 없을 정도니, 나쁜 의도로 군대를 동원하여 본때를 보여주려고 올라오던 적군의 지도자들은 기가 꺾여 철수해 버릴 수밖에 없습니다.

그런데 이 아부심벨이 현대에 와서 아스완 댐의 건설로 나일강의 수위가 높아져 물밑으로 잠길 위기를 맞이합니다. 철없던 초등학교 시절 유엔이 앞장서서 기금 마련을 위해 유네스코를 통해 우표같이 생긴 실(Seal)을 사도록 하여 그 경비를 충당한 일이 기억납니다.

신전과 석상이 있는 곳을 1미터 크기로 일일이 잘라 산 위로 옮겨놓았습니다. 땅에 떨어진 머리 부분은 원래의 위치에다 올려놓지 않고 떨어진 위치에다 그대로 모셔놓았습니다.

설명에 의하면 지진 때문에 떨어졌다고 하는데, 단순히 머리 부분이 무거워서 떨어졌다고 하면 되련만, 넷 중에 하나만 떨어져 있는 데다 그 사건이 일어날 때 본 사람이 없으니 그런가 하고 들을 수밖에요.

신기하게도 1년에 두 번 봄가을의 어느 날, 아침 햇살이 석굴 안을 관통하면서 파라오의 오른쪽 어깨를 찬란하게 비춘다고 합니다. 위로 옮길 때 그것까지 감안하였나 봅니다. 그래서 봄과 가을에 그날이 오면 그 장면을 체험하기 위해 수많은 관광객이 몰려온다고 합니다. 극성들은 하루나 이틀 전에 와서 미리부터 그 앞에 있는 광장에다 텐트를 치고 야영을 하며 그 시간을 기다린답니다.

우리나라의 석굴암과 상통하는 점이 있어 마음이 조금 싱숭생숭합니다. 아부심벨은 1년에 두 번 햇살이 석굴을 관통하여 파라오의 오른쪽 어깨를 비추고, 경주의 석굴암은 해가 동해에서 떠서 어느 정도의 높이가 되면 부처의 이마에 박아놓은 보석을 찬란하게 비추지요.

사실 신라시대의 석조 건축기술은 그리스의 알렉산드로스 대왕이 이집트의 기술을 전수받아 인도에, 인도는 중국에, 중국은 우리나라에 전해준 것이고, 우리는 일본에 전해준 것이지요.

지금은 후진국의 테두리를 벗어나지 못하는 이집트지만 따지고 보면 현대 이집트인은 옛날의 이집트인과는 다른 민족입니다. 옛날의 이집트인은 순수 혈통의 이집트인으로 나일강을 따라 아프리카 대륙에서 올라온 아프리카인이고, 지금의 이집트인은 대부분이 중동에서 내려온 이슬람교도입니다. 그런데도 어쩌다 운이 좋아 대통령의 자리에 올라앉으면 마치 자기가 파라오가 된 것으로 착각하는 후손들입니다.

하지만 옛날부터 그 부근, 심지어 유럽에서까지도 영웅이 나오면 누구나 한 번은 파라오가 되겠다는 꿈을 꾸었고, 그 가운데 진짜 영웅은 실제로 파라오가 되어 그 누구도 이루어보지 못한 인간으로서 신이 되는 꿈을 이룬 사람도 있습니다.

세계의 역사 가운데 군인으로서는 누구와도 비교할 수 없는 최고의 장군 알렉산드로스 대왕도 파라오가 되고자 한 꿈을 이룬 사람이고, 클레오파트라와 이 세상에서 가장 아름다운 배를 타고 3개월이 넘도록 인류 역사상 최초의, 그리고 가장 사치스러운 강 크루즈를 즐긴, 그 때문에 로마인들에게 크나큰 미움을 산 율리우스 카이사르도 파라오가 된 사람입니다.

유럽을 다 정복한 뒤, 영국 세력에 간접적으로 타격을 주기 위해 이집트를 잠시나마 정복했던 나폴레옹도, 뒤쫓아 온 넬슨 제독에게 나일강 어귀의 해전에서 대패하여 소수의 부하만 데리고 파리로 도주할 수밖에 없었지만 파라오가 되려는 꿈을 가졌던 사람입니다.

넬슨 제독이 이끄는 함대의 함포사격으로 자신의 전함들이 밤새도록 화염에 휩싸여 지중해 밑으로 침몰하는 모습을 목격한 나폴레옹은 다음 날 아침 자취를 감춥니다. 소수의 참모만을 데리고 파리로 도망한 나폴레옹은 지금과는 판이한 교통수단과 통신수단을 최대한 유리하게 이용합니다. 그는 터키와의 전쟁에서 승리한 장군으로 개선행사를 성대하게 치른 뒤에 파리 시민들이 이집트로부터 영국과의 전쟁에 대한 정확한 소식을 접하기도 전에 러시아와 전쟁을 시작하여 관심을 러시아로 돌립니다.

바로 그의 말로가 시작되었다고 보면 됩니다. 이집트에서의 실패가 그의 말로의 시작이었던 것이지요.

나폴레옹의 부하에 의해 발견되어 짧은 기간이나마 그들이 소유했던 로제타석과 그동안 이집트인들이 땀 흘려 모아놓았던 모든 문화재를 송두리째 넬슨 제독에게 빼앗겼다가 지금은 영국 박물관에 소장되어 있는 로제타석으로 인해, 이집트의 멸망과 함께 사장된 것으로 간주되었던 이집트의 긴 역사가 살아났고, 그 비석 하나로 지금도 이집트의 역사가 계속 되살아나고 있습니다.

로제타석을 넬슨 제독에게 빼앗기기 전에 나폴레옹의 부하와 학자가 밤을 새워가며 까만 물감을 사용하여 종이에다 복사를 해둡니다. 그 복사본의 도움으로 프랑스도 영국과 거의 같은 시기에 이집트에 관한 학문을 출발시킬 수가 있었습니다.

사람이면서도 신과 동등한 위치에 올라 신과 나란히 앉아 있는 존재. 사람이라면 누구라도 한 번 올라가 앉아보고 싶은 그 높은 자리. 그것도 8세의 어린 나이에도 불구하고 연로한 아버지의 사망으로 신과 동등한 위치에 올랐다 10년이 겨우 지나 18세라는 아직도 어린 나이에 의문의

파라오가 된 필자와 신하들

죽음을 맞이한 기구한 운명을 가진 한 인간의 묘에서 어떻게 그렇게도 많은 부장품이 나왔을까요? 한 사람의 유물로 그 나라 수도의 국립박물관을 가득 채웠다면 믿을 사람이 몇이나 될까요?

투어가이드의 설명에 의하면, 카이로의 조금 변두리에 있는 피라미드 옆에, 더 자세하게 말하면 스핑크스 옆에 대규모의 박물관을 새로 건축할 계획을 세워놓았다고 합니다. 그날이 오면 자리가 부족하여 아직도 창고 신세를 면하지 못한 그의 부장품들이 밝은 빛을 보게 될 것입니다.

그런데 계획을 세워놓았다지만 실제로 언제 시작해, 언제 완공을 보게 될지는 미지수입니다. 계획을 세우고 나서 필요한 예산을 헤아려보니 너무나 어마어마해 자기들 능력으로는 도저히 감당할 수 없고 다른 나라의 도움을 받아야만 실현이 가능한 큰 사업이랍니다. 이집트의 역사를 보면, 그 옛날 파라오 시절을 제외하고 수에즈 운하, 아스완 댐, 아부심벨의 이

전, 현 세대의 새 박물관 신축 등 국가 차원의 대형 공사는 항상 외국의 보조를 받아 진행했습니다.

파라오의 출장

이 사람의 묘지는 1900년 초에 파라오의 공동묘지, 해가 지는 골짜기, 나일강 서쪽에 위치한 '왕가의 계곡(Valley of the Kings)'에서 천신만고 끝에 원형 그대로 발견되어, 1800년 초 로제타석의 등장 이후로 이집트학에 관심이 많던 유럽을 비롯해 전 세계를 흥분시켰습니다.

그의 부장품들은 모두 국립박물관에 옮겨져 그 가운데 대부분은 전시되어 바깥세상에 나와 있지만 아직도 많은 부장품이 자리를 찾지 못하여 창고에 보관 중이라 하였습니다.

관광객에게 개방해 놓지 않은 파라오의 묘지 수가 얼마나 많은지는 알 수 없는 일이지만, 땅바닥에 작은 표시판을 꽂아놓아 이쪽으로 가면 아무개의 묘지(burial site)가 나온다고 영어로 적어놓고는 화살표가 그곳을 가리키고 있을 뿐입니다. 화살표 방향에 무슨 입구 같은 것이 보이지만 대부분은 사람들이 쳐다보지도 않은 채 지나쳐 버립니다. '왕가의 계곡'에 가보면 관광객들에게 개방해 놓고 그 안에 들어가 볼 수 있게 한 파라오의 묘지도 있고, 이 사람의 묘지처럼 출입 금지가 되어 있는 묘지도 많습니다.

지금 그의 묘지는 텅 비어 있고, 오로지 그의 미라만이 원래 자기가 묻혔던 자리에 쓸쓸히 누워 있지만, 아쉽게도 그의 묘지는 관광객이 들어갈

투탕카멘과 왕비

수 없는 출입 금지 구역이라 일반인이 들어갈 수가 없습니다.

이 사람의 묘지에서 나온 나머지 부장품은 국립박물관에 가 있고, 오로지 그의 미라만이 자기의 자리를 지키고 있다가 세계 곳곳에서 요청이 들어오면 바깥세상으로 출장을 나갑니다.

미라가 출장을?

웃기는 사실이지만, 한국에도 한 번 다녀간 것으로 알고 있고, 당시에는 시카고 박물관의 초청을 받아 오랫동안 편히 계시다가(?) 다른 곳으로 떠나갔습니다.

출발하기 전에 카이로에서 그의 부장품 일부와 상봉하여 같은 비행기를 타고 온 세계를 돌아다니다 일정이 끝나면 다시 그의 부장품들은 박물관으로 가고 이 사람은 사람들의 시선이 닿지 않는 곳에서 자기의 묘지를 지키는 단조로운 생활을 계속합니다.

이 파라오의 유물을 만든 사람들은 수천 년 전이라 해도 우리의 조상이나 지금의 우리와 같은 사람들일 테지만 그들의 섬세한 기술이 그리스와 인도, 그리고 중국을 거쳐 우리 조상의 손끝에 전해졌을 뿐 아니라 우리 조상을 통해 일본에까지 전파되었음을 생각하면 이제까지 어디를 가도 느낄 수 없었던 전율이 머리에서 발끝까지 조용히 흘러내립니다.

4000~5000년 전, 그리고 신약 시대에 이르기까지, 그리고 아스완 댐이 건설될 때까지, 매년 나일강 변의 범람이 가져다주는 대풍년으로 인해 중동과 유럽의 일부를 먹이고도 식량이 남아돌았습니다. 그래서 가깝고 먼 나라에 흉년이 들면 배고픈 사람들이 식량을 구하러 찾아오는 곳이 이집트였습니다.

사람이 아닌 신의 위치에서 이집트를 소유했던 파라오의 부는 요즈음

의 기준으로 보아도 우리의 상상을 초월합니다. 참고로, 이집트를 포함하여 비옥한 카르타고 등이 있었던, 지중해와 인접한 북부 아프리카 전 지역을 개인 사유지로 가지고 있었던 로마 황제의 부도 한번 상상해 보십시오.

그러면 한 사람의 파라오가 남긴 부장품이 국립박물관을 채우고도 남을 정도라면, 다른 많은 파라오의 부장품은 다 어디에 있을까요?

대답은 간단합니다. 전 세계에 퍼져 있습니다. 바로 옆에 있는 시카고 박물관만 해도 이집트 유물을 전시해 놓은 곳에서 거의 대부분의 시간을 보내야 할 정도로 많이 가져다 놓았습니다. 그러면 옛날에 힘깨나 썼던 영국·프랑스·이탈리아 등등의 박물관은 어떻겠습니까?

파라오가 죽고 나면 미라를 만드는 데만도 적어도 3개월 이상이 걸립니다. 자기가 살아 있는 동안에 시작해 놓았다 하더라도 묘지 건설에 또 2~3년이 걸립니다. 완성되고 얼마의 세월이 지나면 동원된 인부나 그들의 자손에 의해 파라오의 묘가 도굴됩니다. 공사에 참여한 아버지가 아들에게, 아들은 또 아들에게 묘지 안의 구조를 상세하게 설명해 줍니다. 그러면 그 정보에 입각하여 당대가 아니더라도 그 후손에 의해 1차 '청소'가 됩니다.

금으로 만든 부장품은 일찌감치 암시장을 통해 자취를 감추고, 돈 가치가 없는 것들만 남게 됩니다. 파라오가 팔이나 손가락에 낀 금팔찌, 금반지만 빼가는 것이 아니라, 그 손이나 팔이 날카로운 칼에 잘려나가 바닥에 던져집니다.

그런 과정을 되풀이하는 동안, 나라는 망하고 유럽의 여러 강한 나라에 의해 이집트라는 국가가 위탁 경영되는 치욕의 시기를 맞이합니다. 자손들이 힘이 없으니 남들이 들어와 주인 행세를 합니다. 가져가는 사람, 국가가 주인입니다. 제1차 세계대전 전후로는 유럽의 여러 나라가 공동 관리를 하던 시절이라 누구든, 어떤 나라든 이집트에 와서 가지고 가기만 하면 자기들 것이 됩니다.

무거워서 통째로 운반하기가 어려운 작은 피라미드 같은 문화재는 현지에서 분해해 배에 싣고 시카고 박물관으로 가져와, 그곳에서 조립해 전시를 합니다. 피라미드 안을 고개를 숙이고 걸어 다니며 구경합니다. 그러니 크기가 작은 골동품, 아니 문화재는 집어가는 사람이 주인입니다. 또 고고학에 호기심, 특히 이집트에 대한 관심이 깊어지면서 파라오의 묘지가 깨끗이 청소됩니다.

이집트에 가면, 그 옛날과 현재가 너무나 대조적이라 인생무상을 느낍니다. 국가 차원에서 볼 때 후손이 조상을 잘 만나는 것도 중요하지만 조상도 후손을 잘 만나야 합니다. 지금은 죽고 없는 조상이지만 후손을 잘못 만나면 죽은 뒤라도 험한 꼴을 당합니다.

이집트의 오랜 역사 속에서 살아 있는 신으로 추앙받던 파라오가 죽은 뒤에 그의 묘지 건설에 동원된 인부나 그들의 자손에 의해 도굴되지 않고 장사 지낼 때의 원형 그대로 발굴된 묘지는 이 사람의 묘지를 제외하고는 없습니다.

이 사람은 불운하게 살다 18세라는 젊은 나이에 세상을 떠났지만, 죽은 뒤에는 행운이 따랐던 것이지요. 그 행운이란? 이 사람이 너무나 어린 나이에 죽었기 때문에, 사전 준비가 전혀 되어 있지 않아 당시 사람들에게 알려질 시간이 충분치 않았고, 동원된 인부의 수도 얼마 되지 않은 데다 새로 등장한 파라오의 눈치를 보느라, 아니면 새 파라오가 두려워 자손에게 이야기해 줄 엄두가 나지 않을 정도로 마음이 얼어붙어 있었다고나 할까요.

그래서 이미 파놓았으나 사용하지 않은 다른 파라오나 왕족의 무덤에다 서둘러 묻어버리고 장례 절차를 끝내버렸기 때문에 당대의 도굴을 면한 가운데 사람들의 기억에서 차차 잊혀졌을 것입니다. 긴 세월이 지나 고고학에 관심이 높아진 현대에 이르러 그의 존재에 대한 재조명이 이루어지면서 역사에 그의 이름이 재등장하게 됩니다. 사람들의 기억에서 빨리 사라져간 것이 바로 그의 행운이었던 거지요.

우리가 알고 있는 이집트의 5000년 역사는 기원전 3100년경에 파라오 나르메르에 의해 남과 북의 이집트가 통일되면서 그 긴 역사가 시작됩니다.

그래서 이집트는 그가 건설한 구왕국(Old Kingdom)으로 시작하여 흥하다가 1000년의 세월이 흐른 뒤에 왕조가 망하여 첫 번째 혼란기(First Intermediate Period, 기원전 2181~기원전 2049)를 맞이하고, 그 뒤를 이은 중왕국(Middle Kingdom, 기원전 2134~기원전 1782), 그리고 그 뒤에 온 두 번째 혼란기(Second Intermediate Period, 기원전 1782~기원전 1650)를 거친 다음 가장 나중의 신왕국(New Kingdom, 기원전 1570~기원전1070)으로 내려오다 기원전 332년에 마케도니아의 알렉산드로스 대왕에 의해, 예수의 탄생 약 30년 전까지 그리스의 통치(기원전 323~기원전 30)를 받다, 기원전 30년 인류의 역사상 가장 훌륭한 정치인이자 장군인 율리우스 카이사르를 거쳐 그의 부인 클레오파트라를 끝으로 망해버립니다.

클레오파트라 대에 망한 프톨레마이오스 왕조는 그들이 순수 그리스 사람임을 고려하면 실제로 이집트는 기원전 332년에 알렉산드로스에 의해 망한 나라입니다. 알렉산드로스는 죽기 전에 자기를 따라다니며 전 세계를 정복하는 데 큰 공헌을 한 충신 프톨레마이오스 장군에게 그 좋은 땅, 이집트를 하사합니다. 그러고 난 뒤, 로마가 망할 때까지 이집트는 로마 황제 사유의 식민지가 됩니다.

참고로 로마의 식민지는 두 가지로 나뉩니다. 이집트와 같이 황제의 개인 소유지인 식민지와, 유대아 지방처럼 총독을 파견하여 다스리는 원로원 관할 식민지입니다.

우리가 잘 아는 예수는 기원전 0년, 혹은 기원후 1년에 태어났으니, 인류 역사상 최고의 영웅호걸과 미인이 이 세상에 왔다 간 지 약 30년 후에 세상에 온 분입니다.

요셉과 마리아가 예수 탄생 직후 빌라도의 악정을 피해 피난한 곳도 바로 지금의 카이로입니다. 카이로에 가면, 예수님이 부모와 함께 살던 동네가 있고, 그 동네에 교회도 있습니다.

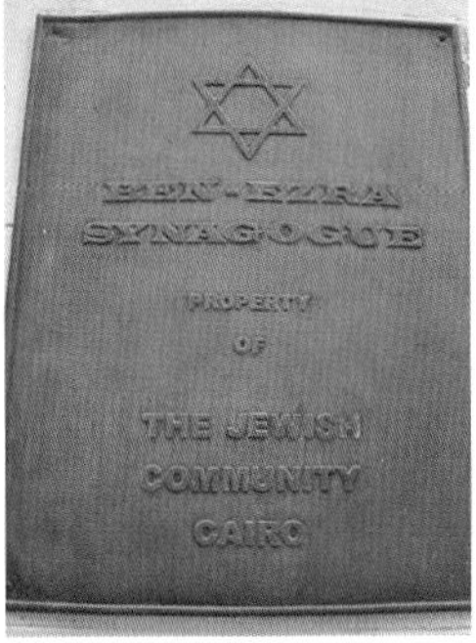

예수님이 부모와 함께 살던 동네에 지어진 교회와 팻말

그전에도 마찬가지이지만 이집트는 예수님 시대에 이르면 망조가 들었다 해도, 다른 지역에서 재난이 나면 몸을 피해오는 자유스럽고 평화로우며 먹을 것이 풍부한 나라였나 봅니다.

아크나톤의 죽음

그 신왕국의 초기에 아크나톤이라는 파라오가 있었습니다. 지금 이야기의 주인공, 우리가 부르기 쉽게 만든 이름 투탕카멘의 아버지입니다.

사실로 믿기는 어렵지만, 클레오파트라보다 더 아름다웠다고 하는 네페르티티가 그의 왕비이고, 이 이야기의 주인공의 양어머니입니다.

이 두 사람, 아크나톤과 네페르티티 사이에 딸이 여섯 있었고, 투탕카멘은 후궁과의 사이에서 태어난 늦둥이입니다. 그러다 아버지가 죽자 여덟 살의 나이에 이복 누나와 결혼하여 파라오가 됩니다.

이집트 왕실의 전통에 따르면 파라오가 되려면 누구라도 파라오의 딸과 결혼해야 합니다. 그중에서도 장녀와 결혼하면 이견 없이 그 정통성을 인정받습니다. 레이디 퍼스트가 그 시대에 이미 존재했나 봅니다.

사실은 자기들만이 소유한 권력과 부가 남에게 넘어가는 것을 방지하기 위한 방법의 하나로 왕실 안에서 왕족들끼리 결혼을 많이 했습니다. 에스파냐가 좋은 예입니다. 그러다 보니 그 부작용의 하나로 그러한 왕실은 선천성 유전병이 아주 많습니다.

투탕카멘의 아버지 아크나톤은 오랜 역사를 내려오며 다신교를 인정하며 살아온 이집트에 유일신을 선포하며 사회에 큰 파문을 던집니다.

그는 이 세상에 신은 단 한 분만이 존재함을 가르치며 유일신을 선포합니다. '아톤(Aton)'만이 유일한 신이며, 다른 신은 존재하지 않는다고 가르칩니다. 어디서 많이 들어 우리의 귀에 익숙한 교리입니다.

하지만 자기가 믿는 '아톤'이 유일신이라 주장해도, 요즈음의 종교처럼 다른 종교를 부정하거나 탄압하지는 않습니다. 다른 사람이 자기와 다른 신을 믿는다 해도 요즘처럼 색안경을 끼고 보거나 편견으로 삐뚤어진 마음으로 거리를 두고 보다가, 내가 강해지면 약자가 믿는 종교를 탄압해야 영웅이 되는 그런 세상의 지도자와는 판이한 마음을 가진 어질고 현명한 인물이었나 봅니다. 그러한 사회였기에 유대민족이 이집트에 내려가 유일신 야훼를 믿고 살아도 아무런 문제가 되지 않았습니다. 종교로 인한 탄압이 존재하지 않는 문화였습니다. 많은 신 가운데 하나가 더 추가된 것 외에는 사회가 달라진 것이 없기 때문입니다. 그래서 앞서 말한 바와 같이 유대민족이 이집트를 떠나간 것은 종교적인 이유가 아니고 정치적인 이유에서입니다.

이집트는 오랜 역사와 전통을 자랑하는 나라이면서 나의 신과 남의 신을 서로 인정해 주며 살아가는 열린 사회, 열린 문화를 가진 나라였습니다. 적어도 파라오의 시대에는 그랬습니다. 파라오 당시의 이집트는 현대에 와서 툭하면 불거져 나오는 종교 탄압이나 종교 전쟁이 전혀 없는 나라였습니다. 아마도 이 사람에 대해 깊이 연구해 보면, 요즈음의 종교 간 분쟁, 그리고 같은 종교 안에서 서로 갈라져 집안싸움을 일삼는 이들에게 해결의 실마리를 보여주는 좋은 본보기가 될 것이 분명합니다.

그러고 나서, 당시의 수도 테베(Thebes)에서 북으로 320킬로미터나 떨어진 사막으로 들어가 새로 건설한 도시 텔 엘 아마르나(Tell el Amarna),

사막 속의 성도(Holy City)로 자기를 따르는 사람들을 데리고 천도해 버립니다. 파라오의 힘이 얼마나 막강한지를 잘 보여줍니다.

당시의 사고방식으로도 현재의 사고방식으로도 전혀 이해가 가지 않는 사회혁명이자 종교개혁입니다. 고고학자들은 이를 두고 '아마르나 혁명(Amarna Revolution)'이라 부릅니다. 지금의 기준으로 보면 종교혁명 중의 종교혁명이지만 한 세대에 끝이 나는 불운을 맞이합니다. 그곳으로 옮겨간 지 오래지 않아 어린 아들, 투탕카멘을 두고 세상을 떠났기 때문입니다.

지금 세대의 종교 문제, 사회 문제에 막대한 영향을 줄 수 있는 혁명적인 사상을 물려받을 다음 파라오가 여덟 살밖에 되지 않은 철부지였습니다. 뒤를 이을 왕자가 아버지의 뜻을 이해하기에는 너무 어린 나이에 갑자기 이 세상을 떠난 것이지요.

이집트 역사의 특이한 점은 그토록 방대한 기록에도 불구하고 파라오가 죽었다는 기록이 전혀 없다는 것입니다. 아예 찾을 수가 없고, 존재하지도 않습니다. 어떤 파라오의 미라는 X-선을 찍어보면 돌로 만든 무기에 의해 수도 없이 얻어맞아 두개골에도 골절투성이, 팔다리에도 성한 뼈가 없으리만치 골절상을 입고 죽었음에도 불구하고, 그 어느 파라오도 전쟁에 나가 싸우다 장렬하게 전사했다는 기록은 찾을 수가 없습니다.

신과 같은 파라오가 적군의 손에 맞아 죽었다? 있을 수 없는 일입니다. 너무 잘 살아서, 혹은 너무 자존심이 강한 민족이라서? 아니면 파라오는 신과 같은 존재라고 믿기 때문에 파라오에게는 죽는다는 개념을 적용하지 않는 특이한 민족이었을까요?

원래 이집트 민족은 수단이나 에티오피아에서 북으로 나일강을 따라온 아프리카인이라 하였습니다. 지금의 이집트인은 팔레스타인, 시리아, 요르단, 주로 아라비아반도에서 이슬람 세력이 팽창하면서 이주해 온 아랍인입니다.

클레오파트라가 죽고 나자, 로마의 식민지가 되어 내려오다 로마가 쇠잔해지고, 결국 망해버리면서 아랍의 영향권에 들어갑니다.

코흘리개 파라오

하여간 투탕카멘은 두 살 많은 누나와 결혼하여 파라오가 됩니다. 여덟 살밖에 되지 않은 코흘리개가 신의 자리에 앉게 됩니다. 하지만 이 두 코흘리개는 어린 나이에도 불구하고 서로 다정한 소꿉장난 친구로 믿을 사람 하나 없는 큰 궁전에서 서로를 의지하며 정신적인 지주가 되어 자라납니다.

박물관 안에 있는 그들의 화려한 색채의 그림을 보면 소년 소녀가 의자에 앉아 있는 모습입니다. 그런데 두 사람의 발에 신발이 하나씩 보이지 않습니다. 자세히 보면 두 사람이 신발 한 켤레를 한 짝씩 나눠 신어, 발 하나는 맨발입니다. 신의 모습이 아니라 두 철부지의 장난기 섞인, 분명히 인간의 모습입니다.

우리가 잘 아는, 출애굽기의 모세와도 연관이 있는 람세스 2세 같은 파라오는 세 살의 어린 나이에 파라오가 되어 90세가 넘도록 살았으니 세계 역사상 한 인간이 80년, 아니 90년 이상 통치자 노릇을 한 기록은 이전에도 없고 이후에도 없을 것입니다. 불행하게도 투탕카멘에게는 그런 행운과는 거리가 먼 정반대의 운명이 기다립니다.

투탕카멘의 아버지 아크나톤에게는 충신이 한 명 있었습니다. 아크나톤이 사람이면서 신의 역할에 모든 힘을 다하고 있는 동안 이집트를 실질적으로 통치한 재상입니다.

아크나톤이 죽고 난 뒤 이 재상의 결정으로 사막 한가운데에 있던 수도가 다시 옛날의 수도 테베로 돌아옵니다. 어린 파라오는 허수아비이고 아버지 때와 같이 실권자는 이 사람으로, 파라오의 뒤에서 쥐고 흔드는 자연스러운 통치자입니다.

그런데 투탕카멘은 한창 철들 나이인 열여덟 살이 되면서 갑자기 죽어버립니다. 기록상으로 죽었다는 공고가 나오지는 않지만 다른 이름의 파라오가 등장하므로 이전의 파라오는 죽었다고 보는 거지요. 투탕카멘의 이름은 더 이상 나오지 않고, 재상의 이름으로 된 파라오가 등장하기 시작합니다.

현대의 이집트 학자들은 그의 사망을 두고 두 가지 가능성으로 갈라져 있습니다.

병사와 타살인데, 옛날에는 타살을 주장하는 학자들이 대부분이었으나 과학이 발달하면서 법의학의 도움으로 현대에 와서는 병사의 가능성으로 기울어지는 추세입니다. 하지만 고고학과는 거리가 먼 필자는 타살의 가능성에 아직도 기울어 있습니다.

병사의 가능성

병이 나서 죽었다는 이야기입니다. 1920년, 1960년, 최근에 와서 세 차례나 부검하였으나 타살을 입증할 만한 확증이 없다는 것이지요. 물론 두개

골의 뒷부분에 혈전(Hematoma)이 있었을 가능성은 있지만 타살의 원인으로 볼 수 있는 골절의 가능성이 전혀 없다는 것입니다. 이제는 많은 학자들이 타살의 가능성에 동의하지 않습니다.

아마도 당시 이집트인이라면 많은 사람들이 심각할 정도로 가졌던 치아의 문제가 악화되었거나, 잇몸의 염증이 온몸에 퍼져 패혈증으로 죽었을 거라는 이야기입니다.

현대과학을 총동원하여 그의 미라를 살아 있을 당시의 모습으로 재생해 보면, 우리가 상상하는 키 크고 근육이 발달한 우람한 모습이 아니라 그 젊은 나이에도 허리는 구부러지고 하체는 뒤틀리고 얼굴은 추남에다 사팔뜨기(?)의 모습입니다.

어떤 과학자는 어떻게 다쳤는지는 알 수 없지만 상처 난 다리의 염증이 도져서 패혈증으로 죽었다고 주장합니다. 거기에다 집안끼리의 결혼으로 인한 선천성 기형의 가능성을 추가하면 병사의 가능성은 점점 더 커집니다.

의학이 발달하지 않은 당시에는 여러 가지 의학상의 이유로 사람들이 요즈음같이 장수하지 못했습니다. 우리나라도 옛날에는 환갑잔치라는 개인의 중요한 행사가 엄연히 존재하던 때가 있었습니다. 자녀들이 부모에게 하는 효도 가운데서도 이 행사를 성대하게 치러주면 주위 사람들에게 입이 마르도록 칭찬을 듣곤 했습니다. 지금은 없어진 지가 오래되었지요. 그만큼 수명이 길지가 않았음을 말해줍니다.

미라를 전공하는 고고학자들에 의하면, 옛날 이집트 사람들은 특히 입안의 질병이 심했다고 합니다. 밀농사를 지어 밀가루로 만든 빵을 주식으로 먹던 문화라, 밀가루를 만드는 과정에서 사막의 미세모래가 제대로 제

거되지 않은 채 식탁에 올라 치아가 많이 상하여 그런 결과를 가져왔을 거라고 말합니다. 이집트의 미라를 부검해 보면 노예, 평민, 귀족, 파라오에 이르기까지 제대로 된 치아를 가진 성인이 없다고 할 정도입니다.

타살의 가능성

이것만 가지고도 영화 한 편은 만들 만합니다. 아무리 과학적으로 타살의 증거가 없다 하여 타살이 아니라고 한다면, 그것은 억지이고 고집입니다. 특히 요즈음도 살인사건에서 시체도 없고 본 사람도 없지만 정황이 너무나 뚜렷하여 의심할 여지가 없으면 피의자에게 불리한 판결을 내립니다.

하여간 타살을 증명할 법의학적 증거가 없다 하여 타살이 아니라고 하기에는 너무나 허술하기 때문에 아직도 타살 가능성에서 벗어나지 못하는지도 모릅니다. 타살 가능성을 사람들의 머리에서 완전히 지운다는 것은 거의 불가능에 가까운지도 모릅니다.

어린 파라오가 점점 나이가 들어 열여덟 살이 됩니다. 나이와 함께 철이 들기 시작합니다. 재상의 입장에서는 어린 왕의 아버지 때부터 쥐고 휘두르던 권력을 내려놓아야 합니다. 더 이상 미룰 일이 아닙니다. 더 미루다가는 시기를 놓치게 됩니다. 한번 놓치면 다시 오지 않을 절호의 기회가 눈앞에 와 있습니다.

실제 권력은 자기가 쥐고 있지만 파라오가 성인이 되면 자기의 설 자리가 사라진다는 것쯤 너무나 잘 알고 있는 그입니다. 모든 실질적 권한을 쥐고 있는 재상, 파라오가 신이 아니라 자기와 같은 인간임을 너무나 잘 아는 그에게 파라오를 없애기란 식은 죽 먹기입니다. 자기의 심복들을 데리고 한밤중에 왕의 침실에 들어가 잠에 빠진 아이 하나를 죽이면 되는 일이니까요.

그리고 아침이 오면 파라오가 이 세상에서 저세상으로 더 중요한 일을 성취하기 위해 떠나갔음을 알리고, 남아 있는 왕비와 강제로 결혼해 버리면 식은 죽 먹기보다 더 쉽게 신의 자리를 차지할 수 있지요. 그렇게 순식간에 일을 처리해 버리고 자기가 파라오임을 공표해 버리면 이미 신이 된 자기를 의심할 사람이 없지요.

사실 당시의 사회상으로 보아 그 자신도 사람을 죽인 살인자가 아니라 파라오를 더 좋은 곳으로 보내주었다 생각하면 죄의식도 별로 들지 않고, 오히려 좋은 일을 했다고 생각을 바꿔먹으면 끝나는 일입니다. 양심의 가책은 저리 가라지요.

이집트와 로마제국의 긴 역사뿐만 아니라 현재에 이르는 온 인류의 역사를 통틀어 지도자나 독재자 같은 일인자가 아무리 막강한 권력을 가졌더라도, 그가 가장 신임하는 이인자가 일인자가 되고 싶은 마음을 품으면 일인자의 운명은 태풍 앞의 등불보다 더 허무하게 이 세상에서 사라집니다. 그 일인자가 평소에 주위 사람들에게 좋은 인상을 심어놓지 않은 상황이면, 오히려 그 이인자는 영웅의 대열에 올라서기도 합니다.

타살의 가능성을 뒷받침해 주는 편지 한 장이 남아 있습니다. 현대의 법의학으로는 증명되지 않지만 이 편지 한 장 때문에 타살의 가능성이 나오게 된 것이지요. 만약 그 사람의 가슴에 칼자국이 났거나 머리가 무엇에 맞아 조각이 났다면 그를 미라로 만들었을까를 생각해 봅니다. 그 편지의 내용 때문에 많은 사람들이 타살로 믿었습니다.

투탕카멘이 죽고 난 뒤에 왕비가 이웃 나라에 편지를 보냅니다. 여왕이 인접한 이웃 나라, 당시에 세력을 확장하고 있던 히타이트족의 왕에게 편지를 보낸 거지요.

나이 든 재상의 의도를 너무나 잘 아는 그녀가 이웃 나라의 왕에게 그 나라의 왕자와 혼인할 의사가 있음을 알리는 내용입니다. 그 시대의 상황으로는 무시하고 넘어갈 수 없는 제안입니다. 자기의 아들이 파라오의 딸과 결혼하여 파라오가 되면, 즉 이집트의 신이 되면 누구도 감히 대적할 수 없는 막강한 나라가 될 것을 잘 알았겠지요.

이집트에 사신을 보내 사실을 확인합니다. 그리고 왕자 가운데 한 명을 선정하여 결혼 사절단과 함께 이집트로 보냅니다. 사절단이 히타이트 왕국의 수도를 출발하여 이집트를 향해 출발은 했으나 목적지에 결코 나타나지 않습니다. 사절단이 이집트의 국경을 넘어 피곤한 몸으로 야영을 하는 한밤중에, 겉으로 보아 알 수 없는 도적떼와 같은 무리의 습격을 받아 한 명도 살아남지 못하고 왕자까지도 목숨을 잃는 불상사가 발생합니다. 결국 젊은 왕비는 재상과 결혼하여 그를 파라오가 되게 만들어 준 뒤에 기록에서 사라집니다. 기록에서 더 이상 나오지 않는다는 것은 무엇을 의미하는지 말씀드렸지요?

파라오가 죽으면 3개월 동안 미라를 만들어 석관에다 넣고 조금 더 큰 석관에다 안장합니다. 석관과 석관 사이의 공간에는 부장품을 넣습니다. 그렇게 반복을 하면 석관 사이에 들어가는 부장품만도 상당한 양이 됩니다.

그러고 난 뒤에 묘지 내부 전체에 부장품을 가득 채우고 무덤 입구를 돌로 단단히 막아버리면 입구와 돌벽이 같은 종류의 돌이라 오랜 세월이 지나면 사막의 바람에 날려온 모래가 돌 사이에 끼어 굳어져 무덤의 입구를 찾아내기가 무척 힘들어집니다. 무덤 공사에 동원된 세대와 그다음 세대를 넘기면 도굴의 위험을 면하고 역사 속으로 사라져버립니다. 모래에 파묻히고 세월에 파묻혀 사람의 눈에서 기억에서 사라져버립니다.

장례 절차가 진행되는 동안 모든 희망이 사라진 여왕은 나일강 변으로 내려갔나 봅니다. 그곳에서 한창 아름다움을 뽐내고 있던 꽃을 한 아름 가지고 와 남편의 미라가 든 석관 위에다 올려줍니다. 그 아름다운 꽃도 사하라 사막의 건조한 공기에 미라가 되어 아직도 우리 눈앞에서 그 석관을 지키고 있지요.

전시실 유리창 너머 석관 위에 놓인 그 꽃을 보며 눈시울이 뜨거워지는 것은 여왕의 애절한 마음이 조금이나마 와닿았기 때문인지도 모릅니다. 지금으로부터 2000년도 더 지난 그 옛날에, 이 세상에서 가장 고귀한 신분으로 태어났다 허무하게 세상을 하직한 두 젊은 남녀의 애틋한 사랑이 필자의 무딘 마음을 건드려놓아 한 방울의 눈물이 되어 바닥에 떨어지나 봅니다.

이 세상에서 가장 행복했어야 함에도 정반대의 현실을 맞이한 두 젊은이. 불행한 이 두 젊은이에게는 오로지 죽음만이 둘을 연결해 주는 유일한 방법이었나 봅니다. 환생을 믿었던 그들이니 저세상에서 다시 만나, 두 소꿉장난 철부지가 이 세상에서 못다 한 애절한 사랑을 오래오래 나누기를…….

17。에스파냐

검은 성모 마리아

성모님을 주제로 한 예술작품은 수없이 많지만, 그 가운데 흑인으로 묘사해 놓은 작품은 극히 드뭅니다. 너무 많다 보니 생겨난 부산물이라고 할까요? 처음 나무둥치로 조각할 때는 분명히 나무 색깔, 즉 하얀색이었다가 오랜 세월이 흐르면서 나무의 몸통에서 나오는 진액 때문에 색깔이 검게 변하여 그 이름도 〈검은 성모 마리아(Black Madonna)〉가 된 유명한 조각이 있습니다. 작품 자체가 예술성이 심오하여 유명한 것이 아니라 그 조각에서 흘러나오는 무형의 힘, 기적 때문에 유명해진 신비의 조각입니다.

에스파냐 남부의 수도였던 바르셀로나에서 차로 약 한 시간 떨어진 곳에 몬세라트라는 높고 험준한 바위산이 있습니다. 이 몬세라트의 꼭대기에 돌로 만든 성당이 있고, 그 안의 조그만 경당 안에 이 〈검은 성모 마리아〉가 앉아 있습니다.

에스파냐도 우리처럼 남북이 서로 갈라져 오랜 세월 싸운 동족상잔의

몬세라트 수도원

나무로 조각한 〈검은 성모 마리아〉

가슴 아픈 과거가 있는 나라입니다. 그런데 어느 날 갑자기 통일이 됩니다. 두 나라의 지도자가 아무도 모르는 사이에 만나 결혼을 했기 때문입니다. 그러고 나서 공식 발표를 합니다. 에스파냐가 하나가 된 것 외에는 달라진 것이 없다고. 그래서 우리나라도 통일을 하려면 두 지도자가 결혼까지는 할 필요 없고, 아무도 모르게 남과 북의 두 지도자가가 만나 조건 없이 남북통일을 하는 것도 고려해 볼 만합니다.

이 에스파냐가 통일하기까지의 자세한 내용은 여러분에게 숙제로 남기지만, 좌우간 우리나라도 통일을 해야 더 잘살게 된다는 진리를 믿고 실천에 옮겨야 합니다. 일본이라는 거리로는 가깝고 마음으로는 먼 이웃을 추월하려면 반쪽으로는 힘들지만 남북이 하나가 되면 가능한 일입니다.

그런데 이 에스파냐는 통일이 되고 긴 세월이 흘렀어도 옛날부터의 묵은 감정은 21세기가 된 지금까지도 남아 있어, 남쪽의 바르셀로나와 북쪽의 마드리드의 프로 축구팀이 경기를 하는 날에는 옛날처럼 남북이 갈라져 응원하는 통에 나라가 마비될 정도라고 합니다.

사실 에스파냐는 잘사는 나라가 아닙니다. 옆에 붙어 있는 포르투갈이 더 못살긴 해도 독일, 프랑스, 이탈리아와 비교하면 국민 전체 소득이 떨어지는데도 프로 축구팀 하나는 어느 나라 못지않게 강한 팀을 가지고 있습니다. 그것도 남에 하나 북에 하나 둘씩이나 말입니다. 마드리드에는 호날두, 바르셀로나에는 축구 귀신 메시가 있지요. 유럽의 어느 나라나 마찬가지지만, 에스파냐의 어린아이들도 프로 축구 선수가 되는 것이 가장 큰 꿈이랍니다.

하여간 그들의 적대 감정이 얼마나 골이 깊은고 하니, 남부에 사는 사람들은 북쪽의 마드리드 팀이 다른 나라와 경기를 하면 자기 나라 팀인 마드리드를 응원하지 않고 상대 나라 팀을 응원한다고 합니다. 북쪽도 마찬가지랍니다.

이 몬세라트의 산세가 너무나 험준하여 옛날부터 그곳에서 사람이 산다는 것은 엄두도 내지 못하였는데, 베네딕토 수도회에서 바위를 깎아 들어가 거기에다 수도원을 짓고 성당을 만들어 수도자들이 세상과 동떨어져 기도에 전념하는 곳이 되었습니다.

그렇게 험준한 곳이 이제는 굽이굽이 돌아가는 도로가 생기고 기찻길까지 나 관광객들의 발길이 끊이지 않는 관광 명소가 되었습니다. 바위산의 경치도 유명하고, 돌을 깎아 만든 성당도 유명하고, 또 유명한 것이 몇 가지가 더 있어 많은 사람들이 몰려옵니다.

그중 하나가 소년합창단입니다. 이곳 성당에서는 일요일 아침 10시 미사에서 이 소년합창단이 성가를 부르고, 미사가 끝나면 바로 간단한 공연

을 합니다. 바르셀로나 부근에서 고르고 고른 어린 소년들로 구성된 합창단입니다. 자기들 딴에는 빈 소년합창단을 능가한다고 할 정도로 자부심이 대단합니다.

이 합창단의 공연 관람이 끝나면 만나야 할 분이 바로 '검은 성모님'입니다. 12시에 점심을 먹고 다음 여정으로 넘어가야 하는데 시간이 턱없이

모자랍니다. 합창단 공연이 끝나고 검은 성모님을 만나러 가보면 줄이 성당 밖으로 난 도로까지 이어져 있습니다. 30분으로는 불가능합니다.

보통 몬세라트는 일요일에 가도록 여정을 잡고서, 아침 8시에 호텔에서 출발, 9시경 주차장 도착, 주차장에서 걸어서 성당 도착, 10시 미사 참석에다 소년합창단까지 관람하면 적어도 11시 반, 12시에 점심, 그리고 오후에는 가우디하우스를 방문합니다.

그러면 어느 시간에 검은 성모님을 만납니까? 방법은 단 하나, 두 눈을 딱 감고서, 아니 두 눈을 감으면 앞이 보이지 않으니 한 눈만 살짝 감고서 평소 실력을 발휘하여 새치기를 하는 도리밖에.

지금 그곳은 성지순례지로 너무나 유명해져 관광객들이 바글거리는 관광지가 되었지만 많은 사람들이 오로지 이분만을 보려는 목적으로 오는 경우가 많기 때문에 특히 일요일은 줄이 무척 깁니다. 멀리 한국에서, 그리고 미국에서 그곳까지 가서 이분의 손을 잡아보지 못하고 그냥 돌아간다는 것은 하느님도 용서하지 못할 일임을 굳게 믿고 용기를 내어 슬쩍하는 거지요. 그것도 둘이서.

이 성모상은 〈피에타〉와 달리 대리석이 아니고 나무로 조각한 것이지만, 예술성이라고는 조금치도 보이지 않는 모습이고, 창피해서인지 작가도 미상입니다. 〈피에타〉처럼, 십자가에서 내려온 아들을 무릎에 올려놓은 심각한 모습이 아니고, 의자에 앉아 있는 성모님 앞에 두세 살 정도 나이의 어린 예수가 서서 사람들에게 손을 들어 축복을 주는 모습입니다. 성모님의 오른손에는 야구공만 한 지구의가 들려 있고, 왼손은 우리의 손을 잡고 싶은지 아니면 우리가 그 손을 잡을 수 있게 하려는 배려에서인지 약간 앞으로 내밀고 있지요. 옛날 초기 교회 시절에 열두 제자 가운데 마르코 사도가 선교차 방문했다가 돌아가면서 예루살렘에서 가져온 이 성모상을 선물로 주고 간 모양입니다.

이 성모상의 얼굴이 검습니다. 첫 번째 가설에 의하면 옛날에는 초의 질이 요즈음과 비교가 되지 않게 나빠 앞에 놓아둔 초에서 나온 그을음 때문에 검게 되었다고 합니다. 두 번째 가설은 재료로 사용한 나무에서 우러나온 진액이 세월이 흐르면서 차차 검은색으로 변했다는 겁니다. 후자가 더 일리가 있습니다.

그런데 이 성모상이 사람의 불찰로 행방불명이 되어 기억에서 사라졌다가 사라질 때처럼 홀연히 다시 나타났다는 겁니다. 어느 날 갑자기 영화의 제목처럼 '바람과 함께 사라'졌다가 바람처럼 나타납니다. 밤중에 목동이 들판에서 양과 함께 잠을 자려고 누워 있을 때, 근처의 작은 동굴에서 밝은 빛이 흘러나와 그 안에 들어가 보았더니 검은 성모님이 있었다는 거지요.

기적의 성모상

이 성모상을 통해 놀라운 기적이 일어나기 시작합니다.

나라가 외적의 침입으로 위태로울 때, 전염병이 돌아 많은 사람들이 죽거나 고통을 받을 때, 전쟁터에 나간 아들이나 남편의 무사귀환이 걱정될 때, 행방불명된 가족의 귀향을 바랄 때, 배를 타고 먼 나라로 항해를 나간 가족의 무사귀환을 바랄 때 이 성모님의 손을 잡고 간절히 기도하면 기도에 응답하는 기적이 일어나기 시작합니다.

소문이 퍼져나갑니다.

그런데 나폴레옹이 유럽 전역을 정복하여 한창 위세를 떨칠 때, 이집트를 터키로부터 해방(?)시킬 계획을 세웁니다. 사실은 영국을 정복하고 싶은데 그러자면 영국과는 해전을 치를 수밖에 없는 상황에서 포병장교 출신인 그는 영국이 가진 무적함대에다 넬슨 제독이 마음에 걸립니다.

국민들의 열망을 저버릴 수 없던 차에 한 가지 묘안이 떠오릅니다. 영국의 식민지인 인도로 가는 길을 막아 경제적 타격을 주어 영국이 흔들리는 시기에 공격하면 쉽게 영국을 차지할 수 있다는 전략입니다.

영국 본토 공격은 다음으로 미루고 터키로부터 이집트를 해방시켜 주기로 계획을 세웁니다. 사실은 좋게 말해서 해방이지 그의 행적을 보면 해방이라는 말은 전혀 해당되지 않습니다.

옛날 마케도니아의 알렉산더 대왕은 다른 나라를 정복하면 그 나라에다 무언가를 주고 오는 사람입니다. 전쟁에서 승리하였으니 전리품이란 미명 아래 문화재나 재산을 빼앗지 않고, 또 부하들로 하여금 여자를 강제로 건드리지 않도록 하는 동시에, 현지 여자들과 정식으로 결혼을 하도록 해주고 또 장려합니다. 고향에 돌아올 때는 부하들이 그곳에 남아 아이들 낳고 잘 정착하도록 배려합니다. 우리가 잘 아는 석굴암, 경주의 다보탑, 석가탑 같은 석공에도 결국은 그리스인이 이집트인에게서 전수받은 기술이 전해지고 전해져서 신라시대의 우리 조상들의 손에서 피어난 작품입니다.

로마제국도 그런 알렉산더 대왕을 따라 합니다. 물론 적군과 전쟁을 할 때는 저항하는 적군의 씨를 말려버릴 정도로 잔인합니다. 그러나 일단 전쟁에서 승리하면 로마에 흡수되기를 원하는 사람은 조건 없이 로마 시민으로 받아주고, 곧 그들을 위해 사회 기반시설 건설에 총력을 기울입니다.

장교는 토목기사, 병사는 인부로 변해 도시 사람이 촌에 가서 도시의 좋은 점을 가르쳐주고 베풀어줍니다. 그곳에다 로마 방식으로 길을 만들어줍니다. 극장, 도서관, 자기들이 좋아하는 사우나를 겸한 공중목욕탕, 상하수도를 건설해 줍니다. 다리를 놓아 편리하게 강을 건너도록 해줍니다. 유럽의 유명한 다리 가운데 로마제국 시절에 건설한 것을 지금도 사용합니다.

로마제국의 군대는 패배를 모릅니다. 평지에서의 싸움에서는 질 수가 없는 군대를 가진 나라입니다. 오로지 산속에서의 전투에서 울창한 수풀 속에서 기습을 당하면 소수의 게르만족에게도 패배합니다. 수가 적다고 오판하고 숲으로 따라 들어갔다가 나무를 잘 타는 게르만 민족에게 역습을 받아 가끔 패주합니다.

그런데 로마 군대는 적에게 등을 보이지 않는 것이 특징입니다. 그만큼 자존심이 강하다는 증거입니다. 숲에서의 전투에서 패주하여 도망하는 사태가 일어나면 살아남은 병사 가운데 최고 지휘관이 패주한 부하를 일렬로 세워두고 장교와 병사를 가리지 않고 뒤에서 말을 타고 달려가거나 걸어가면서 10분의 1을 현장에서 목을 쳐버립니다. 그래서 로마제국의 군대는 평지에서 일대일로 붙으면 질 수가 없는 체력과 군기로 무장해 전투에 나갑니다.

사실 십일조라는 말은 조심해서 써야 합니다. 아무나 함부로 쓰는 용어가 아닙니다. 진정한 의미의 십일조는 로마 군대에서 한 바로 이 행위입니다. '보통 사람 네로'에서 설명한 바와 같이, 가진 것을 내놓는 것과 생명을 바치는 것과는 차원이 다릅니다.

그런데 나폴레옹의 군대는 전쟁에서 지면 당연히 빈손으로 도망해야겠지만, 이기면 빼앗아 가는 것이 특징입니다. 그 피해를 가장 많이 본 나라가 이탈리아입니다.

나폴레옹은 원정 길에 오를 때면 학자들을 동원하여 현지에 가서 연구를 하게 하거나 아니면 그곳에서 가져올 것을 미리 연구하게 하고, 학자들과 그들의 제자들, 쉽게 말하여 작은 대학(?) 하나 정도의 인력을 후방에 데리고 출발합니다. 이집트에 갈 때는 학자들에게만 그 비밀을 알려주고 지휘관이나 병사들에게는 극비에 부쳐, 그들이 어디로 진군하고 있는지 아무도 모르는 가운데 출발합니다.

그 나폴레옹이 바르셀로나 근처를 지나갈 것이라는 소문이 몬세라트 근처 마을의 유지들의 귀에 들어옵니다. 원로들이 모여 의논을 합니다. 틀림없이 그가 이곳을 지나가면 검은 성모님을 보여달라고 할 것이다, 일단 보면 그것으로 끝날 인물이 아니다. 자기 국민들에게 보여주고 싶으니 잠깐 빌려달라고 할 것이나, 일단 그의 손에 들어가면 끝장이다. 그렇다고 내놓지 못하겠다 하면, 성모상과 함께 자신들 목숨까지 가져갈 것이다.

차라리 처음 사라졌을 때처럼 없어졌다고 하자. 아니, 제 발로 일어나 사라졌다고 하면 믿지 않을 테니 도둑이 훔쳐갔다고 하자. 그리고 소수의 원로만 이 비밀을 간직한 채 아무도 모르는 곳에 꼭꼭 숨겨버립니다.

예상대로 나폴레옹이 지나가면서, 부하를 보내 검은 성모상을 보여달라고 합니다.

"You know the rest of the story!"

나폴레옹이 빈손으로 떠나가자 원로들이 모여 또 의논을 합니다. 만약에 그가 돌아오는 길에 다시 나타나면 어떻게 대처할 것인가? 아니면 세월이 지나 더 힘센 놈이 나타나 보여달라고 하면? 아니, 가져가겠다면?

누가 좋은 아이디어를 내놓습니다. 진짜 성모님은 지금 숨겨놓은 자리에 그냥 두고 모조품을 만들어 빈자리에 놓아두는 게 어떻겠냐고.

동일한 목재를 사용하여 진짜와 분간할 수 없을 정도로 가짜를 만듭니다. 요즈음 말로 짝퉁이라고 하나요. 짝퉁 역사의 시작입니다.

세월이 물같이 흘러 성모상의 색깔도 원래(?)의 검은 색깔이 됩니다. 그래서 필자가 손을 잡고 기도한 성모님은 진짜가 아닙니다. 가짜의 손을 잡고 하느님께 전해달라고 한 거지요. 필자가 그분의 손을 잡고 하느님께 전해달라고 부탁한 기도 내용은 그분과 나만의 비밀입니다. 다른 사람에게는 절대 비밀입니다. 죽는 날, 아니 '다만 사라지는' 날까지. 둘만의 비밀을 지키기 위해 지금도 그분은 입을 다물고 계십니다. 나만 입을 다물고 있으면 됩니다.

지금도 크고 작은 기적이 계속해서 일어나고 있습니다.

그런데 진짜의 가능성도 한번 생각해 볼 만합니다. 즉 나폴레옹이 지나가고 난 뒤에 가짜를 만든 것이 아니라 세월이 흐른 뒤 진짜를 내놓으면서 가짜라고 헛소문을 퍼뜨렸다면? 그렇다면 필자가 손을 잡고 기도한 성모님은 우리가 생각하기에 따라 가짜가 되기도 하고 진짜가 되기도 합니다.

검은 성모님도 〈피에타〉의 성모님처럼 불상사를 막기 위해 방탄유리로 막아놓았습니다. 왼손만 방탄유리 밖으로 살짝 내어놓고서 오늘도 우리의 손을 잡기 위해 거기에 앉아 계십니다.

그런데 분명한 진리는 우리의 간절한 기도의 응답, 이른바 기적은 하느님이 우리에게 공짜로 주는 은총이며 대가 없는 선물이라는 사실입니다.

성모님은 우리의 기도를 듣고 하느님께 그대로 전해주는, 그리고 대답이 내려가도록 우리를 위해 로비하는 엄청나게 바쁜 로비스트입니다.

기독교를 믿는 사람을 크리스천(Christian)이라 합니다. 다른 종교도 마찬가지지만 우리는 모두 하느님께 기도하는 사람들입니다. 나아가서 하느님과 그의 아들, 예수께 기도하는 사람들입니다. 적지 않은 지식인들이 이 부분에서 천주교를 오해합니다. 마리아에게 기도하는 마리아교라고.

사실은 마리아에게 은총, 또는 기적을 베풀어달라고 기도하는 것이 아니라 로비스트이신 성모님께 두 분에게 우리가 필요로 하는 바를 잘 전달해 달라고 부탁하는 것입니다. 우리의 기도를 전해 듣고 은총으로 대답하는 분은 마리아가 아니라 우리가 잘 아는 두 분입니다.

그래서 많은 사람들이 좋아하는, 특히 필자가 좋아하는 성모송의 마지막 부분은 이렇게 끝이 납니다. "천주의 성모 마리아님, 이제 와 저희 죽을 때에 저희 죄인을 위하여 빌어주소서." 여기에서 분명하게 드러나듯이 하느님께 빌어달라고 하는 순수한 부탁을 마리아는 우리를 위하여 하느님께 빌어주는 존재입니다. 우리가 살아 있을 때도 그러하지만 특히 우리가 죽을 때에 '다만 사라져' 좋은 곳에 갈 수 있도록 우리를 위해 하느님께 빌어주는 고마운 분입니다.

고행의 신앙 생활

그런데 제가 만약에 천국에 가서 하느님을 만나면 반드시 물어볼 질문이 둘 있습니다.

첫째, 왜 나의 기도에 거의 대답을 하지 않으시고, 둘째, 기도하다 지치고 또 지쳤을 때, "에라, 모르겠다. 밑져봐야 본전이다!" 하고 성모님께 부탁하면 기도를 들어주셨는가 하는 것입니다. 천당도 여기와 마찬가지로 '와이로'가 통하는 곳이란 말인가요?

가톨릭이 기독교와 비교하여 다른 점에 대해 이야기를 하였으니, 내친

김에 한 가지만 더 언급하고 넘어갈까요? 사실 필자는 결혼할 때까지는 독실한 장로교 신자였습니다. 결혼한 뒤에 세계의 평화, 아니 가정의 평화를 위해 성당이라는 데를 다니기 시작했습니다. 저의 고행의 시작입니다.

그 첫 번째가, 미사라고 부르는 저의 십자가 고행입니다. 사실 말씀의 전례라고 부르는 미사의 전반부는 교회와 동일합니다. 후반부에 가서 달라집니다. 하지만 미사가 시작되면서부터 고행이 시작됩니다.

왜 가만히 앉아서 처음부터 마칠 때까지 평안한 마음으로 하느님을 만나도록 내버려두지 않고 사람을 일으켜 세웠다 앉혔다 앉아서 잊을 만하면 다시 일으켜 세우는지? 처음부터 끝까지 조용히 방치해 두면 생명의 말씀을 듣지 않고 꿈나라에서 헤맬 것 같아 그런 불상사를 미연에 방지하려는 의도에서 그렇게 하는 건지? 그러고는 마지막에 가서는 맛과는 거리가 먼 비스킷(?)을 먹게 만들면서 거룩한 예수의 몸이라고 선언합니다.

두 번째, 더 이해가 되지 않는 것은 고백성사라는 제도입니다. 1년에 두 번 이상을 해야 됩니다.

매주 마주하는 신부님과 콧구멍만 한 방에 들어가 중간을 막아놓았다지만 목소리만 들어도 내가 누구인지를 알아차리는 상황에서 모른 척하는 가운데 지은 죄를 다 털어놓아야 합니다.

우리가 지은 죄를 하느님께 바로 털어놓아도 무진장 힘이 들 판에 왜 사람에게 내가 지는 죄를 털어놓아야 하는지? 그 심리적 부담감은 말로 표현할 수가 없습니다. 이 짓을 하지 않고 천주교 신자 노릇 할 방법은 없을까요?

그런데 세월이 흐르면서 제가 달라지기 시작했습니다. 물론 섰다가 앉게 만드는 것은 아직도 불만입니다. 옛날이나 지금이나 그 불만은 변하지 않았습니다. 저의 하체가 상체의 몸무게를 감당하는 그 순간까지는 그 짓을 해야겠지요. 다른 사람들은 다 서 있는 가운데 멀쩡한 사람이 혼자 앉아 있다가는 약간 머리가 어떻게 된 사람으로 낙인 찍힐 겁니다. 미국 성당을 가나 한국 성당을 가나 멀쩡한 천주교 신자가 서야 할 시간에 앉아 있는 사람을 본 적이 없습니다. 그래서 주어진 여건 아래서 저 나름대로 적응하여 대처합니다. 다름이 아니라 다른 사람보다 천천히 일어났다가 때가 오면 빨리 자리에 앉는 방법입니다.

그런데 변한 것은 고백성사에 대한 저의 태도입니다.

얼마 전까지만 해도 이것을 해야 하는 시기가 오면 마음이 불편해졌습니다. 나와 똑같은 사람인 신부에게 나의 어두운 면을 보여야 하니, 해야 하나? 말아야 하나? 하느님이나 예수님과 직통선을 깔아놓고 직접 이야기할 수 있게 만들어놓으면 모두가 엄청 쉬울 텐데 왜 사람인 신부를 중간에 넣었을까? 이 짓을 평생, 죽는 날까지 해야 한다니 눈앞이 캄캄해집니다. 내가 고백소에서 한 내용을 기억하고 있으면 어쩌지? 불편한 것이 한두 가지가 아닙니다.

그런데 그렇게도 하기 싫던, 1년에 두 번이나 해야 하는 고백성사가 나이가 들어가니 철이 드는지 고백성사의 참뜻이 가슴에 들어오기 시작합니다.

예수님이 사랑하는 제자들을 험한 세상에 내보내면서 분명히 이야기했습니다. "내가 왔다는 복음을 전하고 죄지은 불쌍한 사람들을 나를 대신하여 다 용서해 주어라"고 하면서 아버지와 나는 어린 백성을 너무나 사랑한 나머지 어떤 죄라도 이야기만 하면 다 용서해 줄 것이라고 굳게 다짐했습니다. 자유의지 때문에 돌아서면 죄를 짓는 우리에게는 최상의 좋은 소식, 즉 '복음'입니다.

하느님도 한 분, 예수님도 한 분이라 수많은 죄인을 혼자서 일일이 용서할 수가 없으니 자신과 죄인 사이에 자신을 대리할 수 있는 사람, 제자의 제자, 즉 신부라는 존재를 세워둔 것이지요.

이제는 내가 지은 모든 죄를 용서받을 것이라는 희망에 기쁜 마음으로 좁은 고백소에 들어갑니다. 신부님이 내가 누구인지를 목소리만 듣고서 알아차리든 말든 상관하지 않습니다. 어차피 이 세상은 눈감고 고양이 소리를 내가며 사는 곳이 아니던가요?

그 가운데서도 필자가 가장 좋아하는 부분은 고백성사의 마지막 부분입니다. 기억이 나는 죄를 몇 가지 털어놓고 난 뒤에, '이 밖에 알아내지 못한 죄에 대해서도' 하느님께 용서를 청하는 부분입니다.

설사 알아내지 못한 죄의 무게가 더, 그리고 아무리 무겁다 해도 알아내지 못했다는데 본당 신부님, 즉 예수님의 제자의 제자를 수십 번 수백 번을 내려온, 그래서 결국은 예수님의 제자인 본당 신부님을 통해 용서해 달라는 청구서가 올라오면, 필자의 빠진 머리카락 개수뿐만이 아니라 현재 내가 소중히 간직하고 살아가는 남은 머리카락까지도 포함하여 모든 것을 환히 알고 계시는 하느님이 어떻게 거절할 수가 있겠습니까? 용서해 달라고 하면 다 용서해 준다고 '아들'을 통해 약속해 놓고서, 아니 장담을 해놓고서 하느님이 자기가 한 말을 어길 수는 없지 않겠습니까?

그런 고백성사로도 모자라서 죄 많은 우리를 확실하게 천당에 들어가도록 만들어주기 위해 죽기 전 '다만 사라지기'를 더 멋지게 하도록 만들어주는 병자성사라는 것이 또 있습니다.

고백성사보다 한 차원 높은 병자성사는 필자도 아직 해보지 않아 자세한 내용은 모르지만 있는 죄, 없는 죄, 알고 있는 죄, 모르고 있는 죄, 그리고 평생에 지은 죄를 다 고백하고, 용서를 받아 눈을 감기 전에 내가 어디를 갈 것이라는 것을 미리 확실히 알고 난 뒤에 돌아가는 거지요. 그토록 중요한 곳에 가면서 그러한 확실성도 없이 긴가민가하면서 가슴을 졸이며 가는 것과는 하늘과 땅 차이가 아닐까요?

그래서 고백성사를 마치고 나면 새로 태어난 기분, 아니 새 출발하는 기분이 듭니다. 우리가 죄를 지을 때는 죄인 줄 알면서 짓는 죄가 있고, 죄인 줄 모르면서 짓는 죄가 있지요. 그러나 그 모든 죄를 얼마나 완벽하게 깨끗이 청소를 해주는지는 말로 표현할 수가 없습니다.

1년에 단 두 번, 부활절 전 그리고 성탄절 전입니다. 특히 보통 3월 말이나 4월에 부활절이 오면, 그해의 성탄절까지는 거의 8개월의 시간 여유가 있지요. 한참 잊어먹고 지내도 됩니다.

그렇긴 해도, 오랜 세월이 지난 지금에 와서도 성당에 가만히 앉아 있으면 열심히 장로교회에 다니던 지난 시절이 문득 생각납니다.

밝고 자유분방한 분위기에, 신이 절로 나는 찬송가에다, 가끔가다 전국에서 말씀 잘하기로 소문난 목사님이 초빙되어 나의 닫힌 마음을 활짝 열어버릴 때, 그때 느끼던 시원함은 아직도 잊을 수가 없습니다.

서로 방법이 약간 다를 뿐 원천은 같은 하느님이고 같은 예수를 믿는 것이 우리 기독교인(Christian)이 아닌가요? 같은 고객을 서로 데려가기 위해 밀고 당기는 경쟁을 하더라도 같은 형제를 서로가 미워하는 일은 없어야겠지요?

이런 이야기는 너무 오래하면 부작용이 생기게 마련이니 이 정도에서 끝을 냅니다.

에필로그: 일곱 가지 불행을 이겨내고 건강하려면

오랫동안 의사로서 본분을 지키며 살려 노력했습니다. 그러다 보니 건강이 얼마나 중요한지 몸소 겪었고, 나이가 들수록 더욱 절절하게 느끼고 있습니다. 이제 얼마나 남았을지 모르는 시간을 건강에 대한 올바른 개념을 바탕으로 한층 알차게 살아야겠다는 마음이 점점 더 깊어집니다.

오늘과 같은 하루가 내일 또 주어질지는 아침에 일어나 눈을 떠봐야 알 수 있지만 피할 수만 있다면 누구나 피하고 싶은 몇 가지 지독한 질병이 있습니다. 하지만 피할 수 없을 때, 우리는 어떻게 대처하고 이겨내야 할까요. 이런 질병이 필자나 여러분에게, 그리고 아무에게도 일어나지 않기를 늘 기도합니다.

그런데 세상의 행과 불행이 기도만으로 예방이 되고, 나아가서 해결이 된다면 얼마나 좋겠습니까. 이 세상에 불행한 사람은 아무도 없고 행복한 사람들로만 가득하겠지요. 하지만 지금까지 살아온 인생의 경험에 비추어보건대 현실은 가시밭길이고 진흙탕이기 십상입니다.

우리에게 좋은 것만을 주는 하느님이 아니라 우리에게 힘든 일도 주는 하느님이 아니던가요? 우리에게 어려움이 닥쳤을 때, 인간으로서 최선을 다하고, 그 뒤에 기도를 한다 해도 하느님께 통할까 말까인데 할 일을 하지도 않고서 앉아서 기도만 하면 하느님도 어찌할 수 없음을 우리는 경험을 통해 잘 알고 있습니다. 하느님이 다른 중요한 일을 제쳐두고, 올라가는 내 혈압을 내려주고 올라가는 내 혈당을 내려줄까요? 하느님이 그렇게 한가한 분이던가요? 옛날에 어른들로부터 귀가 따갑도록 들은 이야기 하나가 마음속에 선명하게 떠오릅니다.

"진인사대천명!" 미국에서도 같은 의미로 "Heaven helps who help themselves"라는 말을 씁니다. "하늘은 스스로 돕는 자를 돕는다"는 말입니다.

이 세상을 사는 동안 다음에 열거하는 일곱 가지의 난처한 일이 여러분과 저에게 일어나지 않기를 간절히 바랍니다.

중요성(악질성)에 우선순위를 둔, 이름하여 '7 Enemies of Good Health'에 대해 얘기해 보겠습니다. 고혈압, 뇌졸중, 심장마비, 암, 치매, 당뇨병, 마지막으로 (교통)사고입니다. 이놈들과 싸워서 이기는 방법입니다.

첫째로, 고혈압입니다.

고혈압이 우리에게 아예 일어나지 않기를 바라지만 아무리 건강한 사람도 혈관에 노화 현상이 생기면 별도리가 없습니다. 그런데 이 고혈압은 젊은 나이에 생기든 나이가 들어 생기든 제때에 발견하여 약을 먹으면 우리에게 무릎을 꿇는다는 사실을 명심하며 살아갑시다. 고혈압이 생긴다 하더라도 일찍 발견하기만 하면 그리고 좋은 의사를 만나 좋은 약을 열심히 먹기만 하면 이놈에게 더러운 꼴 당하지 않고 건강하게 주어진 수명보다 더 오래 이 세상에서 살다가 조용히 사라질 수 있습니다.

그런데 이놈의 발견은 의사의 의무가 아니라, 우리 각자가 해야 합니다. 여기서 책임 소재를 분명히 하고 넘어갑니다. 나의 혈압이 올라가는 것은 내가 찾아내야 합니다. 의사는 고혈압을 치료해 줄 의무가 있는 사람이지 발견할 의무는 없는 사람입니다. 물론 정기검진 때 혈압이 높다고 나오면 치료를 해야겠지요. 발견은 자신, 치료는 의사입니다.

지금은 고혈압 치료약이 무지하게 많습니다. 옛날에는 약이 부족하여, 때에 따라서는 없어서 앉아서 당하는 수가 많았지만 이제는 혈압약이라면 열 손가락으로도 부족할 정도입니다. 그중에 나와 궁합이 맞는 놈을 하나만 찾아내면 됩니다. 내 체질, 약의 특성에 따라 나에게 잘 듣는 약이 있고 듣지 않는 약이 있거나, 심한 경우에는 하나 가지고는 부족해 둘, 심지어 셋까지 투약하기도 합니다. 옛날에는 없어서 할 수가 없던 일입니다. 요즈음같이 좋은 세상에 고혈압을 방치하였다가 심장마비가 왔다, 중풍이 왔다, 콩팥이 망가졌다, 나아가서 치매가 왔다 하면 그토록 땅을 치고 후회할 일을 어디서 찾나요? 내가 얼마나 내 몸을 잘 관리했나 아니면 얼마나 무시하며 살았나와 직결이 됩니다.

고혈압을 두고 '침묵의 살인자(Silent Killer)'라고 합니다. 이놈은 나도 모르는 사이에 내 안에 들어와 있다가 나도 모르는 때에 큰 사고를 칩니다. 그러나 이놈은 제때에 찾아내어 제때에 치료해 주면 꼼짝하지 못하고 쥐 죽은 듯 얌전하게 주인이 하라는 대로 합니다.

편리하고 가격이 좋은 혈압기를 집에다 사놓고서 정기적으로 혈압을 재다가 혈압이 올라가면 조기 발견하여, 동네에 있는 좋은 의사를 찾아 좋은 약을 처방받아 정상 혈압으로 끌어내리는 데 온 힘을 다해야 합니다. 앞에서 언급한 바와 같이 세상에는 고혈압에 좋은 약이 얼마든지 있습니다. 이렇게 좋은 세상에 살면서 고혈압인 줄 모르고 방치하였다가 뇌졸중이 들이닥치면 이보다 더 후회할 일이 어딨습니까. 이미 버스는 떠났고, 나 때문에 고생하는 가족들에게는 무엇으로 보답을 하나요. 심장마비, 뇌졸중, 신부전증, 치매 등도 고혈압과 깊은 관계가 있음을 항상 염두에 두며 살아야겠지요. 인생의 다른 모든 일에서처럼 미리 찾아내어 큰일이 발생하기 전에 손을 써야 합니다. 일찍 찾아내어 내 몸이 잘 적응하는 좋은 약을 처방받아 열심히 먹어야겠지요. 다른 병과 마찬가지로 조기 발견에 조기 치료입니다.

둘째, 뇌졸중입니다.

어떤 나이에, 어떤 형태로든, 나에게 뇌졸중이 생기지 않기를 바라며 삽시다. 그래서 뇌졸중을 피하려면 뇌졸중의 첫째 원인인 고혈압을 꼼짝 못하게 눌러놓아야겠지요. 요즈음에는 노화 현상과는 상관이 없는 젊은 사람들에게도 중풍이 옵니다. 물론 다음에 얘기하는 심장마비도 마찬가지입니다. 뇌에 있는 혈관에 풍선(Aneurysm)이 생겼다 올라가는 혈압을 감당하지 못해 혈관이 터지면서 중풍이 생깁니다. 작은 혈관에서 발생하면 작은 중풍, 큰 혈관에서 일어나면 큰 중풍이라 해야겠지요? 하여간에 이러한 불상사가 생기기 전에 미연에 방지해야 합니다.

좋은 의사, 좋은 약을 골목만 나가면 얼마든지 만날 수 있지요. 바로 위의 고혈압에 대한 글을 한 번 더 읽으시고.

셋째, 심장마비입니다.

심장마비도 마찬가지지요. 여러분과 나에게 이런 불행한 일이 일어나지 않기를 바라며 살아갑시다. 요즈음에는 젊은 나이의 청년들이 심장마비로 죽어갑니다. 얼마나 안타까운 일인지 말로 표현하기가 어렵습니다. 역시 좋은 의사를 찾아 내가 모르고 있는 가운데 데리고 살아가는 나쁜 요인, 나쁜 원인을 최선을 다해 찾아내어 나빠진 몸을 정상으로 끌어올리는 데 최선을 다해야겠지요. 중풍에서와 같이 고혈압이 원인 가운데 큰 자리를 차지하고 있음을 항상 명심해야 합니다.

바로 위의 고혈압에 대한 이야기를 한 번 더 읽으시고 마음에 새겨놓기를 바라며.

넷째, 암입니다.

우리의 몸에 암이 생기지 않기를 바라며 살아갑시다. 바란다고 하여, 기도한다고 하여 올 놈이 피해가지는 않을 것입니다. 그러나 일단 암이 생기면 마음을 독하게 먹어야 합니다. 이제는 암을 고치는 세상이 되었습니다. 암이라 하여 미리 포기하던 시대는 확실히 지나갔습니다. 치료약의 부작용으로 인하여 고치는 데 시간이 걸리고 힘이 들고 고통이 심하더라도 언젠가는 암이 생기기 이전의 나로 돌아간다는 확신을 가지고 굳센 참을성으로 이겨내야 합니다.

암 치료에 무엇보다 중요한 것은 아직은 조기 발견에 조기 치료입니다. 만약 암이 생기면 잠시 낙심하였다가 정신을 바짝 차리고 현대의술을 믿고 전문의가 하라는 대로 따르십시오.

그리고 날이 갈수록 약물치료, 방사선치료가 발달합니다. 게다가 이제는 면역치료(Immunotherapy), 그리고 유전자 치료(Gene-therapy)라는 희소식이 떠오르는 중이 아니라 이미 밝게 떠올라 있습니다.

내 T세포에다 특수처리를 하여 암을 잡아먹는, 아니 암세포를 정상세포로 개과천선하도록 만드는 세상이 되어가고 있습니다. 우리의 유전자 가운데 돌연변이를 일으켜 암이 되게 하는 유전자만 골라내어 가위로 잘라내듯 잘라내는 나의 T세포를 만들어냅니다. 그 T세포는 때가 되어 자기는 죽어 없어지더라도 후손을 만들고 죽기 때문에 우리 몸이 수명을 다하고 사라질 때까지 주인과 함께 생존하면서 암을 때려잡습니다. 얼마나 좋은 세상입니까?

미국, 중국, 일본, 대한민국의 뛰어난 두뇌들이 이 분야에서 선두경쟁을 하고 있습니다. 누가 대박을 터트리든지 빨리 우리에게 좋은 소식이 전해지기를 기도합니다.

역시 암의 경우에도, 좋은 의사를 만나는 것이 중요하고, 좋은 '약'으로 "Cancer Free!"가 된 몸으로 받은 수명을 다 끝내고 맥아더 장군처럼 다 같이 'Just Fade Away!'합시다. 본문 중 '운동' 장에서 암도 알칼리된 우리를 싫어하여 보따리를 싼다고 하지 않았던가요?

다섯째, 치매입니다.

나와 여러분에게 치매라는 이상한 병이 생기지 말아야겠지요. 치매의 원인 가운데 우리 민족이 가장 많이 가지고 사는, 고혈압을 잘 다스려야겠지요. 고혈압을 잘 치료하면 현재 우리나라의 치매 환자 가운데 많은 분이 정상 아니면 남의 눈에 띄지 않을 정도의 가벼운 증상으로 수명대로 살 거라고 생각하면 필자의 가슴이 너무나 아파옵니다.

대체로 젊은 나이에 오는 치매는 유럽인이나 미국 사람에게 많습니다. 우리 한국 사람에게는 나이가 들어서 고혈압의 후유증으로 오는 치매가 대부분입니다.

다시 말해서 혈관성 치매(Vascular Dementia)입니다. 뇌 속에 있는 눈에 보이지 않는 미세혈관이 고혈압으로 인하여 터졌다 나아졌다 하는 과정을 되풀이하다가 상처 조직(Scar Tissue)이 되어버리면 우리의 뇌 조직은 정상기능을 상실합니다. 제 기능을 잃은 뇌 조직=치매입니다.

치매가 이미 온 사람을 치매가 오기 전 상태로 돌려놓는 약은 아직 없습니다. 이미 기능을 상실한 뇌세포를 정상적인 건강세포로 돌아가게 만들 수는 없다고 보아야겠지요. 현실적으로 불가능한 문제입니다. 우리가 몸에 큰 상처를 입으면 그 상처가 아물고 난 뒤에 상처가 남습니다. 그 상처 조직을 정상 조직으로 돌이키는 약은 없다는 말입니다.

그래서 우리는 치매의 원인으로 우리에게 의외로 많은 고혈압을 조기 발견하여 조기 치료하는 방법에 의존해야 합니다.

좋은 의사에, 좋은 약을 먹고, 거기다 운동을 열심히 하면 고혈압이 내려간다고 분명히 말했습니다. 바로 위의 고혈압에 대한 이야기를 한 번 더 읽으시고.

여섯째, 이름을 거론할 필요가 있을까요?

나와 여러분에게 당뇨병이 없어야 합니다. 하지만 생겼다 하여 걱정을 하면 나만 손해를 봅니다. 옛날부터 부자병이라 하였습니다. 너무 잘 먹어서 생기는 병 아닌 병입니다. 그래도 치료를 소홀히 하여 합병증이 생겨 나중에 후회하기보다는 조기 발견하여 철저하게 상응조치를 해야겠지요. 시력을 상실하게 만드는 원인 가운데 첫째가 바로 이놈이고, 콩팥을 망가뜨려 신장투석, 나아가서 신장이식을 하게 만드는 원인 가운데 큰 자리를 차지하고 있지요. 심하면 약을 열심히 먹고, 철저한 식이요법에다 운동하면 됩니다.

일곱째, 재수에 옴이 붙을까 봐 이놈을 거론할 마음이 내키지 않지만, 할 수 없이 합니다.

운이 좋은 데다 건강 체질에 좋은 유전자를 받고 태어나 위에 거론한 악질들을 만나지 않고 살아간다고 가정합시다. 그런데 난데없이 사고를 당하면 어떻게 하나요? 나는 아무리 조심해도 상대방이 실수하면 그것까지 내가 미리 알고 피할 수는 없는 일입니다. 나는 안전속도, 안전거리를 지키며 조심스레 운전한다 해도, 다른 차가 뒤에서 전속력으로 와서 받으면 그것을 어떻게 막나요? 아니면 덤프트럭이 중심을 잃고 중앙분리대를 들이받고 내 차에 정통으로 충돌하면 그것을 어떻게 미연에 방지할 수 있나요? 길을 걷다가 고층건물에서 떨어진 벽돌이 정통으로 내 머리를 맞히는 경우에도 피할 도리가 없지 않나요?

그래도 내가 신중히 운전을 하고 다니면 사고 날 확률을 반으로 줄일 수 있습니다. 공사장을 지나다 벽돌이 떨어져 머리를 명중하는 것은 어쩔 수 없습니다. 그렇다 해도, 먼저 조심해야지요.

이 책의 주제는 건강입니다. 한마디로 말해 건강하게 사는 지름길은 운동입니다. 나이 든 사람은 물론이고 젊은 사람도 운동을 해야 오래, 건강하게 삽니다. 사지가 멀쩡한 사람은 말할 것도 없고 지체장애인도 할 수 있는 데까지 최선을 다해 운동을 해야 합니다.

운동은 사치품이 아니고 필수품입니다. 해도 그만, 안 해도 그만, 있어도 그만 없어도 그만인 품목이 결코 아닙니다. 반드시 계단 운동이라야 한다는 말은 하지 않았습니다. 운동의 정의에 맞는 운동이면 어떤 형태라도 상관이 없습니다. 내 형편에 맞게, 능력에 맞게 나름대로의 운동을 개발해도 됩니다. 한 가지가 아니라 두 가지 이상이면 금상첨화입니다. 운동의 결승점은 호흡성 알칼리증+엔도르핀에 도달하는 것입니다.

마음의 건강은 정신과의사나 성직자에게 맡기고, 몸의 건강은 운동입니다.

공식 1: 건강=운동+물+잠+어린이용 아스피린+펩시드+치아 건강

이 공식은 필자가 오랜 세월 환자의 건강을 지켜주는 역할을 해오면서 무엇이 우리의 건강에 가장 중요한가를 심사숙고한 결과 만들어낸 이론입니다. 그 가운데 가장 중요한 '운동'은 폐를 통하여 우리 몸을 알칼리혈로 변화시켜, 그로 인해 분비되는 엔도르핀과 더불어 우리의 몸에 '운동의 작은 기적 열네 가지'가 일어나게 하여 우리가 오래, 건강하게 살도록 도와줍니다.

공식 2: 진정한 운동=호흡성 알칼리증+엔도르핀=운동의 작은 기적 열네 가지

이 간단한 공식으로 많은 사람들이 운동에 대해 무조건 어렵다는 선입관에서 벗어나, 긍정적이고 희망적인 견해를 가지고 살아가기를 바랍니다.

하지만 우리 가운데 아무리 소수라 해도 운동은 죽었다 깨어나도 못하

겠다는 사람이라면(죽는다는 말에 필자는 약해집니다) 화려한 운동을 찾기보다 나에게 적합한 평범한 운동을 한다 해도 필자는 그 말을 듣기만 해도 행복할 것입니다.

그런데 안 해서 안 하는 것이 아니고, 못해서 못하는 것이라면 필자가 아무리 좋은 공식을 만들어 눈앞에 제시해도 하도록 만들 수는 없습니다. 이 책의 핵심이 운동이라 해도 못하는 사람을 할 수 있게 만들 수는 없다는 결론에 하는 수 없이 필자도 동의합니다. 그런데 운동을 제외한 나머지 다섯 가지 항목은 힘이 드는 항목이 결코 아니기 때문에, 죽어도 못하겠다는 무책임한 말을 받아들이지 않겠습니다.

특히 펩시드, 그리고 아스피린은 너무나 하기 쉬운 일이라 힘들어 못하겠다는 무책임한 핑계를 댈 수가 없으므로, 무슨 이유이든지 받아들이지 않으렵니다.

평소에 자기가 하는 일에 충실하고 낭비 없는 검소한 생활로 삶을 단단히 다져놓고서, 정서적으로나 경제적인 여유를 가지고 취미 생활을 통하여 인생을 즐기며 살아갑시다.

여행, 듣기만 해도 좋은 것!

국내여행, 해외여행. 배우자와 둘이서, 또는 마음에 맞는 친구라면 세 커플까지는 함께할 수 있습니다. 여행을 다녀오고 나서 친구 사이에 금이 가는 경우를 종종 목격했습니다. 말조심, 행동조심입니다. 아무리 가까운 사이라 해도 지킬 것은 지켜야 합니다.

설마 그런 일이? 그 설마가 사람을 잡는다는 말을 못 들어 보셨나요?

추천하고 싶은 해외여행지는 로마, 이집트, 알래스카, 에스파냐입니다.

거리상으로는 서울에서, 그리고 여기서도 알래스카가 가장 가깝습니다. 등잔 밑이 어둡듯 알래스카가 그토록 마음을 사로잡을 줄은 필자도 그곳을 가보기 전에는 몰랐습니다. 혼자서, 둘이서, 아니면 넷이서 한번 도전해 보십시오.

자세한 것은 각 장을 읽어보면 됩니다.

마지막으로 여러분에게 천국에 들어가는 방법을 소개합니다. 이미 천국에 한자리를 확보해 놓고 사시는 분은 읽지 않아도 무방합니다. 무슨 놈의 책이 이런 것까지 가르쳐주나 하는 분들은 이 부분에서 눈을 감으면 됩니다. 필자가 가진 방법은 하나가 아니고 세 가지인데 그중 둘만 소개합니다. 세 번째는 너무나 개인적이고 사적인 방법이라 공유할 수가 없기 때문입니다.

사실 한 가지만 준비하여도 문제가 없어 보이지만 만약을 대비하여 둘, 아니 셋을 준비해 놓고 살아야 합니다. 같은 목적을 두고 세 가지 방법을 마련해 놓고 이 세상을 살다 간 사람을 기억하십니까? 헨리 포드라는 사람을? 자기가 사는 저택에 발전소를 세 개나 만들어 놓고 살았던 사람을?

첫 번째로 정문, 즉 앞문으로 들어가는 방법입니다. 눈치가 빠른 사람은 이미 '천국에도 뒷문이 있나 보다!' 하고 생각할 것인데, 대답은 "그렇습니다"입니다. 뒷문 즉 개구멍이 있습니다. 이미 알고 있는 사람이 많을 것 같아 마음에 걸리지만 이 방법은 성경에 적혀 있고, 또 우리가 태어날 때 우리의 마음에 적혀 나옵니다. 양심이라는 곳에.

양심은 각자가 알아서 할 일이고, 성경에는 어디에 적혀 있나 하는 분들을 위하여 말씀드리면, 성경의 맨 앞부분, 창세기에 나옵니다. 에덴동산의 선악과 사건에 있습니다.

에덴동산에서 두 사람이 어느 날 선악과를 따 먹는 장면에 나옵니다. 사실, 왜 먹었느냐도 누가 먼저 먹었느냐도 중요하지 않습니다. 인간의 본성 가운데 호기심과 자유의지가 있으니 에덴동산에서 가장 먹음직해 보이는 선악과를 먹는 것은 올 것이 온 것일 뿐 우리가 천국의 문을 통과하느냐 마느냐와는 아무런 상관이 없습니다. 누가 먼저 먹었는가도 아무런 의미가 없습니다.

첫째, 왜 먹었느냐고 다그치는 하느님에게 첫 번째 사람은 뱀이 먹으라고 시켜서 먹었다고 거짓말을 합니다.

둘째, 너는 왜 먹었느냐고 다그치는 하느님에게 두 번째 사람은 첫 번째 사람이 먹으라고 해서 먹었다고 자기의 잘못을 남의 탓으로 돌립니다.

우리가 이 세상을 살아갈 때 거짓말을 하지 말고 내 잘못을 남에게 돌리지 않아야 합니다. 나아가서 천국의 문 앞에서 마지막 면접을 볼 때는 물어볼 필요가 없습니다. 이것이 바로 우리가 창세기에서 배워야 하는 교훈이고, 우리 마음 한가운데에도 적혀 있는 천국의 열쇠입니다.

두 번째로 뒷문, 개구멍으로 들어가는 방법입니다. 이것은 정문에서 필수과목의 마지막인 면접에서 떨어진 사람들을 위하여 필자가 고안해 낸 방법이 아니고, 옛날 옛적에 다른 사람에게서 들은 이야기입니다. 사실 그 사람도 필자도 그 개구멍을 본 적이 없습니다. 그렇다 해도 정문에서 실패하면 후문을 찾아보십시오. 밑져봐야 본전 아닌가요?

옛날에 아들이 십자가에 달려 죽기 전 아들의 호적상 아버지가 먼저 돌아가셨습니다. 그러고 나서 아들, 그의 부인의 순서입니다. 천국에서 만나 잘 살고 계십니다. 그런데 마음씨 좋은 아저씨, 예수의 호적상 아버지가 천국 문을 지나다가 많은 사람이 면접을 실패하여 눈물을 머금고 다른 곳을 향해 정처 없이 걸어가는 모습을 봅니다.

다음 날, 그 마음씨 좋은 아저씨는 정문의 반대편에 작은 개구멍을 뚫어놓고 시험에 낙방한 사람들이 그곳을 통해 들어오게 합니다. 얼마 지나지 않아 이것을 알아차린 문지기가 하느님의 법을 어겼으니 험한 꼴을 당하기 전에 개구멍을 원상복귀한 뒤에 천국에서 나가라고 충고 같은 명령을 합니다.

집에 돌아온 마음씨 좋은 아저씨가 보따리를 싸기 시작합니다. 그의 아내도 그 이유를 듣고 보따리를 쌉니다. 바깥에서 돌아온 아들도 어머니를 통해 아버지의 이야기를 듣고 보따리를 싸서 두 사람 뒤를 따라갑니다. 천국에서 하느님을 빼고 가장 중요한 세 사람이 천국 문을 빠져나와 정처 없이 떠돌려는 순간 세 사람을 천국에서 쫓아낸 사실이 드러나면 자기도 하느님의 화를 면할 수가 없음을 알아차린 문지기가 마음씨 좋은 아저씨를 붙들고 제안, 아니 통사정을 합니다. 개구멍 사업을 계속하게 해줄 테니 고향을 등지지 말라고. 우여곡절 끝에 그 개구멍이 아직도 열려 있다는 소식입니다.

세 번째는 각자가 알아서 하시고. 다 같이 좋은 곳에서 다시 만나기를 기도합니다.